für Marina, Anton, Fiona, Karim und Vincent,
meine ganz besonderen Freunde

1. Kapitel

Wunderschön, wie das Meer kristallen glitzert. Eine Schaumkrone verschwindet wie Zucker im Cappuccino.

Ein Mädchen steht direkt vor mir und blinzelt in die Sonne. »Die ist aber süß«, sagt die Kleine.

Ich lächle sie an. »Wie lieb von dir. Danke.«

»Wie heißt denn deine Schildkröte?«

»Lilly.«

Sie streichelt ihren Panzer. »Warum muss Lilly im Müll spielen?«

Tatsächlich ist es ein beachtlicher Berg. Plastikflaschen, zerfetzte Tüten, grünliche, verrottete Fangnetze, Styropor und massig Glasscherben. Alles einfach dem Strand überlassen, als sei er die Fußmatte des Meeres. Drei Säcke voll haben mein Kollege Hannes und ich am Strand von Warnemünde aufgesammelt, Badeschlappen sogar, und ein labberig schmieriges Kondom hatte ich in den Fingern. Pfui, das ist so eklig. Den ganzen Schmuddel haben wir heute Morgen um mich herumgestapelt.

Guten Tag, ich heiße Anna Herzig und liege inmitten eines miefenden Müllhaufens.

»Lilly weiß gar nicht, dass das Müll ist«, erkläre ich dem Mädchen. »Und Meeresschildkröten auch nicht. Da können Plastiktüten, die im Wasser schweben, für ein Schildkrötenauge wie eine leckere Quallenmahlzeit aussehen. Nur können sie diese Tüten nicht einfach zerkauen und verdauen.« Das Mädchen nickt. »Diese unfreiwillige Tütennahrung führt zu Verdauungsproblemen, Gewichtsverlust und insgesamt einer Schwächung, die den Tod der Meeresschildkröte bedeuten kann.«

Lilly wühlt sich durch den Sand und streckt dem Mädchen ihr Köpfchen entgegen.

Die Kleine schnieft. »Dann sterben alle Lillys?« Tränchen kullern über ihre Wangen.

»Na, das haben Sie ja toll hinbekommen!« Ihr Vater streicht ihr über die Haare. »Komm, Carla.«

Hannes geht neben mir in die Hocke. »Das war wirklich nicht sehr kindgerecht, liebe Kollegin.«

»Aber es entspricht den Fakten.«

Ich wäre viel lieber im Labor am Mikroskop geblieben. In der Kantine gibt es heute Pinkel mit Grünkohl, mein Lieblingsgericht. Um Punkt zwölf Uhr hätte ich es auf dem Teller gehabt, wie immer. Stattdessen werde ich angestarrt und fühle mich zunehmend unwohl.

Eine gräuliche Seniorin mit Strohhut drängt nach vorne. »Was hat denn dieser Müll in meinem schönen Seebad zu suchen? Seit 27 Jahren komme ich zur Erholung her, habe immer ordnungsgemäß meine Kurtaxe bezahlt und meinen Strandkorb auch. Und Siiie, eine schäbige Nixe sind Sie!«

»Ich …«

In der Tat, ich bin eine, wie ich gerade am Ostseestrand liege. Allerdings nicht ›schäbig‹, wie ich hoffe. Sicherlich bin ich nicht so dekorativ wie die Disney-Arielle, ich trage bloß eine selbstgebastelte Schwanzflosse, einen mit Blümchen beklebten Bikini und Rosenblüten im Haar. Quasi eine deutsche Ökoversion, biologisch abbaubar.

»Hören Sie bitte«, sagt Hannes betont sanft. »Wir sind vom Institut und …«

»Sie sind wohl ihr Betreuer?«

»… vom Institut für Meeresbiologie. Wir wollen informieren und auf die Verschmutzung der Meere aufmerksam machen.«

Hannes. Er hat mir das alles eingebrockt. »Diese super Guerilla-PR-Aktion«, wie er es nennt. Hannes arbeitet in unserer Pressestelle, er muss es ja wissen. Dennoch ist es eine unübliche Idee, zu der er mich überredet hat: Die Meerjungfrau soll zeigen, dass Menschen und Meerestiere an der Umweltverschmutzung leiden.

»Hannes, haben wir jetzt nicht genug Aufklärung betrieben?«

»Komm, wir haben doch drüber gesprochen«, raunt er mir zu, »und jetzt ziehen wir es auch durch. Du hast gesagt, einen Versuch ist es wert …«

Damit wollte ich ihm einen Gefallen tun. Innerlich gewunden habe ich mich dennoch. Eigentlich ist es mir zuwider, bei einer solchen Aufführung mitzuwirken. Ich habe damit keine Erfahrung, und es passt einfach nicht zu mir.

Aber wenn ich mich nicht für die Tiere einsetze, leiden sie weiter.

Was ich nicht geglaubt habe, ich sehe es erstaunt: Immer mehr Badegäste schlendern herbei, unsere Aktion scheint zu fruchten. Sogar Selfies werden gemacht. Was denn, mit mir?

Ich hätte nicht frühstücken, besser noch drei Tage gar nichts essen dürfen. Bestimmt leuchten meine weißen Strähnen in der Sonne, ich hätte schwarz nachfärben sollen. Offen gestanden fühle ich mich gerade gar nicht wohl in meiner

Haut. »Du siehst toll aus«, hat Hannes gesagt, als es vor zwei Stunden losging. »Richtig sexy.«

Davon kann keine Rede sein, so ein Unsinn. Wenn, dann sehe ich höchstens hausbacken aus. Ich bin 40 und meine Kleidergröße ist es auch, an blöden Tagen sogar 42. Dabei will ich doch ein Strich in der Landschaft sein und kein Balken, bitte, bitte, bitte.

Die Junisonne krallt sich in mein Schuppenkleid, es schimmert silbrig. Mir ist darin unsäglich heiß. Ich schwitze nicht, ich schmelze.

»Hey, Nixe.« Ein Jugendlicher taxiert mich grinsend hinter seiner Pilotensonnenbrille und formt mit seinen Händen beachtliche Bälle. »Voll korrekte Hupen.«

Ich schmelze wohl doch nicht.

»Yo.« Sein Kumpel rülpst lautstark, zerdrückt seine Bierdose und wirft sie auf unseren Meeresmüllberg.

So ein Flegel. Während ich noch über die passende Antwort nachdenke, mischt sich eine Frau mit wallenden Haaren ein, die bis eben mit Hannes gesprochen hat. Eine Holzkette mit großen Kugeln baumelt vergnügt vor ihrer Brust. Sie trägt ein Sommerkleid, dessen Blumenmuster bunter leuchtet als eine Girlande mit asiatischen Lampions.

»Wunderbar bekloppt, einfach 'ne geile Idee. Ihr seid Aktionskünstler, oder?« Sie wirft ihre krause Mähne nach hinten. »Glaubwürdigkeit und Nachhaltigkeit, genau darum geht's. Eure Botschaft müsste man im Internet weiterverbreiten, und du gehörst ins Fernsehen«, sagt sie zu mir.

Die Frau verunsichert mich.

»Ich sollte mich auch einbringen.« Sie wird immer hibbeliger. »Darf ich mich dazulegen?«

»Danke, ähm, das ist nicht nö …«

»Passen Sie auf mit den Scherb ...«

Hannes und ich reden gleichzeitig los ... pardauz, Sand sprüht, da liegt sie schon direkt vor mir. Lilly hat sich eilig in ihren Panzer verzogen.

»Warte.« Die engagierte Frau lässt die Träger über ihre Schultern gleiten, schiebt das farbenfrohe Kleid nach unten und wickelt es eng um Beinc und Füße, offenbar als Schwanzflosse gemeint.

Was allerdings noch mehr auffällt: ihr Büstenhalter. Der ist jetzt sichtbar. Und ihr gebräunter Bauch. Dagegen wirke ich noch bleicher, weiß wie Milch.

Hoffentlich fettarme Milch.

Sie strahlt mich an. »Ich bin die Micha, und meine Unterstützung habt ihr einfach verdient.«

Die Micha. Irritiert lächle ich zurück.

»Ich darf mich vorstellen, Anna Herzig heiße ich. Und ihr Name ist Lilly«, sage ich und stupse gegen ihren Panzer.

Mit der Micha neben mir fühle ich mich umso mehr von neugierigen und belustigten Blicken durchbohrt. Ihre verstrubbelten Locken wehen mir ins Gesicht, mein Schuppenschwanz zwickt, und Durst habe ich auch. Ich schließe die Augen und verziehe mich ins Wasser, betörend, von liebreizender Gestalt, die Fische applaudieren mir mit ihren Flossen. In Atlantis wartet sehnsüchtig mein Wassermann, hach, der mich fest in den Arm ... aua. Mein linker Ellbogen scheuert im Sand. Ich rutsche auf dem Unterarm hin und her, die Kuhle darunter wird ständig tiefer. Das Erdinnere kann nicht mehr fern sein.

Sonst empfinde ich es als Stärke, unscheinbar zu sein. Nur funktioniert das gerade nicht. Denn unscheinbar zu sein bedeutet leider nicht, unsichtbar zu sein. Aber ich muss hier helfen, es entspricht meiner Überzeugung. Also nicht der

Überzeugung, eine alberne Arielle abzugeben, dabei fühle ich mich lausig. Wenn schon, wäre ich viel lieber eine literarisch korrekte Meerjungfrau: schutzsuchend, reif für die Rettung. Und wenn ich erlöst bin, möchte ich bezaubern. Wie es die Figuren im Märchenwald tun, mit denen ich aufgewachsen bin. Jedenfalls ist es mir zutiefst ein Bedürfnis, für den Ozean und seine Bewohner da zu sein, sie brauchen mich.

Mein Forschungsgebiet sind eigentlich die Seesterne. Putzige, wundersame Wesen, allerdings auch sehr gefräßige Raubtiere. Mit ihren fünf Armen umklammern sie Muscheln oder Krebse, meinen das aber gar nicht liebkosend.

So unangenehm umschlungen fühle auch ich mich gerade von der kleinen Menschentraube, die sich irgendwie immer näher schiebt, beklemmend näher. Unwillkürlich rutsche ich nach hinten, was wieder am Unterarm brennt. Ich hätte mir ein Kissen mitbringen sollen, der Sand ist rauer als gedacht. Autsch, Plastik drückt in meinen Rücken. Ich fühle mich gefangen wie Thunfisch in der Dose.

Vorzugsweise halte ich mich in geschützten Ecken auf, aus denen ich das Drumherum erst mal beobachten kann, bevor ich mich entfalte. Wenn ich mich überhaupt entfalte. Hilfe, ich möchte wirklich nicht im Mittelpunkt stehen. Und liegen erst recht nicht!

»... ach was, als Rentnerin gehören Sie doch zu den größten Klimakillern«, schnaubt die Micha. »Häufige Flugreisen, ein kuschelig warmes Haus und selbst zum Bäcker mit dem Auto!«

Ups, was habe ich versäumt?

»Das muss ich mir von Ihnen nicht bieten lassen!« Die Gräuliche, sie ist ja immer noch da, schnaubt aber nicht mehr empört, sondern scheint zu hyperventilieren.

»Menschen wie Sie zerstören unseren Planeten!« Die Micha spuckt ihr den Satz regelrecht vor die Füße. Das ist nicht die Art von Protest, die ich mir vorgestellt habe. Ich berühre ihre Schulter mit der freien Hand, mein anderer Arm ist im Sand eingeschlafen. »Augenblick, bitte. Micha, bleiben Sie ruhig, wir sind hier nicht auf Konfrontation aus.«

»Doch, klar, immer kampfeslustig!«, raunt sie mir gar nicht so leise zu.

Ich weiß nicht, wie lustig ein Kampf sein kann, ich bin friedfertiger als eine Pusteblume, immer schon gewesen. Allerdings fehlt mir wohl gerade die Zeit, ihr das zu erläutern.

Die Micha wechselt in die Hocke, ich vermute: sprungbereit. Bitte nicht.

»Ist doch wahr!« Sie schaut in die Runde, ihre Kettenkugeln klackern jetzt hektisch. »Wir alle müssen uns querstellen gegen diese …«, mit dem Finger deutet sie auf den Ring aus Müll um uns herum, »… diese Konsumkloake!«

»Das wird Ihnen noch leidtun …« Die Gräuliche wendet sich ab und eilt in Richtung Leuchtturm.

Ojemine. Hannes wirft mir einen hilfesuchenden Blick zu. Er ist ziemlich weit entfernt von ›Herr der Lage‹. Viele der Badegäste, die um uns herumstehen, wirken nun irritiert oder hüsteln. Warum unternimmt Hannes denn nichts? Bevor die Stimmung komplett kippt und hier alles ganz gehörig schiefgeht. Es war doch alles seine Idee.

»Ähem«, macht Hannes. Was immerhin ein Laut ist, mehr kommt aber nicht.

»Konsumkloake … ganz so ist es natürlich nicht gemeint.« Warum klingt meine Stimme plötzlich so leise? »Sondern … also … für alle, die neu hinzugekommen sind: Es gibt ungeheure Plastikmüllstrudel im Meer, der gewaltigste liegt im Nordpazifik und ist annähernd so groß wie Westeuropa. Daher sollten sie bitte jede Plastiktüte mindestens drei Mal benutzen, damit sie sich lohnt. Oder besser noch, sie verwenden gleich Tüten aus Stoff oder Papier.«

Eine Welle bricht sich, als wolle das Meeresrauschen meine Worte bestätigen.

»Sonne und Salzwasser zersetzen das Plastik in kleinste Partikel.« Hannes, endlich. Er unterstreicht seine Aussage mit einer ausholenden Armbewegung. »Es gibt Strände, an denen ist quasi jedes zwanzigste Sandkorn ein Plastik-Mikroteil.«

»Das klingt mir jetzt aber arg dramatisch«, sagt ein hagerer Herr aus der Menge.

»Leider ist es genau so«, erwidert Hannes. »Werden diese winzigen Plastikpartikel von Meerestieren gefressen, können sie diese schädigen. Und später landen sie im Restaurant auf unserem Teller. Allerdings kann man die Schadstoffe nicht mit der Gabel rauspulen. Weil man sie ja nicht sieht.«

»Bei uns Menschen erkennt man ja auch nicht jeden ›Schaden‹ auf Anhieb. Zumindest, wenn ich von mir ausgehe. Da liegen ein paar Altlasten rum, die würde kein Recyclinghof annehmen.« Die Bemerkung ist mir so rausgerutscht, ich wollte sie eigentlich nur denken. Alle Augenpaare richten sich, autsch, auf mich.

»So kann's kommen«, nickt der hagere Herr mir freundlich zu, »sehr ehrlich von Ihnen.«

Die Micha dreht sich zu mir um und hebt eine Augenbraue. »Ganz normal bist du aber nicht?«

Nicht? Doch, alles in allem würde ich mich schon gerne als ›normal‹ bezeichnen wollen. Was mir fast schon wie ein Eigenlob vorkommt, es gibt doch so viele absonderliche Menschen auf der Welt. Was ›normal‹ aber auch heißt: ›durchschnittlich‹ und ›nett‹. Und das ist wohl nicht mehr ganz so zwingend ein Kompliment.

Wobei, mein Leben hat schon auch seine grellen Momente, wie jetzt gerade zum Beispiel. Und Abenteuern bin ich durchaus zugeneigt, allerdings bevorzugt in Gedanken, denn in denen kann ich mich gefahrlos verheddern. Wie in einem der ollen Fischernetze, die Hannes und ich aufgesammelt haben.

»Micha, eigentlich ist bei mir alles gut. Wenn ich in meinem Labor bin.« In meiner Oase der Ordnung, weg vom Zentrum der Aufmerksamkeit.

Ein Mann mit Seemannskappe und großer Kamera schiebt sich wortlos nach vorne. Er hat ein Knautschgesicht, ähnlich einer Bulldogge, mit beachtlichen Falten unter den glasigen Augen. Nach meinem Empfinden gibt es nur ganz wenige Menschen, denen es objektiv an Schönheit mangelt. Herr Bulldogge gehört dazu. Was schade ist, weil es ihn ja sein ganzes Leben begleitet.

»Moin, Moin! Sven Petersen vom *Küstenkurier*.«

Ein Journalist? Hat Hannes ihn etwa …? Als habe er meine Frage gehört, zuckt Hannes mit den Achseln und zieht eine Schnute. Er hat.

»Presse? Das ist ja super!«, quiekt die Micha und zieht plötzlich ihren BH aus. Ihr blanker Busen wippt im Wind!

»Och kiek mol da …« Petersen grinst ölig wie ein Matjes und nimmt die Kamera von der Schulter.

Moment, ich, nein, ich gehöre nicht dazu! Also, schon, aber doch nicht so.

»Na los, jetzt du.« Die Micha schubst mich. »Wir machen's wie die Femen-Aktivistinnen.«

»Entschuldigung, Micha, ich möchte Sie dringend bitten, Ihre Brüste wieder zu verhüllen.«

»Ach komm, pack doch auch aus. Das ist die Chance, uns von unserer natürlichen Seite zu zeigen. Attacke!«

Sie schwingt ihren weißen Büstenhalter über dem Kopf. Mir scheint der als Piratenflagge vollkommen ungeeignet.

Hannes' Versuch, den Journalisten rasch ins Gespräch zu verwickeln, will nicht klappen. Nicht bei diesem Fotomotiv.

»Denn man tau.« Petersen hat die Linse bereits vor Augen, setzt die Kamera aber noch mal ab. »Nehmen Sie das Styroporteil und das Plastikzeugs doch noch wat vor sich.«

Auweia! Wenn unser Institutsleiter das in der Zeitung sieht. Hannes und ich sind ja nicht offiziell hier, das ist unser Privatvergnügen. Auch wenn es gerade wahrlich nicht den Anschein hat.

»Bitte, das geht wirklich nicht ...«, setze ich an und schüttle energisch einen Zeigefinger.

»Sei nicht so eine Flüsterfrau!«, sagt die Micha. »So erreichst du nichts.« Sie robbt seitlich durch den Sand und schiebt den Müll mit einer Hand unter ihre Brüstung.

Ich greife über sie hinweg und bugsiere den Kram von ihr fort. »So.«

Sie stapelt ihn wieder vor sich. Ich schiebe ihn zurück, so gut ich kann. Hin und her.

Die Micha ist mir jetzt so nah, ihr Atem boxt mir ins Gesicht. »Mensch Anna, mehr Show, mehr Öf-fent-lich-keit!«

Sich tarnen oder tanzen, im Meer ist das ein Grundprinzip. Leider ist meine Kostümierung auffällig, selbst ein Clownfisch würde sich farblos dagegen vorkommen. Ich rutsche immer tiefer in meinen glitzernden Schuppenschwanz, gleich bin ich bis zum Hals darin verschwunden.

»Micha, ich sage es noch einmal, Sie hören jetzt bitte auf damit.«

Sie rollt mit den Augen und zieht sogar noch vier entfernter liegende Plastikflaschen zu sich heran. Gemeinheit, sie ist beweglicher, hat ja mehr Beinfreiheit als ich. Meine sind nicht zu sehen, aber ich habe sie trotzdem enthaart.

»Du bist mol keine Bangbüx«, grunzt Petersen. Anscheinend zufrieden hebt er die Kamera wieder an.

Die Micha hat den Plunder mit ihrem Busen beschwert, streckt eine Faust in die Luft und ruft: »Freiheit für die Buckelwale!«

Ich bin mir gerade nicht mal sicher, ob sie die Tiere meint. Buckelwale sind doch frei.

»Wat mutt, dat mutt.« Petersen macht ein Foto. Und noch eins und noch eins.

Ojemine, was für eine Bredouille, ich fühle mich jämmerlich. »Mensch Hannes, du hast doch gesagt, wir stehen das gemeinsam durch.«

So hat sich Hannes das mit der Presse offenbar nicht gedacht, er ballt kurz eine Hand zur Faust, fast scheint es mir, er wolle den Journalisten zu Boden strecken. Hannes traue ich das zu. Doch stattdessen hebt er seine braungebrannten Arme. »Okay, okay, aber jetzt zu den Fakten, der Plastikmüll ...«

»Jaja, was'n Schiet«, erwidert Petersen, ohne sich von uns abzuwenden. »Und die Meermaid ist also Ihre Kollegin? Herzallerliebst. Haalloo, schuppige Schönheit!«

Uiuiui, führt das jetzt auch noch zu einem Flirtfiasko? Wieder blitzt sein schiefes Gebiss. Und seine Kamera.

»Entfernen Sie den Aufruhr und diese Personen gleich mit!«, bellt die Gräuliche, die unversehens wieder aufgetaucht ist. Mit einem Polizisten, der barfuß durch den Sand knirscht, seine Diensthose gewissenhaft hochgekrempelt, die Schuhe in der Hand. Fast freue ich mich über diese Ablenkung – wenn, oh nein, wenn ich diesen Polizisten nicht kennen würde. Ausgerechnet er! Er hat mir gerade noch gefehlt.

Jetzt fühle ich mich endgültig ausgeliefert. So muss sich ein Kaninchen vorkommen, das vom Wolfsrudel umstellt ist.

»Olaf, du Dösbaddel, mal wieder auf Strandstreife?« Petersen hebt einen Finger an seine Schiebermütze. »Länger nicht gesnackt.«

Olaf nickt ihm zu, blickt dann über die Menge und die ›befreiten‹ Brüste der Micha hinweg auf unsere Müllhalde.

»Was ist hier los?«

Ulkige Frage, das hat er sich doch eigentlich gerade angesehen.

Die Stimme der Gräulichen bebt vor Glück. »Herr Wachtmeister, wie Sie sehen: Erregung öffentlichen Ärgernisses ...«

»Nein. Das ist allenfalls eine Belästigung der Allgemeinheit.«

Wir sind ... bitte was?

»Aber diese Frau, sie ist oben ohne«, stellt die Gräuliche noch einmal fest.

»Was mich viel mehr interessiert, ist diese Ordnungswidrigkeit«, er nickt Richtung Müll. »Unerlaubte Abfallentsorgung.«

Sein akkurates Auftreten fand ich mal sehr anziehend.

»Wer ist für diese Müllkippe verantwortlich?«, brummt Olaf. »Ach, du ...«, jetzt hat er mich erkannt. »Natürlich.«

»Ja, ich, allerdings ist es nicht mein Abfall.«

»Du hast den nicht dahingelegt?«

»Doch, vorher allerdings beseitigt.«

»Wie jetzt?«

»Erst eingesammelt, dann wieder hingetan, weil ...«

»Na also. Das macht 200 Euro. So sieht es der Bußgeldkatalog vor.«

Selbst wenn der Müll sauber getrennt herumläge und die Flaschen ordentlich angeordnet wären, er würde niemals Gnade vor Recht ergehen lassen.

»Schönen Dank, Olaf«, sage ich zerknirscht.

»Da sind mir die Hände gebunden.«

»Die Story wird ja immer besser«, freut sich Bulldogge Petersen und kritzelt etwas in seinen Notizblock.

»Verdammt, immer diese Ablenkungen«, beschwert sich die Micha. »So kann ich nicht demonstrieren!«

Ich stupse sie an. »Wir demonstrieren nicht, Micha, wir informieren.«

Sie seufzt. »Hättet ihr doch nur Plakate gemalt, dann wäre es klarer.«

»Eine Demo, aha.« Ich meine, ein süffisantes Lächeln zu erkennen, das Olafs Mundwinkel umspielt. »Ist die angemeldet?«

»Hören Sie«, Hannes wollte die ganze Zeit schon etwas sagen, kommt aber jetzt erst dran. »Das hier ist eine spontane ... äh ... Demonstration der Müllproblematik in der Ostsee.«

»Das sehe ich wohl. Sie packen sofort Ihren Schund zusammen, sonst lasse ich das Gelände räumen.«

Jetzt hat Olaf es wieder geschafft, dass ich mich als Übeltäterin fühle.

Die Micha zeigt ihm den Stinkefinger. Entrüstet greift Olaf nach den Handschellen an seinem Gürtel. So ein Scheibenkleister, das wird ja immer schlimmer!

Mein Handy klingelt. Schwach höre ich die Titelmelodie von *Arielle.*

»In meiner Tasche«, sage ich. Hannes kramt es heraus, wobei er aufs Display schaut. »Hartmut.« Er reicht es mir runter.

Mein Vater? Ungewöhnlich, das Telefonieren überlässt er sonst Mama.

»Hallo, Papa. Bitte …? Mama … sie ist … was!?«

Die Strandkörner unter mir geben nach, ich werde von Treibsand erfasst und verschluckt.

2. Kapitel

Sie liebte es, sich zu verkleiden. Jeden Karneval war sie eine andere Märchenfigur, ihr Kostüm immer selbstgenäht. Dieses Jahr ging sie als Fee. So haben wir sie hineingelegt. Mit ihren violetten Schmetterlingsflügeln und dem Zauberstab. Und einem Fläschchen Eierlikör für den Weg.

Mamas Sarg ist bereits abgesenkt.

»Sie hat nicht nur geatmet, sie hat gelebt«, sagt Pfarrer Lippe beschwörend. »Ilse hat ihr Leben voll ausgeschöpft.« Der kleine Friedhof vor St. Bonifatius wirkt nicht freudlos, eher wie ein schmucker Vorgarten. »Liebe Familie Herzig, nun ist sie zur Ruhe gekommen. Doch ihre Energie wirkt in uns weiter.«

In diesem Augenblick reißt der Himmel auf, und die Sonne blinzelt erstmals an diesem trüben Freitagvormittag durch die Wolken.

»Ilse, wir werden dich vermissen.« Er räuspert sich. »Und deinen selbstgebackenen Käsekuchen, den besten aller Zeiten.« Aus den Reihen der Frauengemeinschaft von Auendorf erschallt zustimmendes Gemurmel. »Alles Leben entspringt Mutter Erde, und in sie kehren wir zurück.« Pfarrer Lippe, den alle nur Rudolph nennen, streut Erde auf den Sargdeckel. »Erde zu Erde, Asche zu Asche, Staub zu Staub.«

Neben mir schnieft Papa, ich berühre ihn tröstend an der

Schulter. Gleichzeitig drücke ich Florians Hand. Mein Bruder zittert etwas. Ich sehe Tränen auf ihren Gesichtern.

Rudolph hebt segnend die Arme. »Liebe Ilse, ruhe in Frieden.«

Ich lasse Papa vorgehen und stupse Flori an, damit er ihm folgt. Nacheinander greifen wir uns weiße Lilien aus einer Schale und lassen sie ins offene Grab fallen.

»Warum schmeißen sie die Blumen rein?«, fragt der fünfjährige Tim. »Die sind doch noch schön, Mama.« Meine Schulfreundin Nadine, Tims Mutter, legt einen Zeigefinger auf den Mund.

Tim zieht Rudolph von hinten am Gewand. »Warum wird sie in die Erde gelegt? Sie soll doch in den Himmel.«

Nadine und Tim umarmen mich, viele andere auch, gutgemeinte Worte umschwirren mich.

Mama ist weg. Ich kann es immer noch nicht glauben.

Sie ist nachts vor dem Fernseher friedlich entschlafen. »Der Tod trat gegen ein Uhr ein«, stellte der Arzt sachlich fest.

»Und dann die Hände zum Himmel, komm lasst uns fröhlich sein ...«, erklingt es von Nadine und Tante Hilde, »... wir klatschen zusammen und keiner ist allein.« Sie singen und strecken dabei ihre Arme hoch.

»Meine große Schwester hat mir mal gesagt, sie wolle eine heitere Beerdigung«, erklärt Tante Hilde mit lauter Stimme und strapaziert damit etwas die Friedhofsruhe. »Und dann die Hände zum Himmel ...«

Mehr und mehr Gäste stimmen in das Lied ein, auch die Frauengemeinschaft. Rudolph wippt leicht im Takt. Mein Bruder schaut mich verdutzt an, er hat von dieser Einlage genauso wenig gewusst wie ich, Papa bleibt geistig abwesend. Wie eigentümlich, der Karnevalsgesang verleiht ihrer

Verabschiedung einen würdigen Glanz. Ich hake Papa und Flori unter, wir schunkeln ... Mama in die Nacht. Fast so, wie sie uns früher in den Schlaf gewiegt hat.

Dann schieben sich die Trauergäste an mir vorbei und sprechen ihr Beileid aus. Plötzlich fällt mir auf: Papa? Im Grabgewusel habe ich ihn kurz aus den Augen verloren. Meine Absätze knirschen eilig über den Kies. Da, hinter der Kirche sehe ich ihn hinter einer geöffneten schwarzen Hecktür. Papa hockt im Leichenwagen.

»48 Jahre so viel Glück«, murmelt er vor sich hin.

»Papa, was ... machst du hier?«

»Ihr hinterherfahren möchte ich.«

Er starrt durch die Hecktür. »›Ich habe alles erledigt‹, hat sie zu mir gesagt, bevor ich schlafen gegangen bin und sie zum Fernsehen. Dann hat sie mich geküsst.« Hartmut schluckt und dreht sich zu mir. »Ich dachte doch, sie meint den Haushalt.«

Meine Augen werden wieder feucht. »Papa, komm.«

Beim Aussteigen nimmt er meine Hand.

Auendorf ist überschaubar. Wir fahren von der Hauptstraße ab, biegen nach knapp zwei Kilometern nach links ab und sind schon zu Hause. »Zu Hause«, ich weiß gar nicht, ob ich das noch so sagen darf. Nach all den Jahren.

Am Ende des Parkplatzes markiert ein großes, an den Rändern geschwungenes Metallschild den Eingang: »Märchenwald mit Herz«, darunter »Inhaber Familie Herzig« und die Öffnungszeiten. Die grüne Farbe ist stellenweise abgeblättert. Ich bin so froh, dass zur Trauerfeier alle hier sind, die ich zu den Freunden von uns Herzigs zählen würde.

Außer eben … Mama.

»Mein Beileid.« Der schlaksige Julian gibt mir die rechte Hand. Er hilft sonst im Märchenwald aus und bereitet heute den Leichenschmaus vor. In der linken Hand hält er einen Mineralwasserkasten, den er gerade aus dem Kabuff neben der Hofeinfahrt geholt hat.

»Danke. Du hast sie kaum gekannt, oder? Als Student bist du doch eher frisch dabei?«

»Seit zwei Jahren.«

Ich lächle verschmitzt, um mir meine Ahnungslosigkeit nicht anmerken zu lassen.

»Sie hat mich ihre Geheimwaffe genannt.« Julian grinst. »An der Kasse und auch sonst überall. Ich trag das dann mal rüber.«

Ein Grüppchen der Frauengemeinschaft läuft grüßend vorüber.

»Wie wär's denn mit Eintritt?«, motzt Papa, der am Kassenhäuschen steht.

»Ähm, Papa«, rufe ich ihm zu, »heute muss doch keiner zahlen …«

»Jo«, sagt mein Bruder Flori. »Ist doch geschlossen.«

Papa fasst sich an den Kopf, seine grauen Haare stehen zauselig zu den Seiten ab. »Dann kriegen sie auch keinen Wegweiser.«

Ich fasse die beiden an den Händen, wir laufen durch die ehemalige Tordurchfahrt des Fachwerkhauses in den Innenhof, um den das Gesamtgebäude wie ein Hufeisen liegt: links das Café ›Schlaraffenland‹ mit Terrasse davor. Im rechten Teil wohnen jetzt nur noch Papa und Flori. Hintendurch erstreckt sich der Park mit den Märchenfiguren.

»Da seid ihr ja, meine Lieben.« Tante Hilde steht von

ihrem Tisch auf der Caféterrasse auf und drückt uns drei so fest, fast drohen Quetschungen. »Ihr habt unsere volle Anteilnahme.«

Auch alle anderen schauen in diesem Moment besonders betroffen drein. Ich schließe kurz die Augen, atme tief durch und lächle tapfer.

Bisher habe ich als Erwachsene nur mal um eine verstorbene Schildkröte trauern müssen, doch vor Mamas Tod nie um einen Menschen. Ich bin darin nicht geübt, weiß nicht, wie man mit dem Sterben umgeht.

»Für mich 'n Schnaps«, knurrt Papa.

»Sehr zum Segen!«, sagt unser Pfarrer laut zur Ablenkung.

Die Frauengemeinschaft entspannt sich wieder – und damit auch uns. Rudolph ist immer noch eine Attraktion bei den älteren Damen, daran hat sich also nichts geändert. Bei ihm bin ich schon zur Erstkommunion gegangen, da war er noch Kaplan. Jetzt ist er ein 60-jähriger Lausbub, dessen noch verbliebene weiße Haare sich an den Hinterkopf schmiegen.

Nadine lächelt uns an. »Setzt euch doch hierher.« Sie wischt noch mal reflexartig über den freien Tisch und wirbelt weiter.

Papa und Flori haben ihre Jacketts über die Stühle gehängt, sie trinken wortlos Apfelschorle. Die Terrasse unter den gelben Sonnenschirmen liegt in einem warmen Honiglicht. Tellergeklapper und Füßescharren. Stimmen knäueln sich munter melancholisch.

Frau Weber, eine frühere Lehrerin von mir, hält einen Stift hoch. »Ich mache in meinem Adressbuch immer Kreuze. Damit ich keinem Toten gratuliere.«

Ihre Sitznachbarin seufzt. »In der Wandergruppe werden wir ja auch jedes Jahr weniger.«

Tante Hilde winkt energisch ab. »Am besten, man liest die Todesanzeigen und gehört nicht dazu.«

»Die Weber ist echt älter geworden«, sage ich und lehne mich auf den braunen Tresen.

»Und immer noch so penibel wie bei der Korrektur unserer Hausaufgaben.« Mit einem sanften Plopp entkorkt Nadine eine Flasche Sterntalerwein. Den Wein beziehen wir von einer kleinen Winzerei, die die Flaschen extra für uns mit einem neuen Etikett beklebt. Das war Mamas Idee.

»Danke für deine Hilfe hier im Café, sehr lieb.«

»Och du, das bin ich doch gewöhnt.« Sie hält inne und sieht mich an. »Hat immer Spaß gemacht, mit deiner Mutter zu arbeiten.«

»Die Gute … na ja, sie hatte schon auch ihre Spleens.«

»Nervige Ideen, das ja«, lächelt Nadine und drückt auf einen roten Knopf, der an einem Holzpfeiler in der Mitte des Cafés angebracht ist. »Tischlein deck dich!« ruft eine metallen knarzende Stimme. »Wenn die Kinder das entdeckt haben …« Nadines Gestik ist eindeutig, sie durchtrennt sich mit der flachen Hand den Hals.

»Ehrlich gesagt bin ich ganz froh, übermorgen zurückzufahren.« Ich schlendere zur rustikalen Geschirranrichte, betrachte intensiv ein Astloch in der Maserung. »Das hier … ist einfach nicht mehr meine Welt.«

»Deine Welt ist unter Wasser und im Labor.« Nadine zuckt mit den Schultern. »So isses halt.«

»Ja, daran gibt es keinen Zweifel.«

Mein Zeigefinger fährt über den leichten Staubfilm auf der Ablage und stoppt auf einem Stapel verblichener Märchenwald-Prospekte. Ich kenne sie nur zu gut, nehme dennoch einen in die Hand. Auf einem Foto beißt ein pausbäckiges Mädchen in ein großes Stück von Mamas Käsekuchen.

Das Mädchen bin ich.

»Ich schau mal nach Flori.«

»Er müsste draußen bei Tim sein.«

Sie spielen hundert Meter entfernt auf der kleinen Wiese beim Froschkönig-Brunnen. Ich steige über die Lokomotive der Kindereisenbahn, laufe über die Schienen.

»Na, alles gut bei euch?«

»Jo«, sagt mein Bruder.

»Mama hat uns die Prospekte gegeben. Zum Basteln.« Tim richtet seinen Papierflieger gen Himmel.

Die Konstruktion scheint mir sehr instabil, eine Flugtauglichkeit zweifelhaft.

Flori hält eine Hand über die Augen und schaut angestrengt. »Keine Vögel. Okay, los.«

Der Flieger segelt in eine Linkskurve und ... mein pausbäckiges Konterfei knallt gegen die goldene Kugel des Froschs.

»Oh, Treffer«, sage ich.

»Aber kein neuer Rekord.« Tim hebt ihn auf.

Flori zeigt auf mein zerknautschtes Foto. »Sei nicht traurig.« Er umarmt mich.

Früher bei Familientreffen ist er immer Mama hinterhergelaufen, hing an ihr wie eine Klette. Denn selbst bei Familientreffen wollen die Leute nicht normal mit ihm sprechen. »Das liegt an ihnen, nicht an dir«, hat Mama immer zu Flori gesagt. Vielleicht umarmt er deswegen so gerne andere Leute. Es ist weniger eine Geste der Zuneigung als ein Festklammern.

Mein zwei Jahre älterer Bruder ist seit seiner Geburt besonders.

»Wollt ihr beiden nicht mit zu den anderen kommen?«

»Ich glaube, Beerdigung ist langweilig.« Dabei sieht mich Tim sehr vernünftig an.

»Mal gucken.« Flori greift sich einen neuen Prospekt. »Wir spielen gerade so schön.«

Seine kräftige Figur passt nicht so recht zu dem, tja, Kind im Manne.

Der Sterntalerwein geht hörbar in die nächste Runde. Es zwitschern die Vögel, allen voran: Tante Hilde. »... hach, unsere Ilse. Was sie jetzt nicht alles versäumt. Ich meine, wir drehen Däumchen und kriegen auch noch Geld dafür. Meine Lieben, Rentnerin sein ist toll.«

»Solange die Zipperlein nicht überhandnehmen, alles wunderbar«, schmunzelt Frau Weber. Ihr Gatte ist auf seinem Stuhl lautstark weggenickt. »Entschuldigt, mein Mann schnarcht fürchterlich, immer schon. Heute denke ich: Lass ihn, wer weiß, wie lange er's noch kann.«

»Freuen wir uns über unser sargloses Leben. Sehr zum Wohle!« Wieder prostet Rudolph allen zu. Sein Damenchor stimmt ein.

»Zum Wohl«, murmele ich verhalten.

»Mensch Anna, du bist so groß geworden«, sagt Frau Weber.

Nicht größer als bei meinem Schulabschluss.

»Und etwas pummelig geblieben?« Hilde betont ihren Satz wie eine Frage, meint ihn aber nicht so.

»Ich habe abgenommen, sogar ordentlich abgenommen.«

»Ach, ist doch nur Spaß.« Hilde hebt die Stimme. »Anna, ich freue mich so sehr, dass du wieder nach Auendorf ziehst.«

Bitte? Was habe ich verpasst?

»Davon kann keine Rede …«, ich stoppe, will es diplomatischer formulieren, es gelingt mir nicht, »… keine Rede sein. Meine Seesterne …«

»Ilse hat den Laden zusammengehalten, Kindchen. Wer soll es denn sonst machen?«

»Nun, ich bin Meeresbiologin …«

»Du hast doch hier den Rhein direkt vor der Tür«, wirft die Bäckersfrau ein. Für sie passt das alles ganz wunderbar zusammen.

»Meeresbiologin«, Frau Weber nickt bedächtig, »und darauf bin ich stolz. In Erdkunde hattest du ja keine Bestnoten, wenn ich mich recht erinnere.«

Ich schlucke. Hildes öffentliche Bekanntmachung hat mich unvorbereitet getroffen. Warum macht sie das? Eine Rückkehr nach Auendorf passt überhaupt nicht zu meinen Bedürfnissen. Beruflich nicht, persönlich nicht, überhaupt nicht. Ich möchte keine neuen familiären Bande knüpfen. Meine Nabelschnur wurde durchschnitten, was auch gut so ist. Außerdem: Als ob Mama einfach so zu ersetzen wäre.

»Sie ist so Herzig«, wie oft wurde das über sie gesagt. Ja, sie war das Herz der Familie, ihr Zentrum. Mama hat die Familie aufgebaut und zusammengehalten. Und jetzt ist sie weg.

Das soll nicht gegen Papa sprechen, aber mit ihm verhält es sich anders, denn …

»Nichts für ungut, Anna.« Jetzt unterbricht Hilde sogar mein Gedankengewühl. »Aber du kannst ja nun auch mal was für die Familie tun.«

Papa, der bislang eher apathisch dabeigesessen hat, hebt den Kopf. »Wir kommen schon alleine klar.«

Vielen Dank, hier ist ja einer netter als der andere. In meinen Ohren rauscht es, ich habe allen Grund, wütend zu werden. Später. Heimlich und leise für mich. Nicht auf der Trauer*feier*. Das gehört nicht hierher, so bin ich von Mama nicht erzogen worden.

Wie kann sich Hilde nur so ungeschickt äußern, ich ringe mit den Tränen. »Ich stehe ... nicht zur Verfügung.«

»Und neben dir steht ... das Rentier«, sagt Rudolph.

Dankbar blicke ich unseren Pfarrer an, der gerade rechtzeitig einen Arm um mich gelegt hat.

»Zurück zu unserer Hauptperson«, sagt er. »Ilse wird uns fehlen.«

»Ganz genau!« Die Frauengemeinschaft plappert wieder los. »Ihre Lebensfreude ...«

»... trotz der vielen Widrigkeiten ...«

»... so fürsorglich und aufopferungsvoll, wie sie sich um Florian gekümmert hat ...«

»... 71 ist doch kein Alter.«

Papa schnauft mehrfach. Aus Trauer oder Protest – oder sind es altersbedingte Unlaute?

»Schmarotzer!«, brummt er über die Terrasse.

Ein Papierflieger trifft mein Bein. Flori und Tim laufen auf uns zu.

»Ob Mama uns jetzt wohl beobachten kann?«, frage ich Rudolph.

»Dein Wort in Gottes Ohr.«

Tante Hilde, die gerade ins Café gehen will, hält inne und ergreift meinen Unterarm. »Ich kann meine Schwester nicht ersetzen, Kindchen, das ist klar.« Sie lässt mich wieder los. »Zumal ich bald wieder auf Kreuzfahrt bin. Die *MS Europa* kann unmöglich ohne mich ablegen, was soll denn mit meiner Kabine passieren?«

»Dein Ohr in Gottes Wort«, sagt Tim.

3. Kapitel

»Diese blöde Hilde!« Mein Tablett kracht aufs Abräumband, das Geschirr klappert.

»Dafür kann der Teller doch nichts«, schmunzelt Hannes.

MS Europa ... sie darf aufs Meer ... und ich soll hier weg. »Diese blöde Hilde!«

»Das sagst du heute schon zum hundertsten Mal.«

»Zu Recht.« Wenn ein Wal eine buckelige Verwandtschaft hat ... klar. Aber meine Tante, ooh, sie ist so gemein.

»Es ist doch allein die Frage ...«, sagt Hannes und bleibt am Panoramafenster unserer Kantine stehen, »... ob du es willst. Ein Abenteuer wäre es ja schon.«

Der Ausblick aus dem Fenster gleicht einem Gemälde: Aus der obersten Etage des Instituts sehen wir über die Uferpromenade in die Mecklenburger Bucht. Rechts ragt der alte Leuchtturm auf.

»Ja, mich interessieren Abenteuer.« Ich betrachte die Ostsee, auf die wir schon so oft hinausgefahren sind. »Aber ... doch nicht in der eigenen Familie!«

Das meine ich weder bockig noch böse, wirklich nicht, ich fühle mich einfach innerlich nicht reif dafür. Außerdem ist es eine ziemlich grundsätzliche Lebensentscheidung.

»Es wäre mehr als ein Abenteuer«, schiebe ich erklärend hinterher. »Es wäre ein echtes Wagnis.«

Das Seebad Warnemünde strahlt in der Mittagssonne.

Hannes zuckt mit den Schultern.

»Hilde macht es sich einfach. Damit sie ihr eigenes Leben wie gehabt weiterführen kann, will sie es auf meine Kosten regeln.«

»Es ist deine Entscheidung. Du musst dich gut dabei fühlen.«

Analytisch betrachtet sehe ich es so: Ein Schwimmbecken verläuft in geordneten Bahnen, und alle 50 Meter kann man sich festhalten. Das ist Auendorf. Die See dagegen ... ist die pure Freiheit. Da haben wir es: Ich bin eben nicht Bademeisterin geworden – sondern Meeresbiologin.

»Daheim ist alles so ... so reguliert, so eingefahren.« Ich schüttle den Kopf. »Warum grinst du so?«

»Weil du Regeln doch eigentlich magst.«

»Ja, schon. Aber nicht die zu Hause.«

Ich schaue einer weit entfernten Welle zu, wie sie sich aus der See erhebt und wieder abflacht. So ist mein Leben, es schwappt zwischen Sehnsüchten und Sicherheitsbedürfnissen. Jedenfalls ist es nach vorn gerichtet, finde ich. Wieder nach Hause zu gehen wäre sicherlich ein Rückschritt.

Was habe ich in Auendorf? Ackerfurchen, brachliegend.

»Trinken wir noch 'n Kaffee?«, fragt Hannes. »Ich bin dran mit bezahlen.«

»Danke, muss runter ins Labor, meine Studenten warten.« Vor der Tür drehe mich noch einmal um. »Du weißt, ich mag Experimente. Solange sie nicht zu risikoreich sind.«

Wenn ich mich nicht drauf einlasse, kann's auch nicht schiefgehen.

Hannes lächelt mich an. »Aus dir soll einer schlau werden«, sagt er augenzwinkernd.

In meinem Beruf sind wir Frauen klar in der Mehrheit, nämlich über zwei Drittel insgesamt. Wir sind nur dezent geschminkt, haben keine lackierten Fingernägel und tragen klobige Outdoorklamotten. Heißt: Gummistiefel statt Stöckelschuhe. Ja, wir Meeresbiologinnen sind taff: dürfen nicht frieren, machen uns schmutzig, sollen nicht empfindlich sein.

Eine Wal-Sezierung ist ein treffendes Beispiel. Besonders unangenehm ist der süßliche Verwesungsgeruch. Der klebt noch tagelang in den Härchen der Nase fest. Unser wunderbarer Geruchssinn, hier verursacht er beinahe Brechreiz. Und wenn nach einem Schnitt mit dem Seziermesser die Innereien hervorquellen, heißt es: Glibber statt Glitzer.

Erstsemestern mit romantischen Vorstellungen sage ich immer wieder: Meeresbiologie ist nicht Delphinreiten. Sich um Pflanzen und Tiere zu kümmern ist harte Arbeit.

Dennoch achten wir auf unser Äußeres. Deshalb nehme ich im Institut auch immer die Treppe. Ich will ja keinen Sitzsack als Hintern.

»Ojemine!« Elkes Augen weiten sich unter der Schutzbrille. »So ein Mist, ich habe meine Versuchstiere mit in den Ausguss gekippt. Sorry, Frau Dr. Herzig.«

»Das passiert«, sage ich zur Studentin. Es kommt auch vor, dass ausgerechnet die zu bestimmende Extremität eines Kleinkrebses mit der Pinzette zerquetscht wird. Oder man pipettiert zu viel Lösung rein, schon ist die ganze Messung unbrauchbar. Missgeschicke, die zeigen, wie feinmotorisch unsere tägliche Laborarbeit ist: filtrieren, destillieren, zentrifugieren, DNA klonieren. Die Aufgaben sind weit umfangreicher, als sich eine Probe auf dem Glas des Objektträgers unterm Binokular anzusehen. Hier wird das Ökosystem der

Ostsee erforscht! Ich bin so stolz, dazu beitragen zu dürfen. Und nun soll ich diese – meine – Welt verlassen?

Ein eingeschnapstes Objekt, also ein mit Alkohol präpariertes Tierchen, steht auf einer Arbeitsplatte herum. Ich stelle das Glas zurück an seinen Platz in den Schrank.

»Wir müssen sorgfältig und gezielt vorgehen«, sage ich eher zu mir selbst.

»Ja, Frau Dr. Herzig.« Studentin Elke ordnet ihren Versuch neu an.

»Wenn ich nur an die Panne neulich mit dem Bunsenbrenner denke.« Typisch für meine männlichen Kollegen. »Hätten sie doch vor dem Zusammenbau in die Bedienungsanleitung geschaut ...« Ich verdrehe übertrieben die Augen.

»Wer, ich?«, fragt Elke.

»Nein, die Männer natürlich. Die machen einfach drauflos. Da ist das Gerät ja oft schon kaputt, bevor eine Frau die Bedienungsanleitung durchlesen kann.«

Elke kichert. Ich zupfe an meinem weißen Kittel.

Es bereitet mir Freude, Wissen weitergeben zu können, das ich mir in der Forschung erarbeitet habe. Nein, diesen Kosmos verlasse ich nicht. Ich würde eine einzigartige Wissenschaft aufgeben. Eine, der ich mich doch ganz und gar verschrieben habe. Und das, tja, zu Lasten einer eigenen Familie. Was auch daran liegt, dass ich das mit den Männern drangegeben habe. Mit denen habe ich leider so viel Schiffbruch erlitten, die Wracks würden selbst aus den tiefen Stellen der Ostsee herausragen.

Und jetzt soll mein neues Glück darin bestehen, mich Vater und Bruder zu widmen? Dem maroden Märchenwald? Und Familienfrettchen wie Tante Hilde?

Das möchte ich nicht, auf keinen Fall. Auch wenn mein

Beziehungsleben gerade mangelhaft ist – ich habe keins – fühle ich mich jetzt in Warnemünde daheim.

»Frau Dr. Herzig?«

Und die Seesterne, meine aktuellen Forschungstiere, sie brauchen mich. Ich blicke mein Gesicht an, das sich schemenhaft in einem Rundkolben spiegelt. Hm, klinge ich gerade so, als gehe es unter jedem Lichtmikroskop aufregender zu als bei mir zu Hause? Mache ich mir nur vor, dass es mir gutgeht?

»Frau Dr. Herzig?«

»Ja, das stimmt!«

»Ähm, ich wollte doch nur ...« Elke schaut verunsichert.

»Pardon ... was denn?«

»Ich habe unter der UV-Lampe die Schutzhandschuhe vergessen ...«

Betreten hält sie mit ihre Finger hin. Rot. Klarer Fall von Sonnenbrand.

»Elke, das scheint heute eindeutig nicht Ihr Tag zu sein. Das ... das ist halb so schlimm.«

Schlimm wäre, wenn sie mit gefährlichen Chemikalien wie Quecksilber oder Formaldehyd ungeschickt hantiert hätte. Oder sich zwischen Vergangenheit und Zukunft falsch entscheiden würde.

»Sie wissen doch, die Biologie ist eine praktische Wissenschaft. Da muss man auch mal Hand anlegen. Nur gucken reicht nicht.« Ich sortiere einige Rundkolben. »Ich komme gleich zu Ihnen.«

»Danke.«

Es ist unglaublich bedeutsam, die Umwelt zu erforschen, die Lebensformen und Artenvielfalt in den Ozeanen. Nur durch neue Erkenntnisse verstehen wir, wie unser Planet

Erde wirklich funktioniert. Also muss ich in meinem Beruf gut sein. Das ist es, was zählt.

Und wenn mir im Labor doch mal ein Malheur passieren sollte, sind da noch Augenduschen, Gas-Notausschalter oder Fluchtwege.

Zugegeben, am Mikroskop zu sitzen scheint das Gegenteil eines Abenteuers zu sein. Aber das stimmt nicht. Schon ein Regentropfen erscheint oftmals wie ein Ozean. Schon ein winziger Fleck auf dem Objektträger kann ein riesiges Abenteuerland bedeuten. Was es da nicht alles zu entdecken gibt. Jedenfalls für einen Natur-Nerd wie mich.

»Aaah, you tiny little fuckers!« Neila, eine irische Dozentin, ist in einer anderen Ecke des Labors in einen Versuch vertieft. Sie knallt mit der flachen Hand auf die Arbeitsplatte und schaut mich genervt an. »Meine Würmchen wollen nicht.«

Ich schmunzle. Auch darüber, dass sie diese Spezies, die sie über Monate im Labor kultiviert hat, »meine« nennt. Zu Wattwürmern habe ich noch nie eine emotionale Beziehung aufgebaut. Das wäre auch hinderlich, da ich sie nach dem Sammeln pürieren muss.

Neila greift sich ein neues Glas. »Ich finde die niedlich, so beautiful.«

»Da sind mir Copepoden lieber«, sage ich, »richtig knuffig sind die und leuchten schön.« Copepoden, also Ruderfußkrebse, haben Ameisengröße und überwintern in 1500 Meter Tiefe im Polarmeer. Das finde ich sehr beeindruckend, noch frostiger geht's kaum, da helfen warme Socken mal gar nicht.

»Copepoden!«, prustet Neila. »Die sehen aus wie Schaben.«

»Pöh.« Ich lache. »Hab gehört, du hast eine Verlängerung bekommen? Glückwunsch.«

»Danke, Anna. Drei Jahre, not so bad.«

»Toll, dann kaufst du dir ein Häuschen am Deich?«

»Befristeter Arbeitsvertrag?« Sie schüttelt den Kopf. »No Bankkredit!«

Das finde ich unfair. Eine weitere Benachteiligung ist, dass viele unserer Kolleginnen weder Mann noch Kind haben. Und die, die sich eine Schwangerschaft leisten, pausieren auf der Karriereleiter. Wer allerdings erst mal einige Jahre raus war, hat sowieso Pech gehabt, weil die Forschung voranschreitet. Es ist verzwickt – und darum so wichtig, sich zu entscheiden. Ich habe mich dazu entschlossen, mit der Wissenschaft verbandelt zu sein. Fertig, aus, Schneckenhaus.

»Tonight habe ich ein Date.« Neila fährt sich durch die blonden Haare. »Ich glaube, er ist nett ...«

»Schön, freut mich für dich.«

»Die, wie sagt man ... Funktionsunterwäsche ... lasse ich wohl besser im Schrank.«

Ich lächle. »Dann scheint er wirklich nett zu sein.«

»By the way, Anna, deinen Artikel im ›Journal of Biology‹ habe ich gelesen. Dieses Wasting-Syndrom der Seesterne ... holy shit.«

»Ja, dahinter steckt ein übler Virus.«

Zu meinem Aufsatz über das Massensterben der Seesterne habe ich gutes Feedback bekommen. Ein Glück, puh, das habe ich gebraucht. Für uns Wissenschaftler ist es sehr wichtig, in anerkannten Journalen zu veröffentlichen. Ja, die persönliche Publikationsliste gilt als Nachweis unserer fachlichen Qualitäten. Wehe, da steht zu wenig drauf, oje. Es ist wie mit dem Gürtel des tapferen Schneiderleins. Wenn da nur eine Drei aufgestickt gewesen wäre statt einer Sieben – kein Ruhm, kein Märchen, gar nichts.

»Ok, let's go, tiny little fuckers«, sagt Neila jetzt fast liebevoll, sie hat den nächsten Versuch vorbereitet. Ihre Leidenschaft für die winzig kleinen Stinker ist bewundernswert. Die Würmchen können ihre Zuneigung nicht erwidern. Ihr Date hoffentlich schon.

»Bin wieder da-a!« Ich lasse meine Tasche fallen und schließe die Tür. »Wo bist duu?«

Die Frage ist nicht ernst gemeint, aber ein geliebtes Ritual. Vom Flur gehe ich rechts durch die Tür.

»Huhu, Lilly!«

Zärtlich nehme ich meine Schildkröte aus dem Terrarium, das eigentlich viel zu groß ist für meine Dachgeschosswohnung. Wegen der Wandschräge steht es sogar mitten im Raum, aber nicht im Weg. Es ist eben Lillys Reich.

»Na, hast du mich vermisst? Wie war dein Tag, Süße?« Ich streiche ihr sanft über Köpfchen und Panzer. »Soll ich uns ein Bad einlassen?«

»Ja«, antworte ich.

Zurück im Flur sehe ich die Post durch. Die weißen Umschläge mit Sichtfenster sind zwar langweilig, aber es könnten ja Rechnungen drin sein. Ich überweise immer sofort.

»Schau mal Lilly, eine Postkarte mit Nachthimmel.« Den Spruch darauf lese ich laut vor: »In der Dunkelheit der Trauer leuchten Sterne der Erinnerung.« Ich drehe die Karte um. »Oh wie lieb, Nadine hat sie uns hinterhergeschickt.«

Ich setze Lilly zurück ins Terrarium. »Schau, ich hab dir Löwenzahn und Kleeblätter gepflückt, mmh.«

Mir lasse ich ein heißes Bad einlaufen, so ganz ohne Wasser kann ich einfach nicht. Das Pflegeschaumbad ›Aromatische

Auszeit‹ beginnt quirlig zu sprudeln. Ich überlege kurz und sage dann laut: »Prosecco. Ja, ein Gläschen in der Wanne.«

Shirt und BH liegen schon am Boden, die Hose folgt. Ich betrachte mich kritisch im großen Spiegel. Möchte ich in meiner Haut stecken? Überwiegend schon, auch mit 40 hängt nichts mehr als nötig. Wenn man nicht zu genau hinguckt, ist noch alles an seinem Platz, wenn auch mittlerweile reichlicher vorhanden.

»Spieglein, Spieglein, an der Wand, wer ist die Schönste …? Na, du weißt schon.«

Ich kann so albern sein.

Ich drehe den Wasserhahn ab und gleite behutsam in die Wanne.

»Lilly, sorry, ist zu heiß für dich«, rufe ich zu ihr rüber.

Wohlige Wärme umschließt mich, ich setze das Sektglas an. Aah, wunderbar süffig. Der Tag perlt von mir ab.

Ich schließe die Augen und sehe es dennoch vor mir. Es hat mich damals alles erdrückt: das Dorf zu eng und die Familie zu nah. Deshalb habe ich Auendorf verlassen. Und Uwe gleich mit. Uwe. Meine Jugendliebe. Er war mir zu laut. Immer. Da kam der Studienplatz in Bremen gerade recht. Wochenlang auf Forschungsschiffen. Schwerer Seegang. Nach dem Abschluss Südafrika. Zwei Jahre lang Haie. Die großen weißen. Meine Güte, war das alles abenteuerlich.

Jetzt sitze ich promoviert in Warnemünde in der Wanne und fühle mich mit Plankton und Seesternen im Labor pudelwohl. Sie geben mir eine eigentümliche Sicherheit. Ich nehme noch einen gründlichen Schluck.

Aber wie geht es weiter mit Papa und Flori? Ich kann sie jetzt nicht hängen lassen. Sie brauchen mich. Ha, ich hole sie hierher! Also, hier ist natürlich zu wenig Platz, wir bräuchten eine andere Wohnung. Papa könnte am Strand spazieren gehen und Flori Drachen steigen lassen. Allerdings wären sie weit weg von ihren Freunden, weg von der Dorfgemeinschaft. Und was wird aus dem Märchenwald?

Fest verwurzelte Bäume verpflanzt man nicht, hat Mama immer gesagt und betont, und wie wichtig ein vertrautes Umfeld gerade für Flori ist. Jetzt hat er Mama verloren, und ich will ihn auch noch aus Auendorf fortreißen. Abgesehen davon arbeite ich 50 Stunden die Woche und bin immer mal wieder auf der Ostsee unterwegs. Dahin kann ich die beiden doch unmöglich mitnehmen.

Ich puste in den weißen Schaum, Bläschen steigen empor.

Was ich bei all meinen Besuchen und auch bei Mamas Beerdigung jetzt wieder gemerkt habe: Meine Familie ist anders als ich.

Ich lehne mich über den Wannenrand und schenke mir ein weiteres Glas ein. Wo ist mein Zuhause, frage ich mich. Wo ich mich wohlfühle? Wo ich gebraucht werde? Wo ich sein darf, wie ich bin? Wo der Schlüssel passt?

Was mir klar scheint: Zuhause, das ist der schönste Ort der Welt.

So sollte es jedenfalls sein, und in Warnemünde habe ich dieses Gefühl. Meistens. Aber wie ist es mit dem Märchenwald? Ich habe ihn immer geliebt und erinnere mich gerne daran, wie lebhaft Mama Flori und mir die Märchen erzählt hat. Meine starke Mutter, ich habe sie bewundert. Auch wenn ich immer Verständnis haben und Rücksicht nehmen musste, weil mein Bruder Mama viel Kraft kostete. Einige Male habe ich mich ungerecht behandelt gefühlt und recht bedröppelt in mein Zimmer verzogen.

Vom Sektglas in meiner Hand tropft es in den Badeschaum. Durch das Fenster in der Dachschräge über mir schaue ich in die Dämmerung.

Mama ist nicht zu ersetzen. Und dennoch braucht es einen Ersatz. Wie hat sie es nur geschafft, den Märchenwald *und* die Familie zu managen. Das könnte ich nie, nicht wie sie! Ich weiß ja noch nicht einmal, ob mein Vater mich überhaupt zurückwill. Nicht dass er mich fortgeschickt hätte, das war ich selber, bloß ... könnte meine alte Heimat zu einer neuen Welt für mich werden?

Moment mal, dazu fällt mir ein, was ich neulich gelesen habe: Nur noch knapp 15 Prozent der deutschen Bevölkerung lebt in Orten unter 5000 Einwohnern. Aufgemerkt, Auendorf gehört dazu. Ist das nur eine sinnlose Statistik, oder was sagt sie aus? Öhm ... ist Auendorf womöglich vom Aussterben bedroht? Hoffentlich ist es überhaupt noch da!

Upsi, da ist jetzt aber nicht mehr so viel drin in der Flasche. So ein kleiner Rest, um den kümmere ich mich auch noch. Meine Beine bibbern um die Wette, puuh, jetzt aber nix wie raus mit mir. Die Beckenwand, hoppala, die war vorhin aber noch nicht so hoch.

Der Spiegel. Meine Haut. Oha, schon schrumpeliger. Wieder eine Stunde gealtert. Abtrocknen. Jetzt. Eincremen, mit pflegender Körpermilch »für reife Haut«. Später. Ich schlüpfe in meinen flauschigen Bademantel.

»Lillyyy, schläfst du schon?« Sie raschelt, alles okay.

Ich bin es gewohnt, mit meiner Schildkröte zu reden. Das heißt noch lange nicht, dass ich mich einsam fühle.

»Ficus Benjamini! Glückskastanie! Elefantenfuß!« Ich tänzle ins Wohnzimmer. »Seid ihr alle da? Und noch wach?« Von der Fensterbank kommt keine Antwort. »Willkommen zur heutigen Gruppendiskussion. Schön geblüht, oder wo zwickt der Zweig?«

Ja, ich gehöre zu den Menschen, die auch mit ihren Zimmerpflanzen sprechen. Es ist meine Art, Tagebuch zu führen. Denn Tagebücher haben Seiten und Pflanzen Blätter ... irgendwie so.

Es schellt. Nach 22 Uhr? An meiner Tür? Spielt der Klabautermann etwa Klingelmäuschen?

Ich öffne das kleine Dachfenster zur Straße, eigentlich ist es eher eine Luke. Dann mache ich mich immer länger, sehe auf Zehenspitzen hinunter. Ringsum ist es dunkel, nur eine Nachtwächterfunzel von Laterne wirft blutorangenes Licht auf den Asphalt.

»Huhu?« Unten rührt sich nix. »Huhu?«

»Bullshit.« Das Wort höre ich kaum, aber die Aussprache kenne ich.

»Neila, bis du das?«

»Bullshit, yep.« Tatsächlich, sie hockt auf den Stufen vor der Haustür.

»Warte, ich komm runter.«

Während ich noch überlege, warum ich Neila nicht einfach hochgebeten habe, ziehe ich meine Tür zu. Was sich sofort als Fehler herausstellt, weil ich meinen Schlüssel nicht in den Bademantel gesteckt habe, upsi. Na, es ist Frühsommer, und wenigstens habe ich die zweite Proseccoflasche noch in der Hand.

Leise, damit die alte Frau Hansen unter mir nicht aufwacht, tapse ich die Treppe hinab.

»Hey, Neila, was machst du ...? Wie war dein Date?«

»Er ist verheiratet!«

»Ja, wie ...?«

»Ja, so mit allem: Ehering, gemeinsame Wohnung, Kids.«

Ich schnüre den Bademantel enger und setze mich neben sie.

»No problem für ihn, hat er gesagt«, schnaubt Neila. »Bullshit!«

Ich lege einen Arm um meine irische Kollegin. Die Nacht ist warm, Neila greift nach dem Prosecco. Sie schaut auf den einzelnen Blumentopf, der ohne Inhalt neben den Stufen liegt, befindet ihn für ungeeignet und trinkt aus der Flasche.

»Was genau meint: ›sich einfach darauf einlassen‹?«, fragt Neila. »Hat er zwei Mal gesagt.«

»Nun ja, etwas ausprobieren, ohne an die Folgen zu denken.«

Neila zieht eine Augenbraue hoch.

»Sieh mal, ich zum Beispiel überlege, ob ich mich wieder ganz auf ein Leben in Auendorf mit meiner Familie einlasse. Allerdings muss ich für mich …«

»Vögeln. Das meint er. Piepmatz rein und raus.«

»… noch klären, ob ich das überhaupt kann und will.«

»›Soll dein Schaden nicht sein‹, hat er gesagt.« Sie reicht mir die Flasche. »No chance. Prostitution ist nicht mein Fach.«

»Zurück nach Auendorf. Stell dir das vor, Neila, auf unseren alten Fachwerkhof.«

»Pah, dann eben nix mit Häuschen am Deich.«

Es ist so schön, sich mit jemandem so gut zu verstehen. Wir umarmen uns.

»Neila, jetzt sind wir mal dran! Ich bin aus dem Rheinland hergekommen, du sogar aus Irland. War unser Weg nach Warnemünde etwa ein Rückzug? Vielleicht sogar eine Flucht? Oder ein Anlauf? Sei's drum, jetzt wir!« Ich recke eine Faust in den Nachthimmel, lasse sie langsam sinken. »Wenn ich nur wüsste … wie.«

»Girl, du bist auch angeschickert.«

»Na sowas«, tadelnd schüttle ich die leere Flasche, »wohin hat sich der Prosecco denn verkrümelt? Isser so eilig verdunstet?«

Neila reibt sich die Schläfe. »Jedenfalls isser nicht mehr da.«

»Was ist denn hier los?«, meldet sich ein dünnes Stimmchen auf einmal durch die Jalousien im Erdgeschoss.

»Frau Hansen?« Oha, meine Vermieterin. »Entschuldigen Sie bitte, wir haben …«

»Mädelsabend?«, fragt sie zurück. »Dann bringe ich wohl besser noch einen Riesling raus.« Ihre Matratze knarzt.

Das sollte mir eigentlich peinlich sein, sie kennt es nicht von mir. Andererseits fühle ich mich gerade ausgesprochen lebendig. »Gut, Frau Hansen, bringen Sie bitte auch meinen Ersatzschlüssel mit.«

»Und, Lady, hätten Sie drei Gläser?« Neila klingt jetzt schon etwas gelöster.

Der Morgendunst hat sich noch nicht völlig verflüchtigt, und auch mein Kopf ist noch nicht ganz klar. Beim »Mädelsabend« wurde auch noch der Riesling geleert, puh, es ist einfach passiert.

Ich lehne mein Rad an den Holzpfosten und ziehe die Schuhe aus. Der Wind, etwas kühl noch, streicht um meine Füße. Sand, der die Sohlen krault, ist purer Genuss. Barfuß laufe ich durch die flachen Dünen. Rückwärts. Auf diese Weise zieht der neue Tag an mir vorüber, ohne dass ich ihm direkt die Stirn bieten muss. Und meinen Brummschädel besänftigt es auch.

Den salzigen Duft der Pfahlmuscheln rieche ich bis hierher. Mit einer Hand fahre ich durchs weiße Strauchgras. Der Sanddorn blüht erst nächstes Jahr wieder. Noch haben die Gäste der Hotels und Ferienwohnungen den Strand nicht überschwemmt. Das Seebad wird jeden Sommer von einer Million Touristen besucht. Eine Million, wo das Städtchen sonst nur 7000 Einwohner hat. Zurzeit ist mein Warnemünde ein Weltdorf.

Ich bekomme Gänsehaut. Mal ist Flut, mal Ebbe. Mal fühlt sich mein Leben richtig gut an, mal weniger. Und wenn das Wasser steigt, kriege ich kalte Füße. Gerade sind sie nackt, nutzen ihre Freiheit, der große Zeh würde am liebsten ins Meer vorlaufen. Verwirrt sieht er sich im Rückwärtsgang. Und was sehe ich?

Abenteuer? Neue Ufer? Was, wenn ich sie nicht erreiche? Vorher untergehe? Mich fröstelt, und ich merke gerade live, wie meine Gedanken taumeln. Diese innere Zerrissenheit ist typisch für mich.

Bauch, Herz, Kopf, sie wollen alle mitreden. Sollen sie ja auch. Um zu entscheiden, was mein Ding ist. *Mein* Ding. Nicht das von Tante Hilde.

Sand rieselt zwischen meinen Zehen hindurch. Sie sehen aus wie frisch paniert. Ich möchte eine Spur hinterlassen. Wenn ich nur wüsste, in welche Richtung. »Wer den Mut hat, sich zu öffnen, bereichert sein Leben«, hat Mama oft gesagt. Ich halte an, meine Füße verharren im Sand. Nach einigen Sekunden laufe ich wieder vorwärts. Ich sollte meine Richtung kennen.

Am Fahrradständer angekommen schaue ich am weißen Institutsgebäude hoch. Ich lege den Kopf schief. Haben die

Mitarbeiter darin wirklich alle ihren Traumjob erwischt? Viel Stress und dafür wenig Geld, das geht doch vielen so. Gerade Freunde und Kollegen um die vierzig sprechen oft davon, »einfach mal was anderes machen« zu wollen. Wobei, »einfach« ist das nicht. Miete, Versicherungen und der Sundowner wollen ja auch bezahlt werden. Außerdem Saunabesuche und Urlaub – eben alles, was allgemein als »Lebensstandard« gilt, den ja auch keiner aufgeben möchte. Hätte man den noch, wenn man auf einmal Yogalehrerin oder Tauchlehrer wird? Oder mit dem Rad durch Afrika fährt? Es wäre zumindest anders.

Skeptisch kneife ich die Augen zusammen.

So oder so scheint es eine reizvolle Vorstellung, dem Hamsterrad zu entkommen – das in meinem Fall eher ein Fischglas ist. An manchen Tagen möchte ich meinen Kopf gegen die Scheibe knallen. Mein Herz beschwichtigt dann: Anna, ruhig Blut, du bist hier genau richtig.

»Moin, Moin, Anna, wat'n schöön Dönnersdach!«

»Hallo Emma. Wenn ich dich sehe, kann der Tag doch nur schön werden.«

Empfangs-Emma, wie wir sie liebevoll nennen, ist immer fröhlich. Das muss an der guten Seeluft liegen – und an ihr selbst natürlich. Sie ist eine dieser Angestellten, die »immer schon« da waren. Emma wird bald pensioniert, vermittelt jedoch wie eh und je den Eindruck, dass sie am Empfang genau an der richtigen Stelle ist.

Ich betrete mein Büro, das nicht sonderlich schmuck, sondern eher zweckmäßig eingerichtet ist. Natürlich habe ich Bilder an die Wand gehängt und eine Topfpflanze auf den Schrank gestellt. Dennoch wirkt alles funktionell, etwas anderes zu tun als zu arbeiten ist hier drin nicht denkbar. Fischglas eben.

Über die Jahre habe ich mich im Institut ganz ordentlich gemacht, würde ich sagen, meine Aufgaben erledige ich sorgfältig und zügig.

Eine junge Assistentin schaut zur offenstehenden Tür herein. »Hey Anna, du sollst zum Herrmann kommen. Sofort.«

Oha. Professor Herrmann ist der Fachbereichsleiter, also mein direkter Chef, dem ich in der Forschung zuarbeite. Er vergibt die Projektbudgets, aber lieber noch streicht er sie zusammen. Ganz ehrlich, er ist ein Ausbeuter, einer, der sich selbst nicht gerne die Hände schmutzig macht. Die Feldforschung »am Tier« überlässt Professor Herrmann gerne anderen. Also vor allem auch mir.

Das war schon bei meinem ersten Einsatz auf einem Forschungsschiff des Instituts so. Da war er der Fahrtenleiter. Aufgabe der Expedition war es, Schweinswale zu kartieren, was uns bis in arktische Gewässer führte. Deshalb wurde vor der Tour geübt, wie man auf Eisbären schießt. Was ich niemals übers Herz brächte! Doch wenn man außerhalb des Schiffes auf einer Scholle unterwegs ist, können die Eisbären sehr unverhofft auftauchen. Und dann sind sie gar nicht kuschelig, auch wenn sie als Babys so aussehen. Uiuiui, trotzdem würde ich mich eher auffuttern lassen, als dass ich abdrücke.

Was habe ich mit der klirrenden Kälte und dem frostig pfeifenden Wind gekämpft. Und wie. Der heftige Seegang ließ das Schlauchboot auf und nieder schaukeln. Wir mussten von der Schiffsreling reinspringen, wenn das Boot exakt oben auf der Welle war. Wer nicht den richtigen Absprung schaffte und zwischen Schiffsrumpf und Schlauchboot im Polarmeer landete, holte sich keinen Schnupfen, sondern bei einer Wassertemperatur von nur einem Grad sogar den Tod.

Ich zitterte am ganzen Körper. Und mein Professor stand im wankenden Schlauchboot und brüllte uns nacheinander hinein. Die Gewehre für die Bären zu seinen Füßen. Natürlich wollte ich taff sein, keine Schwäche vor ihm zeigen. Dabei ging mir der Popo auf Grundeis, ganz klar. Überall blendete es gleißend hell. Ich habe meine Füße nebeneinandergestellt, tief durchgeatmet und bin ins Ungewisse gesprungen. Juhu, es klappte! Sogar in meinen dicken Gummistiefeln.

»Sie dürfen eine gute Figur haben, aber eine Barbie dürfen Sie nicht sein!«, hat mein Professor in den Eiswind gerufen. Sein Lieblingssatz, mit dem er uns zu weiblichen Kerlen machen will. Weil wir seefest sein und den rauen Ton der Besatzung abkönnen müssen. Auch mit dem Kapitän gilt es zu schnacken und ihm notfalls Paroli zu bieten. Dabei müssen wir seiner Meinung nach trotzdem Frau bleiben – also abends in der Schiffsmesse adrett zurechtgemacht sein und anflirtbar.

Das ist eine Menge auf einmal, denke ich, als ich über den Gang der Chefetage laufe. Und das war lange vor der MeToo-Debatte. Neila kommt gerade aus ihrem Büro. Als sie mich sieht, hält sie sich theatralisch den Kopf.

»Oh dear, die alte Frau Hansen kann was wegschlucken!«

Wir grinsen uns gequält an, und sie eilt zur Toilettentür.

»Sie hatten ein paar Tage frei?«, begrüßt mich Professor Herrmann.

»Ich war daheim in Auendorf, bei der Beerdi …«

»Dann sind Sie ja gut erholt. Schön, schön, kommen wir zur Sache.«

Ich setze mich vor seinen Schreibtisch, aber seiner einladenden Handbewegung traue ich nicht.

»Wie ich hörte, hatten Sie gestern Probleme im Labor?«

Ich hatte sie nicht, ich habe sie bereinigt.

»Es ging etwas turbulenter zu«, sage ich ausweichend.

»Ja-ha!«, sein Lachen hallt durch den Raum, er zwinkert mir zu und richtet gönnerhaft einen Zeigefinger auf mich. »Sie dürfen eine gute Figur haben, aber eine Barbie dürfen Sie nicht sein!«

Er steht rasch auf, was wohl dynamisch wirken soll. Plopp! Sein unterer Jackettknopf hat es nicht über die Tischplatte geschafft, er kullert unter dem Schreibtisch hindurch und bleibt nach einer Pirouette vor mir liegen.

Das ist offenbar Karma: Mein Chef redet sich um Knopf und Kragen.

»Was genau ... äh ... wollte ich eigentlich mit Ihnen besprechen?«, sagt er beiläufig, fast herablassend.

»Meine Festanstellung?« Das ist mir spontan rausgerutscht.

»Sie wollen einen unbefristeten Vertrag?« Er stockt. »Dann heiraten Sie doch. Ha-ha-ha!«

»Wertschätzung« und »Charme«, es sind einfach nicht seine Wörter.

Da sehe ich ihn, hinter ihm. Den Eisbärkopf an der Wand. Das Tier mag vom Aussterben bedroht sein, aber mein Chef-Biologe hält es sich als Trophäe. »Hilfe, ich stecke fest«, sagen die trüben Augen des Eisbären. Seine Beine hängen wohl zum Gebäude heraus, was sicherlich ulkig anzusehen ist, das Hinterteil wackelt in der Luft. Was, wenn er mal muss? Darunter ist der Haupteingang. Und jetzt, genau in diesem Moment, spuckt er dem Professor auf den Glasschreibtisch.

Ich mag meine Tagträume.

»Ah ja. Darum ging's ...« Verschmitzt zieht er etwas aus der Schublade.

Einen Zeitungsartikel. *Den* Zeitungsartikel. Der leider zu erwarten war. Ups, tatsächlich mit einem Foto von mir, der Länge nach im Sand. Hinter Michas Busen, der es erst recht aufs Bild geschafft hat.

Ich winde mich im Stuhl, strecke meine Arme vor mir aus und balle die Fäuste: Wenn er mir Handschellen anlegen will, dann jetzt sofort.

»Der *Küstenkurier* enthüllt«, liest Professor Herrmann vor. »›Enthüllt‹ ...«, wiederholt er genüsslich. »Ist das eine Freundin von Ihnen? Sollte ich sie kennen?«

»Die Micha, nein, die war so nicht geplant.«

»Sagen Sie ...«, er hebt die Brille und hält die Zeitung dicht vor seine Augen, »... ist sie so eine salatnagende Teppichtaschen-Wollsocken-Tante mit Käsehaut inklusive natürlichem Weißschimmel?«

»Bitte?«

»Ja-ha, angesichts solcher Brüste weiß ich gar nicht, ob die Natur überhaupt schützenswert ist!« Er lacht, als hätte er einen gelungenen Witz gemacht. »Ebenfalls interessant ist die Textzeile unter dem Foto. ›Zum Müll gelegt: Eine Mitarbeiterin des Instituts ...‹«

»Herr Professor Herrmann«, unterbreche ich ihn, »es ist mir ausgesprochen peinlich, ich kann mich nur entschuldigen, diese ganze Aktion ist ...«

»... ist großartig!«

»Ist was?«

»Gut gemacht!« Ich glaube, er meint es ernst. »Das ist genau der Einsatz, den ich erwarte!« Meine Beine hören auf zu zittern. »Die Leute aufrütteln, aufmerksam machen auf den Plastikdreck.« Er fährt mit einem Zeigefinger über die Seite. »›Blanke Brüste und nackte Tatsachen‹, die Überschrift ist etwas plakativ, aber passend.« Er strahlt mich tatsächlich an. »Und nebenbei bemerkt, Ihr Bauch ist gar nicht so übel. Also, gar nicht so übel, wie ich dachte … wie man meinen könnte.«

Ich lächle schief. Er legt drei gespreizte Finger auf die Glasplatte des Schreibtisches. Jetzt fehlt nur noch sein Spruch mit der guten Figur und der Barbie.

»Sie leisten gute Arbeit, aber ich war mir nie sicher, ob Sie auch mal über ihre Grenzen hinausgehen können. Ich gebe zu, damit haben Sie mich überrascht!«

Mit dem Meerjungfrauenkostüm. Nicht mit meinem Aufsatz über die Seesterne.

»Nun, ich habe Sie fest im Blick …«, er neigt sich über den Schreibtisch zu mir herab, zieht die Augenbrauen hoch. »Für die neue Ressortleitung.«

Ich bin baff, so viel auf einmal. Und mein Bauch ist okay, absolut.

»Frau Dr. Herzig, in meinem Institut steht Ihnen die Welt offen!« Professor Herrmann gestikuliert durch den Raum. »Na, was sagen Sie dazu?«

Puh, was soll ich dazu sagen, so spontan? Ohne zu wissen, ob ich vielleicht nur die siebzehntbeste Entscheidung meines Lebens treffe.

»Ich möchte ein Sabbatical nehmen.«

Verdattert starrt er mich an, sein Mund steht offen, ein Spuckefaden hängt zwischen den Lippen.

Überraschend erleichtert fühle ich mich, beuge mich vor, hebe etwas auf und reiche es ihm zurück. »Knopf hoch.«

4. Kapitel

Der Himmel über Auendorf fühlt sich unwohl. Durch das weiße Fensterkreuz sehe ich es wie auf vier kleinen Gemälden. Lila Licht taumelt in der Abenddämmerung. Die Wolken schimmern schemenhaft, scheinen verschlagene Wesen, Blitze flackern und lassen unseren Innenhof und die Wohn- und Wirtschaftsgebäude drum herum jäh aufleuchten.

Regen prasselt, Wind bläst, Donner hallt.

Ich habe Respekt vor Gewittern. Wenn der Himmel zuckt, als hätte er sich erschreckt.

Das erinnert mich daran, was einst während eines Unwetters geschah: Großvater saß gerade auf der Toilette. Als er abzog, wurde die Wasserspülung zum elektrischen Leiter, ein Blitz krachte durchs Dach und fuhr alle Etagen hinab ... ins Klo.

Die Spuren im Gebälk sind heute noch zu sehen. Hätte Großvater nur etwas länger gesessen, es wäre aus und vorbei mit ihm gewesen. Und Mama war zu dem Zeitpunkt noch nicht einmal gezeugt ...

»Hallo ... Hannes.« Der Regen klatscht an die Fensterscheibe, fast hätte ich mein Smartphone nicht gehört. »Ja, ich bin gut angekommen.« Der Umzugswagen ist seit zwei Stunden fort.

»Stimmt schon, das ging auf einmal alles sehr schnell. Zu schnell? Hm, könnte sein, dass ich überreagiert habe. Aber der Herrmann hat mich doch letztlich dazu getrieben. Du, der war so arrogant, dieser … dieser Grobian!«

Hannes fragt nach meinen aktuellen Forschungen, meinen Seesternen. »Da mache ich mir schon Sorgen, dieser blöde Virus, aber ich bin ja nicht für immer weg.«

»Und was ist mit Lilly?«, höre ich ihn an meinem Ohr. Süß, dass er an meine Schildkröte denkt.

»Ich habe sie auf dem Schoß transportiert, so ist sie auch heil angekommen.«

Die Verbindung schwächelt, zupft etwa das Gewitter am Netz? »Bitte, Hannes? Homeoffice …?« Von Auendorf aus? »Nein, die Wohnung in Warnemünde habe ich gekündigt.« Hannes stellt sich ja an wie Kate Winslet in *Titanic*, als Leonardo DiCaprio im eisigen Wasser versinkt: »Komm zurück!«

»Du weißt, dass ich dich mag«, sagt Hannes.

»Natürlich weiß ich das.« Lieb von ihm, dass er es extra betont. »Danke, Hannes, dir auch eine gute Nacht. Bis bald.«

So wie mein Chef mich provoziert hat, fühlte ich mich verletzt, irgendetwas musste ich doch sagen. Es war, als hätte ich ein Zauberwort ausgesprochen: Sab-bat-i-cal. Auf einmal war es mucksmäuschenstill im Büro, nur seine Zähne knirschten. Sein Vorgesetzter, unser Institutsleiter, hat später allerdings ohne Trara zugestimmt. Hinreißen lassen habe ich mich, einmal nicht überlegt gehandelt – und prompt bin ich zurück in Auendorf. Ich wundere mich ja selbst, dass ich auf mein Bauchgefühl gehört habe und dem Ruf meiner Familie gefolgt bin. Wahrscheinlich, weil es … hm … ein Notruf ist. Im Stockwerk über mir höre ich Papa schlurfen. Ich habe mich so entschieden, weil ich es will. Denke ich.

Nun, es ist ja nicht für immer. Es ist eine Auszeit, keine Aus- und Vorbei-Zeit. Meine Freistellung erlaubt es mir, durchzuatmen und meine Situation zu sondieren. Und genau das bedeutet ja das Wort »Sabbatical«: innehalten.

Unten an der Garderobe grinst immer noch die Biene Maja, der Aufkleber hat sich nie ganz abgelöst. Die Zeichentrick-Biene Maja war der erste Film, den ich im Kino gesehen habe. Später *Zurück in die Zukunft*, daran erinnere ich mich noch gut. Der Titel passt irgendwie zu meiner aktuellen Situation. Oder müsste er für mich lauten: Vorwärts in die Vergangenheit? Eigentlich gebe ich ja meine Zukunft auf für die Vergangenheit, die wohl zu meiner neuen Zukunft wird. Öhm, oder? Herrjemine, wenn's schon so losgeht ...

Ich lächle. Aus Vorfreude?

Allerdings bedaure ich, erst jetzt zurückgekommen zu sein. Jetzt, da Mama fort ist. Ja, ich habe mich familienfrei durchaus wohlgefühlt, jedenfalls entspannter. Darum habe ich Mama in den vergangenen Jahren nicht so häufig gesehen, nicht mehr so intensiv erlebt wie früher. Ich löse mein Gesicht vom Fenster und schnuppere in unser Treppenhaus, das dunkle Holzgeländer duftet noch immer milde muffig. Es ist ein Geruch meiner Kindheit. Ein behaglicher Schauder läuft mir über den Rücken.

Oben poltert es. Ich eile die Stufen hoch, nach rechts, klopfe und drücke gleichzeitig die Klinke zum Schlafzimmer. Papa liegt auf dem Boden.

»Papa! Du bist aus dem Bett gefallen?«

»Ich stelle mich tot.«

»Bitte?«

»Damit es Gevatter Tod einfacher hat, er braucht mich nur noch aufsammeln.«

Rechts und links von ihm stehen einige Mausefallen, die Schnapper sind gespannt.

Ich atme durch, versuche, so normal wie möglich zu klingen. »Muss da nicht Käse drauf?«

»Ich hab doch keine Mäuse hier.«

»Sondern?«

»Wenn der Sensenmann kommt – zack – dann Gnade seinem großen Zeh! Das muss sein, als Rache für Mama.«

Papa wirkt ganz ruhig. Ich bin es nicht. Mit den zauseligen grauen Haaren und seiner dünnen Gestalt liegt er da wie ein fallengelassener Wischmopp.

»Aha. Und ... der Spaten an deinem Bett?«

»Falls die Mausefallen versagen. Dann zieh ich ihm den über den Kopf.«

Ich schlucke. »Papa, bist du ganz sicher, dass du da liegen bleiben willst?«

»Du könntest mir mein Kopfkissen geben.«

Die Speckstreifen bruzzeln in der Pfanne, jetzt sind die Eier dran. Ich habe frische Fleischwurst und Himbeermarmelade geholt, hoffentlich mögen sie die. Der Orangensaft ist schon eingegossen. Roggenbrötchen und Croissants warten im Korb. Gemütlich zu frühstücken verbindet.

Ich fülle Kaffeepulver in den Filter. Das Wasser läuft röchelnd durch die Maschine. Es ist immer noch die alte, nachher entkalke ich sie.

»Guten Morgen, Anna.« Flori kommt in die Küche und umarmt mich.

»Guten Morgen, mein Bruderherz.«

Er sieht mich einige Sekunden lang an, auf seine unbedarfte Art. »Du warst lange weg.«

»Ja«, ich lächle verlegen, »aber jetzt bleibe ich hier.«

»Bis heute Abend?«

»Ich habe doch meine Sachen mitgebracht, Flori. Ich bin wieder da.« Jedenfalls für ein Jahr.

»Gut.« Er schaut auf den Frühstückstisch. »Oh, lecker Lieblingswurst.«

»Möchtest du einen Kaffee?«

»Kakao.« Er geht zum Schrank.

»Morgen.« Papa stützt sich kurz am Türrahmen ab. Er trägt einen braunen Morgenmantel, und seine weißgrauen Haare stehen zu allen Seiten ab. So ähnlich sah Dieter Hallervorden mal in einem Film aus.

»Guten Morgen, Papa. Setzt euch, Männer! Wer möchte denn Spiegelei?«

Papa schüttelt den Kopf. »Mein Cholesterin.«

»Flori?«

»Vielleicht später.«

Öhm ... die Pfanne ist randvoll, die schaffe ich nicht alleine. Ich nehme mir eine Ecke ohne Speck, stelle die Pfanne zurück auf den Herd und greife zur Kanne daneben.

»Frischer Kaffee, Papa! Du trinkst ihn mit Milch und ...?«

»Ohne Milch.«

»Hast du nicht früher ...?«

»Mit Zucker.«

»Also mit Zucker. Kommt sofort.«

»Früher mit Zucker.« Er hält eine Hand über seine Tasse.

»Bitte?«

»Heute mit Süßstoff.«

»Natürlich ... ist ja auch viel gesünder.« Ich blicke mich um. »Wo steht der denn noch mal?«

Papa brummt, Flori zeigt auf eine Schrankklappe.

»Na klar.« Ich dachte, darin wären die Geschirrhandtücher. Die Klappe öffnet sich nach oben. Tatsächlich, eine

Süßstoffdose, dahinter ... Nudelsuppen und Spülmittel? Komische Kombination. »Hier, bitte schön.«

Sie schmieren ihre Brötchen, schweigsam, bedächtig.

»Und, was machen wir heute?«, frage ich bewusst leicht überschwänglich. »Ein bisschen auspacken sollte ich noch, aber sonst habe ich frei.«

Sie kauen, weitere Reaktionen bleiben aus.

»Wir könnten nach Bonn fahren, au ja, im Kunstmuseum gibt es neue Ausstellungen.«

Genüssliches Kauen. Sonst Stille.

»In der Zeitung steht, auf der Insel Madagaskar haben sie drei neue Affenarten entdeckt. Mausmakis. Ich sag's euch, die sind so mini, die passen in eine Hand.«

Schweigen. Flori flutscht die Wurstscheibe vom Brötchen.

»Wisst ihr, diese nachtaktiven Primaten haben putzige Knopfaugen und gehören zur Gruppe der Lemuren ...«

Das ist doch spannend, wieso reagieren sie denn nicht? Ich rutsche auf meinem Stuhl hin und her. Liegt es an mir? Mama wird doch auch geredet haben beim Frühstück.

Ich blicke aus dem Fenster. »Schönes Wetter heute. Jedenfalls besseres als gestern. Huh, war das ein Gewitter.«

»Ja«, antwortet Flori.

»Was interessiert euch denn aktuell, worüber redet ihr so?«

»Mich totquatschen«, brummelt Papa in die Butter, »das geht natürlich auch.«

Ich fahre herum. »Da sind ja Leute im Hof.« Erstaunt sehe ich sie am Fenster vorbeilaufen. »Was machen die denn da?«

Papa gleitet das Messer aus der Hand, er stiert mich an, als wäre ich nicht ganz knusper. »Der Märchenwald hat geöffnet.«

»Selbstverständlich.« Wie dusselig von mir. Ich muss mich echt noch eingewöhnen.

»Julian ist an der Kasse«, sagt Flori und steht auf. »Ich gehe zu ihm.«

»Äh, ja.« Für ihn also kein Spiegelei mehr.

»Und du, Papa, hast du gut geschlafen?«

»Bestens.«

»Auf dem … Boden?«

»Da liegt sich's wunderbar. Wie in Schneewittchens Sarg.« Er schnürt den Morgenmantel enger und greift nach seiner Tablettendose. »Ich geh meine Grabkammer aufräumen.«

Verblüfft schaue ich ihn an.

»Na, die Mausefallen muss ich ja schon beiseiteschaffen.«

Eigenartig. Ich habe mir doch Mühe gegeben mit dem Frühstück. Haben die beiden das wahrgenommen? Haben sie mich wirklich wahrgenommen? Ich meine, was ist denn das für eine Heimkehr, wenn man nicht herzlich aufgenommen wird? Bedröppelt und allein stehe ich in der Küche.

Die Blumenpötte, die auf dem alten Holzkarren stehen, haben ordentlich Regen abbekommen. Auch das dickbäuchige Weinfass ein paar Meter weiter wurde vom Gewitter gehörig abgeduscht. Ich laufe aus dem Wohngebäude und nach links zum Hofeingang, der weiße Kies knirscht unter meinen Sohlen.

Einige der Stallungen wurden schon zu Großvaters Zeiten zu Wohnraum umgebaut. »Märchenopa«, so haben Flori und ich ihn immer genannt. Mamas Vater hatte den Bauernhof in den 50er Jahren geerbt und das angrenzende Gelände nebst Waldstück umgestaltet. Dort leben seitdem die Märchenfiguren.

»Hallo, Julian«, rufe ich.

Er streckt seinen Wuschelkopf aus dem Kassenhäuschen. »Hi Anna. Was gibt's zu grinsen?«

»Ach, ich muss gerade daran denken, dass Märchenopa einst Seemann war. Drum lässt unsere Rapunzel die Haare ja auch von einem Leuchtturm herunter. Das gefällt mir einfach.«

»Mir auch. Er muss ein toller Typ gewesen sein.«

»Oh ja, das war er.« Ich schaue zum Brunnen des Froschkönigs, den man hinter der offenen Hofanlage als Erstes sieht. »Und ein echter Romantiker.«

»Man fühlt sich in eine andere Zeit versetzt.« Julian nickt versonnen.

»Studierst du deshalb Geschichte?«

»Auch, ja.« Er deutet hinaus. »Wenn ich nur die dunkelbraunen Fachwerkbalken betrachte. Alles so malerisch, so idyllisch.«

Oder einfach nur alt, denke ich.

»Die Menschen, die hierherkommen, sind gleich viel freundlicher«, sagt Julian. »Als wenn am Eingang ein Schalter umgelegt wird, der sie in ihre Kindheit zurückversetzt. Vielleicht, weil ihnen da alles noch rein und unschuldig vorkam.«

Ich nicke verträumt.

»Ach, Sie stehen gar nicht an?«, fragt unvermittelt ein Familienvater hinter mir.

»Entschuldigung.« Ich trete zur Seite.

»Quatschen können Sie doch auch anderswo.«

Julian grinst mich an. »Ausnahmen bestätigen die Regel.« Er nimmt das Geld und reicht dem Mann die Tickets. »Zwei Erwachsene, zwei Kinder, bitte sehr.«

Schmunzelnd schaue ich zum Innenhof. Heute arbeitet Tante Hilde im »Schlaraffenland«. Was selten genug vorkommt, wie Papa meinte. Nadine, meine alte Schulfreundin, kommt erst morgen zurück ins Café. Sie ist mit ihrem fünfjährigen Tim bei ihrem Freund, einem Investmentbanker in Zürich, der auch Tims Vater ist.

Nein, Hilde muss ich jetzt nicht sehen, überlege ich.

»Weißt du, wo Flori steckt?«

»Ich glaube, er füttert die Ziegen«, sagt Julian und begrüßt die nächsten Besucher.

Am Froschbrunnen bleibe ich stehen und lächle. Stimmt schon, was Julian gerade gesagt hat. Unser Märchenwald ist eine Antiquität, etwas, das aus der Zeit gefallen scheint. Gut, das war wohl schon in den Achtzigerjahren so, nur kam es mir in meiner Kindheit nicht so vor. Da war es eine knallbunte, ganz eigene Welt für mich. Und so behaglich. Seitdem, tja, es hat sich so viel geändert.

Ich fahre mir mit der Zunge über die trockenen Lippen.

Wir hetzen uns selbst durchs Heute. Oder es sind Chefs wie Professor Herrmann, die uns herumschubsen und meinen, sie könnten uns wie Marionetten behandeln.

Allein die Märchenfiguren stehen verlässlich da und verziehen keine Miene. Ich tätschle den Metallkopf des dicken grünen Froschs, von seiner Krone ist Gold abgeblättert.

»Magst du Kermit?« Ein junges Mädchen sieht an mir hoch.

»Ja.« Ich lächle sie an. »Aber das hier ist der Froschkönig.«

»Ein Frosch kann doch nicht König sein.«

»Doch, wenn man ihn an die Wand wirft ...«

»Iih, das ist doch Tierquälerei!« Entrüstet boxt sie mir ans Bein. »Du bist keine Prinzessin.«

Tragen Prinzessinnen Gummistiefel? Hm, ich bin wohl eher ein Gegenentwurf.

Hundert Meter weiter treffe ich auf Flori. »Hier bist du.«

Er schaufelt Heu in die Futterkrippe. »Neue Rüben brauchen wir.«

Die sieben Geißlein laufen um ihn herum und meckern. Einen Wolf haben wir auch, allerdings nur aus Holz, am anderen Ende des Geheges, im Themenhäuschen zum Märchen.

»Neue Rüben, ich schreib's auf«, sage ich.

»Gut.« Flori macht nie viele Worte, er sieht die Dinge klar und einfach.

Mein Bruder ist Fußballfan und hat im Stall eine große Fahne des 1. FC Köln aufgehängt. Auch wegen des Geißbocks darauf, der Hennes heißt und das Maskottchen ist, wie Flori mir erklärt hat. Darum haben wir eine Geiß Henna getauft. Sie käut gerade wieder, wobei ihre Hörnchen leicht wackeln.

»Mein Liebling.« Er nimmt Henna auf den Arm und streichelt sie. »Aber manchmal läuft sie weg. Dann muss ich schimpfen.«

Ein Glück, dass er nicht mit mir geschimpft hat, als ich nach Warnemünde weggelaufen bin. Natürlich ist es auch mit ihm ein Neustart. Habe ich Flori in den letzten Jahren im Stich gelassen? Hoffentlich empfindet er es nicht so.

»Du, jetzt kümmern wir uns wieder umeinander. Wie früher.«

»Wie früher.« Er lässt Henna runter. »Aber ohne Mama.« Flori drückt mich fest, sein Kittel riecht nach Dung. »Du bist jetzt hier.«

Ich nicke gerührt.

»Gut.« Er nimmt die Heugabel von der Stallwand und drückt sie mir in die Hand. »Hier. Ich will rein, fernsehen.«

Mir war gestern ganz schön mulmig im Umzugswagen auf der Autobahn. Je näher wir Köln kamen, desto flauer wurde mir im Magen. Ich saß auf dem Beifahrersitz und streichelte Lilly auf meinem Schoß. Es gab kein Zurück mehr, das wurde mir auf einmal sehr deutlich. Dafür hatte ich meinen Chef zu sehr überrumpelt, womöglich steht ihm jetzt noch der Mund offen. Ich hatte mich ja selbst überrascht. In Warnemünde hatte ich rasch alles geregelt. Nur wurde mir immer bewusster: Die Tatsache, dass ich nach Hause komme, heißt nicht automatisch, dass es die richtige Entscheidung ist.

Was bin ich jetzt eigentlich: Zugezogene? Wohl eher Zurückziehende. Und doch Einheimische, jedenfalls Eingeborene. Eine von 4000. Die Auendorfer sehen ihr Städtchen als Vorort von Köln, dabei ist es eher der Vorort vom Vorort. Wir haben hier noch im Kornfeld gespielt, Nadine, die anderen und ich. Mitte der 90er, als wir noch nicht pickelfrei waren, sind wir alle beim selben Fahrlehrer gewesen. Südlich von Köln lebten wir und haben es genossen, wunderschön am Rhein nahe der Siegmündung. Ja, man kann sagen, Auendorf ist eine Idylle am Rande Kölns. Oder aber: ein Kuhkaff.

So oder so – dabei mustere ich die Shirts, die ich in der rechten und linken Hand halte –, der Ort ist gleich geblieben. Ich allerdings nicht.

»Das grüne ist ein billiger Fetzen.« Mamas Schwester steht im Türrahmen. »Zum Schuhe putzen taugt's noch.«

»Hallo, Hilde.«

»Kikeriki.« Wie immer übertrieben geschminkt und herausgeputzt tritt sie ein und schaut sich um. »Der frühere Hühnerstall.«

»Ich weiß.«

»Was für ein Zufall.«

Zusätzlich zu meinem Kinderzimmer im Parterre beziehe ich noch diesen kleinen Raum, den Mama als Wäschekammer genutzt hat. Und tatsächlich wirkt er kaum größer als ein Bügelbrett.

»Die verlorene Tochter.« Sie umrundet den Karton, den ich gerade auspacke. »Meine Liebe, es wurde aber auch höchste Zeit, dass du heimkommst.«

»Der Entschluss ist mir nicht leichtgefallen.«

»Jaja, ich hab's doch gleich gesagt.« Hilde beugt sich verschwörerisch zu mir. »Hier geht es drunter und ...«, sie deutet zur Decke. Papa rumort im ersten Stock. »... drüber.«

Ich verziehe das Gesicht. »Zum Glück bist du ja da.«

»Iiich?« Hilde winkt ab. »Ich habe heute schon genug Käsekuchen verkauft.«

»Hmm, das stresst.«

»Kindchen, das ist einfach nicht mehr meine Aufgabe.«

»Der Familie zu helfen?«

»Na hör mal, ich bin in Rente.« Sie setzt sich auf die fünf Bücher, die ich auf dem einzigen Stuhl gestapelt habe. »Und warum wohl wohne ich in Köln? Weil ich ins Leben gehöre!« Sie zieht die Bücher unter sich weg und stellt sie auf den Boden. »Nächste Woche bin ich wieder auf dem Ozean. Du solltest meine Leidenschaft ja nun wirklich verstehen. Wenn du auf dem Schiff bist, machst du doch auch Experimente?«

»Versuche, ja.«

»Genau wie ich.« Sie lacht auf. »Gut, bei mir sind ganz schön klapprige Gestalten dabei. Herzschrittmacher haben die, aber das Portemonnaie am rechten Fleck. Darum buche ich ja immer eine Kabine mit Doppelbett …«

»Ich müsste dann mal weiter auspacken.«

»Du, das könnte für dich später auch mal interessant werden!«

»Hilde, bitte …«

»Ich bin keine Kreuzfahrtschlampe, ich will doch nur helfen! In meinem Alter gibt es Männer, die hatten schon lange kein Hartholz mehr in der Hand. Na, außer ihrem Krückstock.«

»Hilde …«

»Jeden Tag auf See eine gute Tat, ist mein Motto. Wenn mich einer an der Bar abschleppen will, sage ich mir: Hilde, zier dich nicht, du wirst nicht jünger.«

»Hilde, bitte!«

»Was?«

»Es geht hier nicht um dich.«

»Pöh, ich erzähle doch nur.« Tante Hilde wischt sich affektiert eine schwarzgefärbte Strähne aus der Stirn. »Um wen geht es denn dann?«

»Um Papa.« Ich gehe einen Schritt auf sie zu und senke die Stimme. »Er verhält sich so … schrullig. Ist er irgendwie sonderbar gewesen in letzter Zeit?«

»Du meinst in den letzten 73 Jahren?« Sie lacht lauthals. »Ja!« Dabei wippt ihr voller Busen, Hildes Bluse spannt sich überm Bäuchlein.

Die Chance, im Alter lockerer zu werden, hat sie mit beiden Händen ergriffen. Ihr Mann verstarb früh, und sie hat keine Kinder, die sie durchbringen muss. Hilde kann machen, was sie will, braucht nicht mehr sämtliche Regeln zu befolgen. Ihr bekommt das offenbar gut, für unsere Familie ist es anstrengend.

Ich schiebe den leeren Karton an die Wand. »Du weißt schon, was ich meine: Seit Mamas Tod verhält er sich irgendwie merkwürdig.«

»Sehr gut, es ist dir aufgefallen! Das macht es einfacher.« Hilde beugt sich vor. »Kindchen, um es klipp und klar zu sagen: Hier geht bald alles unter. Du hast auf der *Titanic* angeheuert.«

Sie will mich irritieren, das hat sie früher schon immer gemacht. Betont gelassen packe ich ein Kleid aus und versuche, ihre Bemerkung beiseitezulächeln. Öhm, aber was genau meint sie damit?

»Weiche, böse Hexe weiche«, ruft Papa zur Tür herein.

Hilde runzelt die Stirn. »Ich bin eh gerade auf dem Sprung.«

»In den Ofen, hoffe ich«, sagt Papa und macht einen Schritt in die Kammer. Jetzt ist es hier enger als in einer Sardinenbüchse.

»Im Greisverkehr rechts halten«, sagt Hilde, hebt die Arme und zwängt sich mit wogenden Brüsten an ihm vorbei in den Flur. »Die Tageseinnahmen des Cafés habe ich ins Büro gelegt. Viel ist es nicht.« Meine Tante sieht mich intensiv an. »Ich wechsle dann mal den Kahn. Macht's gut.«

Papa legt mir eine Hand auf die Schulter. »Schon eingelebt, Prinzessin?«

»Schritt für Schritt«, sage ich lächelnd.

Er nickt.

»Ach, da ist ja mein Besenstiel«, grummelt Hilde im Flur unüberhörbar laut. Dann knallt die Haustür zu.

Der eigenen Familie mit ironischen Sprüchen zu begegnen scheint mir oft ein Zeichen von Selbstschutz. Wie offen Papa und Tante Hilde dabei sind, ist mir neu. Ihr Ton miteinander ist schärfer geworden. Liegt es daran, dass Mama ein Puffer zwischen ihnen war?

Mir entfährt ein Seufzer. »Papa, sollen wir morgen mal über den Märchenwald reden? Über den neuen Anstrich, die Organisation, die Finanzen und so?«

»Den Märchenwald?«, fragt Papa nur. »Den verkaufe ich doch.«

5. Kapitel

»Du willst was?« Ich starre Papa an.

»Den Märchenwald verkaufen.«

»Nein …«

»Doch.«

»Das geht nicht.«

»Doch!«

Ich lasse den Kopf hängen, das ist doch nicht zu fassen. Da ziehe ich mit Sack und Pack über 600 Kilometer durch Deutschland, nur um jetzt zu erfahren, dass alles für die Katz war?

»Papa … ich bin doch gestern heimgekommen.«

»Wir freuen uns auch alle wie wild.«

»Du kannst doch nicht einfach … ich meine, warum?«

»Wen kümmert's denn noch, ob eine Großmutter Kuchen gebracht bekommt?«

»Na, Flori, mich, Rotkäppchen, die ganzen Besucher …«

»Bettlägerig ist sie, vermutlich inkontinent, vielleicht dement, auf jeden Fall ein Klotz am Bein.«

»Papa, ach komm …«

»Altes Eisen bringst du nicht mehr zum Glühen.«

Papa ist angestrengt, an Hals und Stirn treten die Adern pulsierend hervor, seine Gesichtshaut schimmert großporig rötlich. Ich sollte vernünftig mit ihm reden, ihn zu bedrängen bringt nichts. Aber er redet wirr, wirklich.

»Papa.« Durchatmen. »Du kannst nicht ernsthaft …«

»Und ob ich das kann.«

»Aber ich bin jetzt hier!«

»Unüberhörbar.«

Stopp. Sonst wird es wie früher. Das war einer der Gründe, weshalb ich gegangen bin: Papa ist kategorisch dagegen, wenn ihm etwas nicht passt. Dann reagiert er sofort störrisch. Ach, was sag ich: Dann ist er unbeugsamer als das ganze gallische Dorf zusammen.

Luft holen. Er ist mein lieber Papa. Aber er sieht es so: Ich weiß genau, dass ich unrecht habe, sonst würde ich gar nicht erst anfangen, mit ihm zu diskutieren. Schon bei meinem ersten Freund war das so. Wobei, zu diskutieren, das ist doch eigentlich wie beim Reißverschlussverfahren, wenn es auf der Autobahn mal einspurig wird: immer abwechselnd, erst der eine dann der andere. Nur Papa lässt keinen rein.

»Prinzessin.« Er setzt sich schwerfällig an den Küchentisch. »Es bringt nichts, drum rum zu reden: Ich bin ein welkender Witwer.«

»Och, Papa.« Ich lege eine Hand auf seine Schulter. »Das ist doch Quatsch. Und du weißt, wir sind alle für dich da.«

»Florian?« Papa lacht. »Hilde?« Er lacht lauter.

»Sieh mal …« Ich setze mich zu ihm auf die Eckbank. »Hildes Mann ist früh verstorben …«

»Der hat's nicht länger bei ihr ausgehalten!«

»Mag sein. Aber sie ist unternehmungslustig geblieben, mehr denn je.«

»Und ich wirke so vital wie eine Fußmatte?«

Ja.

»Nein, Papa, ich will damit nur …«

»Stimmt doch.« Er rutscht auf seinem Sitzkissen herum,

atmet ächzend. »Ich konnte mich nicht mal richtig von ihr verabschieden. Einfach gestorben ist sie, ohne etwas zu sagen.«

Ich lege ihm einen Arm auf die Schultern. »Mama hat dich noch geküsst.«

»Das hat sie. Wie jeden Abend.« Die Kuckucksuhr ruft acht Mal. »48 Jahre lang hat Ilse neben mir gelegen. Und jetzt …« Er steht auf wie in Zeitlupe. »… und jetzt muss ich auf den Pott. Drückt schon wieder.«

»Deine Blasenschwäche ist nicht besser geworden?«

Papa schnauft. »Die Arthrose und der Bluthochdruck auch nicht.«

»Immerhin«, ich bemühe mich um ein aufmunterndes Lächeln. »Das Wort deiner Ärzte dafür klingt schwungvoll: multimorbide.«

»Weißt du, wie ich es nenne?« Seine Pantoffeln schlurfen über den Küchenboden. »Sargsignale.«

Ich sortiere meine Bücher der Höhe nach ins Regal ein. Eigentlich habe ich zu viele, aber die schmeißt man ja nicht weg. Und einen Märchenwald gibt man auch nicht aus der Hand, basta.

Es geht mir nicht darum, dass ein Verkauf eher ungünstig wäre, weil ich mich doch gerade fürs Sabbatical entschieden habe. Ich könnte immer noch auf Weltreise gehen. Der Punkt ist: Ich liebe den Märchenwald! Das sanfte Rauschen seiner Bäume, seine stillen und doch so lebendigen Figuren, seine ganze heimelige Atmosphäre. Ich weiß es noch wie gestern, wie ich mit Flori auf der Lichtung zwischen den Pilzen saß, wir haben Apfelstücke gegessen. Zugegeben, meine Erinnerung mag sentimental verklärt sein, und ich blende aus, was ich eigentlich überdeutlich sehen sollte: Alles modert vor sich hin, überall blättern Farbe und Glanz ab.

Papa ist damals nach der Hochzeit hier eingezogen und hat den Betrieb tüchtig mitgeführt. Allerdings glaube ich, dass er nie eine echte Leidenschaft für den Park entwickelt hat, jedenfalls nicht so wie Mama und Opa.

Und jetzt hört sich Papa so an, als wolle er den Märchenwald abschaffen und sich gleich mit. Das ist echt bitter. Ich starre durchs Fenster, mein Blick bleibt am dicken Stamm der Kastanie hängen. Was kann ich tun? Wie kann ich sein ergrautes Leben farbenfroher gestalten?

Benommen stehe ich da. Ich fühle mich verpflichtet, das hinzukriegen. Allerdings muss ich mir das genau überlegen, einen besseren Zeitpunkt abwarten und dann sachte auf Papa einwirken. Wenn er sich nicht ändern will, muss ich ihn eben ändern.

Mein Regal füllt sich. Ich habe wirklich viele Ratgeber. Liebe, Menschenkenntnis, Fitness. Ich drehe ein Buch mit dem Titel *Wege zum Glück* in meiner Hand hin und her.

So unselbständig bin ich doch gar nicht, oder? Nö, natürlich nicht, die Bücher dienen nur dazu, mich zu bestärken.

Wirklich, ich war in Warnemünde immer selbständig, unabhängig. Aber was hat es mir gebracht, was habe ich daraus gemacht? Wie eine Boje treibe ich auf den Wellen meiner Freiheit: ein Spielball und doch am Boden festgezurrt. Noch vor meiner Abfahrt hat Kollege Hannes mich eindringlich gefragt: »Lebst du dein Leben, oder guckst du dir dabei nur zu?«

Lilly raschelt in ihrem Terrarium. Ich halte inne und schaue zu ihr hinüber. »Du, wir brauchen einen Plan, einen richtig guten Plan. Ich gebe zu, darüber habe ich vor dem Umzug noch nicht nachgedacht, dafür ging alles viel zu schnell.« Meine Schildkröte umrundet eine krautige Agave. »Lilly, offenbar schlüpfe ich in ein anderes Leben wie in ein neues Kleid. Ob es mir passt?«

Sie raschelt wieder.

»Anna, guck mal.« Mein Bruder tapst in mein Zimmer und hält mir ein Buch hin.

Ich lächle ihn an. »Soll ich es mit einsortieren, Flori?«

»Nein ... hier.«

Er zeigt mir eine vielfarbige Seite in seinem Kochbuch für Analphabeten. Das habe ich ihm mal geschenkt, damit er sich in der Küche besser helfen kann. Alle Zubereitungsschritte sind abgebildet.

»Ah, Nudeln mit Hackfleischsoße.«

Er nickt. »Mach ich morgen.«

»Das, öhm, ist toll.« Ob er es wirklich kann? Ich war zu lange weg, um das beurteilen zu können.

Er sieht mich etwas unschlüssig an.

»Flori, du ... kannst das.«

Jetzt strahlt er.

»Lass, du brauchst nicht mit abräumen.« Mit einer geübten Bewegung nimmt Nadine das Tablett mit den vollgekrümelten Kuchentellern an sich.

»Ach, so funktioniert das ...« Ich staune, wie selbstverständlich sie alle Aufgaben im Café erledigt.

»Ich mach das schon«, sagt Nadine. »Um diese Zeit kommen eh nicht so viele.«

Das ist nett, sehr freundschaftlich, lernen muss ich es dennoch. Hm, ich kenne das »Schlaraffenland« schon so lange, und dennoch komme ich mir gerade vor wie ein Fremdkörper. Ich schaue mich aufmerksam um: die rustikalen Holzbalken, die karierten Tischtücher, die fleckigen Spitzendeckchen … schon klar, es ist nur ein Ausflugscafé, aber …

»Sag mal Nadine, unsere Einrichtung, ist die nicht ziemlich altmodisch?«

Nadine klappert an der Spüle. »Beim Leichenschmaus deiner Mutter hat's dich nicht gestört.«

»Da war ich ja auch noch weit davon entfernt«, murmle ich. Jedenfalls innerlich.

»Du, darüber habe ich noch nie nachgedacht«, sagt Nadine. »So sieht's doch im Ort fast überall aus.«

»Ja, wie in einer Puppenstube«, schmunzle ich. Eine Puppenstube spricht wohl das Gefühl der Gäste an, ihren Wunsch nach heimeliger Gemütlichkeit. Darum tragen wir auch diese übertriebenen Cinderella-Schürzen mit Rüschen.

Nadine zuckt mit den Achseln. »Mir gefällt's.«

Ich reiche ihr zwei Glasschüsselchen, an denen Rucola-Reste kleben. »Auendorf ist im Rheinland, was eine Haselnuss auf dem Weihnachtsteller ist: ein geringer Teil vom Ganzen, und wenn man's wegnimmt, fällt's nicht weiter auf.«

»Na toll. Dein Warnemünde ist doch nicht viel größer. Wenn man das ins Meer spült, fällt's auch nicht weiter auf …«

»Ich will damit ja nur sagen, hier scheint alles noch so zu sein, wie ich es kenne.« Was mir seinerzeit zu eng wurde.

»Nicht alles«, sagt Nadine patzig.

Natürlich möchte ich sie nicht als Landei kränken, das am liebsten in seinem Nest hocken bleibt, also weiche ich aus. »Wie du weißt, war einer meiner Gründe: Uwe.« Theatralisch ziehe ich beide Augenbrauen hoch. »Uwe!« Ich werfe zusätzlich die Hände in die Luft. »Mister ›Ohne Hose auf dem Marktplatz‹!«

»Das war damals …«

»Jaa, Nadine, aber dass ich auf den Schwätzer reingefallen bin! Völlig unerklärlich. Mein Ex ist so ein Knallkopf.« Ich muss lachen. »Da konnte ich doch nur abhauen.«

Sehr geschickt, mein Ablenkungsmanöver.

»Ich bin jetzt mit Uwe zusammen«, sagt Nadine.

»Du bist waaas …?«

Eine Falltür, hallo, bitte schnell eine Falltür!

»Ich konnte es dir noch nicht erzählen.« Nadine fährt sich durch die Haare. »Es ist ganz frisch.«

»Du … ui … das … poh … sind mal Neuigkeiten.« Es ist mir so unangenehm, dass ich nuschle. Ich kriege kaum die Zähne auseinander. »Der Uwe, du, eigentlich ist er ein ganz Netter und …« Moment. Es durchfährt mich blitzartig. »Aber Nadine, was ist … mit Ingo?«

Ihrem Banker, Tims Vater.

»Der ist raus. Es lief ja schon länger nicht mehr so doll, aber na ja, er ist nun mal Tims Vater. Hätte ich da Schluss machen sollen?« Sie rümpft die Nase. »Er hat schon eine Neue. Seine Assistentin. Die ist acht Jahre jünger als ich! Bin ich etwa zu alt, Anna, verdammt noch mal?«

Perplex schüttle ich den Kopf.

Nadine schnieft. »Tja, wie es aussieht, ist sie für ihn das lohnendere Investment.«

Ich setze mich. Uff! »Das tut mir so leid. Und seit wann …?«

»Er hat es mir gestern in Zürich vor den Latz geknallt.«

»Oh nein, erst ges … ja wie, und dann hat Uwe dich direkt …«, mit den Fingern setze ich Anführungszeichen in die Luft, »… getröstet?«

»Nö. Er ›tröstet‹ mich schon etwas länger.«

Jetzt bin ich endgültig von den Socken. Nadine ist ja ein

richtiges Überraschungsei. Da bin ich mal eben aus Auendorf weg – und kenne meine beste Freundin nicht mehr!

»Wenn ihr vorher schon Probleme hattet ... Nadine, warum hast du es mir nicht erzählt?«

»Du warst weit weg, ich wollte dich nicht belasten. Da hättest du mir sowieso nicht helfen können.«

»Entschuldige. Ich war nicht für dich da.«

»Hey, was soll's«, Nadine versucht, gelassen zu klingen. »Mit Ingo hatte ich immer eine Fernbeziehung. Und auch wenn er der Vater von Tim ist, letztlich war ich doch alleinerziehend.«

»Stimmt, so richtig kennengelernt habe ich ihn nie.« Wobei es jetzt also bleibt.

Die letzten Gäste gehen. Nadine zieht ihre Rüschenschürze aus. »Ein großer Vorteil von Uwe: Er ist da.«

Der einzige Vorteil von ihm, soweit ich mich erinnere. Es sei denn, er hat sich geändert. Was ja sein könnte, was ja – jetzt – zu hoffen wäre.

»Ich hole Tim von der Kita ab und bringe ihn zur Oma, bis später.« Wir umarmen uns. »Finanziell muss ich künftig natürlich unabhängiger sein. Ich bin so froh, hier arbeiten zu können.« An der Tür dreht sie sich noch einmal um und lächelt. »Danke. Ich brauche diesen Job!«

Und ich brauche dringend ein Gespräch mit Papa.

Auf dem Hof quietschen Bremsen, ein paar Steinchen spritzen zur Seite. Julian klickt die Schuhe aus den Pedalen seines roten Rennrads und öffnet die Schnalle seines Helms. Putzig sieht er aus, wie ein zu schmal geratener Naturbursche.

»Hi, Julian, klasse, dass du schon da bist.«

»Hey, Anna.«

»Mit dem Rad aus Köln, wow.«

»Am Rhein entlang, da kann ich Tempo machen.« Er nimmt den Rucksack vom Rücken und wechselt die Schuhe.

»Warst du an der Uni?«

»Nee ... besser«, sagt er grinsend. »In der Redaktion.«

Julian schreibt hin und wieder für den *Kölner Boten* über Schützenfeste, Jubiläen, Weihnachtsaufführungen und so weiter. Wenn ein Text von ihm in dem Anzeigenblatt ist, das wöchentlich im Hausflur liegt, ist er stolz.

»Ich durfte zu einer Pressekonferenz des Bistums. Bei Ausgrabungen unterm Dom sind ein paar Münzen aus der Römerzeit gefunden worden. Spannend.«

»Schön«, antworte ich. »Kannst du dich über Mittag bitte ums Café kümmern? Nadine holt Tim ab, und ich muss ins Haus.«

Auf einmal sehe ich Flori wie wild aus dem Küchenfenster winken.

»Und zwar schleunigst!«

»Geht klar, Anna.«

Im Flur riecht es angebrannt. Auweia, schnell zu Flori in die Küche! Eine ranzig riechende Rauchschwade weht mir entgegen.

»Mann, Mann!« Mein Bruder rauft sich die Haare.

Das Nudelwasser ist übergelaufen und schäumt die Herdplatten ein. Eilig schalte ich den Herd aus, greife mir ein Geschirrhandtuch und wuchte den Topf in die Spüle.

»Aah.« Einige Spritzer brennen auf meinem Unterarm.

»Du hast es gesagt.« Flori tritt fest auf. »Du hast gesagt: Ich kann das!«

»Natürlich kannst du das ... solltest du das können.« Ich beginne zu wischen. »Ist doch kein Problem, Flori.«

Das Wasser ist noch zu heiß, ich lege den Schwamm wieder weg.

»Früher hat das Mama gemacht«, sagt Flori. Er will sich nicht beruhigen.

»Und jetzt machen wir das noch einmal zusammen.« Ich sehe ihn entschlossen an.

»Was stinkt denn hier so?« Papa betritt die Küche und schaut Flori an. »Fantastisch. War ja wieder klar.«

Ich gehe auf ihn zu und senke die Stimme. »Äh, Papa, so kannst du doch nicht …«

Er winkt unwirsch ab. »Wenn das Essen ausfällt, mach ich eben direkt Mittagsschlaf.«

»Moment bitte, Papa. Ich müsste gleich, wenn ich hier fertig bin, mal mit dir reden.«

»Hierüber?« Er sieht erneut Flori an und verzieht das Gesicht. »Was gibt's denn da noch zu sagen?«

»Einiges, denke ich.« Aber das andere Thema ist noch etwas eiliger. »Papa, mir geht es noch mal um …«

»Gute Nacht!« Er ist schon an der Treppe.

Na toll! Tiiief Luft holen. Ich lächle Flori demonstrativ an. »Gibst du mir bitte einen anderen großen Topf?«

Sein Kochbuch für Analphabeten liegt schlapp neben dem Herd, die Seiten sind gewellt. Es ist kein Rezept für Buchstabensuppe drin, das hatte ich damals in der Kassenschlange geprüft.

Papa will den Märchenwald verkaufen, und ich habe keinen Plan. Meine beste Freundin braucht diesen Job, und ich habe keine Lösung. »Sorry, Nadine, ich wollte es klären, aber das kollidiert gerade mit Papas Mittagsschlaf.« Wie erbärmlich. Kaum hier, schon bin ich überfordert. Ich kenne es eben nicht, mich ›ums große Ganze‹ zu kümmern, sondern bin den Blick durchs Mikroskop gewohnt.

Ich stelle einem älteren Ehepaar unseren Käsekuchen auf den Tisch, leider fehlen die … »Öhm, Nadine, haben wir noch saubere Gabeln!?«

»Kommen gleich!«, ruft sie aus der Küche.

Ich blinzele die beiden entschuldigend an.

»Wir haben Zeit«, sagt der Mann gutmütig und tätschelt das Knie seiner Frau. »Immer mit der Ruhe.«

»Gut, wenn man die heutzutage noch haben darf«, sage ich lakonisch und lächle die süßen Senioren an.

»Man sollte sich die Zeit nehmen«, sagt die Frau. »Wissen Sie, wir fahren am liebsten mit der Bahn. In den letzten Jahren gucken die Leute nur noch in ihre Hände. Ich dachte lange, die prüfen ihre Einkaufszettel, ob alles draufsteht. Bis ich irgendwann gemerkt habe: Nee, die starren alle auf dieses … Ding.«

»… Smartphone«, sage ich.

»Wir haben auch so ein Ding«, sagt ihr Mann und zieht es aus der Jackentasche.

»Wenn wir unterwegs sind, sollen wir es mitnehmen«, ergänzt sie. »Unsere Tochter möchte es so.« Sie schmunzelt. »Ach wissen Sie was, machen Sie mit dem … Ding doch bitte ein, wie sagt man – Selfie? – von uns beiden.«

Kurz überlege ich, sie zu berichtigen, dann nehme ich einfach das Handy entgegen.

»Wissen Sie, das schicken wir dann unserer Tochter.«

»Ah, per WhatsApp?«, frage ich.

»Nein, im Rahmen.«

Nadine klappert hinter mir mit den Gabeln in der erhobenen Hand. »Sauber wie neu.«

»Kennst du die beiden nicht mehr? Sie sind Auendorfer«, sagt Nadine, als wir später in der Küche Kuchenteller spülen. »Das Büdchenehepaar.«

»Ach, klar …« Ich hatte am liebsten saure Gurken im Tütchen. »Ja, Auendorf ist eine Gegenwelt zum Internet.« Eben nicht so weitläufig und verzwickt. »Hat auch Vorteile«, sage ich grinsend.

»Na und ob!«

Ich lasse das Handtuch sinken. »Früher … das ist so lange her.«

»Was meinst du?«

»Als wir unter der Kastanie gesessen haben, statt unsere Matheaufgaben zu machen, weißt du noch? Ich wollte die Welt retten!« In meinem direkten Umfeld wollte ich damit anfangen. Meine Familie vor Unheil bewahren. Mich selbst. Und dann ab auf ein Greenpeace-Schiff. »Was ist daraus geworden? Ich habe jahrelang Seesterne und Ruderfußkrebse analysiert und versucht, deren Population zu sichern. Na ja.«

»Und ich wollte immer eine richtige Familie … hey, sag nix!« Nadine droht mir mit der Spülbürste. »Ich arbeite dran.«

»Tim ist ein toller Junge.«

»Und du bist Frau Dr. Herzig, eine anerkannte Meeresbiologin.« Sie platscht mit der Bürste ins Spülbecken, was wohl als Ausrufezeichen gemeint ist. »Immer noch besser als ich mit meinem Versuch, eine gute Mutter zu sein.«

»Sieh mich an, ich habe auf Partner und Kinder verzichtet.« Ich wiege meinen Kopf hin und her. »Das kann einen irgendwann einholen.«

»Yep.« Nadine lacht auf. »Guck mal auf'n Tacho!«

»Ey, du bist gefeuert … als Freundin!« Ich lache mit.

»Ach komm, Beziehungen gehen so schnell in die Brüche. Schau mich an, schnief. Aber du …«, Nadine richtet die Spülbürste wie einen Piratendegen auf meine Brust, »… wagst es, mit deinem Beruf Schluss zu machen.«

Ups, seit wann das denn?

»Ach, Nadine. Nicht Chefposten, Designerwohnungen oder straffe Haut machen glücklich. Gute Freundschaften machen glücklich.« Ich nehme sie in den Arm, die struppige Bürste in ihrer Hand ist zwischen uns eingeklemmt.

Nadine kichert. »Obwohl, straffe Haut ist auch schön.«

»…'cause nothing compares to Uuuu!« Mit einer theatralischen Geste zeige ich auf Nadine, die Spülbürste halte ich mir als Mikro vor die Nase. Etwas Schaum, der noch zwischen den Borsten glitzert, sorgt zusätzlich für Glamour. Nadine dreht zwischen Geschirranrichte und Kuchentheke eine Pirouette, dann verneigt sie sich vor mir. Der hinreißend wehmütige Song verklingt, er ist viel zu kurz, fast kürzer als Sinead O'Connors Haare. Damals unter der Kastanie hatten Nadine und ich ja noch keine Ahnung, worum es in dem Lied geht. Für uns bedeutete es unschuldig sein, Zitronenlimo trinken, draußen rumalbern. Es ist und bleibt die Hymne unserer Freundschaft.

»Stopp«, japst Nadine, drückt die Pausetaste des CD-Players und lässt sich auf einen der Holzstühle plumpsen. »Poh, ich muss echt mal wieder was für meine Kondition tun.«

Ich grinse. »Ach was, du brauchst einfach nur den richtigen Tanzpartner.«

»Uwe? Der tanzt doch nicht.«

»Uwe, pfff. Patrick Swayze …!« Würde er jetzt auftauchen, wir würden ihm zu Füßen liegen.

»Ja, Patrick Swayze!« Nadine fasst sich an die Hüfte. »*Er* könnte mich immer noch hochheben.«

Es sind keine Besucher mehr im Café, wir haben die zweite Flasche Sterntalerwein geöffnet. Es ist noch hell. Wir schwelgen in Erinnerungen.

»Nadine, das Leben ist schön.«

»Schau dich um«, sagt Nadine. »Wir sind im ›Schlaraffenland‹! Und weil die alte Frau noch Puste hat, geht's jetzt weiter.« Sie schaltet den CD-Player wieder ein.

Es gibt Titel, die erkennt man an den ersten Takten. Nadine hopst durch den Gastraum – mit etwas gutem Willen könnte man es als delphinisch bezeichnen – und stimmt beim Refrain lauthals ein: »Forever young, I want to be forever young …!«

»Dann bist du eine ›Turritopsis dohrnii‹.«

»Selber Tussi«, piepst Nadine. »… forever young …!«

»Nein, ›Turritopsis‹. Eine Qualle, die nie stirbt.«

»Dann hat's ja Zeit, jetzt lass doch erst mal Alphaville aussingen …«

»Okay«, lache ich. Sie kann so herrlich impulsiv sein.

»… wie, die stirbt nie!?« Nadines Zeigefinger rummst auf die Stopptaste.

»Genau, und das ist einmalig in der Tierwelt: Durch eine Veränderung ihrer Zellen frischt sich die Qualle in einem bestimmten Alter selbst wieder auf. Ihre Tentakel bilden sich zurück, die Zellen verjüngen sich, und der Alterungsprozess beginnt von vorn«, erkläre ich. Nadine sieht mich verwirrt an. »Dabei bleibt sie dasselbe Lebewesen, wird jung, älter und wieder jung.«

»Klingt verlockend«, überlegt Nadine. »Aber dafür ist sie nur eine glitschige Qualle.«

»Im Meer hat sie es wunderschön«, schwärme ich.

»Nur was, wenn sie einen Quallenmann heiraten will? Und der Pastorfisch fragt sie: ›Willst du ihn lieben, bis dass der Tod euch scheidet?‹« Nadine nickt bekräftigend. »Dann stehste da.«

»Tja, Nadine, so ist's tatsächlich für immer und ewig.«

»Nee, das kannste knicken, unsterblich ist mir dann doch zu krass.«

»Ich meine ja nur, es ist ein außergewöhnliches Phänomen. Und dich hätte ich am liebsten auch für immer.«

In Nadines Mundwinkeln zuckt ein Lächeln, dann reibt sie sich am Kopf. »Aber was ist dann mit der Rente?«

»Wie jetzt?« Sie verblüfft mich immer wieder.

»Na, das stellt doch das ganze System auf den Kopf.«

»Es sind Quallen ...«

»Ja nee, die zahlen die ganze Zeit voll ein, erreichen aber nie das Rentenalter.« Sie stiert mich kurios an. »Beschiss ist das!«

»Öhm, Nadine ...«

»Ist doch wahr, Anna, wir sind in der Lebensmitte! Wer weiß denn, ob wir jemals unsere Rente kriegen. Und weil wir uns nicht quallenmäßig wieder verjüngen können, müssen wir Vorsorge treffen, uns finanziell absichern. Jetzt.«

»Ja.«

»Um später keine Abstriche machen zu müssen, ist doch klar.« Nadine bewegt sich nicht mehr delphinisch, jetzt tigert sie auf und ab. »Weiß ich denn, ob ich in fünf Jahren noch meine Miete zahlen kann? Ob ich Tim alles bieten kann, was er braucht?«

Ich weiß nicht, was das gerade war, aber ihre Stimmungsschwankungen hat Nadine immer noch. Sie kann launischer sein als Lavendel im Wind.

»Und eine gescheiterte Beziehung mit einem Banker sorgt auch nicht gerade für Sicherheit.« Sie seufzt. »Mit Lotto spielen habe ich es lange versucht, und Stroh zu Gold spinnen ist einfach nicht mein Ding.« Es ist ihr wirklich ernst. »Wie ist das denn bei dir? Dein Sabbatical ist unbezahlt, hast du gesagt.«

Ich nicke. »Kein Gehalt, und meine Rentenbeiträge zahle ich aus eigener Tasche, um später keine Nachteile zu haben. Außerdem natürlich die Krankenversicherung. Damit sind meine Ersparnisse aufgebraucht.«

Sie fasst mich am Unterarm. »Das ist doch schrecklich!«

Wirklich? Stehe ich so schlecht da? Oder betrachte ich es nur anders? Sehe ich es womöglich falsch?

»Anna, zum Glück hast du noch den Märchenwald, also tägliche Einnahmen.«

Ausgaben sicherlich auch. Ich kann nur schwer hoffen, dass Papa das Gleichgewicht im Griff hat.

Ich ziehe eine Schnute. »Solche Gedanken mache ich mir auch. Aber im Job zählt ja nicht allein das Geld. Sondern auch der Sinn, die Freude daran …«

»… und die Sicherheit!« Nadine klatscht in die Hände. »Tata, und genau deshalb arbeite ich hier so gerne.«

Ich bemühe mich, ihren Blick ebenso begeistert zu erwidern, und keuche dabei innerlich vor Schreck. Ende der Achtziger schipperte unser Leben so unbeschwert dahin wie *Das Traumschiff*. Seilchenspringen, Seifenblasen pusten. Der Platz unter der Kastanie war unser Sonnendeck. Aber ich merke, auch das Sonnendeck muss mal geschrubbt werden.

6. Kapitel

Gotland 1948

Die Brise frischte auf, er stapfte fester in seinen Stiefeln über den Schotterweg. Friedrich lief entlang der Lattenzäune durch die Siedlung. Weinrote Holzhäuser mit markanten Giebeln und weißen Fensterläden, violette Orchideen sprossen aus dem saftigen Vorgartengrün. Ein Farbleuchten, als hätte sich der Regenbogen hingelegt.

Eine hübsche junge Schwedin lächelte zaghaft und schwang ihre blonden Haare neckisch zu seiner Seite, als sie aneinander vorbeigingen. Sie schien an der Milchkanne nicht allzu schwer zu tragen.

»Eine Zuckerpuppe wie Anita Ekberg«, sagte Friedrich und grinste.

Über ihm schwebte lautlos ein Seeadler. Am Pier flickten einige Fischer die Netze. Ihre Gesichter kantig, verknautscht und doch zugewandt.

Wie ein gigantischer weißer Wal hatte sich die Insel Gotland in der letzten Eiszeit aus dem Meer erhoben. Friedrich kniff die Augen zusammen, so grell glänzte der Kieselstrand. Gleich dahinter reihten sich Kiefern zu einem nicht enden wollenden Wald. Dem Wal waren dichte grüne Rückenhaare gewachsen.

Zum ersten Mal, seit er das Schiff in Visby verlassen hatte, blieb Friedrich stehen.

Vor ihm türmten sich Felsen wie Fabelwesen auf. Schroff und gesichtsähnlich geformt, wie bizarre Fratzen. Er nahm fast ehrfürchtig die Matrosenmütze ab. Wuchtige, von der Natur geformte Skulpturen ragten am Strand und aus dem Meer empor. Von Wind und Meer zerzaustes Gestein, zerklüfteter Kalk, hoch wie Säulenheilige.

Friedrich konnte nicht ahnen, dass er schon länger von einer Klippe aus beobachtet wurde. Ein Mann hockte dort im Gras der Anhöhe und bohrte mit zwei Fingern in der beachtlichen Nase. »Steinpilze sammeln, Brombeeren pflücken, Dorsch angeln und wieder von vorne«, murmelte er. »Früher war einfach mehr Abenteuer.«

Friedrich umlief die rauen Kolosse, vom Meer her blendete ihn ein ganz eigenes, gleißendes Licht. Er musste sich eine Hand über die Augen halten, in einem Schneetreiben hätte er kaum weiter gesehen. Und auf einmal trat der kleinwüchsige Mann, der ihn gerade noch beobachtet hatte, auf ihn zu.

»Wo bin ich hier?«, fragte Friedrich eher sich selbst.

»Willkommen in Lickershamn, junger Freund.«

»Sie sprechen Deutsch …«

»Dank meiner Vorfahren. Ich bin Alfred.«

»Friedrich. Angenehm.« Er reichte ihm die Hand hinunter.

»Sie müssen wissen, ich wirke nur klein. Kein Wunder, so direkt neben diesen versteinerten Riesen.« Er trat einer Steinsäule vors Schienbein. »Aua.«

»Riesen, sieh an.«

»Genau. Wir nennen sie ›Rauken‹, es sind jedoch Riesen, wie man sieht. Die weißen Wächter des Waldes.«

Friedrich verzog keine Miene. Aus Höflichkeit schmunzelte er nur in sich hinein. Wohl wahr, der Wirt der Hafenbar hatte gestern ähnlich Sagenhaftes erzählt, als sie ihre Heuer aufgezehrt hatten: von Wikingerfunden auf Gotland, wo die wüsten Kerle gehaust und ihr geraubtes Gold und Silber versteckt hatten, um es für Walhalla aufzubewahren.

Eine Schatzinsel. Bewacht von Steinriesen. Natürlich.

Alfred sah sich um, aufmerksam, als wolle er nicht dabei ertappt werden, ein Geheimnis zu verraten. »So unbeweglich sie jetzt scheinen, nachts im Mondlicht laufen sie am Strand auf und ab. Ein lautes Geknirsche ist das, ich sag's Ihnen.«

Seemannsgarn, grobmaschig gesponnen, damit kannte Friedrich sich aus. Er nickte freundlich.

»Und dort oben«, sagte Alfred und deutete ans Ende der Bucht, »thront Rauk Jungfrun.« Auf der Klippe erblickte Friedrich ein besonders monumentales Kalkmassiv. »27 Meter ist sie hoch, die Mutter der Riesen.«

Oberhalb der Klippe pfiff den beiden der Wind um die Ohren. Auf dem Plateau roch die Luft würzig nach Kiefernnadeln.

»Sie ist so wunderschön.« Alfred hauchte jedes Wort.

Friedrich stemmte die Fäuste in die Hüfte und betrachtete den Felsen angestrengt. Ein Gesicht war, wenn überhaupt, nur vage zu erahnen. Es gehörte schon sehr viel Fantasie dazu, diesen monströsen Steinklops als wunderschön anzusehen.

Doch ihm gefiel diese Fantasie. »Eindeutig, Jungfrun ist die Königin der Klippen, wahrlich ein Kunstwerk aus Kalk. Wie bei uns daheim der Drachenfels.«

Alfreds Augen weiteten sich, »Sie sind … aus dem Siebengebirge?«

»Aus dem Rheinland, ja. Kennen Sie es?«

»Aus Erzählungen.«

Friedrich meinte eine Träne in Alfreds Augen zu erkennen.

»Habe ich eine Rübennase?«, fragte Alfred.

Was für eine Frage. Vielleicht geringfügig knolliger als der Durchschnitt, überlegte Friedrich, aber Rübennase? »Keineswegs.«

»Also bin ich keiner dieser Lügenbolde, kein Troll?«

»Gegen die sind Sie ein langer Lulatsch.«

»Ha!« Alfred lief einige Schritte auf Zehenspitzen. »Mein lieber rheinländischer Freund ...« Er überlegte. »Ich möchte Ihnen etwas schenken. Etwas, an das Sie glauben müssen.«

»Wie an die Bibel?« Wenn ich hier schon vor einer jungfräulichen Mutter stehe, dachte Friedrich und griente unbeholfen.

»So in der Art.« Alfred winkte ihn näher an das Massiv heran und griff in eine Felsspalte. »Schließen Sie die Augen.«

Friedrich tat, wie ihm geheißen, und stellte sich vor, Alfred würde ihm einige Silberstücke anvertrauen. Von den Wikingern. Na, ganz bestimmt.

»Ich möchte Ihnen«, sagte Alfred und klang dabei äußerst feierlich, »etwas zurückgeben.«

Friedrich wirkte überrascht, war ihm doch nicht bewusst, dass Alfred ihm etwas genommen hatte. Sie kannten sich doch gar nicht. Allerdings wollte er diesen stimmungsvollen Moment nicht mit einer schnöden Frage stören. Also befühlte er mit beiden Händen den Gegenstand, den Alfred ihm überreichte. Eine Holzkiste. Die Nägel darin schienen rostig, bewältigten jedoch stoisch ihre Aufgabe. Der Deckel war nicht verriegelt. Friedrich hob ihn behutsam an. Er öffnete die Augen wieder und sah Alfred an. Der nickte. Friedrich griff hinein.

Alles war reichlich mit Stroh bedeckt. Er ertastete einen harten Rahmen, dann spürte er mit dem Daumen eine glatte

Fläche. Friedrich strich einige Halme zur Seite und schaute auf mattes Glas mit dunklen Pünktchen an den Seiten wie Altersflecken.

Er wusste nicht, was er sagen sollte. Nur: »Danke.«

»Passen Sie gut drauf auf.«

»Tja.« Unschlüssig hielt er die Kiste in den Händen.

Alfreds Augen verengten sich eindringlich. »Nur wer ihm wahrhaftig auf den Grund sieht, kann seine Kräfte entfachen.« Und dann erzählte Alfred ihm seine Geschichte …

Täuschte sich Friedrich, oder grinste das mystische Felsenwesen hinter dem kleinen Gotländer plötzlich?

7. Kapitel

Die Tür. Zögerlich stehen Flori und ich davor, sehen uns an. Als Kinder haben wir uns von ihr ferngehalten. Wenn jemand »die Tür« erwähnte, wussten alle: diese ist gemeint. Wuchtig, aus bedrohlich dunklem Holz. Selbst als Erwachsene ist uns »die Tür« nicht geheuer. Die verschnörkelte Verzierung um das Schlüsselloch wirkt wie eine Teufelsfratze, der bronzene Griff wie eine zur Seite verzogene Nase. Und das Schlüsselloch wie ein Rachen. Langsam schiebe ich den mächtigen eisernen Schlüssel hinein.

»Uiuiui.« Flori hält die Hände vor den Mund.

»Und?«, ruft Nadine von unten.

»Ja, gleich …« Ich atme durch.

»Ich bin noch mal weg«, hat Papa vor zwei Stunden zu Flori gesagt. Mehr nicht. Und sein Handy hat er mal wieder auf dem Küchentisch liegenlassen. Also haben wir zu dritt abendgegessen. Mit Nadine, die so lieb war, uns ihre Hilfe anzubieten. Sie hätte noch etwas Zeit, weil sich Uwe um ihren Tim kümmere. Die beiden könnten gut miteinander.

Wir haben Mamas Siebensachen respektvoll verpackt. Einige Kleider, alle Lieblingsbücher, ihre Zeichnungen. Es ist ein eigentümliches Gefühl, sie nicht mehr mittendrin zu sehen. Die gefüllten Umzugskisten und Plastikbehälter stehen jetzt um Nadine herum in der ersten Etage. Zwischen der

Toilette und Floris Zimmer ist ein kleiner Gang, an dessen Ende einige Holzstufen zu »der Tür« und dem Dachboden dahinter führen.

Es rumpelt im Schloss, als ich den Schlüssel nach rechts drehe. Knarzend weicht die Tür zurück. Die Tür. Sie ist die Pforte zum Andenkenacker unseres Familienkrams. Zu den Dingen, die irgendwann noch einmal gebraucht werden. Oder eben nie mehr.

Die Dunkelheit dahinter fühlt sich sehr unbehaglich an, und es müffelt.

»Puh«, macht Flori, der dicht hinter mir steht.

Es ist ewig her, dass ich zuletzt hier war. Zusammen mit Mama. Sie hatte ihr Hochzeitskleid hervorgeholt und für Karneval zu einem Schlossgespenstkostüm umgenäht. Ein »liebes« Schlossgespenst, wie sie treuherzig betonte.

Mein rechter Fuß stößt gegen einen Pappkarton, Staub wirbelt auf. Hier drin liegt alles durcheinander, typisch für einen Dachboden. Vorne lagern die Weihnachtssachen, so viel weiß ich noch.

Es mieft sogar sehr modrig, aber weil ich viel mit schwefeloxidierenden Bakterien arbeite … gearbeitet habe, mag ich jetzt sogar den Duft von verfaulten Eiern. Das sollte ich nicht weiter ausführen, ich will nur sagen: Bei Meeresbiologen gewöhnt sich die Nase an so manches.

»Ja, äh, und wohin damit?« Nadine ist ebenfalls die kleine Treppe hochgestiegen, steht jetzt hinter uns und hält schon die erste Kiste in ihren Händen.

Ich zucke mit den Schultern. »Wir müssen Platz schaffen. Sonst kriegen wir Mamas Sachen nicht unter.«

Am anderen Ende des Raums fällt noch etwas Tageslicht durch die Dachluke. Ich lege den kleinen schwarzen Schalter neben mir um. Eine einzelne Glühbirne, die vom Giebelbalken herabbaumelt, flackert schwach auf.

»Jetzt sehen wir wenigstens was«, sagt Nadine ironisch.

Die Augen gewöhnen sich allmählich ans Zwielicht, schemenhaft ist aller möglicher Plunder zu erkennen: Flechtkörbe, Tonkrüge, Landschaftsbilder, ein Bügeleisen mit Holzgriff. Ein klobiger Tennisschläger lehnt wie ein Grabstein an der Dachschräge. Ein Sekretär, nur noch auf drei Beinen, hängt schief über einem Kinderwagen mit großen dürren Rädern.

Nebelschwaden? Nein, Spinnweben wabern durch den Raum, über Kisten, Sofapolster und Holzlatten. Alles scheint wie von einer Milchhaut überzogen.

Nadine lässt ihre Kiste zu Boden plumpsen, Staub wirbelt auf. »So, der Flohmarkt wäre eröffnet. Zu schade, dass hier keiner vorbeikommt.«

»Psst, na hör mal, ich kann doch nicht das Archiv meiner Ahnen verkaufen. Das, das sind Schätze.«

Nadine kneift die Augen zusammen. »Objektiv betrachtet ist das hier eine Müllhalde. Und warum flüstern wir eigentlich?«

»Na ja …« Wegen der andächtig geheimnisvollen Atmosphäre, vermute ich. »Wir wollen doch nicht stören.«

»Ach, dann sind wir nicht allein?« Nadine hebt eine Plastikplane an. »Huhu, aufstehen.«

»Guckt mal hier.« Florian zieht einen verschlissenen Teddy aus dem Gerümpel, zwei Knöpfe baumeln an Fäden von seinem Gesicht. »Bestimmt von Opa.«

Tatsächlich dürfte das meiste Zeug hier von unserem lieben Märchenopa sein, der den Hof von seinen Eltern übernommen und bald darauf zum Märchenwald umgebaut hat. Mir kommt es so vor, als wären hier oben die Generationen übereinandergestapelt. Zusammengepresst zu Zeitschichten wie die Ringe eines Baumstamms. Davon kann ich doch nichts wegschmeißen. Wir müssen umschichten.

»Uaaah!« Nadine kreischt erschrocken auf. »Da ... da hat's geraschelt!« Sie deutet zur Dachluke.

»Sieh an, die Geister kommen wohl gerade vom Abendspaziergang zurück und ...« Oh, jetzt höre ich es auch. »Huch ...« Unter dem kleinen Fenster saust etwas über die Dielen. Es knackt gruselig.

»Wenn's nur Geister wären ...«, schreit Nadine, »... Mäuse!«

»Oder Ratten!«, rufe ich.

Flori zieht an meinem Arm. »Nee, nee. Marder.«

»Wirklich, Flori?«

»Marder.« Er strahlt stolz. »Weiß ich von Mama.«

Wenigstens keine Ratten. Na, selbst die würden hier eine Staublunge kriegen. Ich meine, ich habe keinen Bammel vor den kleinen Nagern. Aber vor ihren unheilvollen Lauten, wenn sie über die Bodendielen tapsen. Meine Unterarmhärchen stellen sich steil auf.

Noch einen Schritt. »Vorsicht, Flori.« Faulige Holzlatten liegen kreuz und quer, verrostete Nägel ragen heraus. Wieso gehe ich eigentlich voran?

Weil ich Nervenkitzel mag? Na ja. Und wenn schon Nervenkitzel, dann bitte ohne Spinnennetze, die mir ständig ungefragt vors Gesicht ...

»Oh-oh!«, sagt Nadine. »Da-ha ... vorn ... Folterwerkzeuge!!«

»Quatsch.« Ich beuge mich vor, wobei mich etwas an der Wange streift. »Huch.« Verängstigt trete ich zur Seite auf einen Dachziegel, der wegrutscht und scheppernd zerdeppert.

»Aufpassen«, sagt Flori.

Ich falle vornüber, kann mich gerade noch an einer herabhängenden Eisenkette festklammern, schwinge herum und lande Hals über Kopf … im Pferdegeschirr. »Uaaah!« Meine Nase durchsticht denkmalschutzwürdige Spinnweben in einem alten Kummet aus Holz und Leder, durch das früher Ackergäule ihren Kopf steckten. Und jetzt eben ich. Bah, widerlich, die Spinnweben kitzeln in meiner Nase.

»Wie am Pranger auf einem mittelalterlichen Marktplatz«, stellt Nadine trocken fest, dann prustet sie los.

»Oh, Anna.« Wenigstens Flori versucht, mir herauszuhelfen.

Nadine kriegt sich kaum wieder ein. »Ein Bild für die Götter.« Sie zückt ihr Smartphone.

»Wage nicht, das zu posten, sonst bist du geliefert.«

»Hier rüber«, sagt Flori zu mir.

»Warte.« Ein Fuß klemmt noch im Eck der Dachschräge fest. Unterm Schuh spüre ich etwas Weiches. Bitte keinen Marder, bitte Dämmwatte. Ich ziehe kräftig – »Aah!« – und knalle mit dem Schienbein gegen eine harte Kante. »Aua, Mann, noch so ein Balkenmistding.«

»Nee, 'ne Truhe.« Nadine kniet sich hin. »Die sieht aber mal interessant aus. Florian, hilf mir bitte ziehen, uff. Ah, der Griff ist aus Tauen.«

»Schwer«, sagt Flori.

Sie ächzen das Teil zum schmalen Gang, den wir in der Mitte freigeräumt haben. Jetzt sind ihre Blicke wenigstens nicht mehr auf mich Pechmarie gerichtet.

Das Holz der Truhe sieht aus, als habe es sein Leben lang gearbeitet. Geknarzt, Risse gebildet, sich verzogen. Massive Metallbeschläge stülpen sich fest über den Runddeckel, der wohl seit Jahrzehnten nicht geöffnet wurde. Im matten Licht wirkt die alte Truhe unheimlich. Allerdings strahlt sie auch etwas verlockend Geheimnisvolles aus.

»Eine Schatzkiste.« Nadines Augen glänzen.

»Echt?« Flori reibt sich aufgeregt den Arm.

Ich lege meine Hände rechts und links auf ihre Schultern, »Leute, es ist … eine Seemannskiste.«

»Ahoi, die ist aber weit rausgeschwommen!«, ereifert sich Nadine. »Oder hat sie der Rhein beim letzten Hochwasser hier raufgespült?«

Ich verdrehe die Augen. »Oder es hat sie jemand hergetragen?«

»Da, der Schlüssel«, sagt Flori. Er steckt im Schloss.

»Oh, wie praktisch.« Nadine reibt sich die Hände. »In einem Piratenfilm müsste man erst danach suchen.«

Ich greife nach dem Schloss und drehe den Schlüssel vorsichtig nach links. »Alle bereit?« Flori und Nadine nicken begierig. »Na dann … Simsalabim …«

Es erklingt keine Melodie wie bei einer Spieluhr, kein Licht strahlt aus dem Innern, keine Goldmünzen klimpern, als ich den hölzernen Runddeckel behutsam anhebe.

Auf den ersten Blick: alte Seefahrer-Sachen, wie ich sie aus den Hafenkneipen in Warnemünde als Deko kenne. Werkzeug, Kompass, geknotete Seile.

»Ha!« Nadine grabscht nach einem ledernen Einband. »Das Logbuch! Mit Berichten von waghalsigen Abenteuern in exotischen Ländern. Und Schatzkarte!« Sie schlägt die vergilbte erste Seite auf. »Oh … nee: *Die idealste und vollkommenste Ehe* von 1951.«

»Klingt nicht soo aufregend«, sage ich.

»Ungewöhnlich für einen Seebären«, sagt Nadine. »Von wegen in jedem Hafen eine andere Braut und so.«

»Opa doch nicht.« Ob es wirklich seine Kiste ist? »Opa Friedrich war ein Romantiker.«

»Was steht drin?«, fragt Flori.

Nadine blättert und liest laut vor: »›Die Ehe ist der Hochstand, die Ehe ist der Beweis der Kultur eines Volkes, einer Generation, eines Zeitabschnitts. Und das sittliche und moralische Rückgrat ist stets und ständig die Frau.‹« Nadine schmunzelt. »Klar, wer auch sonst.«

Ich tippe auf das Buch. »Betrifft mich nicht. Ohne Partner ist's eben besser.«

Nadine verdreht melodramatisch die Augen.

Flori zieht eine Schallplatte aus der Truhe. »Geht die noch?«

»Das müssen wir unten ausprobieren.«

»Baby, ich schieß dir einen Teddybär«, heißt die Single. Auf der Hülle ist ein Rummelplatz abgebildet. Ich betrachte den gammeligen Teddy, den Flori immer noch unterm Arm trägt. So oll ist der gar nicht. »Was, wenn Opa den der Omi geschossen hat? Wie rührend.«

Nadine sieht mich verwirrt an, sagt aber nichts.

Ich greife nach einer Pappmappe, aus der mehrere Blätter flattern: ein Matrosenbrief, ein von Hand geschriebenes Dienstzeugnis und Zertifikate. Tatsächlich, alle sind auf Märchenopa ausgestellt. Eine Postkarte, abgestempelt 1949, zeigt ein Pärchen, das sich vor einem Rosenstrauch innig küsst. Mit einem Zeigefinger fahre ich über die Staubschlieren darauf und lese den Spruch vor: »Die Herzen, die in Treu' sich fanden, bleiben fest wie Eisenbanden.«

Nadine schlägt die Hände zusammen. »Och, wie süß ist das denn?«

Ich nicke schwärmerisch und greife tiefer in Opa Friedrichs Erinnerungen, ertaste ein Zwischenbrett, darunter gleiten meine Finger in einen kleinen Hohlraum – eine Art Geheimfach? – an dessen Ende ich etwas Hartes fühle. Eine Holzschatulle. Ich ziehe sie hervor. Darin sind Fotografien, überwiegend schon in Farbe: Meine Großeltern in der guten Stube, hinter ihnen das abgerundete Holzbüfett, das jetzt im Café steht. Vorne auf einem Nierentisch ein Röhrenradio, aus dem der Rock'n'Roll zu tönen scheint. Jedenfalls hat Oma ein Bein gehoben. Ich erinnere mich, sie hat gerne getanzt. Eine andere Aufnahme ist noch schwarz-weiß und wurde wohl in einem Fotoatelier gemacht. Oma und Opa in Sonntagskleidung, dazwischen auf einem Barhocker ein junges Mädchen, wie eine Puppe in weißem Spitzenkleidchen ... Mama.

»Guck mal, Flori, da war Mama etwa vier Jahre alt.« Er schmunzelt, fast verlegen. Am liebsten würde ich sie aus dem Foto heben und auf den Arm nehmen. Unsere Mutter, so unschuldig. Es sind Erinnerungen, die mich lächeln lassen.

»Ja, das ist alles sehr hübsch«, sagt Nadine, jetzt schon viel unaufgeregter. Kein Schatz bedeutet für sie: kein Abenteuerland. Für mich sind es natürlich Kostbarkeiten.

Als Letztes nehme ich Fotos von einer Feier im Märchenwald heraus. Die Frauen tragen lange Kleider, und alle Männer rauchen. Und unsere Blechfiguren sehen auch noch ganz frisch aus. Als ich die Schatulle umdrehe, purzelt ein verknitterter Zettel zu Boden. Er ist vergilbt und mit blauer Tinte beschrieben. Ich halte ihn zur Glühbirne und lese vor:

»Sieben Zwerge gaben stets Obacht,
auf das arme Opfer der Niedertracht.
Zum Zauber erhoben, sein doppelter Boden,
er sieht das Sein – im Widerschein.«

»Ui, es ist Opas Schrift. Hach, schön. Hm, was könnte er gemeint haben?« Ich ziehe die Augenbrauen hoch.

Nadine kratzt sich am Kopf. »Ziemlich rätselhaft …«

»Sieben Zwerge«, sagt Flori.

Ich lege alles ordentlich in die Seemannskiste zurück. Wie in einen Sarg, in dem man die Ruhe nicht stören will. Nur den kleinen Zettel stecke ich behutsam ein.

»Ich hol Mamas Sachen.« Flori erhebt sich aus der Hocke und stößt fast an den Giebelbalken. Plötzlich ertönen flatternde Geräusche, und die Schwärze über ihm vibriert.

Flugmarder? Fledermäuse!

Ich ducke mich und halte die Hände über den Kopf. »Es ist ihr Revier, nix wie raus hier!«

8. Kapitel

Die engen Sitzschalen sind nicht sonderlich bequem. »Osttribüne Oberrang«, mir hat das nichts gesagt, aber hier waren noch drei Plätze nebeneinander frei, also habe ich sie auf der Homepage des 1. FC Köln rasch gebucht. Fußball ist das Thema, worüber sie am häufigsten sprechen, da sind Papa und Flori auf einer Wellenlänge. Ich kann da eher nicht mitreden, meine Erfahrung beschränkt sich darauf, früher mit Flori einen Fußball gegen das Garagentor gebolzt zu haben. Das Geräusch hallt mir heute noch durch den Kopf.

Es wäre so schön, wenn es den beiden im Stadion gefällt, wenn sie richtig Spaß haben. Gerade schauen sie gebannt aufs Spielfeld, was wohl ein Zeichen für gute Laune ist.

Jedenfalls hoffe ich das sehr. Nun ja, ich möchte Papa doch noch den Verkauf des Märchenwaldes ausreden. Dafür braucht er auch gute Laune.

Wirklich gut zu sehen sind die Spieler von hier oben nicht. Gegen den 1. FC Köln kicken frühere Spieler der deutschen Nationalmannschaft um Lukas Podolski. Poldi hat dieses Benefizspiel für die Kinderhilfe angeregt, wie Papa auf der Hinfahrt erzählte. Flori hat im Auto die ganze Zeit den Daumen gehoben, von »Idol« und »Legende« gesprochen. Toll, dass er die Bedeutung der Worte kennt.

Ein Raunen geht durchs Stadion, weil einer oben an die

Querstange des Tores getroffen hat. Das muss man erst mal hinkriegen, es gibt aber keinen Punkt dafür.

Ich schaue nach rechts und links, Flori und Papa starren weiter geradeaus.

»Schießt ein Tor!«, rufe ich auf die Wiese.

Flori dreht sich mir zu. »Für wen bist du?«

»Für alle?«

Papa lächelt. »Das darfst du aber auch nur bei einem Freundschaftsspiel sein.«

Oh, der Torwärter bekommt einen harten Schuss ab, kann den wegklatschen, aber nur wenige Meter zur Seite. Da steht ... Poldi, ausgerechnet ... drischt auf den Ball ein und ...

»Tooor!!!« Alle im Stadion springen auf, klatschen sich ab. Ich werde vom Freudentaumel mitgerissen. Sonst gehöre ich eher zur schweigenden Mehrheit, aber die gibt es hier nicht. Papa, Flori und ich umarmen uns. Der Held hat ihn »reingemacht«, wie Flori sagt.

Und: Papa lacht. Was mir in diesem Augenblick das Wichtigste ist. Papa lacht.

Danke schön, Poldi.

»Lu-lu-lu-Lukas Podolski!« Interessant, dieser stotternde Gesang der Fans. Wobei, Gesang ... nun ja, die Stadion-Stimmen klingen nicht gerade nach Männerchor. Wir singen lauthals mit, ich schaue mir alles ab, werfe auch die Fäuste unkontrolliert nach vorn und klatsche mit den Händen, eher nicht im Takt. Wenn man das hier so macht, okay.

»Hoffentlich kauft uns der FC Bayern nicht die Bude leer!«, ruft jemand vor uns.

Sein Nachbar tippt ihm trunken an die Stirn. »Un' noch wichtiger: dat erste Heimspiel gegen Mönchengladbach gewinnen. Sonst ist die ganze Saison nix wert!« Sie prosten sich zu, Bier schwappt.

»Ein schöner Nachmittag«, sagt Papa. Er hat sich noch nicht wieder hingesetzt.

Der Jubel über das Tor will nicht enden, ich schwenke ein Fähnchen. »Also, Papa, der Poldi ist ja so ein Aktiver, wenn der mit Fußball aufhört, legt er bestimmt erst richtig los …«, fange ich an. Papa nickt. »Ist ja auch wichtig, in Bewegung zu bleiben, sich neue Ziele zu setzen.« Papa sieht mich erstaunt an. »Klasse, wenn's im Leben noch mal so richtig losgeht!«

Papa lässt sich in seine Sitzschale plumpsen. »Ich bin fast vierzig Jahre älter als Poldi«, sagt er. »Ich kann den ganzen Krempel hinter mir lassen.«

Wieder fällt ein Tor, der Jubel verschluckt meine Antwort.

Später pfeift der Schiedsrichter das Spiel ab, 2:2 ist der Endstand, alle stehen auf und klatschen gehörig Beifall.

»Bravo!«, ruft Flori.

»Tolles Spiel«, sagt Papa.

»Wahnsinn, der Hector wieder.« Der Mann vor uns verabschiedet sich von uns. »Den dürfen wir niemals verkaufen!«

Ich hüstele und sehe Papa an. »Jaha, und das gilt wohl auch für unseren Märchenwald.«

»Hör auf, mich damit zu nerven.« Er winkt ab. »Ich muss aufs Klo.«

»Bitte Papa, das kannst du nicht machen!« Ich hämmere gegen die Toilettentür.

Mein Puls schlägt immer heftiger, ich bin so enttäuscht und wütend, dass ich ihm hinterhergelaufen bin. Einige Männer grinsen, andere ziehen sich die Hose zurecht, als sie an mir vorbeigehen.

»Papa, sag mir jetzt sofort, dass du es dir noch mal überlegst!«

»Aber wenn er doch mal muss?« Ein kleiner Junge sieht mich fragend an.

»Nicht verkaufen ...«, meine rechte Hand rutscht mutlos die Kabinentür hinunter.

»Du gehst zurück auf deine Eisscholle, Florian kommt in eine Wohngruppe, und für mich findet sich schon ein Altersheim.« Sein Gürtel klappert. »Und jetzt lass mich in Ruhe strullern!«

»Oh, wohl verlaufen, schöne Frau?« Der Typ hat sein Bier noch nicht weggebracht und das nächste schon in der Hand.

Der penetrante Urinmief gibt mir den Rest. Ich rausche aus der Toilette.

»Alles okay so weit. Danke fürs Warten, Flori.«

Er merkt, dass etwas nicht stimmt. Seine Arme zucken.

Eisscholle, Wohngruppe, Altersheim – so einfach will Papa sich's machen. Der spinnt echt!

So sieht er unsere Zukunft? Ich presse die Lippen zusammen.

Mehrere Jugendliche eilen an uns vorüber, unabsichtlich stößt Flori einen von ihnen an. Der macht eine provozierende Geste. »Ey, pass doch auf, Mongo!«

Verdattert will ich protestieren, da ... sind sie schon weiter. So ein Blödmann.

»Fahren wir nach Hause, Anna?«

»Gleich, Flori, gleich.«

Ein schwarzhaariger Mann spricht mich von der Seite an. »Anna heißen Sie?«

»Was dagegen?«, schnaufe ich. Wenigstens hat er keinen Bierbecher in der Hand.

»Hallo«, er grüßt auch Flori. »Ich heiße Rainer, und Sie wirken sehr sympathisch.«

»Entschuldigen Sie, ich wirke gerade gar nicht.«

»Gibt es wohl ein Passwort, um mit Ihnen ins Gespräch zu kommen?«

»Bitte was?«

»Vielleicht Ihren Namen mit Geburtsdatum«, sagt er lächelnd. »›Anna1988‹?«

Das klingt nett, aber ich ... ich ... »Ich kenne mich nicht aus mit Fußball und bin auch sonst keine Sportskanone!« Ich atme durch. »Da ist Papa ... komm, Flori. Danke, tschüss.«

Das Spiel ist aus.

Dann fahre ich eben wieder, dachte ich mir. Auf und davon. Wirklich, ich war kurz davor, meine Sachen zu packen. Selbst Lilly streckte mir aus dem Terrarium ihr kahles Köpfchen entgegen wie E. T., ihre Äuglein blinkten. »Nach Hause?« Damit meinte sie wohl Warnemünde.

Aber ein paar Tage später bin ich immer noch in Auendorf.

»Möchtest du eine Veränderung?«, fragt Helga mein Spiegelbild und befühlt meine Haare.

»Ja.« Ich fange mal auf dem Kopf an, vielleicht dringt die Veränderung ja in den Kopf durch.

»Ein Ponyschnitt passt zu deinem Gesicht.«

»Oh bitte, Helga, den hatten wir doch schon in der Grundschule.« Will ich aussehen wie früher?

»Pony trägt man wieder, Anna. Dir würde es echt stehen.« Sie grinst. »Wenn du das Risiko eingehen willst.«

Mama hat immer gesagt: »Man muss sich auf den Weg machen, auch wenn es kein Spaziergang wird.« Das hat sie mir richtig eingebläut. An mich glauben soll ich und darf nicht verzagen.

Natürlich spreche ich nicht von meinen Haaren. Sondern davon, was unseren Märchenwald besonders macht: Er. Ist. Noch. Da. Viele andere Parks sind längst geschlossen, mit ihren schönen Figuren plattgewalzt unter Einkaufszentren oder Neubausiedlungen.

Es riecht nach Haarspray, Scheren klappern. »Und hier müsstest du bitte nachfärben.« Ich tippe mit dem Zeigefinger auf meinen Scheitel. »Meine letzte Tönung hat nicht ganz geklappt.«

»Macht nichts, den Fehler machen viele Kundinnen: Statt nur den Silberstreif, färben sie das komplette Haar. Tja, dann wird's später unregelmäßig.«

Ich weiß nicht, ob es reicht, unseren Märchenfiguren mit frischen Farben einen neuen Anstrich zu geben. Aber es wäre ein Anfang. Das Tiergehege haben wir schon länger, es soll zusätzliche Besucher herbeilocken. Ziegen. Tja, Dinosaurier wären wohl moderner.

»Weißt du, Helga, mein Leben ist gerade nicht so geordnet, drum sollte wenigstens meine Frisur sitzen.«

»Da bist du doch in meinen Händen genau richtig. Komm rüber zum Waschbecken. Jetzt machen wir auf deinem Kopf mal richtig Kirmes.«

Kirmes, ja, als der Märchenwald ein Spektakel war, gab es mich noch gar nicht. Damals brummte er wie heute ein Disneyland. Da stellten sich die Leute an, wollten ihre drei Groschen in den Metallschlitz werfen, um Rumpelstilzchens Zorn in Gang zu setzen.

Mit großen Augen standen sie davor, wenn er in seinem kleinen Häuschen mechanisch gesteuert auf und ab hüpfte.

Mehr Technik brauchte es damals nicht, das war Remmidemmi genug.

Und auch wenn die Figuren seitdem etwas ramponiert und arg verblichen sind – die Volksmärchen selbst sind es doch nicht! Die mündlichen Überlieferungen von früher, die die Gebrüder Grimm zusammengetragen und emsig aufgeschrieben haben, sind die Ursuppe aller Geschichten von heute. Gut gegen Böse, Schwach gegen Stark, Gier und Gefühl … all das Poetische, ja Zauberhafte. Das hat doch einen Wert! Erzählungen mit Substanz und Relevanz sind es seit je her, nur mit etwas Patina.

Und die möchte ich in unserem Märchenwald bewahren. Es gibt so viel Schlimmes auf der Welt, unser kleiner Park soll eine Wohlfühl-Oase fürs Gemüt sein. Bei uns gibt es keinen Terror, wenn man von der bösen Hexe einmal absieht.

»Wenn du es mir nicht glaubst, mach dir doch selbst ein Bild von dem Driss«, ruft mich Papa im Flur. Ich eile zu ihm. Er knallt die Unterlagen auf den Schreibtisch. »Setz dich, hier hast du's!«

Ich lese, blättere, lese und zupfe an meinem Pony. »Puh, das sieht wirklich nicht gut aus …« Ich lege die Ellbogen auf die Tischplatte und stütze meinen Kopf mit den Händen ab.

»Und darum will ich verkaufen«, sagt mein Vater, jetzt sachlicher.

Bedröppelt hocke ich in unserem kleinen Büro im »Chefsessel« – so nennen wir ihn respektvoll. Am häufigsten saß Mama hier, weil sie die Buchhaltung machte. Papa hat immer nur »drübergeschaut«, wie er zu sagen pflegte. Ich bin mir bis heute nicht sicher, ob er sich tatsächlich damit auskennt.

Nun hat er einen Ordner vor mir aufgeschlagen. Die aktuellen Zahlen verschwimmen vor meinen Augen, es sind mehr als Wassermoleküle im Meer.

»So mies ist gerade die Lage, Prinzessin. Du darfst nicht vergessen, an Regentagen kommt keiner. Aber das Personal muss trotzdem bezahlt werden. Wir konnten schon länger kein Geld zurücklegen, um ins Café und den Park zu investieren.«

Unwirsch schüttle ich den Kopf. »Irgendwelche Möglichkeiten muss es doch geben ... wie wäre es mit Einsparungen?«

»Ja.« Papa schlurft vor der Regalwand mit den vielen Aktenordnern hin und her. »Die Rosenranken an Dornröschens Turm, die haben wir schon letztes Jahr durch Efeu ersetzt.«

»Und sonst?«, frage ich, fast verzweifelt.

»Wir könnten natürlich Dornröschen und Rapunzel in einem Turm zusammenlegen. Die eine pennt ja sowieso den ganzen Tag.«

»Ernsthaft, Papa. Mehr geht nicht?«

Seufzend zieht er die Schultern hoch.

Der Märchenwald stirbt. Natürlich weiß ich, dass unsere Familie seit Jahren mit sinkenden Besucherzahlen zu kämpfen hat. Aber dass es so schlimm ist ... Die Kosten übersteigen die Einnahmen bei Weitem, das erkenne ich selbst als Laie sofort. So kann es wirklich nicht weitergehen.

Soll es ja auch nicht, wenn es nach Papa geht ...

Ich blättere um, einige Zettel fallen heraus.

»Die muss ich noch abheften«, sagt Papa.

»Der Versuchung eines Computers haben Mama und du ja immer widerstanden.«

»Früher ging's auch ohne.«

Früher war alles ... anders. Ich habe den Märchenwald

als Kind geliebt, oh ja, was bin ich darin herumgesaust. Es war mein schönster Spielplatz auf der ganzen Welt. Und jetzt stelle ich einigermaßen irritiert fest, dass Hänsel, Gretel und der Rest der Rasselbande für einen Erwachsenen mit Verantwortung eine ganz andere Nummer sind. Vor allem eine mit roten statt rosigen Zahlen.

»Ich weiß, Anna, das ist leider hart für dich. Aber wir sind nun mal nicht beim Froschkönig. Unterm Strich kommt nicht die goldene Kugel raus.«

Ich blicke auf, versuche zu lächeln. Es will mir nicht recht gelingen. Papa hält sich am Regal fest.

»Entschuldige.« Ich erhebe mich. »Darf ich dir den Chefsessel anbieten?«

»Das ist nicht mehr mein Platz.«

Ich plumpse auf den Sitz zurück. »Ganz ehrlich, Papa, das kann dir doch nicht gleichgültig sein?«

»Nach über 40 Jahren?«, fragt er zurück. »Doch.«

Er schnipst gegen einen Aktenordner, dessen vergilbtes Etikett mit der Aufschrift »Umsatz 1982-87« sich gelöst hat und nun bedröppelt den Kopf hängen lässt.

»Natürlich ist es mir nicht egal«, fährt er fort, »aber ich muss der Realität ins Auge sehen. Solange Mama noch da war, ja …« Er spricht den Satz nicht zu Ende. »Irgendwann ist's eben auch mal gut.« Mit beiden Armen und doch recht wackelig stützt er sich auf dem Schreibtisch ab. »Ich bin überm Verfallsdatum.«

»So … so solltest du dich nicht sehen.«

»Ich glaube nicht, dass das noch in meiner Macht liegt. Frag mal den da ganz oben.«

»Doch, du musst nur wieder wollen. Mensch, Papa, wir beide, wir schaffen das!«

Milde lächelnd dreht er sich zum Fenster, schaut auf die knorrige Kastanie im Garten.

Verstanden. Auf eine so platte Art lässt er sich nicht motivieren.

Wenn er jetzt aufhören und verkaufen würde, seine Rente wäre sicher. Aber er muss sich dem Verfall widersetzen! Sorry, aber das muss ich jetzt so hart sagen … denken. Flori und ich wollen doch noch etwas von ihm haben. Papa hat einfach keine Lust mehr! Aber den Märchenwald dranzugeben wäre wohl kaum besser für seine Gesundheit. Sein Ausmaß an Aua kann ich nicht beurteilen. Dennoch, er muss in Bewegung bleiben, darf in kein Loch fallen! Das hat mir doch schon meine Warnemünder Vermieterin vorgebetet, die liebenswerte Frau Hansen, jedes Mal, wenn sie um sieben Uhr morgens im Regenmantel auf ihr Fahrrad stieg: »Wohin ich fahre? Weiß ich noch nicht. Was ich jedoch weiß: Schongang im Alter ist schrecklich! Da falle ich doch lieber tot vom Rad, als auf dem Sofakissen zu verenden.«

Verdammt, und jetzt habe ich meinen Papa so vor Augen, nur zwei Meter entfernt: Tatendrang? Ich kaufe ein »o«: Totendrang.

Er löst seinen Blick vom Garten. »Prinzessin, das alles hier …«, sagt er, und seine Arme fuchteln fahrig durch den Raum, »will ich dir einfach nicht zumuten.«

Ich stehe auf und drücke ihn in den Ledersessel. »Ach, Papa, lass mich das doch mitentscheiden. Sieh mal, was soll denn aus Flori werden? Seine Welt ist hier.«

Papa grunzt. »Er kann auch unter ›Seinesgleichen‹ leben.«

»Aber er gehört zu uns, er hat doch schon Mama verloren.«

»Nicht nur er!« Papa zeigt sich so feinfühlig, wie es ihm als trauerndem Ehemann möglich ist.

»Wenn wir schließen, ist es, als würden wir sie noch mal verlieren. Ich meine, es ist Märchenopas Erbe, das sie fortgeführt hat …«

»Der! Ja, der hat mir das doch alles eingebrockt!«

»Papa, wenn wir dichtmachen, müssen wir Angestellte entlassen. Verdiente Angestellte.«

»Pah. Früher, da galt das mal was. Aber heutzutage …«

Nadine. Sie würde es mir nie verzeihen. Und auch für die anderen wäre es bitter.

Mir tritt Schweiß auf die Oberlippe.

Ich … ich muss den Laden schmeißen. Auch wenn »hinschmeißen« eine absolut denkbare Option wäre.

Ein Glück, dass Papa nie vorschnell handelt. Bis er den Verkauf auch wirklich durchziehen kann, brummt der Laden wieder. Dafür werde ich sorgen.

Papa schnauft vor sich hin. »Ich habe die Tage mit Hilli gesprochen …«

»Ach, da warst du. Gut, dann bist du ja mal rausgekommen.«

Mit ›Hilli‹ meint er Horst Hillishoven. Ihn als Freund meines Vaters zu bezeichnen wäre zu viel gesagt. Aber die beiden sehen sich dann und wann, sie kennen sich aus dem Männerverein – so hat ihn jedenfalls Mama immer genannt. Eigentlich ist es ein Männergesangsverein, aber bei den Proben ist das Singen immer schneller dem Biertrinken gewichen. Ihr lautstarkes »Zicke zacke zicke zacke hoi hoi hoi!«, auf das sich Papa gerne berief, ließ Mama nicht als Lied gelten.

»Wie geht es ihm?« Von Horst Hillishoven habe ich ewig nichts gehört. Früher war er immer sehr beschäftigt, ihm gehören die meisten Länderein um Auendorf.

»Gut so weit. Ich habe ihm den Kauf konkret angeboten.«

»Du hast was ...?«

»Mit Hilli gesprochen. Habe ich doch gesagt.«

»Du ... Ihr ... schon alles besiegelt!?«

»Ja, er ist interessiert: Märchenwald, Gebäude, alles. Anna, in gut vier Monaten sind wir pleite, versteh das doch. Nur so können wir die Insolvenz abwenden.«

Ich stiere vor mich hin. So muss sich eine Robbe fühlen, die guter Dinge vor sich hin taucht – bis ihre Pläne für den Tag jäh von Haifischzähnen durchkreuzt werden.

Jetzt. Bin ich bereit. Aufzugeben. Mein Kopf ist unendlich leer.

»Es ist das Beste für uns alle.« Papa nickt mir zu. »So, jetzt muss ich mich hinlegen.«

Kraftlos nicke ich zurück.

Ich muss ein wenig Luft schnappen, trotte durch den Märchenwald. Es ist ein so niederschmetterndes Gefühl. Als würde ich innerlich meinen Koffer packen und mich verlassen. Und alle anderen mit. Ich habe wirklich keine Ahnung, wie ich es ihnen beibringen soll. Nadine, Julian, dem hübschen Hubert.

Nur Flori, ihm muss ich es direkt sagen. Dabei habe ich ihm doch fest versprochen, dass ich dieses Mal länger bleibe. Ich bin als Schwester ein Chaos, unfreiwillig, aber ich bin es. Was macht es mit ihm, wenn er erfährt, dass hier die Lichter ausgehen? Oder sollte ich ihn mitnehmen, zurück nach Warnemünde?

Flori füttert die Ziegen. Offenbar ist er zufrieden mit seinem Leben, so wirkt er jedenfalls meistens. Verzagt überlege ich, wie ich es ihm am besten beibringe. Es ist so kompliziert. Oh Gott, ich habe keinen Schimmer, wie ich dieses Gespräch einleiten soll. Zitternd fasse ich meinen Bruder an der Schulter.

»Wir brauchen eine Attraktion, weißt du, eine Attraktion wie eine Achterbahn.«

Flori sieht die Tränen in meinen Augen und umarmt mich.

»Anna. Du bist doch jetzt da.«

Der Holzstuhl knackt, als Julian sich setzt. Nadine bringt Zucker und Milch aus der Küche des »Schlaraffenlands«. Ich glaube, jetzt hat jeder einen Kaffee. Wir haben noch eine Viertelstunde, bis die ersten Besucher kommen. Sofern welche kommen.

Im vollen Labor vor Studenten zu sprechen fällt mir leichter als jetzt hier vor meinen vier Leuten.

»Für mich Süßstoff«, sagt der hübsche Hubert. Der Rentner wartet die Technik im Märchenwald und erledigt Gärtnerarbeiten. Mit seiner kräftigen Statur und dem blanken Schädel sieht er aus wie der ältere Bruder von Bruce Willis. Daher auch sein Spitzname.

Hubert ist total glücklich, bei uns arbeiten zu können. »Teilzeitjobber« sei endlich mal ein angesehener Beruf. Vorher war er Immobilienmakler.

Ich räuspere mich. »Danke, dass ihr alle gekommen seid.«

»Ist noch früh.« Julian grinst unter seinen verstrubbelten blonden Haaren.

Sein letzter Text für den Kölner Boten – »Der Rhein ist wieder etwas sauberer geworden« – wurde zu einer kleinen Meldung gekürzt. Julian hatte zunächst eine große Story daraus gemacht. Es ist süß, wenn die Phantasie mit ihm durchgeht.

Erst hatte ich überlegt, ob ich es den anderen überhaupt

sagen soll, ich will sie ja nicht demotivieren. Nein, das wäre bestimmt nicht richtig, ich muss sie einbinden. Sie sollen an mich glauben können.

Wie Flori.

»Also, raus mit der Sprache«, Nadine dreht ihre Tasse in den Händen. »Du wirst offiziell die neue Chefin, und zum Einstand kriegen wir alle eine Gehaltserhöhung?«

Alle lachen. Ich mit, jedoch künstlich, weil mein Zwerchfell keinen Grund zur Bewegung sieht. Mit erwartungsfrohen Gesichtern schauen sie mich an. Selbst Flori scheint sich bewusst zu sein, dass wir uns eigentlich nicht zum Kaffeetrinken getroffen haben.

Ich knete meine Hände. Ja, ich fühle mich verpflichtet, etwas zu verändern, einiges zu bewegen. Jetzt weiß ich, weshalb ich mein beschauliches kleines Leben in Warnemünde so mochte.

»Ihr Lieben, ich habe euch zusammengerufen, weil unser schöner Park, hmm, im Dornröschenschlaf liegt.«

»Klingeling, aufwachen«, sagt Julian.

»Gutes Stichwort.« Jetzt setze ich mich ebenfalls. Zu ihnen. »Ihr seid die tollsten Mitarbeiter, die man sich vorstellen kann. Und ich weiß, jeder von euch gibt sein Bestes.«

»Oh-oh …«, macht Nadine.

»Früher war der Märchenwald eine Sensation …«

»… täglich mit Tanz hier im Café«, wirft der hübsche Hubert ein. »Da hatte ich noch einen schicken Scheitel.«

»Ja, und heute ist er nur noch nett, doch einfach nicht mehr ›in‹. Aber, Märchenfiguren sind wie Antiquitäten: die in Schuss gebracht, sind noch mal so beliebt.«

Erst keine Reaktion, dann folgt Nadines Frage: »Oh mein Gott, wir werden alle gefeuert?«

Hubert grummelt. »Unter der Seniorchefin war einiges besser …«

»Nein und nochmals nein! Ich meine, wir müssen jetzt anpacken und gemeinsam die nächsten Monate bewältigen. Eine neue Magie muss her, ein Kassenknüller! Das darf aber kein Geld kosten, und darum brauche ich …«, betone ich und breite die Arme etwas zu theatralisch aus, aber es muss optimistisch wirken, »… eure Ideen.«

Stille.

»Mehr Ziegen?«, schlägt Flori zögerlich vor.

»Wenn es darum geht, moderner zu werden«, sagt der hübsche Hubert, »drücken wir Rotkäppchen doch ein Smartphone in die Hand. Und stülpen ihr so einen riesigen Bauarbeiter-Kopfhörer über.«

»Pfeifen wir auf den Käsekuchen.« Nadine sieht zur Küche hinüber. »Braten wir Burger!«

»Aber nicht mit Billigfleisch«, erwidere ich. »Das ist schlecht für die Umwelt und für die Tiere. Lieber Steaks aus ökologischer Haltung. Was natürlich teurer ist …«

»Tofu-Burger, nehmen wir die«, sagt Nadine.

»Hm, tja.« Ich wiege den Kopf hin und her. »Für Sojaprodukte müssen Tropenwälder dran glauben.«

»Ich hab's«, ruft der hübsche Hubert. »Insektenpfanne! Larven, Würmer, Heuschrecken am Spieß.«

»Nee, oder? Wie in einer Dschungelprüfung auf RTL?«, fragt Julian.

»Wie in Asien«, sagt der hübsche Hubert. »Da ist so was Nationalgericht wie bei uns die Currywurst.«

»Leute!« Julian hebt die Arme. »Wir müssen dem Märchenwald einen ganz frischen Anstrich geben …«

»Gut, gut«, antworte ich. »An welche Farben denkst du?«

»… wir müssen ihm ein völlig neues Kleid verpassen. Ich sage: Unter Wasser setzen und als Atlantis verkaufen!«

Ich mag unseren Kriegsrat. Mit dieser Truppe gewinnst du Schlachten. Öhm.

»Lasershow!« – »Freibier!« – »Wildwasserbahn!« Es wird weiter überlegt und heftig debattiert, der Kaffee schwappt in den Tassen.

»Anna«, fragt Nadine eindringlich flüsternd, »wie schlimm ist es wirklich?«

»Uns hilft nur noch ein Wunder.«

Sonst ist der Abgrund nur noch vier Monate entfernt. Uff, nur noch so wenig Zeit.

»Nadine, ich habe eine Heidenangst!«, flüstere ich zurück, während die anderen weiterdiskutieren. Sie nickt mitfühlend. »Ich soll keinen Bammel vor Fehlern haben, ja, das sagt sich so leicht. Aber was, wenn ich welche mache?«

Nadine presst unschlüssig die Lippen zusammen, legt eine Hand auf meine.

Trotzig kämpfe ich mit den Tränen. »Diesen gottverdammten Märchenwald, ich will ihn nicht verlieren, er bedeutet mir so viel. Aber ist das denn genug?«

»Eine Garantie gibt's wohl eher nicht«, sagt Nadine. »Aber wir stehen alle hinter dir.«

Julian erhebt sich. »Okay, Leute, ich habe eine Liste mit allen Ideen gemacht. Auf geht's!«

Die anderen klopfen zustimmend auf den Tisch.

»Klasse«, rufe ich mit brüchiger Stimme. »Ich freu mich drauf.«

Ich hole tief Luft und wende mich wieder Nadine zu. »Ich nehme dieses Abenteuer an, weil ich es möchte, weil … ich es muss.« Keuchend atme ich aus. »Flori ist zu unselbständig, und mein Vater verliert sich in seiner Trauer. Auch ihr Lieben, alle die ihr hier sitzt, gehört zu meiner Mischpoke.« Ich mache eine abfällige Geste. »Selbst Tante Hilde.«

Nadine schmunzelt.

»Ich kann niemanden im Stich lassen, Nadine. Die Rettung des Märchenwaldes bedeutet: die Rettung meiner Familie.«

Nadine reicht mir cin Taschentuch, sie hat selbst feuchte Augen.

Herrje, wie bringe ich das jetzt nur Papa bei?

9. Kapitel

Auendorf 1985

Die Teller steckten zwischen dem weißen Gestänge. Was kein echtes Hindernis war, Flori allerdings wie eines vorkam.

Erst rüttelte er an den Tellern, um sie zu befreien, dann zog er sie heraus. Die Tassen, Seite an Seite wie Autos auf dem obersten Parkdeck, ließen sich viel einfacher ausräumen.

»Ich stelle sie in den Schrank«, sagte ich. »Hier, mach du das Besteck.«

Messer und Gabel schepperten, als Flori sie in die Holzschublade plumpsen ließ. Er lachte albern auf. »Falsch gemacht«, sagte er gedehnt, als er einen einzelnen Kaffeelöffel bei den Suppenlöffeln bemerkte. Dort gehörte er nicht hin. Hatten den etwa Mama oder ich nicht richtig einsortiert?

Er sprach stets etwas langsamer, auch undeutlich. Flori hatte bei seiner Geburt zu wenig Sauerstoff bekommen und ist deshalb behindert.

Es klingelte gleich zweimal. Aufgeregtes Rappeln vor der Haustür. Die Nachbarskinder.

»Geht nur«, sagte Mama lächelnd. »Ich mache den Rest.«

Ich stürmte in den Flur, zog mir eilig die Schuhe an.

»Nimmst du Flori nicht mit?«, rief Mama aus der Küche. »Warte doch ...«

»Muss das sein?«, dachte ich. Ich wusste schon, warum ich es so eilig hatte.

Flori konnte sich noch nicht mal gut verstecken. Erst verbarg er sich nicht schnell genug, dann lugten seine struwweligen Haare hinter der Mauer hervor. Bei allen anderen Spielen war es ähnlich.

Ich öffnete die Tür, vor der ich bereits saß und mir die Schuhe zuband.

»Anna, wir lassen Drachen steigen, am Kornfeld!« Petra und Jürgen, wie wir neun und elf Jahre alt, konnten es kaum erwarten.

Flori winkte ihnen aus dem Flur zu, kam näher.

»Ach, Spacko auch?« Jürgen kicherte.

»Er heißt Flori«, zischte ich.

»Wissen wir doch, Schwester Spacko«, lachte Petra, die das wohl für lustig hielt.

»Johaho!« Jürgen prustete ein Geräusch der Zustimmung, wobei ihm ein feuchter Popel aus der Nase flog.

Mama kam aus der Küche und erfasste die Situation. »Na, ihr beiden Drachenkinder.«

Unauffällig, damit es die anderen nicht mitbekamen, half sie Flori in die Jacke. »Sie lachen mit dir«, sagte sie zu ihm.

Eine Weile nach dem Abendbrot wartete ich auf Opa, damit er mir noch eine Gute-Nacht-Geschichte erzählte. Aber keine dieser normalen Gute-Nacht-Geschichten. Wenn Opa sich ans Bett setzte und Drachen steigen ließ, konnten sie Feuer speien und ließen Kobolde mitfliegen, die mit großen Ahornblättern Fallschirm sprangen.

Ich rückte mein Kissen zurecht, faltete die Hände und fing

schon einmal an zu beten. »Lieber Gott, bitte mach Flori wieder gesund«, murmelte ich leise vor mich hin.

Erst viel später begriff ich, dass mein Wunsch nicht in Erfüllung gehen konnte.

Flori würde sein Leben lang besonders bleiben.

10. Kapitel

Ein neues Puzzle habe ich ihm besorgt und seine Lieblingsklöße gekocht.

Vielleicht war mein Timing berechnend, gut war es auf alle Fälle. Papa hat zugestimmt.

Ja, er hat mir vier Monate zugestanden, also eine Frist bis Ende Oktober, dem Ende unserer Saison. Solange ist er gewillt, Horst Hillishoven hinzuhalten. Nicht, weil Papa daran glaubt, dass wir den Wettlauf gegen die Zeit gewinnen und den Märchenwald wieder rentabel machen. Allerdings spannten sich seine Mundwinkel, unmerklich erst, dann grinste er. »Den Kampfgeist hast du von deiner Mutter, du Sturkopf.«

Seine ersten anerkennenden Worte, seit ich zurück bin. Gut möglich, dass seine starrsinnigen Gene ebenfalls dazu beigetragen haben, sehr gut möglich. Jedenfalls gefällt es Papa, dass ich mich so hartnäckig zeige. Darum gibt er mir diese letzte Chance.

Ich habe ihn auf die Stirn geküsst und Bratensoße nachgegossen.

Fast euphorisch trete ich auf der Dorfstraße in die Pedale. Flori radelt auf dem Tandem hinter mir.

»Hey Anna, hey Florian«, ruft Nadine uns schon von weitem zu.

Wir bremsen. Uwes große Auffahrt führt zu einer Doppelgarage. Die benötigt er auch als selbständiger Installateur: Gas, Wasser, Heizungsgedöns.

Uwe. Jetzt sehe ich meinen Exfreund zum ersten Mal wieder, nach wie vielen Jahren?

Grauer ist er geworden, hat aber immer noch diesen Blick, den ich früher für »verwegen« hielt und daher attraktiv. »Verschlagen« trifft es wohl besser.

»Hi Uwe, wie geht's?«

»Danke, es läuft. Und selbst?«

»Du und Nadine ... ihr beiden ... jetzt zu zweit ...« Ich weiß es ja längst, dennoch verknäueln sich meine Arme wie DNS-Stränge. Also uncool.

»Jaa«, säuselt Nadine, »wir kennen ihn jetzt beide nackt.«

Jaa, Nadine kann manchmal sehr direkt sein.

»Annaaa!« Zum Glück kommt Tim angelaufen und unterbricht uns.

Ich gehe in die Hocke und nehme den 5-Jährigen in den Arm. »Na, Großer, bereit für den Baumarkt?«

»Du meinst Spielplatz!«

»Männer-Spielplatz, ganz genau, habe ich ihm gesagt«, sagt Uwe und streicht ihm über die Kappe. »Harharhar.«

»Harharhar«, das macht er also immer noch. Ein höhlenmenschliches Raunzen, weniger weiblich als Motoröl und ähnlich glitschig. Diesen Laut hat er von Tim Taylor, dem TV-Handwerker aus einer amerikanischen Comedyserie, ich habe einige Folgen mitgesehen. Sonst ist er aber liebenswert. Der Tim Taylor.

Uwe läuft voran in den Gang mit den Farbeimern. Als Handwerker kennt er sich hier natürlich aus. Flori eilt hinterher, motiviert schaut er rechts und links die Regale hoch.

»Guck mal, Anna, gestern hat mich eine Wespe gestochen, als ich schon im Bett war.« Tim zeigt mir einen geröteten Finger.

»Oh, das war aber nicht nett von ihr.«

»Ich hab sie in meinem Zimmer eingesperrt. Zur Strafe.«

Uwe bleibt stehen und greift in eine Halterung. »So eine Teleskopstange ist natürlich auch nötig. Für die Farbroller.« Er wiegt sie abschätzend in beiden Händen. Flori nickt eifrig.

»Nur Pinsel reichen also nicht?«, fragt Nadine.

»Baby …« Uwe rüttelt an seiner Gürtelschnalle. »Pinsel oder ausziehbare Stange: das ist 'ne Grundeinstellung.«

Nadine gickelt.

»Harharhar«, mache ich. Die »ausziehbare Stange«, die Uwe meint, hätte er schon gebrauchen können, als wir noch zusammen waren …

Ich überfliege unseren Einkaufswagen: Abklebeband, Schleifpapier, Grundierung, Farbroller, Pinsel. Das meiste haben wir schon zusammen, um den verwitterten und verblichenen Oberflächen unserer Märchenhäuschen einen neuen, strahlenden Look zu verleihen.

»Leute!« Mir fällt siedendheiß etwas ein. »Was wir noch nicht genau überlegt haben: Welche Figuren wollen wir mit welcher Farbe anstreichen? Ich meine … das haben die Gebrüder Grimm ja nicht vorgeschrieben.«

Uwe verschränkt belustigt die Arme. »Bei Rotkäppchen ist das ja wohl eindeutig.«

»Grün ist schön«, sagt Flori, »für den Froschkönig.«

Tim hebt eine Hand wie in der Schule. »Koboldblau!«

»Wie kreativ«, sage ich lächelnd, »aber du meinst wohl kobaltblau.«

»Ach«, grinst Uwe, »habt ihr jetzt auch Schlumpfhausen im Märchenwald?«

»Nein«, antwortet Flori.

»Sag mal.« Nadine sieht mich an. »Warum überhaupt knallige Farben? Lasst uns mit der Zeit gehen. Ich bin für Pastelltöne.«

»Ah, also mint, milchweiß oder puderpink …«

»Poh, Mädels, bevor das jetzt ausartet …« – Uwe zeigt zur anderen Seite des Gangs – »… für den Lack gibt's doch Farbkarten.«

»Mama, ich muss mal«, sagt Tim laut und deutlich.

»Jetzt?«

»Nee, schon länger.«

»Na, dann komm …« Nadine orientiert sich zum Ausgang.

»Ich auch.« Flori hält sich die Hose und folgt ihnen.

Ich nehme die Farbkarten auf der anderen Seite des Gangs in die Hand und fächere sie auf. »Hmm, hmm.«

Uwe stützt sich mit einem Arm lässig am Regal ab. »Gut siehst du aus.« Sein Augenaufschlag wirkt gekünstelt. »Deine Pfirsichbacken hast du also immer noch.«

Ein Kompliment, das auf der Bananenschale ausrutscht, Uwe kriegt es hin.

»Charmant wie eh und je.«

Er meint meinen Hintern, der sich nicht groß verändert haben soll. Hat er aber. Hallo, gut zwanzig Jahre später? Uwe hat meine »Pfirsichbacken«, wie er sie immer nannte, gerne in den Händen gehalten. Jetzt ist mir die Bezeichnung allerdings etwas zu vertraut.

Flink fahre ich mit einem Zeigefinger über die vielen Schattierungen. »Ob wir auch die Komplementärfarben beachten sollten, um eine bessere Wirkung zu erzielen?«

Uwe streckt die Brust raus. »Also, wenn ich die Frau Holle sehen will, dann ist mir doch egal, wie die gepudert ist, meinetwegen neon. Entweder will ich sie besuchen oder nicht. So seh ich das.«

Er ist und bleibt ein praktischer Mensch. Sonst hätte er mir damals wohl keinen Strauß mit Plastikblumen geschenkt, »weil die länger halten«.

»Hey, gehört der zu Ihnen?« Der stämmige Mann, am Kugelschreiber in der blauen Jackentasche eindeutig als Baumarkt-Mitarbeiter erkennbar, zieht Flori hinter sich her. »Der hat mir meine Bambusrohre umgehauen, aber komplett. Die liegen jetzt im ganzen Gang verstreut!«

»Dagegengelaufen.« Flori zuckt aufgeregt. »Das wollte ich nicht.«

»Und wer baut mir das jetzt wieder auf!?« Der Mitarbeiter fixiert mich. »Nächstes Mal nehmen Sie den aber an die Leine, Ihren Kegelbruder!«

Ich bin völlig baff, wie wenig Feingefühl Menschen zeigen können, und erst mal sprachlos.

Uwe nicht. »Hör mal, Baumarktschlumpf, was pflaumst du denn hier rum?«

»Da könnte ja jeder kommen und alles umstoßen!«

»Ich komm dir gleich rüber, Spaten oder Hacke, kannste dir aussuchen!«

Der Mann weicht einen Schritt zurück. Flori stellt sich zu mir.

»Uwe, lass gut sein …«

»Nix ist gut, das Freundchen steck ich gleich in seiner Gartenabteilung tief in die winterharten Rabatten.« Er tritt noch einen Schritt auf ihn zu.»Du siehst doch, dass er es nicht absichtlich getan hat.«

Der Mitarbeiter verschwindet, woraufhin sich Flori wieder beruhigt. Und Uwe auch. Das war mir zwar etwas zu handfest von ihm, aber irgendwie auch süß.

»Danke, Uwe, dass du Flori geholfen hast.«

»Na hör mal, so darf dieser Gartenheini nicht mit dir reden.«

»Flori, das macht nichts, das kann passieren.« Ich nehme meinen Arm von seiner Schulter. »Was hast du denn eigentlich bei den Bambusstauden gemacht?«

»Pipi. War echt dringend.«

»Heute wegen Renovierung geschlossen«. Schon ein wenig stolz betrachte ich meinen Aushang. Okay, es ist nur ein weißes Blatt, ans Glas des Kassenhäuschens gepappt – aber es soll wie eine Durchsage wirken: Liebe Besucher, hier wird alles schöner, größer, besser! Zufrieden lächle ich über meine Aufbruchstimmung. Die Rakete wird gezündet, das Küken schlüpft, der Scheinwerfer geht an!

»Ich glaub, es hackt!« Papa.

Hm, die Kröte plumpst in den Teich.

»Du machst heute zu? Am Sonntag? Wo die meisten Besucher kommen?«

»Dir auch einen guten Morgen«, sage ich und lächle weiter. »Heute haben alle Zeit, um zu helfen.«

Papa schnauft, er deutet über den Innenhof zum Märchenwald. »Der ganze Firlefanz ist heruntergekommener als ein Schrottplatz. Da ist es mit einmal Drüberpinseln nicht getan.«

»Und darum, lieber Papa, sind wir bestens vorbereitet. Alle sind motiviert.«

»Der Verfall ist nicht aufzuhalten«, stöhnt er, fast scheint mir, er krümme sich unter seinen eigenen Worten. »Erst wirst du baufällig, dann zu Trümmern. Und an den Ruinen weiden sich die Krähen.«

Nein, nein, nein, ich lasse mir diesen sonnigen Tag nicht vermiesen.

»Komm ruhig gerne dazu, Papa. Dann siehst du, wie super alles wird.« Zur Bestärkung würde ich ihm gerne in die Wange kneifen, aber ich lasse es. »Du, ich habe mir auch schon Gedanken gemacht, wie wir unsere Leute noch effektiver einsetzen können. Flori zum Beispiel, er könnte doch die Lokomotive des Kinderzugs steuern. Dann hätte Julian mehr Zeit für die Kasse oder das Café.«

»Florian …« Papa knurrt den Namen.

»Ja, Papa«, jetzt kneife ich ihm doch in die Wange. »Wir Herzigs sind ein Top-Trio!«

Er sieht mich an, als wäre ich plemplem. »Uns kriegst du nur unter einen Hut, wenn du zwei plattmachst.«

Vorne beim Froschkönig ist sozusagen der Bahnhof. Dort steigen die Kinder ein in die kleinen Waggons, um eine Schleife durch den Märchenwald zu drehen.

Julian hockt hinter Flori auf der Lokomotive und lässt ihn den Zug starten.

»… und neben dem An-Knopf, schau, Florian, ist dieser Hebel. Den schiebst du einfach nach vorne. Ja … langsam … dann ruckelt es nicht so.«

Ich schlendere auf sie zu. »Entschuldigung, die Herren, darf ich noch zusteigen?«

Flori reißt den Hebel nach hinten, der anfahrende Zug stoppt blitzartig. Die beiden stoßen aneinander.

»Vom Prinzip her richtig gebremst«, Julian reibt sich den Kopf. »Beim nächsten Mal gerne vorsichtiger.«

Flori steigt aus und greift sich an die rote Dienstmütze. »Guten Tag, ich bin Florian, dein … dein …« Er schaut kurz zu Julian. Der nickt. »… dein Lokomotivführer!«

»Vielen Dank.« Ich spiele mit. »Dann setze ich mich mal nach hinten.«

»Hast du einen Chip?«, fragt Flori.

»Erwischt.« Ich habe eingeführt, dass die Fahrt etwas kostet. 50 Cent, das geht doch noch. »Sehr gut, Flori, ab morgen gilt das.«

Die Bimmelbahn führt uns über die saftige Wiese, die mit Sumpfdotterblumen gelb bekleckst ist, und windet sich am Hexenhäuschen entlang. Als Hänsel & Gretel zum Greifen nahe sind, jubelt Flori ihnen zu. Es macht ihm richtig Spaß, den Zug zu steuern. Wobei die kleinen Schienen eine willkommene Hilfe darstellen.

Schön zu sehen, dass das Leben meines Bruders wieder etwas bunter wird, wenn er neue Dinge kennenlernt. Allerdings ohne Zwang, er soll einfach herausfinden, was ihm möglich ist.

So entspannt sieht es Papa leider nicht. Ja, er kann mit Flori zum FC ins Stadion gehen. Aber er konnte nie richtig auf einem Fußballplatz mit ihm spielen, konnte nicht viele Dinge mit ihm erleben, die sonst für eine Vater-Sohn-Beziehung typisch sind.

Zugegeben, früher fiel mir der Umgang mit Flori auch schwerer. Erst als ich einen Freund hatte, etwas selbstsicherer auftrat und wegen Flori nicht mehr so gehänselt wurde, da habe ich ihn angenommen. Allerdings noch nicht überall mit hingenommen. Es dauerte, bis ich zu ihm stehen konnte und wir ein echtes Team wurden. Ich glaube, es war mit Mitte 20, als ich rundheraus gesagt habe: »Schaut alle her, das ist mein großer Bruder Flori!«

Und bald darauf bin ich von zu Hause fort, tja. Mein Leben hat einen Weg genommen, auf dem ich mitgeholpert bin. Und nun sitze ich auf einer Kindereisenbahn und weiß: Ich sehe es als Bereicherung an, einen behinderten Bruder zu haben.

Der hübsche Hubert steigt gerade aus der Tür an Dornröschens Turm. »Läuft wie geschmiert, Chefin!«, ruft er und winkt uns zu. In der anderen Hand tropft das Ölkännchen, mit dem er die Feinmechanik pflegt. Sonst würden sich bei Dornröschen nicht die Fensterläden öffnen, und man wüsste nicht, ob sie noch schläft oder nur so tut. Hubert fühlt sich wohl als Rentner, er ist im ganzen Wesen wendiger als Papa.

»Im Waldstück langsamer«, sagt Julian vorne zu Flori, »wegen der Karnickel. Die flitzen kreuz und quer.«

Zwischen den Bäumen wird es kühler, durch die Zweige glitzern Sonnenstrahlen. Eine Buche neigt ihre gelbgrünen Blätter, als mache sie in ihrem prächtigen Baumkleid einen Knicks vor uns. Einige Vögel picken nach ihren nussigen Bucheckern.

Rübezahl ist ja schon ein Ungetüm. Jedenfalls in Gestalt unserer riesenhaften Holzfigur, die hinter einem Eichenstamm unvermittelt aufragt. Knorriger als die Eiche selbst. Furchteinflößend, und dabei weiß ich, dass er sich nicht bewegen kann. Der Geist des Riesengebirges, legendär wie der Yeti im Himalaya. Seine Fratze ist gräuelgrimmig geschnitzt, so schauen auch Orks drein.

Da, Gollum und Frodo lugen wachsam zwischen bemoosten Schiefersteinen hervor. Ob gleich ihr Ring ins Unterholz klimpert? Und dort, auf der harzbedeckten Waldkiefer: ein weißlicher Schimmer … Gandalf? Im leichten Wind naht er, wie auf wogenden Wellen schwebend. Sein Stab gleicht einem Mast, an dem Gandalfs Bart weht wie ein gesetztes Segel.

Anna!

Ich habe voll einen an der Mütze. Ist es der Tatendrang, der meine Fantasie überschnappen lässt? Hoffentlich. Bin ich nun sachliche Biologin oder fabulierende Märchentante? Moment, kurze Bestimmung: Vor uns befinden sich Hainbuchen. Mischgehölz. Wenig lichtbedürftig. Ob sie sprechen können?

Hm, die Fantasie, die da gerade mit mir durchgeht, könnte doch helfen, den Märchenwald wieder aufleben zu lassen!

Das Sonnenlicht leitet uns zum Ausgang des Waldstücks. Hier stehen einige Hängebirken, die ich »Papa-Bäume« nenne: Der Birkensaft dient auch der Herstellung von Haarwasser, die Blätter werden für Tee gegen Nieren- und Blasenleiden verwendet.

Anna!

Wirrsinnig, ich? Herrje, ich bin nun mal nicht mehr auf dem Ozean. Auf dem Festland muss ich mich neu orientieren.

»Männer, könnt ihr mich bitte bei Nadine absetzen?«

»Und jetzt?«, fragt Flori.

Julian deutet an ihm vorbei. »Den Hebel leicht zurück.«

»Ah ja.«

»Nächster Halt: Rotkäppchen.« Julian nimmt die Hände an den Mund und posaunt es wie eine Bahnhofsdurchsage. »Unplanmäßiger Aufenthalt von wenigen Sekunden!«

»Alle aussteigen«, juchzt Flori.

Nadines Kittel ist schon sehr bekleckst, rote Pünktchen, weiße Flecken. Mit dem Handrücken wischt sie sich den Schweiß von der Stirn. Jetzt hat die auch einen hellen Streifen.

»Hey, Anna, ich habe mir gedacht, ich helle den Wolf auf, mische etwas Creméweiß in die schwarze Farbe, damit ein warmes Grau entsteht. Das nimmt ihm den Schrecken, er wirkt dann weiblicher.«

Der Wolf liegt mit Häubchen in seinem Märchenhäuschen im verzierten Himmelbett, davor stehen Pantoffeln und Nachttopf auf einem Tierfell. Die Decke ist bis zu seiner Schnauze hochgezogen. Er hat das Maul weit aufgerissen und wirkt so echt, als würde gleich ein Spuckefaden an den Lefzen runterbaumeln. Weiblich ist das nicht.

»Hm, ja, interessante Idee.« Ich fahre mit einer Hand über die Plane, mit der Rotkäppchen abgedeckt ist. »Aber der Wolf ist schon noch … der Bösewicht.«

»Klar, nur wollten wir doch alles freundlicher und farbenfroher gestalten.«

»Richtig, nur sollten die Figuren in ihren Rollen bleiben.«

»Wobei der Wolf hier ja in die Rolle der Großmutter geschlüpft ist.« Nadine hebt den Pinsel und streicht ihn mir über die Nasenspitze. »Trotzdem Danke für den Supertipp, Frau Dr. Neunmalklug. Den beherzige ich, wenn ich mich gleich bei den Geißlein an den anderen Wolf mache.« Sie grinst noch breiter. »Wie wäre es, wenn ich den lakritzfarben anmale? Ganz schwarz und trotzdem süß …«

»Gut, gut, und die Ziegen lässt du bitteschön weiß.«

Uwe und Tim habe ich den ganzen Tag hämmern und bohren gehört, mit Holzlatten sind sie hin und her gelaufen, haben überall ausgebessert. Nadine hat mit Julian alles so fulminant farbig gestrichen, ein Regenbogen könnte vor Neid erblassen. Der hübsche Hubert lief mit seinen Lappen und Kännchen in jedes Märchenhäuschen rein, den Kopf geduckt, wie durch die Klappe einer Kuckucksuhr. Und wieder raus, zufrieden wie der Oberarzt nach der Visite. Flori hat uns allen Kaffee und belegte Brötchen gebracht. Mit der Eisenbahn, na klar.

Ich habe geschrubbt und gescheuert wie wild. Das kenne ich noch von Mama, bald jeden Tag hat sie den Märchenwald gewischt. Denn wenn sich fleckige und fettige Patina ansetzt und sich Schicht um Schicht immer wohler fühlt … puh. Eigentlich ist es wie bei Papa. Bei ihm muss ich auch darauf achten, dass er nicht »verstaubt«. Wir haben uns richtig abgemüht, gearbeitet wie Sisyphos, allerdings erfolgreicher. Aschenputtel hat begeistert zugeschaut.

Natürlich werden wir nächste Woche noch weiter beschäftigt sein, auch in den Bereichen, die Besucher nicht direkt zu Gesicht bekommen. Aber: Es ist ein Unterschied erkennbar, die Fassade schimmert schon. Der Märchenwald hängt nicht mehr träge im Herbst, er ist als Frühling frisch erblüht.

Natürlich, unsere Attraktionen sind Klassiker, nicht so draufgängerisch wie im Phantasialand, das gar nicht weit entfernt auf der anderen Rheinseite liegt. Ich würde es nicht als Konkurrenz betrachten, wir sind ein Bilderbuch und dort ist Kirmes. Es macht für uns wirklich keinen Sinn, mit Fahrgeschäften wetteifern zu wollen. Mal abgesehen davon, dass unser Bankangestellter über ein Kreditgesuch für eine Achterbahn wohl schriller lachen würde als eine Hyäne.

In der Picknickhütte am Kinderspielplatz ist es eng geworden, gemütlich eng.

»Stellt mal die Flaschen und den Kartoffelsalat zur Seite!« Nadine wuchtet den Topf mit den heißen Würstchen auf den runden Ahorntisch. Das Holz quietscht. Sie hält Tim ihre flache Hand hin. »Ha, wer ist die Beste?«

»Uwe«, erwidert Tim, der noch immer stolz seinen Kinderwerkzeuggürtel trägt.

»Na, dann kann Uwe ja den Senf holen.«

»Ich?« Sein Bier schwappt, als er es hinstellt.

»Ihr Lieben«, sage ich ins Gelächter hinein. Gute Stimmung direkt zu nutzen, das habe ich als Fahrtenleiterin auf den Forschungsschiffen gelernt. »Großartig, was ihr heute geleistet habt. Ich bin euch so dankbar!«

»Auf uns«, sagt Uwe und hebt seine Flasche. »Und auf die Rückkehr von Anna!« Auch die anderen klimpern munter mit ihren Gläsern.

»Jaa.« Flori lupft seine rote Lokführermütze in die Luft.

Ich spüre, wie ich erröte, hoffentlich fällt es in der Abendsonne nicht so auf. Das hat Uwe nett gesagt. Wir sitzen so dicht nebeneinander, beinahe berühren wir uns.

Es ist ein kostbares Geschenk, Anerkennung dafür zu erhalten, was man gerne macht. In Warnemünde war es schwieriger: Mein Chef war ein Grobklotz, und zu meinen Studenten hatte ich ein eher sachliches, inhaltliches Verhältnis. Na, und Seesternen oder Ruderfußkrebsen kann meine Laborarbeit nicht gefallen haben, weil ich sie aus dem Leben sezieren musste. Da bleibt Applaus aus.

»Ich freu mich auf unser Brainstorming morgen«, sagt Julian und beißt knackend in seine Wurst.

Ich lächle in die Runde. »Danke, es ist schön mit euch.«

»Noch schöner wäre es allerdings mit Senf.« Nadine sieht Uwe auffordernd an.

»Gleich, wenn ich pullern muss.«

Spielerisch schlägt sie ihm auf den Hinterkopf. »Poh, Anna, lach dir bloß niemals so einen Kerl an.« Uwe schaut Nadine sehr verdattert an. »Guck nicht so dämlich, sie hat ihren Fehler schon eingesehen …« Uwe winkt ab und lehnt sich zurück.

»Jungen sind stark, Mädchen sind Quark«, kommentiert Tim.

»Und starke Jungs kleckern nicht.« Seine Mama wischt ihm Kartoffelsalat von der Hose. »Und Mädchen sind kein Quark, sondern schön und schlau … wie Anna.« Sie schaut mich an. »Umso blöder, dass du … na ja …«

»Dass ich alleine bin?«, frage ich. »Dornröschen hat doch auch ohne Mann tief und fest geschlafen.«

»Eben, Anna braucht keinen Neuen«, sagt Uwe.

»Ich bin ja auch Single …«, gibt der hübsche Hubert schmunzelnd zu bedenken.

»Witwer, das heißt Witwer«, wirft Nadine aufgedreht ein.

Hubert verdreht ulkig die Augen: »Vielleicht sollte ich's wagen …«

»Hey …« Uwe stützt sich mit beiden Armen auf den Tisch. »… weil's gerade dazu passt: Letzte Woche, ein Heizungstermin im Kölner Süden. Der Thermostat ist noch heiß, die ganze Familie hatte morgens geduscht, ich kann noch nicht ran. Krieg ich also erst mal 'n Kaffee. Dann bittet mich die Frau, im Schlafzimmer nach dem Entlüftungshebel zu schauen. Na klar, schieb ich dafür also das Bett etwas von der Wand weg. Liegt darunter eine Kiste mit ihrem …« – Uwe schaut kurz zu Tim rüber, bevor er weiterspricht – »… ›Spielzeug‹. Okay, geht mich nix an. Um später zu prüfen, ob alles korrekt ist, hab ich das Bett erst mal so stehenlassen. Dass das ein Fehler war, wird mir aber erst bewusst, als ich mit der Frau 'n zweiten Kaffee trinke und ihr Dreijähriger reinkommt: ›Guck mal, Mama …‹ Hat der ein Teil in den Händen, das blinkt, brummt und sich dreht: ein Riesenradau.« Uwe prustet endgültig los. »Was ein Handkarussell, was ein Kaventsmann! Hört mal, die Frau ... ich wusste gar nicht, wie schnell ein Mensch die Gesichtsfarbe wechseln kann. Ich hab mich noch unten im Auto weggelacht, bis mein Kiefer fast ausgerenkt war.«

Julian und der hübsche Hubert versuchen, ihr Grinsen zu unterdrücken. Was ihnen nicht gelingt. Ich find's auch witzig.

Nadine verschränkt die Arme. »Und was hat das jetzt mit Anna zu tun?«

»Na ... Single.«

Nadine haut ihm wieder auf den Hinterkopf, dieses Mal nicht mehr ganz so spielerisch.

»Hier seid ihr.« Aus dem Halbdunkel nähert sich mein Vater zögerlich der Picknickhütte.

»Papa!« Reflexartig fahre ich hoch. »Setz dich zu uns.«

Verhalten schiebt er sich auf die Holzbank.

»Haben Sie sich mal umgeschaut, Herr Herzig?«, fragt Julian. »Der vordere Teil ist schon wie neu.«

»Soso«, sagt Papa.

Flori packt sich an die rote Mütze. »Lokführer!«

»Das ist er«, sage ich strahlend, »sogar mit Pfeife.«

Flori nickt glücklich. Die anderen flachsen weiter. Papa nimmt sich eine der letzten Würste.

»Übrigens, Papa, ich war mit Flori hinter ... der Tür.«

Unvermittelt starrt er mich an. »Ihr sollt doch nicht da oben spielen.«

Das sagt er so streng, dass ich meine Frage runterschlucke, ob er vom vergilbten Zettel weiß, den ich aus Opas Seemannskiste gefischt habe.

Papa dreht den Kopf, schaut über den Tisch. »Habt ihr keinen Senf?«

»Ich geh schon«, sagt Julian.

Ich stehe mit auf und begleite ihn ein paar Meter, vielleicht weiß er ja Rat. »Eine Sache, Julian, die will mir einfach nicht aus dem Kopf.« Im Dämmerlicht entfalte ich Märchenopas Blatt. »Schau mal, das haben wir auf dem Dachboden gefunden. Kannst du dir einen Reim darauf machen?«

Sieben Zwerge gaben stets Obacht,
auf das arme Opfer der Niedertracht.
Zum Zauber erhoben, sein doppelter Boden,
er sieht das Sein – im Widerschein.

»Hm, sieben Zwerge, also Schneewittchen. Niederträchtig war ihre Stiefmutter«, murmelt Julian. »Aber sonst: keine Ahnung.«

»Ich denke, es ist ein Hinweis. Auf was auch immer.«

»Eins wundert mich.« Julian schaut wieder auf den Zettel. »Die Zwerge passen auf etwas auf, aber Schneewittchen scheint es nicht zu sein …«

Bumm. Das ist es, was mich schon die ganze Zeit irritiert.

11. Kapitel

Nadine, Julian und ich. Was machen drei Erwachsene, die noch nie eine Veranstaltung organisiert und keinen Plan von Marketing haben? Sie sind erst mal sehr ratlos.

Wir haben den Märchenwald optisch ordentlich aufgebessert. Nun überlegen wir, ob ein Event helfen könnte. Ich lege die Stirn in Falten. Unsere ersten Ideen haben wir schon verworfen.

»Das kann doch so schwer nicht sein.« Nadine betrachtet ihre Fingernägel. »Bei Tim in der Kita machen sie immer einen Weihnachtsbasar.«

»Könnte auch etwas für uns sein, jaa«, antworte ich gedehnt. »Allerdings haben wir nur noch Zeit bis Ende Oktober. Wenn wir bis dahin die Besucherzahlen nicht verdoppeln …« Ich klicke mit dem Kugelschreiber. »Ich schreib's aber gerne mal mit auf.«

Nur nicht ausbremsen, jede Idee zählt, einfach mal sammeln. Uwe hat sich ausgeklinkt, »brainstormen« sei nicht so sein Ding, und außerdem hätte er heute jede Menge Kundentermine. Der hübsche Hubert sitzt an der Kasse und Flori auf der Lokomotive. Papa habe ich nicht eingeladen, weil seine Gedanken gerade trüber sind als Apfelmost. Damit soll er uns nicht runterziehen. Wir brauchen Ideen, die Gäste anlocken. Jetzt.

»Wir können die Tickets ja nicht nackt verkaufen.«

Nadine kichert. »Außer wir gehen vorher noch zum Schönheitschirurgen.«

»Lalala …« Julian hält sich die Ohren zu.

Ich lächle. »Ganz klar, wir müssen Aufmerksamkeit erzielen. Mit Aktionen, die sich rumsprechen.«

»Und von denen man in der Zeitung erfährt«, ergänzt Julian. »Wie von mir im Kölner Boten.«

Nadine klatscht in die Hände. »Dann schreib doch: Der Märchenpark ist toll. Außerdem frisch gestrichen. Kommt alle.«

»Nee, so einfach ist das nicht. Es muss etwas Besonderes sein. Du willst ja nicht lesen: ›Kuh Bertha auch heute wieder erfolgreich gemolken.‹ Aber wenn ihr die Milchstraße auf den Kopf fällt, dann …«

»… dann können wir's eh alle nicht mehr lesen, du Schlaumeier.«

»Ein fettes Event muss her.« Julian steht auf und umrundet unseren Tisch auf der Café-Terrasse. »Dann kann ich es auch in den sozialen Netzwerken ankündigen. Macht sich bestimmt auch hinterher gut auf den Bewertungsportalen.« Nachdenklich bleibt er stehen. »Ein fettes Event wie: ein Bandauftritt. Open Air. Ja, jetzt im Juni ist Konzertsaison.«

»Wir haben keine Bühne.« Nadine zuckt mit den Schultern.

»Dafür gibt's Bühnen-Trucks. Die machen eine Seite auf, und zack ist die Ladefläche eine richtige Bühne. Mit Sound, Licht und allem.« Julian macht eine ausholende Handbewegung. »Und wir haben Platz für ein paar hundert Menschen, hinten vom Froschkönig bis rüber zur Durchfahrt des Innenhofs …« Er stutzt. »Mist …! Die Durchfahrt ist zu eng und nicht hoch genug. Da passt so ein Truck nicht durch …«

»Außerdem müsste es schon eine bekannte Band sein«, werfe ich ein. »Brings oder Kasalla rocken doch immer.« Ich klopfe mit dem Kuli auf den Tisch. »Aber die sind bestimmt viel zu teuer für uns.«

»Hin und wieder spielen die doch auch Benefiz-Shows.« Julian lässt nicht locker. »Warum nicht mal für Aschenputtel und Rumpelstilzchen!?«

»Hallo ... die Durchfahrtshöhe«, wiederholt Nadine.

»Also eine Nummer kleiner.« Ich kritzle auf meinem Schreibblock herum. »Was ist denn mit Literatur? Lesungen passen zu uns, und wir können sie im Schlaraffenland super ausrichten.«

»Müsste dann aber auch jemand Bekanntes sein«, überlegt Julian.

»Au ja, Jojo Moyes«, schwärmt Nadine.

Ich strecke den Kuli in die Luft, als hätte ich eine Wortmeldung. »Sollen wir die etwa aus England einfliegen lassen? Erreichbarer wäre vielleicht Cosima Goldbach.«

Julian wiegt den Kopf hin und her. »Ich gebe nur zu bedenken: Lesungen und überhaupt Kleinkunst hast du in Köln an jeder Ecke.«

»Aber in Auendorf ist so etwas neu, und wir haben das richtige Ambiente«, sage ich, schon weil mir die Idee so gut gefällt. Mama wäre begeistert. »Ich recherchiere mal, wie man an die Autorin rankommt.«

»Über ihr Management«, sagt Julian.

»Gut, dann schicke ich denen mal unseren Flyer ...« Ich halte inne, als ich einen vom Tisch greife und erneut das Foto betrachte, auf dem ich als pausbäckiges Mädchen mit Zöpfen in Mamas Käsekuchen beiße. Aufregend wie Backpapier ist der Flyer, Jahrzehnte alt und verblichen, als wolle er sich selbst auslöschen. Ich muss auch gar nichts dazu sagen, uns dreien kommt blitzartig dieselbe Erkenntnis: Der Prospekt ist kümmerlich, unsexy, hausbacken. Das also ist unsere Werbung. Werbung?

»Nicht cool«, sagt Nadine nach einem Moment der Stille. »Aber so sind Märchenwälder eben.«

»Trotzdem«, nicke ich, »den machen wir neu.« Auch, damit ich nicht länger meine Pausbacken ansehen muss.

Julian legt einen Zeigefinger auf den Flyer. »Vielleicht finden wir ja einen Sponsor, den wir mit draufschreiben können?«

»Gute Idee …!« Ich schlage mir vor die Stirn. »Wisst ihr, als ich neulich mit Papa und Flori im Stadion war, gab's mitten im Spiel eine Durchsage: ›Die offizielle Zuschauerzahl wird ihnen präsentiert von …‹, ich glaube, es war ein Logistikunternehmen. Hallo, die sponsern die Zuschauerzahl!«

»Das sind aber auch 50.000, wenn's voll ist …«, sagt Julian.

»… auf einen Schlag.« Ich schlucke. »Dafür brauchen wir natürlich Monate.«

Drei Besucher laufen über den Innenhof und an uns vorbei.

»Schön, dass Sie da sind!«, rufe ich konsterniert. Sie winken verhalten zurück.

Nadine patscht auf ihre Armlehne. »Wir müssen's nur richtig aufziehen. Zum Beispiel der gestiefelte Kater …« – sie malt mit einer Hand eine Werbetafel in die Luft – »… präsentiert von: ihrem freundlichen Schuhhaus.«

»Is klar«, schmunzelt Julian, »und für Rapunzel wirbt der örtliche Friseur … Trommelwirbel … ›Helgas Haarmonie‹.«

»Ja sicher«, sagt Nadine, »und König Drosselbart kriegt

die Helga zum Vorteilspreis noch dazu. Anna, schreib's mit auf!«

»Kreativ ist das schon, ja, aber vielleicht irritierend für unsere Besucher«, lächle ich und drehe abwägend die Hand hin und her. »Wie Werbebanner im Internet, die sind ja auch eher nervig.«

Ein heller Ton fiepst über den Innenhof, erst leise, dann schnell immer eindringlicher. Er kommt vom Märchenwald herüber ... Floris Schaffnerpfeife!

»Ich schau nach, wir machen später weiter.«

»Ich muss eh bedienen.« Nadine geht ins Schlaraffenland.

Julian folgt mir. Flori sollte pfeifen, wenn es Probleme gibt, nur dann. Hoffentlich hat er niemanden angefahren. Ich seufze und laufe noch schneller.

»Unerhört ist das, sage ich!« Eine Frau mit Damenhut und Sonnenbrille mit Gläsern groß wie Eulenaugen, stapft wütend auf.

Flori steht ratlos neben ihr. »Geht nicht«, sagt er. Er ist erleichtert, mich zu sehen. »Geht nicht.«

»Ich wünsche, Ihren Vorgesetzten zu sprechen!«

»Ähm, ich bin die Chefin, falls Sie das meinen.«

Argwöhnisch mustert sie mich über ihre Brillengläser hinweg. »Sie?«

»Worum geht's denn bitte?«

»Darum, dass mein Sohn nicht mitfahren kann.« Sie zeigt auf einen jungen Rollstuhlfahrer auf der anderen Seite der Schienen.

Ich lächle ihm zu. »Wenn er sich nicht alleine festhalten kann, dann setzen Sie sich doch einfach hinter ihn und ...«

»Er soll mit seinem Rollstuhl mitfahren können!«, donnert die feine Eule.

»Geht nicht«, wiederholt Flori kopfschüttelnd.

»Nun«, sage ich bedächtig, »dafür haben wir leider keine Rampe.«

»Wie sollen wir denn den Rollstuhl auf dem Zug befestigen?«, fragt Julian hinter mir das Offensichtliche.

»Das ist ja wohl unglaublich!« Sie fährt herum und schnauzt jetzt Flori an. »Ihre Bahn ist nicht behindertenfreundlich!«

Flori schaut verblüfft. Wobei ich gerade nicht weiß, was er wie versteht. Aber in ihm arbeitet es merklich.

»Gute Frau«, sage ich, obwohl ich sie überhaupt nicht gut finde, »unsere Bimmelbahn ist nicht für Rollstühle ausgelegt.«

»Geht's endlich los?«, fragt ein Mädchen, das auf dem Güterwaggon hockt.

»Ich werde mich bei der Stadt beschweren, ich habe Einfluss, ich behalte Sie im Auge!«

Öhm, gar nicht so einfach, mit einem Brett vorm Kopf.

»Hören Sie, bitte«, sage ich deutlich. »Ich verstehe Ihren Wunsch. Aber Sie müssen zugeben, er ist … nun ja …«

»… lächerlich«, ruft Julian. »Einfach nicht ernst zu nehmen.«

»Was?« Ein Wort wie ein Kanonenschuss.

»Julian, bitte …«, beschwichtige ich. Keine Frage, diese Mutter ist verzweifelt.

»Das lasse ich mir nicht bieten, verklagen werde ich Sie!«

»Okay«, sagt Flori auf einmal energisch. »Okay.«

Er geht zu dem Jungen im Rollstuhl. »Ich bin Flori, der Lokführer.« Er nimmt die rote Dienstmütze vom Kopf und setzt sie dem Jungen auf. »Du brauchst kein' Chip.« Flori stellt sich hinter den Rollstuhl und packt die Griffe. »Achtung, Abfahrt. Tuut, tuut!«

Er schiebt ihn vom Bahnsteig und auf den Fußweg zum

Dornröschenturm. »Tuff tuff tuff, die Eisenbahn ...«, Floris Worte entfernen sich wie Dampfschwaden.

Sprachlos schaue ich ihm hinterher.

»Na dann ... übernehme ich hier mal«, grinst Julian und steigt auf die Lok.

Tränen schlängeln sich unter den Brillenrändern der Mutter hervor. Sie schluchzt kurz auf.

»Mein Maximilian-Albrecht ... er soll sich doch einfach so normal wie möglich fühlen können.«

»Ich weiß«, sage ich versonnen. »Ich weiß.«

Allerdings scheint mir das bei seinem Namen nicht so einfach.

Toll, Flori hat mir aus der Patsche geholfen. Die Bahn zu fahren, das kriegt er hin. Aber wehe, es kommen Menschen hinzu, die sich anders verhalten, als er es gewohnt ist. Flori kann sprechen oder etwas erledigen, aber nicht beides gleichzeitig, das darf ich nicht vergessen. Ich möchte ihn fordern, darf ihm allerdings nicht zu viel zumuten.

Jetzt gerade hat Flori mich regelrecht umgehauen. Ich kneife kurz die Augen zusammen.

Albrechts Mutter nimmt ihre Sonnenbrille ab. »Danke für Ihr Mitgefühl.«

»Gerne. Noch einen schönen Tag im Märchenwald«, wünsche ich.

Puh, was für eine schräge Situation. Ich empfinde es als meine Aufgabe, Flori vor unangenehmen Situationen zu bewahren. Aber wenn ich ihn dabei betüddle, würde ich ihn dann bloßstellen, ja entwürdigen? Ich muss aufpassen, nicht Mamas Rolle zu übernehmen oder Betreuerin zu spielen. Ich bin ... seine kleine Schwester.

Die gerade verdammt stolz auf ihn ist!

Papa könnte sich sein Abendessen bestimmt selbst machen, doch bevor er anfängt zu mosern, werde ich ihm eben Kartoffeln kochen und den Matjes auf den Tisch stellen. Ja, um mich ganz auf den neuen Märchenwald konzentrieren zu können, brauche ich Ruhe in der Familie. Und so kann ich Papa direkt erzählen, was gerade passiert ist.

»... du, auf einmal hat sich Flori den Rollstuhl geschnappt und ist mit dem Jungen eine Runde durch den Märchenwald gelaufen. Quasi als Sonderfahrt. Super, oder?«

»Hm, hm«, grummelnd sortiert Papa seine Tabletten. »Und die anderen Kinder hat er einfach in der Bahn sitzengelassen?«

»Julian ist eingesprungen. Aber allein die Idee von unserem Flori ...«

»Hallo!« Nadine und Julian poltern in die Küche. »Da sind wir!«

»Ähm, wollt ihr mitessen?«

»Nee, weiter brainstormen.«

Nadine gesellt sich zu Papa auf die Sitzbank und betrachtet seine Pillendose. »Na, Herr Herzig, noch alle Kugeln im Colt?«

Papa raunzt zustimmend.

»Ihr Lieben.« Ich drehe mich vom Herd um. »Wie wäre es, wenn wir morgen weiter überlegen?« Um ehrlich zu sein: Sie stören gerade.

»Man soll das Eisen schmieden, solange es heiß ist«, sagt Julian.

Meinen Seitenblick auf Papa haben sie wohl nicht bemerkt. Es klappert hinter mir.

»Und man soll den Topf nicht aus den Augen lassen, solange er brodelt«, teilt mir Nadine süffisant mit.

»Hach!« Rasch hebe ich den Deckel hoch, Dampfwolken schlagen mir entgegen. Ich schalte die Platte runter.

Nun sind die beiden schon mal da, also möchte ich sie auch nicht hinauswerfen.

»Okay, ich habe noch eine Idee, die etwas taugen könnte. Wir machen eine Führung durch den …«, ich setze mit meinen Fingern Anführungszeichen in die Luft, »… ›Märchenwald bei Nacht‹.«

Papa gähnt.

»Jetzt im Sommer, bei Sonnenuntergang, da ist doch Gänsehaut garantiert«, betone ich.

»Wenn wir Dornröschen und Schneewittchen ›Gute Nacht‹ sagen?« Nadine streckt den Rücken und sieht mich fragend an.

»Wir zeigen das Leben im Märchenwald, wenn er eigentlich geschlossen ist.«

»Leben?«, fragt Papa.

»Im Zoo käme das hin«, sagt Julian.

»Na kommt, zum Beispiel beim tapferen Schneiderlein. Wenn wir da den Riesen mit grünem Licht anstrahlen, wirkt der doch noch gruseliger.«

»Oder wie Shrek.« Nadine trommelt mit den Fingern auf dem Tisch. »Also eher knuffig.«

»Ich würde die Besucher, die für diese Tour natürlich extra zahlen müssen, auch durch unseren Wald führen. Was es da nicht alles zu entdecken gibt, mythologisch, meine ich. Seht mal, die Stieleiche war bei den Germanen wegen ihres harten und beständigen Holzes dem Gott Thor geweiht. Oder die Eibe. Die war im Mittelalter wegen ihrer giftigen Nadeln als Todesbaum bekannt.«

Das Schweigen der anderen kann ich nicht als eindeutige

Zustimmung oder Ablehnung werten. Ich meine, die Bedeutung der Bäume ist doch spannend. Ich muss wohl noch eins draufsetzen.

»Oder die Elsbeere, die in der deutschen Mythologie ein glückbringender Baum ist. Die keltischen Druiden glaubten, der Baum könne Fluch und Verderben fernhalten. Darum umpflanzten sie damit ihre besonders wichtigen Orte.« Ich sollte eine direkt vor Papas Schlafzimmerfenster stellen. »Die Elsbeere hat elastisches, leicht rötliches Holz …«

»Moment, Anna, du bist Biologin«, stellt Nadine fest.

»Wir eher weniger«, grient Julian.

Papa murrt. »Meine Kartoffeln werden kalt.«

»Ganz ehrlich« – Julian stößt die Fingerspitzen aneinander – »so find ich's noch zu lasch.«

»Er meint: langweilig«, sagt Nadine. »Wir müssen die Leute nicht fortbilden, sondern unterhalten.«

»Mir geht's auch darum, die Phantasie anzuregen«, antworte ich fast trotzig, »Bäume sind nicht einfach nur Holz.«

»Doch. Und letztlich endet das Holz als Sarg.« Papa klackert mit seinem Döschen, als benötige seine Aussage einen unheilvollen Tusch.

»Anna, lass uns deine eigentliche Idee weiterspinnen.« Julian läuft in der Küche auf und ab. »Wenn wir uns schon keine Geisterbahn leisten können …«

»… oder wollen …«, wirft Nadine ein.

»… machen wir doch aus dem Märchenwald insgesamt einen Spukort. Erschrecken wir die Leute.«

Danke für die Erinnerung. Ich schrecke die Kartoffeln mit kaltem Wasser ab.

»Ihr kennt doch die Serie *The Walking Dead*, in der sich

die Untoten so durch die Gegend schleppen?« Julian hebt die Arme vor sich und schlurft ruckartig über den Küchenboden.

»Du meinst, so wie ich?«, knurrt Papa.

Julian nimmt schlagartig die Arme runter. »Nein, äh, ich …«

»Willst du mich verarschen, Junge?«

»Keinesfalls, nur ist das meine Idee: eine ›Nacht der Zombies‹.«

Papas Grinsen balanciert zwischen debil und diabolisch. »Die Idee gefällt mir. Wenn du noch einen Untoten brauchen kannst, ich zuckele vorneweg.«

»Papa!«

Nadine schaut mich unentschieden an, und ich schaue ebenso ratlos zurück. Wir Frauen ziehen etwas Romantik vor. Nur glaube ich, bei Zombies gibt es die nicht.

Das soll jetzt also die Story sein, die wir unseren Besuchern vorspielen? Lumpige Leichen statt schmucke Ritter?

Immerhin: Papa hat sich angeboten. Einen Zombie darzustellen finde ich bei ihm allerdings reichlich ungünstig. Seit Mamas Beerdigung verhält er sich kauzig, hat diese Todesmelancholie. Und jetzt will er einen Zombie spielen? Moment, vielleicht belebt ihn das wieder? So irre es klingt. Wenn er sich mehr bewegt, geht es ihm hoffentlich auch mental bald wieder besser. Das wäre so schön.

»Okay, dann schreib ich's als Vorschlag auf …« Wie überzeugt ich davon bin, kann ich gerade noch nicht sagen. »Eine nächtliche Führung mit viel Wissenswertem und einigen Überraschungen der speziellen Art.« Ich schaue auf. »Öhm, das ist natürlich nur ein Arbeitstitel.«

Mein Bruder betritt die Küche und hält einen Fünf-Euro-Schein hoch. »Trinkgeld. Hat seine Mama gesagt.«

»Flori, unser Mitarbeiter des Tages!« Ich umarme ihn.

»Du warst super. Und von dem Geld kaufst du dir ein extragroßes Schokoeis, hm?«

»Nee nee, in die Kasse. Wir brauchen das.«

»Das hast du toll gemacht mit dem Jungen.« Julian klopft ihm auf die Schulter.

Flori strahlt. »Ach, nur bisschen rumgefahren.«

Papa brummt halblaut, was wohl seine Art der Anerkennung ausdrücken soll. »Krieg ich jetzt endlich meine Pellkartoffeln?« Oder er hat einfach nur Hunger.

»Deine Pellkartoffeln und deine Ruhe«, sage ich geschäftig. »Flori, setz dich.« Ich hole den Matjes aus dem Kühlschrank. Aber erst will ich die anderen noch verabschieden.

Nadine ist schon aufgestanden. »Ich muss zu Tim und Uwe«, sagt sie lächelnd.

»Ciao, Nadine, grüß mir die beiden.«

»Schönen Abend noch«, wünscht Julian in die Runde. »Ich hab 'n Spieleabend in der WG.«

Er nimmt Jacke und Fahrradhelm von der Garderobe. »Anna, vielleicht ist es der Sarg?«

»Hm?«

»Na, Schneewittchens Sarg. Den könnte dein Opa in seinem Gedicht gemeint haben. ›Niedertracht ... doppelter Boden ... im Widerschein‹.«

»Der Sarg. Auf den die Zwerge aufpassen ...« Ich spüre, wie mein Puls schneller schlägt. »Du meinst also, Märchenopa wollte uns etwas ganz Bestimmtes mitteilen?«

»Weiß nicht. Es könnte auch rein gar nichts dahinterstecken.«

»Doch, und das werde ich herausfinden.«

»Meine Pellkartoffeln!«, tönt es aus der Küche.

»Komme!«

12. Kapitel

Die Bücher von Cosima Goldbach habe ich verschlungen, ihre »Sternenstaub«-Saga schon als Jugendliche mit der Taschenlampe unter der Bettdecke gelesen.

Natürlich ist sie im Internet präsent. Ich habe einfach mal ihren Buchverlag angemailt. Die sollten doch wissen, wo ihre Autorin sich so aufhält und ob sie Lust hat, bei uns auf eine Lesung vorbeizuschauen. Das wäre wirklich ein Ding! Immerhin, sie lebt nicht zu weit von Köln entfernt. Ich habe dazugeschrieben, dass sich auch unsere Märchenfiguren geehrt fühlen würden, eine so populäre Schriftstellerin zu begrüßen.

Julian sitzt an der Kasse und arbeitet seinen Einfall zu unserer dunklen Seite aus: wie sich unsere bei Sonnenlicht goldigen Geschichten des Nachts in Schauermärchen verwandeln. Na, ich bin gespannt.

Auf einmal kam Nadines aufgeregter Anruf. Sie hätte die Idee überhaupt. Mehr könne sie am Handy noch nicht verraten. Ja, ich müsse vorbeikommen. Sofort.

Heute Vormittag sind noch einige Parkplätze an der Auendorfer Hauptstraße frei. Gut, das ist eigentlich immer so, wenn nicht Auenkirmes, Schützenfest oder Weihnachtsmarkt stattfinden.

»Anna!« Die Fahrradschelle hinter mir klingt nicht hell, eher dumpf. Je öfter er sie betätigt, desto jämmerlicher tönt sie.

Ich hüpfe vom Radweg. »Hallo Rudolph. Ulkig, deine Klingel.«

Unser Pfarrer streichelt die halbrunde Schelle. »Ich würde ja auch lieber eine Kirchenglocke dranmontieren, aber dann wäre das Rad nicht mehr verkehrssicher.«

Das Fahrrad, das an der Klingel hängt, ist insgesamt in einem kümmerlichen Zustand. Ich blinzele in die Sonne. »Vielleicht kaufst du dir einfach ein neues?«

»Ach was, ich fahre doch nicht schnell, und ab 30 Stundenkilometer steigt der Schutzengel eh ab.« Der Sechzigjährige strahlt mich an. »Wie schön, dass du zurück bist. Gut siehst du aus, so unverändert. Das ist mir schon bei der Beerdigung deiner Mutter aufgefallen.«

Rudolph hat mehr Charme als die meisten Männer, die auch flirten dürfen.

»Ich drehe gerade meine Runde, besuche die kranken Senioren.« Er schnauft. »Etwas leidig ist das schon. Aber auch, wenn ich mich erst überwinden muss, schöpfe ich doch Kraft daraus, mich um sie zu kümmern.« Er lehnt sich über den Lenker. »Die maladen Oldies reagieren so positiv, das macht mich glücklich. Hinterher geht es auch mir besser.«

»Rudolph, auf der nächsten Tour musst du Papa mit einplanen. Übrigens – es gibt doch durchsichtige Särge, oder?«

Er zieht ein Taschentuch hervor, tupft sich den Schweiß von der Stirn. »Ja, klar. Im Petersdom sind gleich drei Päpste hinter Glas gebettet. Wobei, wenn du mich fragst, bei den Touristenströmen finden die eher keine ewige Ruhe. Und auch Lenin ist in seinem Moskauer Mausoleum einbalsamiert, um ihn für die Nachwelt zu erhalten. Was es bei einem Diktator eigentlich nicht braucht …«

»Und Schneewittchen?« Sieben Zwerge gaben stets Obacht …

»Schneewittchen?« Rudolph mustert mich interessiert. »Das fragt mich die Expertin.« Er steckt sein Taschentuch wieder ein. »Was in den Volksmärchen wahr ist und was pure Phantasie, wer weiß das schon so genau? Die Gebrüder Grimm haben die Geschichten so niedergeschrieben, wie sie ihnen in ihrer Heimat in Nordhessen weiterzählt wurden.«

Ich nicke.

Sieben Zwerge, die hinter den sieben Bergen nach Erz graben, ein wunderschönes Mädchen in ihrem Waldhäuschen aufnehmen und vor der neiderfüllten Stiefmutter retten, darauf muss man erst mal kommen. Oder: Etwas Entsprechendes hat sich zugetragen.

Unser Dorfpfarrer lächelt. »So, jetzt muss ich aber los, sonst ist die ahl Frau Schmitz noch fott zu den Friedhofsfeen, bevor ich da bin.«

»Da geh ich jetzt rüber, Mamas Grab besuchen.« So eilig wird es Nadine schon nicht haben.

»Grüß schön.« Er schwingt sich auf seinen Sattel, der quietschend nachgibt.

Ich weiß, das klingt jetzt komisch, aber: Mama hört mittlerweile einfach besser zu. Früher war sie oft ungeduldig, musste sich um Flori kümmern. Wenn sie ihm bei den Schularbeiten geholfen hat, war sie für mich einfach weniger ansprechbar. Als ich ihr eben am Grab die Neuigkeiten erzählt habe, hat sie mich ausreden lassen, denke ich melancholisch. Es gibt ein Leben nach dem Tod, ich möchte daran glauben. Im Jenseits werde ich nach Mamas Seele rufen, werde sie finden.

Uwe bastelt auf seiner Garagenauffahrt an irgendwas herum. »Schön, dich wiederzusehen.«

Mein Exfreund wischt sich mit einem schmierigen Lappen übers schwitzende Gesicht. Unklug.

»Du bist ja immer noch 'ne Hübsche mit deiner feenmäßigen Form.« Er taxiert mich wieder.

Sicherlich sind seine Worte nett gemeint, aber berühren sie mich noch? Ich frage mich, ob ich noch mit ihm zusammen wäre, wenn es mich nicht fortgezogen hätte. Jedenfalls hätte ich jetzt ein stabileres Umfeld für meinen Familienkram.

»Okay, Nadine ist drin. Bis dann.« Die Haustür steht offen.

»Da bist du ja, eeendlich!« Aufgekratzt gibt mir Nadine rechts und links Küsschen. »Jetzt müssen wir aber echt los.«

»Wohin?«

»Nach Köln, huschhusch.«

»Und deine Idee?«

»Die ist da.«

Nadine ist etwas übertrieben geschminkt. Ein Duftwölkchen umweht sie.

»Komm, raus mit uns!« Sie schließt die Tür. »Du denkst in einer Stunde an Tim?«, ruft sie zu Uwe hinüber.

»Geht klar, viel Spaß.«

»Nun sag schon ...«, fordere ich, kaum dass ich angeschnallt bin. Ich platze vor Neugier.

»Überraschung!« Übermütig hopst Nadine hinterm Steuer.

Die Autofähre über den Rhein bringt etwas Abkühlung, ein Windchen säuselt durch die geöffneten Scheiben.

»Und wie läuft's mit Uwe ... jetzt so nach der ersten Zeit?«

»Immer besser.« Nadine fächelt sich mit einer Hand Luft zu, wohl um zu zeigen, dass ihr nicht nur wegen des Sommers heiß ist. »Ein richtiger Kerl ist er, und auch verlässlich. Da weißte, wo du dran bist.«

Im Kölner Süden verlässt Nadine die Autobahn und steuert vom Verteilerkreis auf die Bonner Straße. Sie trommelt mit den Fingern auf dem Lenkrad herum.

»Er wird dich umhauen.«

»Er? Welcher ›er‹?«

»Upsi, jetzt verquassel ich mich schon.« Mit Daumen und Zeigefinger fährt sich Nadine quer über den Mund. Jaja, ihre Lippen sind versiegelt.

Nadine hält an und schaltet in den Rückwärtsgang. »Mach mal das Radio leiser, sonst kann ich nicht rückwärts einparken.« Glück gehabt, direkt am Bayenthalgürtel ist ein Parkplatz frei. Dieser Stadtteil war immer schick und vornehm, denkmalgeschützte Villen stehen protzig in der Sonne. Ist es die Gegend oder meine Ahnungslosigkeit? Wohl fühle ich mich nicht.

Nach nur wenigen Metern bleibt Nadine an einem Vorgarten stehen und deutet übermütig auf die schmucke Fassade: »Tada!«

»Aha«, sage ich. Mehr fällt mir dazu nicht ein.

Das schmiedeeiserne Gartentor knarzt, als wir es aufdrücken, Rosenblüten beäugen uns, sie stehen am Kiesweg Spalier. Ein größeres Messingschild verrät, wer hinter der stattlichen Haustür residiert: »Oceanview – Wir berühren Menschen«.

Ich stutze gleich zweifach. Das Meer ist von hier aus beim besten Willen nicht zu sehen. Nur ein Kinderplanschbecken zwei Häuser weiter. Und wieso berühren die Menschen? Seelisch oder körperlich? Also von mir sollen die mal schön die Finger lassen!

»Er ist ein ganz Lieber, er wird dir gefallen«, plappert

Nadine. Redet sie von einem Hund aus dem Tierheim, der ein neues Frauchen sucht?

Das erste Bellen ... Schellen ... ist kaum verhallt, da wird die Tür geöffnet.

»Hallo, ich bin der Balduin.«

Der Balduin lächelt verschmitzt, wobei sich Grübchen auf den Wangen bilden. Sie sehen putzig aus in seinem markant-männlichen Gesicht. Ich schätze ihn auf über 40, sein schwarzes Haar ist überwiegend noch vorhanden.

»Huhuuu!« Nadine umarmt ihn so stürmisch, er weicht einen Schritt zurück.

»Darf ich vorstellen, meine beste Freundin Anna Herzig und ...« – sie ergreift seinen Arm wie den eines Boxchamps – »... Balduin von Brabant, ein Freund meines Cousins Peter!«

Aha, und das ist jetzt also die Überraschung? Ich gebe ihm die Hand. Sein kräftiger Händedruck passt zu seiner ansehnlichen Figur.

»Frau Dr. Anna Herzig, nicht wahr? Darf ich ›Anna‹ sagen?«, fragt er freundlich.

»Ja.« Solange ich nicht »Baldi« sagen muss.

»Tretet bitte ein, hier entlang.«

Er führt uns vorbei am Treppenhaus und durch eine zuckerweiße Flügeltür ins Wohnzimmer. Es ist ein großer und hoher Raum, durch die Fensterfront blicken wir ins Grüne. Der Garten scheint auf den ersten Blick weitläufig wie ein Park zu sein ... ja, auch Riesen könnten sich hier in die Sonne legen.

Ich frage mich, was für ein Geschäftsmodell sich unter einem so opulenten Obdach versteckt. Verstecken muss? Sektenführer schirmen sich gerne ab. Auch Organhändler. Oder Waffenschmuggler?

»Nehmt doch Platz.« Balduin bittet an einen schwülstigen Tisch mit geschwungenen Beinen. Barock, vermute ich.

»Oh mein Gott, dein Rosenteich!« Nadine hüpft auf die offene Terrassentür zu. »Ich muss raus!« Schon ist sie draußen. »Soo romantisch!« Ich trotte hinterher.

Oder betreibt Balduin eine Partnervermittlungsagentur? Oha, Nadine will mich verkuppeln! Was denn, so platt? Ihre angebliche Idee für den Märchenwald ist eine Finte! Und offenbar vermittelt sich hier der Agenturchef höchstselbst! Er: Selbstbedienung. Ich: auf dem Silbertablett.

Überrumpelt ist gar kein Ausdruck. Ich bin entsetzt.

»Hier lässt sich's arbeiten!« sagt Nadine, seine Komplizin, aufgedreht.

»Nun, tatsächlich kommen mir die besten Gedanken«, sagt Balduin, »wenn ich am Teich entlangschlendere.«

»Lustwandele«, meint er wohl!

Ich schaue auf. »Aha, sehr interessant.« Nur, um mal wieder was zu sagen.

Koikarpfen tummeln sich vor einer Piratenfigur, die durchs Fernrohr aufs Wasser schaut.

»Oceanview«, daher also der Name. Ein kitschiger Froschkönig wäre passender bei den ganzen Blumenbüschen um uns herum.

»Aah!« Mein Kleid hat sich im Rosenstrauch verrankt. »Oh nee …« Dornen zerren am Stoff. Ich mache ein paar Schritte, um ihnen zu entfliehen, aber das macht alles nur noch schlimmer. Ein deutlich hörbares Reißen ertönt … und mein Slip blitzt mintgrün hervor.

»Anna!«, ruft Nadine erschrocken.

Ich halte meine Hände davor, was es noch auffälliger macht. Sonnenstrahlen berühren meine käsigen Beine. »Öhm.«

»Anna, dein Kleid …« Klingt Nadine ein bisschen schadenfreudig?

Ja, ach, mein Kleid. Ein ganz normales, heute früh ohne Hintersinn aus dem Schrank gezogen. Und jetzt ist es nur noch ein in der Mitte geöffneter Vorhang.

Ich mache es ihm aber auch sehr einfach.

»Nur Sachschaden«, sage ich grinsend.

Balduin räuspert sich. »Setzen wir uns doch rein. Ich geh mal vor und schaue nach Sicherheitsnadeln.«

»Das ist lieb von dir«, flötet Nadine und sieht mich entgeistert an. Als hätte ich meine Weißwürste absichtlich entpellt.

»Anna, das kommt jetzt aber ungelegen …«

»Missgeschicke kommen immer ungelegen.«

»Wir wollen hier doch einen guten Eindruck machen!?«

»Mache ich hier keinen? Mensch, Nadine, ich schwitze, und ich weiß überhaupt nicht, was ich hier soll, hier in Schnöselhausen!« Ich presse die Knie aneinander und laufe vornübergebeugt, wobei ich mit den Fingern die Kleidkluft zuklammere. »Außerdem wartet Julian auf seine Ablösung. Kann ich also bitte mal erfahren, was …«

»Da haben wir sie schon.« Balduin nähert sich aus dem Nebenzimmer.

Eilig setze ich mich an den Barocktisch und schlage die Beine übereinander. »Sonst bin ich nicht so ein Tollpatsch.«

»Bitte schön.« Er reicht mir das Päckchen mit den Nadeln und schaut mir dabei höflich ins Gesicht. »Ich entschuldige mich für meine Rosen.«

»Wow, Balduin, du hast ja sogar welche in der Wand.« Nadine streicht über ein kleines Ornament, das, mit feinen Steinknospen verziert, aus der Mauer über dem offenen Kamin ragt.

»Ein Stück von einer Kreuzblume aus Sandstein, sie ist vom Kölner Dom«, sagt Balduin, durchaus angetan, es erläutern zu dürfen. »Allerdings habe ich sie nicht entwendet. Joseph Kardinal Frings hat hier eine Weile gewohnt und sie anbringen lassen.«

Auweia, ich habe mich ausgerechnet in Gottes Garten entblößt!

»Kardinal Frings ist ja immer noch beliebt bei den Kölnern, weil er in der Nachkriegszeit den Mundraub, das sogenannte ›Fringsen‹, gestattet hat.«

Am Schluss will uns Balduin noch erzählen, er selbst sei sein Sohnemann. Wohl kaum. Ich meine, Balduin scheint mir kein unangenehmer Mensch, aber er trägt wirklich dick auf.

»Können wir jetzt bitte zur Sache kommen?«, frage ich.

»Gerne. Sobald ich den Damen Cappuccino und Mineralwasser serviert habe.«

Nadine hüpft schon wieder flummimäßig auf dem Stuhl herum. »Du wirst begeistert sein!«

»Mensch, aber nicht mit offenem Kleid.« Sobald Balduin aus dem Raum ist, fummle ich mit den Sicherheitsnadeln in meinem Schoß. »So ein blöder Riss …« Wenigstens waren es Dornen und nicht das Übergewicht.

Balduin trägt ein Tablett herein. »So, der Cappuccino.«

Er gießt uns Wasser aus einer Karaffe ein, setzt sich und lächelt uns an. Seine Grübchen, beachtllich.

»Also …« Er zieht eine Mappe mit Papieren zu sich heran.

Was denn, unser Ehevertrag? Schon unterschriftsreif?

»Wir von Oceanview …«, setzt er an.

Wir? Machen die anderen alle Mittagsschlaf? Oder sind sie im Kellerverlies weggeschlossen? Also doch eine Sekte!

Oder sitzen seine Diener alle mucksmäuschenstill in der Küche und lauschen?

»Huhu«, raune ich hinüber.

Die warme Luft flimmert. Mir ist so heiß, der Schweiß läuft an mir herunter.

»Produktionsstab« und »neues Projekt«, diese Worte von Balduin sind noch zu mir durchgedrungen. Wie nüchtern selbst in einer Partnervermittlung über Menschen gesprochen wird. Es geht nur noch um Profit.

»... und darum möchte ich dich interviewen, Anna.«

»Aha.« Was will er von mir wissen?

Gestatten, Sternzeichen Zwilling. Ja, ich ziehe ständig den Fifty-fifty-Joker, mag es tatkräftig, aber auch meine Routine. Zurückhaltend bin ich, verträumt, halbsportlich, engagiert, will in den Arm genommen werden. Weitere Eigenschaften auf Nachfrage. Das ist ja wie auf dem Viehmarkt hier. Warum schaut er mir nicht gleich ins Maul? Wehe, wenn er jetzt auch noch feilscht. Nein, ich möchte nicht verhökert werden! Ich sage es laut und deutlich in mich hinein, um ganz sicher zu sein, wenn ich gleich schreiend rauslaufe.

Erschöpft lehne ich mich zurück.

»Anna ... Anna?«, fragt Balduin.

»Für mich gerne noch ein Wasser.« Ich könnte auch eine ganze Oase ausschlürfen.

Balduin schenkt mir nach, wirkt dabei etwas irritiert, bleibt allerdings ausgesprochen höflich. »Wärst du also dabei und würdest meine Arbeit bereichern?«

Warum redet er so geschwollen? Hat ihn draußen eine Biene gestochen?

Nadine glotzt mich an, wohl wissend, dass in meinem Sprachzentrum gerade ein »Nein« gebildet wird. Grübchen hin oder her. Ich fühle mich so matt, bin einfach durch. Kurz vorm Hitzschlag.

»Ich … ich weiß nicht.«

»Aber Anna, du bist doch die Expertin!« Nadine stößt fast ihre Tasse um.

In Beziehungsfragen? Bei meiner Männermisere? Natürlich nicht. Aber es ist lieb von ihr gemeint, aufmunternd. Wer würde sich nicht gerne mal wieder verlieben. Obwohl ich mit Partnern schon zu viele Schlappen erlebt habe. Wie den Prachtkerl, der sich nach seinem Orgasmus von mir runtergerollt und sofort Schluss gemacht hat: »Man soll aufhören, wenn es am schönsten ist.«

»Um ganz ehrlich zu sein«, sage ich und blicke in Balduins blaue Augen. »Ich bin am Ende der Männerwelt angekommen, und es war keiner dabei.«

»Okayyy … aber mir geht es doch bloß um Heinzelmännchen.«

»Bitte was?«

»Ich würde dich wirklich gerne dazu interviewen, wie du den Einfluss der Heinzelmännchen auf die Gartenzwerge siehst.«

Klack. Eine Sicherheitsnadel ist aufgesprungen und kullert auf den Boden.

»Hast du Sekundenkleber?« Ich lache albern auf.

»Du hättest mal dein Gesicht sehen sollen.« Nadine beömmelt sich noch, als wir längst wieder auf der Autobahn sind. »Natürlich ist er Regisseur. Was hast du denn gedacht?«

»Partnervermittler.«

»Haha, der ist gut.«

Heinzelmännchen. Ich dachte schon, jetzt wird Balduin völlig meschugge. Mit Mitte 40 geht das bei manchen ja los. Aber tatsächlich, um genau die geht es ihm: die Kölner Wichtel als Vorläufer der Gartenzwerge. Über deren Ursprung dreht er eine Dokumentation für den WDR, wie er uns erläuterte. Balduin hat eine kleine TV-Produktionsfirma: Oceanview.

Und ich soll also etwas zur Bedeutung von Zwergen im Märchen sagen. Ins Mikrofon, vor der Kamera. Dagegen habe ich mich erst innerlich gesträubt, was Nadine sofort gemerkt und mit funkelnden Blicken signalisiert hat: Aufmerksamkeit! PR! Fernsehen! Weil die vielen Zuschauer ja erfahren, wer ich bin und wo ich arbeite.

Ich habe lange ausgeatmet und dann zugesagt, ich verrücktes Huhn. Weil ich die erste Geige spiele, und ob ich nun will oder nicht, irgendwas werden wir davon schon haben. Hoffentlich.

Balduin hat mich warmherzig verabschiedet. In der Stunde davor hat mich Herr von und zu feiner Pinkel allerdings ganz schön kirre gemacht. Was für ein Kommunikations-Klimbim! Statt gleich zu sagen, dass er mich will. Also, für »seinen Film«, wie er es nannte.

Auf unserer Zufahrt wäre mir mehr Gegenverkehr lieber. Der Märchenwald schließt bald.

»Endlich zurück.« Ich schnalle mich ab. »Du, ich löse direkt mal Julian ab, er hat noch einen Redaktionstermin in Köln.«

Nadine nickt. »Ciao, bis morgen.«

Im Kassenhäuschen spiegelt sich die Sonne, er ist nicht zu erkennen. Allerdings höre ich durchs offene Fenster ein leises Gurgeln. »Julian?«

Ein Kopf liegt seitlich auf gekreuzten Armen. Und diese auf dem Tresen. Er schläft, schnarchend. »Papa?!«

Papa grunzt noch einen Laut und schreckt hoch: »Kleingeld bitte.«

»Warum sitzt du hier?«

»Julian musste zu den Ziegen.«

»Aber Flori …?«

»Ihm ist eine …«

»Anna, halt sie auf!«, brüllt Julian vom Innenhof herüber.

»… entlaufen«, sagt Papa ungerührt.

Die Ziege rennt vor Julian her, geradewegs durch den Tordurchgang im Fachwerkhaus, direkt auf mich zu. Ich … Uiuiui, schafft sie es an mir vorbei, ist sie ganz ausgebüxt. Ich beuge mich vor, strecke die Arme aus. Sie galoppiert, die Hörnchen vorneweg, auf mich zu. Noch fünf Meter. Öhm!

Da bremst sie abrupt, stellt sich seitlich hin und wippt mit ihrem Bärtchen, als würde sie die Lage prüfen. Das ist meine Chance! Ich hechte auf sie zu, sie trippelt seitwärts, und … paff! Ich knalle gegen Julian. Wir wollten voreinander ausweichen, dummerweise in die gleiche Richtung.

»Sorry, ich, ich …« Ich liege auf dem Rücken wie eine Schildkröte, strample aber noch aufgeschmissener. Durch den Aufprall sind meine Sicherheitsnadeln abgesprungen, ein mintgrüner Streifen leuchtet zwischen meinen Beinen in der Sonne.

Julian kauert in der Hocke und reibt sich den Kopf. »Sie ist aus dem Gehege abgehauen, dann rüber zum Kinderspielplatz …«

»Mist«, sage ich, noch in meiner unglücklichen Stellung.

»Erst hat sie dort friedlich gegrast. Aber als sie einen Ball abbekommen hat, ist sie durchgegangen.« Julian steht benommen auf.

»Na, du hast den Laden ja richtig im Griff.« Hinter mir beugt sich jemand über mich und streckt mir den Arm hin.

Ich blinzele in die Sonne. »Tante Hilde …«

»Ja, ich bin zurück. Gerade rechtzeitig, wie mir scheint. Und ich wundere mich doch sehr, wie du hier die Zügel schleifen lässt.« Sie hilft mir hoch. »Du gehst also lieber in Köln bummeln und …« – sie schaut Julian nach, der die Ziege zum Gehege treibt – »… und belästigst die Angestellten.«

»Unsinn, das war ganz anders, als es aussieht.«

»Mmh, habe ich die Tage auch gesagt. Die Ehefrau kam unverhofft in die Kabine zurück, während ich ihrem Mann noch die Sporen gegeben habe.«

»Jedenfalls läuft hier alles nach Plan.«

»Sagt das Flittchen mit dem gewaltigen Riss im Kleid, der übrigens mit den Schmutzflecken gut harmoniert.«

Trotzig halte ich mir das Kleid zu und streife den Sand davon ab. »Wenigstens ist es nicht zu kurz.« Ich blicke ihre fleischigen Beine hoch, der Rock sitzt mal wieder viel zu knapp. »Und außerdem: Papa, Flori und ich, wir wuppen das.«

»Klar, vor allem Hartmut. Wo ist er überhaupt?«

»Papa passt gerade auf die Kasse auf. Hier hat jeder seine Aufgabe.«

Wir gehen über den knirschenden Kies und stoppen vor dem Häuschen.

»Läuft.« Großmütig reckt Hilde einen Daumen. »Ein richtiger Wachhund.«

Oh nein, Papa pennt schon wieder.

»Und wenn schon.« Ich rüttele ihn am Arm. »Was interessiert es dich überhaupt? Du hast doch mit alldem abgeschlossen.«

Papa fährt hoch.

»Kindchen«, sagt sie scharf wie zu einer unartigen Grundschülerin. »Ich achte sehr genau darauf, dass mein Erbteil nicht völlig den Bach runtergeht! Deine Mama, meine liebe Schwester: tot. Und er hier macht auch bald auf ewiges Dornröschen.«

Keine Tränen, nicht vor Hilde. Ich unterdrücke sie.

»Und darum, meine Liebe«, sagt sie und fährt sich mit den Händen durchs Haar, »ist es eine wunderbare Nachricht, dass der Märchenwald verkauft wird.«

»Wird er nicht!« Ich muss schlucken. »Wir ... ich ...«

»Schätzchen.« Gönnerhaft legt sie mir eine Hand auf den Unterarm, was ich hasse. »Auf einem sinkenden Schiff kann man das Ruder nicht mehr rumreißen. Die kleine Anna schon gar nicht.«

Titanic-Panik in meinen Augen. Ich schniefe, gleich steht alles unter Wasser.

»Aber ich weiß, was zu tun ist.« Sie klopft mir jovial auf die Schultern. »Du kennst doch dein Tantchen ...«

Ich wende mich ab.

»Wir haben geschlossen«, murmelt Papa wie in Trance. »Bitte gehen Sie weiter.«

Ich schnäuze in mein Kleid und fange leise an zu weinen.

13. Kapitel

Sie ist also zurück. Hilde rempelt nicht nur leicht an, sie ist ein Torpedo.

Ein Torpedo, mitten hinein in den Familienfrieden.

»Mein lieber Scholli, das Durchschnittsalter auf meiner Kreuzfahrt war soo hoch, erst dachte ich: Wie lange ist das Schiff eigentlich schon unterwegs?«

Hilde lacht dröhnend wie ein Presslufthammer. Die Küchenkacheln erzittern in ihren Fugen.

»Ich sag's euch: Die haben dicke Knie, Krückstöcke und die Schläuche quasi schon in der Nase. Aber beim Landausflug auf Gran Canaria den Vulkan hoch! Das sind genau die Omis, die ihren Mann dann oben am Krater fragen: ›Sag mal, Hebbert, warum verkaufen die hier eigentlich keine Lavalampen?‹«

Hilde schlägt sich mit der Hand vor die Stirn. Eine Kunstpause, mit der sie auskostet, im Mittelpunkt zu stehen.

Papa sitzt regungslos auf der Eckbank, er scheint noch matt vom Nachmittag an der Kasse.

»Lavalampen, lustig«, sagt Flori und beißt in sein Abendbrot.

»Oben am Krater, da ist die Luft natürlich dünner! Eine Trulla hat keine Puste mehr, kriegt richtig Schnappatmung, fällt auf einmal um und wäre fast in den Krater gestürzt.« Hilde reißt theatralisch ihre Augenbrauen hoch. »Zurück auf dem Schiff haben sie die mit Morphin behandelt und

Bettruhe verordnet. Egal! Tags darauf sitzt sie mittags schon wieder auf ihrem Platz an der Bar und bestellt den nächsten Whisky-Wodka. Sie hat für sich erst mal eine »Happy Aua« ausgerufen, wirklich wahr.«

Eigentlich ist es amüsant, wenn Hilde von ihren Reisen erzählt. Aber früher oder später kippt es ins Fremdschämen. Jedes Mal.

»Bombig, ich mag meine Rentner. Abends ist dann richtig Seniorenauftrieb, den Rollator ab über die Reling und losgezappelt. Tanze Hilde mit mir, tanze Hilde die ganze Nacht ...« – sie schlägt sich auf die Schenkel – »... weil die Hilde uns glücklich macht!«

Papa schnaubt. »Schlampe.«

»Tschaka, tschaka.« Hilde tänzelt durch die Küche, na ja, es soll wohl leichtfüßig wirken. »Och Hartmut, schleift der alte Sack nur noch über den Boden?«

»Und bald darunter«, gähnt Papa. »Wenn du an Bord bist, haben die wenigstens ein Ersatzteil dabei: eine Schreckschraube.«

»He, ihr beiden, das ist ...«

»Doch, ja«, fällt Hilde mir ins Wort, »es gibt so Gruselgreise wie euren Papa! Die schon seekrank werden, wenn sie einen Topf Nudelwasser brodeln sehen. Steht so einer leichenblass an der Reling und meint zu mir: ›Hoffentlich ist das Schiff wasserdicht.‹ Darauf ich: ›Und Sie?‹«

Ich will es mal so sagen: Wegen Überfüllung geschlossen, davon sind wir noch weit entfernt. Hm, irritiert mich das? Nö. Also, grundsätzlich schon, aber im Moment nicht. Nachher stellt mir Julian sein Konzept der Nachtführung vor. Da läuft doch was an, wir legen gerade erst richtig los.

Unser Innenhof liegt noch in behaglicher Stille. Es ist eines der Bilder, die ich damit verbinde, gerne heimgekommen zu sein. Dieser Anblick ist einer der Gründe, warum ich gerne nach Hause gekommen bin. Hier schmeckt mir der erste Cappuccino des Tages immer am besten. Auch dank des Vollautomaten, den ich einfach anschaffen musste.

»Blödes Ding!« Es rappelt in der Küche.

Auch wenn Papa die neue Maschine nicht bedienen kann …

»Warte, ich komme«, rufe ich rein.

Zerknirscht steht er davor. »Und wo fließt mein Filterkaffee raus?«

»Die Bohnen werden sogar erst gemahlen, Papa. Drückst du diesen Knopf, kriegst du eine Tasse voll, bei dem darüber eine halbe.«

»Ein modernes Monster ist das.«

»Setz dich doch, ich mach dir gerne einen.«

»Hmm.« Er deutet auf die Backformen auf der Arbeitsplatte. »Warum stehen die da?«

»Damit ich weiß, dass ich sie noch wegräumen muss.« Meine Herangehensweise ist anders als seine. Anscheinend haben wir unterschiedliche Vorstellungen von Ordnung.

Papa streicht mit einem Finger über den Herd – »inspiziert« er etwa? –, bevor er sich an den Tisch setzt. »Es muss eben alles seine Richtigkeit haben. Auch im Märchenwald.«

»Was meinst du?«

»Na ja, ich sehe einen gewissen Aufwand, aber keinen echten Erfolg. Und das mit Florian gestern war natürlich wieder Murks.«

Flori hat jedenfalls nicht im Kassenhäuschen gepennt und Besuchern womöglich freien Eintritt beschert.

»Kann doch mal passieren. Das Törchen war noch offen, und so eine Ziege flüchtet eben gerne und fix.«

»Ein Glück, dass sie die Kinder nicht gerammt hat.«

Das stimmt, ja. Aber die Ziegen sind Floris Herzblut. Ich bin doch so froh, dass er Interessen hat. Schwimmen zum Beispiel, das kann er nicht unbedingt gut, aber er macht es gerne. Gerade mein Bruder muss Dinge einfach mal ausprobieren können, auch wenn hin und wieder etwas danebengeht.

»Es war einfach ein dummes Missgeschick.« Andere verheddern sich mit ihrem Kleid im Rosenstrauch.

»Nun, Fehler summieren sich und führen zum Desaster.« Er schlürft einen Schluck. »Da hat Hilde schon recht.«

Sie hat … was?

»Ich …« Ich hebe den Kaffee auf, jetzt wirklich!

»Schau mal: ›Die Nacht der Zombies.‹ Top Arbeitstitel, ne?« Julian breitet unseren Parkführer aus, ein Faltblatt, das den Weg von Märchenstation zu Märchenstation weist. »Ein Parcours des Schreckens. Wir folgen mit den Besuchern also nicht dem Hauptweg, sondern orientieren uns an den schauerlichsten Märchen.«

Julian zeichnet ein paar Pfeile ein. »Hänsel & Gretel, plötzlicher Lichtspot auf den Ofen: Bäm, er brennt! Dann Rumpelstilzchen, das zornig ausrastet. Wir lassen seine Stimme scheppern und legen tiefen Hall drunter: Bäm!« Er sieht mich erwartungsvoll an. »Du bist die Erzählerin, führst die Leute herum. Wir anderen wuseln durch die Dämmerung, tauchen hier und da unerwartet in deinen Storys auf. So werden die Märchen erschreckend lebendig wie auf einer Geisterbahn. Nur viel krasser.«

Gespannt höre ich ihm zu. »Zombies, nun ja. Sonst klingt es erst mal gut …«

»Und natürlich«, Julians Gesicht wird zum Smiley, »schreibe ich dir gerne den Text dazu.« Er scheint sich riesig zu freuen, auch abseits des *Kölner Boten* sein Talent beweisen zu können.

»Hier zum Beispiel.« Julian macht beim Zwergenhaus einen Querstrich. »Jeder glaubt, Schneewittchen liegt im Sarg. Und auf einmal erhebt sich Nadine im weißen Kleid … langsam, schön langsam. Du erschrickst beim Erzählen, zeigst dich völlig überrascht. Und im Gebüsch macht Florian die Nebelmaschine an. Bäm!«

»Bäm … Pastor Rudolph hat es bestätigt: Es gibt gläserne Särge.«

»Ja, und?«

»Na, wenn Märchenopa mit seinem Hinweis Schneewittchens Sarg meint, muss hier irgendwo etwas zu finden sein. Womöglich der echte Sarg …«

»Anna.« Julian schüttelt mich am Arm. »So kenne ich dich gar nicht.«

»Ich mich auch nicht. Aber damit müssen wir jetzt klarkommen.«

»Aber warum hat dein Opa es so halbherzig gemacht?«

»Findest du?«

»Er hat vier Zeilen geschrieben, auf einen schmucklosen Zettel. Sehen so Schatzkarten aus?«

Ich weiß es nicht, und so schaue ich auch drein.

»Und: Du hast das Blatt aus seiner Seemannskiste gekramt. Das lag einfach so da drin, versteckt war es nicht.«

So habe ich es noch gar nicht betrachtet. »Also gut, Julian, weiter: Du meinst …«

»Ich meine, dass du zu viel hineininterpretierst. Was auch immer dein Opa wusste, was auch immer er mitteilen wollte: Warum macht er es so zögerlich und unentschlossen?« Julian zieht eine Schnute. »So kommt es mir jedenfalls vor.«

Ich zeige zum Zwergenhaus, in dem die zipfelbemützten Bewohner scheinbar arglos um den Tisch sitzen. »Es lohnt sich wohl, die mal genauer unter die Lupe zu nehmen.«

Julian schreibt sich grinsend etwas auf. »Jedenfalls ist es 'ne gute Story, daraus mach ich was für die Nachtführung.«

»Uuh, geheimnisvoll, schauerlich«, sage ich lächelnd. »Dann vergiss auch nicht die Nibelungensage, wie Siegfried den Drachen erschlagen muss, um an den Schatz zu kommen.«

»Ach, so läuft das hier: blöd rumstehen und schäkern.« Hildes Schatten umgibt uns plötzlich wie ein schwarzer Umhang. Sie ist ja immer noch da.

»Ich habe gerade von dir gesprochen, Tantchen.«

Ich meine den Drachen, nicht den Schatz.

»Eine muss hier doch nach dem Rechten sehen.« Hilde zieht eine Augenbraue hoch.

Und eine muss sie zur Rede stellen! Es nervt mich gewaltig, dass sie meinen Einsatz für den Märchenwald bei Papa schlechtredet. Und er lässt sich auch noch beeinflussen!

»Jetzt pass mal auf, Hilde, ich ...«

Nee. Wenn ich ihr jetzt meine Wut offen zeige, hat sie ihr Ziel doch erreicht. Ich sollte gelassen reagieren, darf mir nichts anmerken lassen. Je weniger ich auf Hilde eingehe, desto mehr wird es sie in ihrem Geltungsdrang ärgern.

»... ich habe hier noch viel zu tun.« Mit einer Hand schiebe ich sie leicht zur Seite. »Ja, Julian, sehr gute Idee«, quassele ich geschäftig an ihr vorbei, »genauso machen wir das mit der Nachtführung.« Ich falte den Parkführer zusammen und gebe ihn Julian mit einem Handschlag zurück.

»Was denn für eine Nachtführung?«

»Och du, eine unserer vielen Sonderaktionen, um neue Besucher zu gewinnen.«

»Aha«, sagt Hilde skeptisch. »Gut zu wissen.«

Von meiner Torpedo-Tante lasse ich mir doch nicht die Stimmung ramponieren, pah. Aber ich ahne, dass sie Papa zum Verkauf drängen will. Hilde ist schlau, bei ihr muss ich wirklich auf der Hut sein.

Mein Smartphone klingelt.

»Oh, bestimmt der nächste Investor.« Ich grinse Julian zu, der sich amüsiert entfernt. Hilde bleibt stehen, neugierig wie ein Kind vor dem noch eingepackten Weihnachtsgeschenk. Bedächtig hebe ich das Telefon ans Ohr. »Dann bis später, Tantchen.«

Während ich mich von ihr wegdrehe, nehme ich das Gespräch an. »Anna Herzig.«

»Hi, Uwe hier. Wie läuft's?«

»Danke, öhm, gut.«

»Du, ich wollte nur sagen: Sorry wegen neulich, ich wollte dir ein Kompliment machen. Hat wohl nicht richtig hingehauen.«

»Nett, dass du dich deswegen meldest. War aber halb so wild, schon okay, Uwe.«

»Anna, ich freue mich einfach, dass du zurück bist. An deiner Ausstrahlung hat sich nichts geändert. Du leuchtest, äh, wie eine Kerze.«

Uff, das Kompliment ist ihm sogar gelungen. »Danke.« Flirtet er etwa mit mir?

»Ich möchte einfach, dass zwischen uns alles klar ist, auch

wegen meiner Süßen. Nadine flippt aus, wenn ich mich mit dir nicht verstehe.«

Und das absolut zu Recht. So läuft das unter besten Freundinnen. »Okay, Uwe.«

Nadine hat es schon gut mit einem Mann an ihrer Seite. Wenn er der Richtige ist. Ich meine, es war schon nett früher mit Uwe. Wir waren jung, da fielen unsere Macken nicht so auf. Oder es gab sie noch nicht. Heute erwarte ich allerdings mehr von den Männern, habe Vorstellungen und Wünsche.

Uwe holt hörbar Luft. »Also dann, denk dran, Anna: Du bist keine Frau, die man verlassen würde.«

Was er ja auch nicht getan hat ... »Danke dir, tschüss.« Hastig drücke ich die rote Taste, fast fällt mir das Handy runter. Erst verwirrt mich Hilde, jetzt Uwe. Was denkt er sich dabei, mir einfach charmante Komplimente zu machen? Will Uwe nachholen, was er damals nicht hinbekommen hat? Ich bräuchte mal fix einen Sachverständigen für diese männliche Logik.

Wieder klingelt mein Handy.

Was ist denn nur los mit Uwe? Mannomann.

»Du Flitzpiepe.«

»Na, das klingt aber weniger freundlich, als ich es gewohnt bin. Hier ist Balduin.«

»Bal ... Balduin ... oh, sorry! Ich dachte, jemand anderes wäre dran.«

»Gut, dass ich nicht derjenige bin«, sagt Balduin belustigt.

»Nein! Ich ...« Ich sollte jetzt endlich aufhören zu stammeln. »Wie geht es dir?«

»Danke, alles bestens.« Seine Stimme klingt wohltuend, sie beruhigt mich. »Anna, ich würde mich gerne mit dir verabreden.«

»Wegen deiner Dokumentation über die Heinzelmännchen?«

»Genau.«

»Okay, wann willst du denn mit deinem Team vorbeikommen?«

»Ich dachte, wir könnten uns vorher schon mal treffen«, er hält kurz inne, »um die Details zu besprechen.«

»Ist das denn nötig, Balduin?«

»Es wäre schön, ja. Dann können wir noch mal alles durchgehen, zumal du keine Übung vor der Kamera hast.«

Das stimmt natürlich.

»Und je sympathischer du rüberkommst, desto besser …«, beeilt sich Balduin hinzuzufügen.

»Ja, das verstehe ich. Hm, allerdings bin ich hier in den nächsten Tagen ziemlich eingespannt.«

»Nun, ich dachte ohnehin, wir könnten uns abends treffen. In einem Lokal.«

»Öhm, ich …«

»Würde es dir am Donnerstag passen?«

14. Kapitel

»Bist du dir sicher, dass du das willst?« Die Falten um seine Augen gleichen Rillen im Baumstamm, der hübsche Hubert schaut mich wie aus Astlöchern an.

Ja. Nein. »Ja.« Meine Antwort ist eindeutig.

Er nickt. »Denn wir suchen …?«

»Den Zauber im doppelten Boden!« Sage ich schwungvoll. Mit Überzeugung.

Denn so hat es Märchenopa aufgeschrieben. Seemannsgarn mag spinnen, aber Seemannskisten fabulieren nicht.

»Natürlich.« Hubert wiegt das Stemmeisen in seinen Händen und grinst mich gutmütig an.

Wir stehen mitten im Häuschen von Schneewittchen, geduckt unter dem Giebeldach, auf Kniehöhe die Zwerge um uns herum. Ihr Sarg ist aus Glas, das von Holzleisten eingefasst ist. Sie ruht auf einer Mini-Matratze, die auf einem dünnen Metallgitter liegt.

Darunter haben wir zuerst nachgesehen: nur Schmutz. Also kein doppelter Boden, kein weiterer Hinweis, gähnende Leere.

»Nun, dies ist ja auch nicht ihr echter Sarg«, sage ich, auf die Gefahr hin, dass es irre klingt, »wir müssen wohl gründlicher ran …«

Flori schiebt Schneewittchens gläsernen Schrein ganz zur Seite, Hubert setzt den grauen Haken des Stemmeisens zwischen den Bodendielen an. Nadine weicht zurück. Mein Herz pocht.

Jeder Nichteingeweihte müsste mich wenigstens für beschwipst halten, eher noch für komplett panne. Dabei weiß ich genau, was ich hier zu finden hoffe.

Die Wahrheit. Über meinen Märchenopa. Über ihn und seinen vergilbten Zettel ... ach was: sein großes Geheimnis, das er weder mit ins Grab nehmen noch herausposaunen wollte. Was es nur noch mysteriöser macht.

Hubert stemmt sich gegen das Eisen, sein blanker Schädel rötet sich. Krachend brechen die Planken auf, Holzsplitter fliegen durch die kleine Hütte. Ein Junge, der uns durch die Frontscheibe zusieht, umklammert erschrocken seine Mutter.

Ich winke ihm zu. »Juhu, wir bauen Schneewittchen einen Keller!«

Flori und der hübsche Hubert kratzen mit ihren Schaufeln über den trockenen, harten Erdboden. Es staubt. Ich gehe in die Knie und will mit den Händen buddeln, wie im Watt.

»Und ...?«, fragt Nadine hinter mir.

»Noch nichts.« Fingernägel sind viel zu kleine Schaufeln.

Hubert schiebt mich sanft zur Seite. »Warte.« Er greift nach seinem Spaten und sticht ihn in den Boden. Es knirscht heftig, Sandkörner spritzen in Schneewittchens Sarg und in die wattigen Rauschebärte der Zwerge.

Er stützt sich auf seinem Spatenstiel ab, wischt sich mit dem Handrücken die Schweißtropfen von der Stirn. »So können wir keinen Schacht ausheben.« Hubert sieht zur Rückwand, dann zu mir. »Hier drin ist es einfach zu eng.«

»Und wir haben den Boden ja jetzt untersucht«, sagt Nadine. »Lassen wir's gut sein, Anna, war schön.« Sie legt mir eine Hand auf die Schulter.

»Hm, ja, aber offenbar stimmt die Versuchsanordnung noch nicht.«

»Wie jetzt?«

»Na, wenn im Labor ein Experiment nicht klappt, muss ich etwas ändern, die Versuchsbedingungen methodisch verbessern.«

»Du bist hier nicht im Meeresinstitut …«

»Ich wüsste da was.« Der hübsche Hubert hält einen Zeigefinger an die Rückwand. »Die muss weg. Dann können Florian und ich ausholen und unser Werkzeug richtig einsetzen.«

Mein Bruder grinst zustimmend.

Nadine erstarrt. »Wie … weg?«

»Das ist eine Holzplatte.« Der hübsche Hubert schaut an ihr hoch. »Die kann ich ganz gut am Stück ausklinken, statisch ist das okay.«

»Und das geht … jetzt gleich?«, frage ich gespannt.

Es sind gehörige Erdklumpen, die der hübsche Hubert wegschaufelt. Ich wollte ja mitschippen, aber er hat mir den Spaten entschieden aus der Hand genommen. Um nicht tatenlos zu sein, habe ich drei rot-weiße Verkehrshütchen aufgestellt, um unsere Baustelle zu markieren. So ist es sicherer, auch wenn hinter dem Häuschen eher keine Besucher entlangspazieren. Hm, kann man überhaupt »hinter dem Häuschen« sagen, wenn die Rückwand fehlt? Die liegt jetzt neben uns, als wäre sie auf die Nase geplumpst. Etwa genauso groß ist unsere Grube, die aus dem Häuschen herausführt. In etwa einem Meter Tiefe hackt Flori eifrig weiter.

Ich reiche Wasser herum und komme mir vor wie bei einer Ausgrabung im Tal der Könige, dem feudalen Friedhof ägyptischer Pharaonen wie Tutanchamun. Mumien und Skelette werden dort an jeder Ecke gefunden, erst vor wenigen Jahren wieder, und allesamt haben sie ihre bedeutsame Geschichte.

Natürlich erwarte ich nicht, dass uns hier ein einbalsamierter Körper seinen löchrigen Schädel entgegenstreckt, ich erwarte ... tja. Einen Familienschatz? Ein wertvolles Relikt?

»Manchmal muss man einem Impuls folgen, beobachten und sich vom Ergebnis überraschen lassen«, sage ich zu Nadine.

Nadine sitzt auf einem Holzklotz, sie scheint belustigt. »Unterm Mikroskop, ja. Hier ist es eher bekloppt.«

»Wir müssen nur jeden Stein umdrehen, irgendwo wird eine Spur sein.«

Der Hügel wird immer höher, der hübsche Hubert und Flori schippen und schaufeln hingebungsvoll, als wollten sie zum Mittelpunkt der Erde gelangen. Erdwolken bepudern uns, Sandkörner verkleben schon sämtliche Poren.

»Freu ich mich auf die Dusche«, sagt Nadine. »Und auf einen freien Abend mit Uwe.«

»Läuft gut bei euch?«

»Sehr gut.« Sie strahlt mich mit glänzenden Augen feucht flimmernd an. »Du, das kannte ich vorher gar nicht, dass ein Mann so aufmerksam zu mir ist.«

»Was ist denn hier passiert?« Unversehens steht Papa zwischen den beiden Birken, genau hinter uns.

Flori und der hübsche Hubert hören auf zu graben. Schweigen in der Maulwurfsbande.

Ich würde ihm gerne eine Erklärung liefern, nur wie? Papa schaut jedoch so, als würde er eine erwarten. »Wir spielen Schatzsucher« wäre am ehrlichsten.

Ich habe ihm nichts von meinem Dachbodenfund erzählt,

und von meiner Ausgrabungsaktion erst recht nicht. Er hätte mir es nur madiggemacht. Und wenn meine Begeisterung gleich zu Beginn ausgebremst wird, habe ich keine Lust mehr, schräge Sachen anzustellen.

Etwas Kreativeres als die Wahrheit will mir gerade nicht einfallen. Da unser Schweigen anhält, wechselt es von »überrascht« zu »betreten«. Was für Papa auch eine Antwort ist.

»Hier wird also eine Sandburg gebaut? Mit Schaufel und Eimer wie im Hollandurlaub.« Er beäugt den hübschen Hubert. »Bist du dafür nicht zu alt?« Papa sieht mich an. »Oder lässt euch die Frau Meeresbiologin nach Wattwürmern buddeln? Also, ich kann hier weit und breit keine Küste entdecken. Und was zum Teufel ist mit der Rückwand …?«

»Nun, Papa, es ist eine Art Schnitzeljagd, wir … ich …«

»Ach, Schnitzeljagd spielt ihr?« Er schüttelt den Kopf. »Sieh an, ein Mitarbeiterausflug im eigenen Laden. Der heute noch geöffnet hat.«

Ich kratze mich am Unterarm. »Julian ist an der Kasse und Hilde im Café …«

»Der Märchenwald steht auf der Kippe, und ihr macht irgendeine neumodische Motivationskinderei.« Papa keucht. »Grabt wenigstens nach Erdöl oder Gold! *Das* würde Sinn machen!«

»Hartmut, halb so wild, lass gut sein«, sagt der hübsche Hubert beschwichtigend.

Papa fährt herum. »Gar nicht gut, *so* habe ich's mir nicht vorgestellt! Wenn Madame *so* weitermacht, ist hier ganz schnell Schicht im …«, er deutet runter, »… Schacht. Und wovon zahlen wir dann eure Gehälter?«

»Papa, bitte, wir kriegen das hin.«

Sein zerfurchter Hals spannt sich, seine faltige Haut vibriert. »Nimmst du das Ganze überhaupt ernst?« Sein Gesicht schwellt rötlich an. »Wenn nicht, kann ich mich gleich hier reinfallen lassen.«

Es könnte tatsächlich eine Chance für den Märchenwald sein, darum treffe ich Balduin nur zwei Stunden später. Natürlich bin ich immer noch aufgewühlt. Ich versuche, mich zu beruhigen. Im Tapas-Lokal fühlen meine Hände urwüchsiges Holz, das von Maserungen, Schlieren und Flecken verziert ist. Fast wirkt es so, als würde sich die Tischplatte räkeln – in der guten Laune, mit der auf ihr gefeiert wird.

Meine Stimmung dagegen ist am Boden, auf dem staubigen von heute Nachmittag, um genau zu sein. Was für ein Desaster, Papa hat mich vor allen anderen zusammengefaltet.

So kann ich einpacken. Muss ich einpacken!

Reiß dich zusammen, Anna, konzentrier dich. Es geht hier nicht um dich.

»Schön, dass es geklappt hat.« Balduin, der Herr von und zu Villa, rückt aufmerksam meinen Stuhl zurecht.

Ich lächle mechanisch.

Nun sitze ich zwar, aber richtig da bin ich noch nicht. Ich hätte absagen sollen.

Ach, als wäre meine Befindlichkeit wichtig. Die Rettung des Märchenwaldes ist es. Und zu der gehört nun mal Balduins WDR-Dreh bei uns, den er jetzt vorbereiten möchte.

»Du bist natürlich eingeladen«, sagt Balduin und nimmt vom Kellner die Karte entgegen.

Ich nicke dankbar, aber mit verkniffenem Gesicht.

Wirklich, ich hätte absagen sollen. Immerhin bemühe ich mich, versuche doch etwas. Und Papa honoriert es gar nicht.

Klar hat er sich über die Grube geärgert. Ja, unser Versuch hat sich als Fehlschlag herausgestellt. Meine Güte, einer muss die Kronjuwelen der Familie doch finden, es war eben ein Experiment. Was Papa nicht wusste, insofern kann ich seine Erregung ja noch verstehen.

Habe ich deswegen die Klappe gehalten? Ich stand da, stumm wie eine Laterne, die einen Regenguss ertragen muss. Wieso eigentlich? Warum habe ich nicht reagiert, mich nicht ordentlich erklärt?

Balduin und der Kellner sehen mich erwartungsvoll an. Ach ja, der Wein. Na und ob ich den jetzt brauche. Ich spinxe in die Karte. »Gerne den Tempranillo.« Richtig gut kenne ich mich nicht aus, aber die spanische Traube ist genau mein Geschmack.

Nachdem Papa gegangen war, standen wir recht verdattert beisammen. »Feierabend«, habe ich nur gemurmelt. Und dann, innerlich und äußerlich vermatscht wie ich war, fiel mir sengend heiß ein: meine Verabredung mit Balduin in der Kölner Südstadt! Ich musste los, war einigermaßen froh, vom Schneewittchenhaus flüchten zu können. Duschen, umziehen, losfahren: alles eine Bewegung. Meinen Lippenstift habe ich so schnell nicht gefunden. Genau genommen hätte ich gar keine Zeit mehr gehabt, ihm abzusagen.

Balduin lächelt. »Wie war dein Tag?«

Scheiße. Allererster Güte.

»Sch … ön, so weit«, antworte ich verhalten.

»Gefällt es dir hier?«

Bodenständigen Schick hat das Tapas-Lokal, der fulminante Kronleuchter ist aus umgestülpten Gläsern zusammengesetzt, im backsteinernen Mauerwerk ein Flaschenschrank eingelassen. Kernige Romantik im ganzen Raum.

»Ja.« Ich neige den Kopf zu beiden Seiten, wie ein Inder, um mich aufzurütteln.

»Nun, ein Sternerestaurant ist es nicht …«

»Hast du gut ausgesucht.« Mit piekfeinen Tischdecken, weißer und glatter als Schnee, würde ich mich nur noch unwohler fühlen.

»Ich komme des Öfteren her, die Tapas sind ausgezeichnet.«

»Ja.« Ich kneife mir in die Waden. »Super, die Tapas! Und so viele davon.« Mein Zeigefinger deutet auf die Speisekarte. Oha, meine Fingernägel sind noch dreckig. Schnell ziehe ich meine Hände zurück und balle sie unterm Tisch zu Fäusten.

»Meeresfrüchte esse ich für mein Leben gern«, sagt er.

Nun weise ich mit der Nase auf das Papier. »Chipirones, Calamares, Gambas.«

»So lecker.« Er lächelt.

»Ich mag Fische am liebsten in der See.«

»Oh, ähm, bist du Vegetarierin?«

»Nein, Meeresbiologin.«

»Ah … okay.«

»Aber wenn der Fisch schon gefangen ist, esse ich ihn auch.«

Nur notdürftig konnte ich die Erde aus den Nägeln puhlen, ich lege die Hände wieder auf den Tisch, die Innenflächen allerdings nach oben gerichtet wie die von Jesus beim Abendmahl. Ich seufze innerlich, fühle mich elendig.

»Interessant, dann bist du also häufig am Meer.«

»Na, und im Meer. Allerdings mache ich gerade ein Sabbatjahr. Also, von der Biologie.«

Balduin lächelt anerkennend. »Was für ein aufregender Beruf.«

»Auf einem Forschungsschiff, ja. Mir persönlich ist allerdings die Forschung im Labor lieber. Auf deren Grundlage sprechen wir beispielsweise der EU Empfehlungen zum Erhalt der Fischbestände aus. Zu Fangquoten und so.«

»Welchen Fisch man isst, sollte man vom Bestand abhängig machen?«

Ich nicke. »Und von der Fangmethode. Fische sind sensible und schützenswerte Tiere. Aber Tintenfische, die gibt es noch ausreichend im Mittelmeer.«

Balduin schaut noch einmal in die Karte. »Calamares also. Und wir nehmen Datteln im Speckmantel«, sagt er. »Deren Bestand ist ebenfalls gesichert.«

Der Kellner balanciert sein kleines Tablett mit den beiden bauchigen Gläsern auf der Hand. »Ihr Rotwein, bitte sehr.«

Das duftende Dunkelrot schlingert beim Abstellen. Ich greife ein bisschen sehr fix nach dem Stiel. Meine Fingernägel … jetzt sind sie eben so.

Wieder fällt mir auf, wie warmherzig Balduins Stimme klingt. Seine blauen Pupillen sind an den Rändern leicht grau. Eigentümlich. Mamas Augenfarbe war sehr ähnlich.

»Schick siehst du aus, Anna, sehr sommerlich.«

»Danke.«

Es ist aufregend, wie er es sagt, macht mich nervös. Irgendwie fesselt Balduin mich.

»Hatten Ihre Calamares ein gutes Leben?«, fragt er den Kellner.

»Bis sie in die Küche kamen«, sagt dieser trocken und notiert unsere Tapaswünsche. »Sehr gerne. Brot mit Aioli und Oliven kommen sofort.«

»Ja dann«, Balduin hebt lächelnd sein Glas, »auf unser Wohl.«

»Und auf das der Heinzelmännchen.« Unsere Gläser klirren. »Um die geht es uns ja.«

Balduin setzt sein Glas wieder ab. »Jetzt bin ich aber gespannt, warum du das Meer für den Märchenwald verlassen hast?«

Och nö. Muss er mich jetzt darauf stupsen. »Das ist …« Mir schießen die leidigen Bilder vom Nachmittag in den Kopf. »… eine längere Geschichte. Gehört das schon zur Besprechung deiner Dreharbeiten?«

»Es gehört zu meinem Grundinteresse.«

Grundinteresse, ein schönes Wort, das Balduin charmant ausspricht.

Hm, wie soll ich's ihm erklären …

»Ich liebe Märchen.«

»Punkt?«

»Ja, eigentlich ist es so einfach.«

Ist es nicht! Sorry, dass ich gerade flunkere. Aber warum soll ich ihm bei einem Geschäftstermin etwas vornölen, von dem er eh nichts versteht? Ich bin mit meiner Rückkehr in kaltes Wasser gesprungen, in das kein Mann seinen großen Zeh halten würde.

»Wir sind in einer Umbruchphase. Wir müssen einiges anders gestalten, um mit dem Märchenwald konkurrenzfähig zu bleiben.«

»Verstehe. Und deinen Platz am Meer vermisst du nicht?«

»Am Meer vermisse ich den Märchenwald, zu Hause ein wenig das Meer.« War seine Frage jetzt mehr als »Grundinteresse«? »Ich stehe zur Zeit vor ganz neuen Aufgaben.«

»Entschuldige meine Neugier, so sind wir Fernsehfuzzis eben.« Galant hebt er sein Glas.

»Wir Märchentanten auch.«

»Ich trinke auf deine neuen Aufgaben, dass du dabei Spaß hast und sie meisterst. Daran glaube ich ganz fest, liebe Anna.« Er strahlt, seine Grübchen zeigen sich. »Denn du wirkst so … beherzt.«

So beherzt, dass bei Schneewittchen jetzt eine Grube klafft. Ach was, es ist keine schnöde Grube, es ist ein Schlupfloch in die Vergangenheit. Ich nehme einen längeren Schluck, so vom Glas verdeckt sieht er nicht, dass ich grübeln muss. Interessiert sich Balduin wirklich für meine Beweggründe? Oder ist es nur Schnack, bevor wir zum Geschäftlichen kommen?

»Das war jetzt aber zügig«, sagt Balduin lachend.

Scheibenkleister, mein Glas ist leer.

Unbeschwert lacht er weiter. »Wenn die aber auch so wenig einschenken.«

»Zurück … zurück zu deiner Neugier«, sage ich gefasster, als ich es bin, »und zu meinen Aufgaben. Wir haben schöne Ideen, den Märchenwald wieder nach vorne zu bringen.« Balduin sieht mich gefühlvoll an, intensiv und doch nicht aufdringlich. Mein Herz schlägt für Menschen, die mir Kraft schenken und mich dazu ermutigen, mich in Herausforderungen zu stürzen. Ist Balduin so ein Mensch? Ich kann es gerade nicht gut einschätzen. »Öhm, plappere ich zu viel? Willst du lieber auf meine Kameratauglichkeit zu sprechen kommen?«

»Du weißt schon, dass deine Ausstrahlung faszinierend ist?«

»Öhm …«

»Deine Ideen interessieren mich, Anna, und bestimmt werden sie dir gelingen. Erzähl weiter.«

»Okay, wir wollen eine Bücherlesung in unserem Café veranstalten.«

»Ein guter Plan, würde ich sagen.«

»Na ja, dummerweise ist uns gerade die angedachte Autorin abgesprungen.«

Die Mail der Veranstaltungsmanagerin war freundlich formuliert: ›Cosima Goldbach hat sich sehr über Ihr Interesse an einer Veranstaltung mit ihr gefreut, mich aber dennoch gebeten, Ihnen abzusagen. Sie arbeitet gerade intensiv an ihrem neuen Roman und nimmt keine weiteren Termine wahr, um sich voll auf das Schreiben konzentrieren zu können. Eine Reise würde sie momentan zu lange aus dem Schreibprozess herausreißen, wofür Sie sicherlich Verständnis haben.‹

Die Verlagsmanagerin kann gar nicht wissen, ob ich dafür Verständnis habe. Doch, habe ich, muss ich ja.

»Das ist schade. Aber du, warte mal …«, überlegt Balduin. »Ich kenne einen Kölner Schriftsteller, der schon eine gewisse Bekanntheit erreicht hat und als ein neuer Stern am Literaturhimmel gilt: Henry Herbst, ein Schulfreund von mir.«

»Aha.« Nie gehört.

»Es ist schon länger her, dass ich ihn gesehen habe, zuletzt bei einem Dreh. Ich könnte Henry mal ansprechen.«

»Danke, gerne.«

»Achtung, noch heiß.« Die dampfenden Tonschälchen, die unser Kellner bringt, passen gerade so auf den Tisch.

»Mmh, das sieht aber alles sehr lecker aus.« Aus Vorfreude reibe ich meine Finger aneinander. Ups, jetzt garnieren einige Sandkörner die Tintenfischringe.

»Guten Appetit«, wünscht Balduin liebenswürdig.

Die letzte Olive esse ich noch, ja doch, als I-Tüpfelchen. Mit den Händen vor dem Bauch lehne ich mich zurück. Ich fühle mich behaglich und satt. Tatsächlich haben wir die Schälchen ratzeputz geleert, den Rest der köstlichen Mojo-Sauce habe ich mit Weißbrot aufgesogen. Ich blicke auf mein soundsovieltes Glas Tempranillo. Balduin ist wirklich gesellig und feinfühlig, auf seine sehr angenehme Art. Und manierlich zu essen weiß er auch.

Sicherlich ist sein Leben Champagner. Was natürlich anders prickelt als Mineralwasser.

Aber jetzt, in diesem Wimpernschlag des Universums, fühle ich mich leicht, ganz und gar schwebend.

Ja, ich bin wieder schwingungsfähig, spüre mich ganz als Frau. Balduin macht eine Schnute, was süß aussieht. Er will mir etwas sagen, das sehe ich doch. »Balduin …?«

»Ich habe kurz aus dem Fenster geblickt. Der Abendhimmel ist komplett aufgeklart.«

»Ja … und?«

»Ich glaube, der Himmel hat die Wolken beiseitegeschoben, damit er dich besser sehen kann.«

Ui. Ich bin sprachlos. Das ist arg übertrieben, egal, wie sympathisch will Balduin denn noch werden? Ich bleibe sprachlos. Seine Worte berühren mich.

Mit unbeirrter Männlichkeit fährt er fort: »Ich liebe die Natur. Und so bin ich auf den Namen meiner Produktionsfirma gekommen: Oceanview. Weil unsere Herangehensweise, unser Blick durch die Kamera, weit und weich wie die See ist.«

»Aber hoffentlich nicht so unberechenbar.« Gluckse ich etwa?

Er lacht. »Na, mal unbequem sein, die Welle machen, das können wir wohl auch.«

»Wasserbuckel!«

»Bitte?«

»Wellen sind Wasserbuckel, vor allem durch Wind oder die Gezeiten verursacht. Hättest du's gedacht: Das Wasser bleibt an der gleichen Stelle, nur die Energie der Welle wandert durch das Meer.« Ich strahle ihn an und komme mir im nächsten Moment ertappt vor. Schnell blicke ich auf den Tisch, der gerade abgeräumt wird. »Ups, jetzt höre ich mich schon wieder an wie die Meeresbiologin.«

»Nicht verwunderlich«, sagt Balduin munter. »Es ist dein Beruf.«

»Mein Beruf und mein früheres Leben! Meine Güte, befördert sollte ich werden, aber nö, die Anna nimmt lieber schwuppdiwupp ein Sabbatical. Und zum Neustart kriegt sie von Papa keine Blumen ...« – mit einer Hand wische ich vor mir durch die Luft – »... sondern einen auf den Deckel.«

Oh nein! Ich habe mein Weinglas umgehauen. Ein tiefrotes Bächlein rinnt über den Tisch.

Chapeau, Anna. Du Schussel.

»Ooops«, ruft Balduin aus.

Was denn ... auch er hat sein Glas umgestoßen, mit voller Absicht. Und tut so, als wäre es ein Versehen gewesen.

Hinreißend.

»Ich Tollpatsch«, tadelt er sich leutselig, während der Tisch bereits gesäubert wird.

»Sie sind ja ein richtiges Heinzelmännchen«, teile ich dem Kellner dankbar mit.

»Darf ich neue Gläser bringen?« Er darf.

»Weißt du, womit du mich bei unserem ersten Treffen überrascht hast?«, fragt Balduin. »Du hast dich nicht über das Thema gewundert, zu dem ich dich interviewen will.«

»Warum auch?« Ich drücke den Rücken durch, wie in der Schule. »Achtung, Lexikoneintrag: Die Heinzelmännchen, ursprünglich aus dem Siebengebirge, sind nach Köln verzogen, wo sie zu den eifrigen Hausgeistern wurden. Sie sind sozusagen die Vorbilder der Gartenzwerge, die erst später im 19. Jahrhundert aufkamen.«

»Note eins«, freut sich Balduin. »Ich finde diese Sage so spannend, weil sie viel über die Menschen ihrer Zeit aussagt.«

»Zum Beispiel, dass sie vor den Heinzelmännchen alle faul waren?«

»Na, seit die fort sind, müssen die Kölner arbeiten«, grient Balduin. »Sicherlich ist viel Einbildung dabei, viel Schabernack. Man sollte sie nicht zu ernst nehmen.«

»Wohl.«

»Findest du?«

»Das macht es doch gerade aus.« Hätte ich Schneewittchen sonst eine Grube gegraben? »Schneewittchen und die sieben Zwerge muss es einfach gegeben haben. Sie liegt da schlafend, und die Zipfelmänner behüten sie, ooh.« Ich fuchtele mit einer Hand über den Tisch. Das Weinglas erzittert. »Solche edlen Kerle gibt es doch heute gar nicht mehr!«

»Nicht?«

»Also, ich sehe weit und breit keinen.« Ich halte mich am Glas fest. »Emotional herrscht Ebbe bei mir, ich hatte schon länger keine Beziehung mehr. Vielleicht liegt's daran, dass ich nicht mehr so bin, wie ich glaube sein zu sollen … dingens, also, um Männern zu gefallen.«

»Für mich fühlt sich eine Beziehung gut an, wenn man miteinander wächst und stärker wird.«

»Ja! Eben. Darum konnte das mit Olaf doch nichts werden!« Ich erinnere mich daran, dass ich ihn vor einigen Wochen am Strand von Warnemünde wiedergesehen habe.

»Selbst als Polizist muss man doch nicht absurd amtlich sein, oder? War er aber, sowas von ordnungsbegeistert. Was ich erst attraktiv fand, ich dachte, es wäre ein süßer Tick. Aber ... es ist so eigentümlich, mit einem Mann im Bett zu liegen und das Gefühl vermittelt zu bekommen, man habe ein behördliches Anliegen. Ich meine, Sex ist doch keine sachbezogene Situation. Um es ganz offen zu sagen: Ich hatte immer den Eindruck, erst ein Nümmerchen ziehen zu müssen, bevor wir eins machen.«

Balduin schmunzelt, unterbricht mich aber nicht.

»Irgendwann, als ich sicher wusste, dass es nicht an mir liegt, habe ich mit Olaf Schluss gemacht. Das war nicht böse gemeint, aber ich konnte nicht anders.«

»Klingt so, als hättest du dich richtig entschieden.«

Olafs Flexibilität passte wirklich zwischen zwei Aktendeckel. Das ist mir damals aber erst zum Ende hin aufgestoßen. Heute würde ich wohl schneller reagieren. Weil ich eine Beziehung inzwischen anders bewerte und besser auf mich achtgebe.

»Zum Wohl.« Erneut hebe ich mein Glas.

Mit 40 sollte ich wissen, wie mein Leben sein soll. Weiß ich das? Immerhin bin ich jetzt im richtigen Alter. Wofür, das finde ich schon noch heraus.

Treuherzig schaue ich Balduin an. »Wie gesagt, ich bin jetzt anders.«

Er lehnt sich vor und blickt mir tief in die Augen. »Wie bist du denn, Anna?«

Uff, die Frage aller Fragen! Mir wird warm. Jetzt ist er aber wirklich neugierig. Irre ich mich, oder fühlt es sich gerade fast wie ein Date an?

Dafür bin ich doch gar nicht angezogen. Ich fahre mir

durch die Haare. Nee, nee, der Plan war, wir treffen uns wegen der Heinzelmännchen und der Gartenzwerge. Ganz normal.

»Ich bin wie … ein Quietscheentchen.«

»So … sonnig, weichherzig – und du lässt dich treiben?« Balduin fasst mir sanft an den Unterarm.

Jetzt hat er mich auch körperlich berührt. Zufällig oder … mit fester Absicht? Mir wird noch wärmer, ich spüre mein Blut pulsieren, fühle mich ganz und gar wohlig.

»Quietsch!«

Der Kellner entzündet eine neue Kerze zwischen uns. Uiui, hat er das vierte oder fünfte Glas mitgebracht? Ich will noch nicht heim. Balduin … noch immer ist er so geistreich und gewitzt. Ein Kumpeltyp wie Nadine. Nur eben mit Zauberstab. An etwas Ernsthaftes ist nicht zu denken, natürlich nicht, aber Spaß zu haben ist ja wohl erlaubt? Es wäre mal wieder schön.

Und, ooh, seine Grübchen. Löcher in der Wange, Loch bei Schneewittchen, so schließt sich … der Kreis, hihi. Gackere ich in Gedanken?

»Wirklich, Balduin, die Heinzelmännchen wollten doch nicht gesehen werden. Tagsüber. Also hätten sie sich morgens in hohlen Gartenzwergen verstecken sollen. So schneckenhausmäßig. Tada.«

Balduin lacht schallend. Über mich? Naa gut.

Ist es doch ein Date? Ein klitzekleines bestimmt. Geschickt eingefädelt hat er das, der Schnuckel vor mir. Wobei er schon ein Nebulöser ist. Echt jetzt, sonst würde er sich doch nicht immer verschwommener vor mir abzeichnen. Öh, löst er sich auf? Bleib hier!

Ich hätte das letzte Glas nicht austrinken sollen. Aber auch das war immer noch sehr lecker.

Balduin zahlt. Sehr anständig und aufmerksam.

Wir stehen draußen.

Autofahren, unmöglich in dieser dunstigen Waschküche. Dennoch Nachhauseweg. Krabben laufen auch seitwärts und kommen trotzdem an.

Auf der Matratze liegt es sich ungewohnt, ich wache auf. Wo …? Wer?

Balduin, neben mir … upsi. Hihi, ich Schussel.

15. Kapitel

Das enge Sport-Bustier fällt zu Boden, als Nächstes streife ich meinen Slip ab. Es hat richtig gutgetan, endlich mal wieder zu joggen, entlang unserer Eisenbahnstrecke und durch den raschelnden Wald. Ich mag die morgendliche Stimmung, so früh ist sonst noch niemand im Märchenwald unterwegs.

Bestimmt drei Kilometer habe ich geschafft, immerhin. Ein paar Abschnitte bin ich wieder rückwärts gelaufen, so wie damals am Strand. Dabei habe ich mir vorgestellt, auch ein Märchen könnte rückwärtslaufen, also andersrum ausgehen. Dornröschen müsste noch einmal hundert Jahre schlafen, und die Hexe käme aus dem Ofen gesprungen, mit dem Hinterteil voran.

Wie kommt man denn auf solche Gedanken? Das bin ich nicht gewohnt. Kopfsalat.

Noch immer tropft Schweiß an mir herunter, einige Perlen fallen auf meine Schenkel. Flecken leuchten auf meinem Körper, sie schimmern rötlich wie die letzte Sonne auf einem Gebirgsmassiv.

Blödes Bild. Meine Hände gleiten von den Brüsten seitlich über den Bauch an den Po. Ich bin doch eher ein schlanker Stein, ein Obelisk geradezu. Ja, genau, ich betrachte mich im Spiegel des Kleiderschranks wie ein Kunstwerk.

Etwas Vorstellungskraft gehört dazu.

»Das war also mein Geschenk an Balduin«, denke ich lächelnd. Er hat es gerne ausgepackt.

Zugegeben, die Schwerkraft zeigt sich langsam. Im Meer müsste man leben: immer schön Auftrieb.

Lilly knistert in ihrem Terrarium.

»Da hast du es natürlich einfacher. Klar, wenn man den ganzen Tag nur Grünzeug futtert.«

Ein Körper aus Knete wäre gut. Wirklich, lieber Gott, wir könnten deine figürlichen Flüchtigkeitsfehler viel besser verteilen, Hügel zu Tälern verstreichen.

»Lilly, was eigentlich klar ist: Männer sind kein Nervenkitzel mehr für uns, dafür haben wir zu viele Spinner erlebt. Hm, tja, gilt die Parole noch? Ich meine, du, da ist jetzt Balduin ... wie wäre es, wenn er sich einfach mal als Nicht-Spinner herausstellt?« Ich fuchtele mit den Armen. »Nur mal angenommen ... wäre doch schön ... in dem Fall, Lilly, könnten wir uns noch mal verlieben? Ihn richtig attraktiv finden, von innen nach außen und oben bis unten? Oder fangen wir den Quatsch gar nicht erst an?«

So viele Fragen. Meine Schildkröte mümmelt vor sich hin.

»Und ganz ehrlich, ich hoffe, Papa hat nicht mitbekommen, dass ich über Nacht weggeblieben bin. Er soll nicht denken, ich würde gerne fernbleiben. Immerhin war ich in Mission Märchenwald unterwegs. Okay, das mit Balduin war ziemlich spontan. Aber vielleicht auch egoistisch?«

Trotz der Rotweinschwaden, die mich umgaben, erinnere ich mich genau: Wie ein Golden Retriever hat mich Balduin angeschaut, mit ganz melancholischen Augen. Da war's um mich geschehen. Wir sind in seinen Kissen gelandet, haben ganz schön aufregend miteinander geschlafen. Was soll ich sagen, es fühlte sich einfach richtig an.

Nadine ist natürlich aus den Latschen gekippt. Dabei hätte sie insgeheim ihr kleines Auto darauf verwettet, dass es passiert. Jetzt will Nadine wissen, »wie es weitergeht«. Wenn ich das wüsste. Es ist nun ein paar Tage her, drei genau, seitdem habe ich ihn nicht gesprochen. Wofür es ja auch keinen Grund gibt, wir kennen uns doch kaum.

Allerdings schreiben wir uns Nachrichten, und Balduin will heute Abend zur Lesung kommen.

Gleich am nächsten Tag habe ich mir die Homepage seines Schulfreunds, des Kölner Schriftstellers, angesehen. Henry Herbst wirkt sympathisch, vielleicht ein wenig in sich gekehrt, aber so stellt man sich einen Buchautor doch vor. Und was mir noch aufgefallen ist: Sein zartgliedriges Gesicht ähnelt dem von Julian, allerdings mit Fältchen.

Bei meinem Anruf hat mir Henry Herbst direkt zugesagt. Da er ein spontaner Typ sei, hat er gemeint. Er habe noch nie in einem Märchenwald gelesen und freue sich auf die Atmosphäre. Juhu, ha.

Ich habe Balduin den Lesungstermin direkt gesimst, das ist doch ein guter Anlass, um sich zu sehen. Nun will er also vorbeikommen! Vielleicht nur, um Henry zu erleben. Also sollte ich es nicht überbewerten. Obwohl, vielleicht kommt er ja doch meinetwegen.

Und die zweite Frage, die Nadine auf den Nägeln brannte, war natürlich, was denn nun mit Balduins Dreh im Märchenwald sei? Ja, wir haben in der Nacht noch ein Datum vereinbart. Vor seiner Haustür, kurz bevor wir uns in die Arme gefallen sind. Nächste Woche rückt er mit seinem Team an.

»Wir sind gerettet!«, hat Nadine gejubelt, mich geküsst und mir ins Ohr gejuchzt: »Schnapp ihn dir.«

Nach dem Duschen durchpulst mich Tatkraft. Ich trinke den ersten Kaffee des Morgens.

»Was soll das?« Papa streckt seinen Kopf in die Küche, so plötzlich wie eine Spukgestalt in der Geisterbahn. Seine grauen Haare stehen jedoch noch zauseliger ab.

»Wirklich, was ist das?« Er wedelt mit dem Flyer vor meiner Nase herum.

»Guten Morgen, Papa.« Ich stelle meine Tasse ab. »Na, was draufsteht: eine Lesung im Café. Solltest du nicht verpassen, drum hab ich's dir hingelegt.«

Er dreht den Zettel hin und her. »Ach, dafür ist Geld da?«

»Helga hat den Flyer bezahlt. Darum auf der Rückseite die Werbung für ihr Haarstübchen.«

»Was hat das mit dem Märchenwald zu tun?«

»Es ist eine der Ideen, mehr Leute auf uns aufmerksam zu machen.«

»So eine Spitzenidee, wie einfach Löcher zu buddeln?« Er zieht seinen Morgenmantel zurecht. »Was kommt als Nächstes: Fallschirmspringen von Rapunzels Turm?«

»Papa ...«

»Würde jedenfalls wesentlich mehr Sinn machen als ... dieser Firlefanz hier!« Er schnippt den Flyer auf den Küchentisch.

Ich beschließe, mir die Laune nicht verderben zu lassen. »Habe ich dir doch gesagt, wir müssen moderner werden, Neues ausprobieren. Deshalb die Lesung. Möchtest du einen Kaffee?«

»Ich möchte, dass das nicht wieder ein Reinfall wird. Wie hoch ist der Eintritt?«

»Hm ... nicht so.«

»Fünf Euro aber schon?«

»Weil es das erste Mal ist, nehmen wir gar keinen Eintritt.«

»Nicht einen Euro?«

»Also, am Schluss lassen wir einen Hut rumgehen, und jeder gibt so viel Geld, wie er will.«

»Wovon wir uns dann ein Päckchen Kaffeebohnen leisten können.« Papa verdreht die Augen.

»Ja nee, das Geld kriegt der Schriftsteller.«

»Bitte?«

»Und sollte es zu wenig sein, legen wir noch etwas drauf.«

Er starrt mich an, als hätten mich alle guten Geister verlassen und würden auch nicht mehr zurückkommen.

»Papa, bitte, vertrau mir.«

Er hüstelt, hustet stärker, lehnt sich an den Kühlschrank, hält sich am Griff fest. Ich gehe auf ihn zu, bleibe stehen. Ob er kränkelt, ich weiß es gerade nicht, vielleicht will er sich auch zanken.

»Morgen.« Flori setzt sich an den Frühstückstisch. »Hustenbonbon?«

Papa winkt ab und greift sich an die Brust. Filmreif, würde ich sagen.

»Anna, mein Gefühl ist, du … du kannst es nicht.«

»Ach ja?« Ich atme heftig. »Und du führst dich hier auf wie der Vorstandsvorsitzende, dabei … dabei …«

»Was?«

»… dabei hatte Mama das Heft in der Hand.«

Über Spüle und Herd tastet er sich zur Tür, schlurft wortlos in den Flur.

»Papa …« Was ich gesagt habe, tut mir leid, aber herrje, so geht das nicht weiter. Er tut ja so, als wären meine Aktionen wirrer als seine Haare. Hat Papa recht damit? Nein, hat er nicht, verflixt noch mal. Ich sollte mich nicht beirren lassen.

»Er lässt sich einfach nichts sagen«, murmele ich vor mich hin.

»Du kannst es nicht?«, fragt Flori.

»Lass uns frühstücken.«

»Was meint Papa, was kannst du nicht?« Er wird immer ungeduldiger.

»Du, im Märchenwald mache ich Dinge eben anders, als Papa es getan hat. Das gefällt ihm nicht so.«

»Aber du kannst es?«

»Ja.« Ist doch so, ich mache es gut. Ob gut genug, das wird sich noch zeigen.

Flori hätte unseren Hickhack nicht mitbekommen dürfen, zu blöd. Denn wie früher ärgert es ihn, wenn er etwas nicht kann oder begreift. Dann beruhigt es Flori, wenn ich regle, was ihm nicht möglich ist. Umso erschütternder ist es für ihn, wenn er das Gefühl hat, dass auch ich etwas nicht hinkriege.

»Die Croissants sehen echt lecker aus, Flori. Magst du Himbeermarmelade dazu?«

Ich reiche sie ihm rüber, da fällt mir etwas ein: An der Grube hat Papa sich aufgeregt und nun wegen der Lesung gemotzt. Das sind ja immerhin Lebenszeichen von ihm. Schön zu sehen, er meldet sich zu Wort. Es berührt ihn noch!

»Nur noch sechs Stunden …!« Nadine hört einfach nicht auf.

»Natürlich bin ich aufgeregt, ihn zu sehen, du musst mich nicht ständig dran erinnern.« Es ist die Unsicherheit, die an mir nagt. Ich habe keinen Schimmer, ob unserem nächtlichen Ausbruch ein Lavastrom der Leidenschaft folgt. Ob er das will? Will ich das? »Die Liebe macht doch sowieso, was sie will. Hat sie uns jemals vorher gefragt?«

Nadine nickt eifrig. »*Nachher* waren wir immer schlauer, und wie.«

»Was jetzt zählt, ist die Lesung heute Abend, die muss ein Erfolg werden.«

Und darum trotten wir gerade Flori und Rudolph hinterher. Die beiden schleppen den Ohrensessel aus dem Keller unseres Pfarrers zum Wagen. Wuchtig, bordeauxrot und mit gerollten Armlehnen, ein adeliges Möbelstück. »Mein Thron«, wie ihn Rudolph schlicht nennt. In der Adventszeit stellt er ihn vor den Altar und trägt seine Weihnachtslesungen darauf vor. Deswegen soll ihn der Kardinal mal gerügt haben, aber Rudolph war immer schon eitel und unkonventionell. Wenn der 1. FC Köln samstagabends spielt, verkündet er den Kirchgängern auch gerne den Halbzeitstand von der Kanzel.

»Wirklich, Anna, mir liegt am Herzen, dass du mit Balduin dein Glück findest. So wie ich mit Uwe. Das wäre so supi, dann können wir endlich wieder Pärchen-Abende machen«, sagt Nadine.

»Hey, jetzt komm mal runter, mach mal langsam. Schön, wie du dich für mich freust. Aber du weißt, ich habe echt andere Sorgen und muss mich jetzt erst mal auf das Wichtige konzentrieren.«

»Pass doch auf!«, rügt sich Rudolph einige Meter vor uns selbst. Der Ohrensessel ist ihm aus der Hand geglitten, zwei der geschwungenen Stummelbeinchen kratzen über den Kies. Flori hält die andere Seite wacker fest.

»Da komm ich ja genau richtig«, ruft Uwe vom Eingangstor. »Wartet!« Er eilt am Friedhof vorbei heran. Kurz wendet er sich uns zu. »Na, ihr Hübschen.« Dann greift er sich flink den Ohrensessel. »Ich mach schon, Pfarrer.«

»Schweres Ding«, sagt Rudolph.

»Und du bist nicht mehr der Jüngste, Pfarrer.«

Nadine lächelt Uwe liebevoll an.

»Danke, Uwe, ohne deinen Kleinlaster würden wir's nicht schaffen«, sage ich.

»Uuund hoch!« Auf Uwes Kommando hieven die drei den Prachtsessel in den Wagen und schnallen ihn an einer Seitenwand fest. »Gerne, Anna.«

»Gut gemacht, Flori.« Ich klopfe ihm auf die Schultern.

Rudolph schließt die Hecktür und reibt sich die Hände. »Na dann, viel Spaß damit. Ich kann heute Abend leider nicht kommen, ich kriege Besuch von meinem ›Anbetungsverein‹.«

»Deinem was?«, fragt Nadine.

»Von meinen ›Kanzelschwalben‹. Sie sitzen in der ersten Reihe und versäumen keine Messe von mir. Nette ältere Damen.«

»Die du nicht haben darfst«, sagt Uwe.

»Die ich nicht haben möchte.«

Nadine macht eine süßsaure Miene. »Von denen du dich trotzdem anhimmeln lässt.«

»Nun, ich bin ein Vertreter des lieben Gottes ...« Rudolph bekreuzigt sich schmunzelnd. »Übrigens habe ich euren Termin in der Sonntagsmesse durchgesagt.«

»Danke, toll.« Denn seine Gottesdienste sind gegen den Trend gut besucht, und unsere Lesung hat es nicht mehr in die Zeitung geschafft. Es war zu kurzfristig für einen Veranstaltungshinweis, wie Julian mir erläuterte. Dafür haben wir dann auf die Schnelle unseren Flyer verteilt.

»Wir bringen dir deinen Thron morgen zurück.« Ich umarme Rudolph. »Flori, bevor wir losfahren, lass uns noch Mama besuchen.«

»Ich hab auch noch was vor«, grinst Uwe und zieht Nadine mit sich zum Friedhof hinüber.

Andächtig stehen mein Bruder und ich am Grab, wir halten uns an den Händen.

»Hallo Mama, wir sind bei dir«, sagt Flori.

Ich nicke. »Wir vermissen dich.«

Ihren silbergrauen Grabstein habe ich ausgesucht, der Granit ist wellenförmig geschwungen. Ilse Herzig. Vor sechs Wochen verstorben. Erst? Schon?

Es schmerzt.

Mama, du fehlst uns so sehr. Mir, Flori, Papa.

Wo war ich vor sechs Wochen, und wo bin ich jetzt? Ob mir alles gelingt? Ach Mama, macht das wirklich Sinn, ist es der richtige Schritt? Du weißt, als Meeresbiologin bin ich kompetent. Aber hier? So viel Neues, bei dem ich nicht auf Erlerntes zurückgreifen kann. Ich habe meine Entscheidung getroffen, ja. Aber wer sagt mir, dass sie richtig ist?

Flori muss ich Zuversicht vermitteln, Papa sicherlich auch. Aber ich selbst habe sie nicht.

»Schlaf gut«, sagt Flori und winkt dem Grabstein zu.

Die Ruhestätte von Mamas »Nachbarin« steht offen. Eine Schaufel steckt im lehmigen Erdhügel. Rudolph hat dem Wunsch der Familie entsprochen, die Verstorbene umzubetten. Manchmal gebe es wichtige Gründe, Särge zu verlegen und … Moment mal, halt! An eine andere Stelle …?

Was, wenn Schneewittchen verlegt wurde? Wäre doch denkbar. Was, wenn ihr Häuschen früher anderswo im Märchenwald stand? Dann konnten wir natürlich nichts darunter finden! Womöglich müssen wir Frau Holles Vorgarten umgraben, um herauszufinden, was Märchenopa in seinen

Zeilen angedeutet hat und unsere Familiengeschichte völlig neu beleuchten wird.

Nur, tja, wie? Die Fotos ... in seiner Seemannskiste ... natürlich! Über 50 Jahre sind die Aufnahmen alt, darauf ist zu erkennen, ob der Märchenwald früher anders aufgebaut war. Wow, juhu, wirklich, das ist ...! Ruhe bewahren, Anna, nicht verzetteln.

Eins nach dem anderen, das kannst du. Erst die Lesung ... Balduin ... Seemannskiste.

»Jaaa!« Ein Freudenschrei gellt über den Friedhof, Vögel schrecken raschelnd aus den Trauerweiden. Nadine? Überaus fröhlich stört sie die Totenruhe. Aus einer Gräberreihe eilt sie auf uns zu. Glucksend, quietschend. Sie fächelt sich mit einer Hand vor dem Gesicht herum. Uwe läuft ihr lächelnd hinterher.

»Hei ..., Anna, Hei ...!« Nadine ringt nach Luft.

»Hi.« Hm, wir haben uns doch heute schon begrüßt.

Sie atmet tief ein. »Heiratsantrag!«

»Was ...? Nein!«

»D-d-doch!« Sie hält mir ihre linke Hand hin, am Ringfinger glitzert es bestätigend.

Aufgelöst fällt sie mir in den Arm. Ich drücke sie ganz fest, streichele ihr über die Wangen, wir haben Tränen in den Augen. Gänsehaut kribbelt über meinen Körper.

Über ihre Schulter hinweg schaue ich Uwe verdattert an. Triumphierend ballt er eine Faust. Wahnsinn, Uwe, so überfallartig, am helllichten Tag?!

»Das ... das ist so galaktisch«, schluchzt Nadine.

Absoluter Wahnsinn ist das. So schnell, wie das ging.

»Da stehen wir vor dem Grab seiner Familie ...«, Nadine muss schlucken.

Uwe fügt hinzu: »... und ich frag sie einfach: Na, willst du eines Tages auch darin liegen?«

Das war Uwes Heiratsantrag!?

Uff. So selten wie dicke Strichmännchen. Und ebenso romantisch.

»Ja dann, ich ... also, wow ... ganz herzlichen Glückwunsch euch beiden!«

Ich drücke Uwe. Auch Flori gratuliert.

Nadine kullern weitere Tränchen die Wangen hinunter. »Puh, ich brauch jetzt erst mal 'n Prosecco.« Sie atmet tief aus. »Mensch Anna, wir könnten Doppelhochzeit feiern.«

»Hm? Ach ... Balduin. Jetzt übertreibst du aber.«

16. Kapitel

Julian und der hübsche Hubert haben das Café »Schlaraffenland« vorbereitet. Zusätzlich zu den Tischen und Bänken, die seitlich an den Fenstern stehen, haben sie die Mitte des Raums mit Stühlen vollgestellt. Vor der hinteren Rückwand erhebt sich dunkelsamtig Rudolphs Ohrensessel, als habe er das Gemüt einer Brummfliege, und strahlt eine einladende Würde aus: Der Märchenonkel möge Platz nehmen. Davor harrt ein Mikrofon im Ständer, was richtig professionell wirkt, wie ich finde. Über der Kuchentheke ist eine magnolienweiße Tischdecke ausgebreitet, auf der einige Flaschen Sterntalerwein nebst bauchigen Gläsern stehen. Käse und Baguette stellen wir später noch hinzu. Gratis. Was ich Papa gegenüber nicht erwähnen sollte. Immerhin kann ich das Büfett von der Steuer absetzen. Daneben liegen auf einem Tisch neben einem Kerzenleuchter einige Exemplare von *Herzblutvergiftung*, damit Henry Herbst seinen aktuellen Roman nach der Lesung signieren kann.

Die ganze Atmosphäre verbreitet Vorfreude.

Natürlich haben wir auf die unverhoffte Verlobung noch angestoßen. Die emotionalen Schlaglöcher, die ich dabei durchaus sehe, habe ich mir nicht anmerken lassen. Ich bin hin- und hergerissen, freue mich mit den beiden und denke doch insgeheim, dass Uwe nicht unbedingt der ideale Mann ist … es jedenfalls früher für mich nicht war.

Uwe ist gerade in seinen Kleinlaster gestiegen und heimgefahren, Literatur sei »nicht so sein Ding«.

In einer Stunde geht es los. Wir sind bereit für die Gäste. Und für den Schriftsteller, der eigentlich schon hier sein wollte.

»Da … da ist er …«, raunt Nadine mir zu.

Puh, na also. Schriftsteller sind offenbar Künstler, die nicht auf die Minute pünktlich sind, dann aber doch rechtzeitig erscheinen …

Balduin. Ach so. Also, das ist natürlich auch schön. Etwas unschlüssig steht er am Eingang, erblickt mich und lächelt Grübchen. Ich muss schlucken, gehe ihm entgegen.

»Hallo, Balduin.« Ich will ihm die Hand geben, es kommt mir zu förmlich vor, ich ziehe sie zurück. »Wie geht es dir?«

»Schön, dich zu sehen«, sagt er und küsst mich auf die Wangen. »Ich freue mich, hier zu sein.« Er schaut sich um. »Prima Location für eine Lesung.«

»Danke, dass du gekommen bist.«

»Das freut uns total!«, sagt Nadine und tritt mir leicht gegen die Wade.

»Ach, Nadine, magst du dich nicht ums Baguette kümmern?«

Brummelnd entfernt sie sich in Richtung Küche.

Ich habe Nadines Wink schon verstanden. Sie hat gut reden, so als Verlobte. Ich sehe Balduin das erste Mal »danach«. Soll ich mich etwa in Pose werfen, den Kopf zurück, ein Bein angewinkelt, damit er mich sogleich hingebungsvoll küssen kann?

Gut sieht er aus und wirkt längst nicht so verlegen wie ich. Wiedersehensfreude hat er, ja. Aber was ist es genau, was er da ausstrahlt: Sympathie, Zuneigung, gar Liebe? Ich kann es nicht sagen.

Ich bin mir ja noch nicht mal über meine eigenen Gefühle im Klaren. Ich meine, One-Night-Stands hat es schon millionenfach gegeben. Nicht in meinem Leben, aber auf dieser Welt. Unsere Nacht war also nicht zwangsläufig besonders.

»Wer bist du denn?« Tim sieht an Balduin hoch, beäugt ihn sehr genau.

»Der Balduin. Und du?«

»Tim.«

»Nadines Bester«, sage ich und bin versucht, ihm über den Kopf zu streichen. Was eine allzu tantenmäßige Geste wäre, also lasse ich es.

»Wir sind früh dran, was, Tim?« Balduin schaut über die leeren Stuhlreihen.

»Ich bin schon zu früh auf die Welt gekommen. Darum musste ich in den Brotkasten.«

Balduin schmunzelt, er hat schon verstanden.

»Anna, sprichst du mal ins Mikro?«, ruft Julian von seinem kleinen Mischpult herüber.

»Ah, richtig. Kann ich euch beide mal kurz alleine ...?«

»Für die Tonprobe, na klar«, lächelt Balduin ermutigend. »Tim, sollen wir uns in die erste Reihe setzen?«

Der 5-Jährige nickt.

Auf dem Weg nach vorne stolpere ich fast über die Mikrofonschnur. Ob ich Lampenfieber habe? Einen ganzen Kronleuchter voll davon. Es ist so aufregend, ich werde mich nie daran gewöhnen, vor Leuten zu sprechen. Alle Augen sind auf mich gerichtet. Schon bei meinen Studenten im Meeresinstitut habe ich mich dabei nie wohlgefühlt, es hat mich Überwindung gekostet. Was, wenn ich mich der Lächerlichkeit preisgebe?

Alle sind sie hier! Wirklich alle, die mir etwas bedeuten.

Papa. Flori. Nadine. Meine Märchenwäldler. Sie beflügeln mich. Auch Balduin. Tante Hilde kommt nicht, also bin ich nicht in der Verlegenheit, sie zu den Leuten zählen zu müssen, die mir wichtig sind.

»Eins zwo, eins zwo. Hallo.« In den Boxen, die Julian eigens aufgebaut hat, knackt es, ein Pfeifton windet sich heraus.

Am Eingang lächelt Flori und lupft seine rote Lokführermütze. Er begrüßt mir unbekannte Menschen. Gäste! Tatsächlich trudeln die ersten Gäste ein. Verrückt. Dennoch, ich sollte sie nicht anglotzen wie Aliens. Seit Tagen bete ich es mir vor: Hier geht es um etwas. Ach wirklich, Anna?

Julian winkt von der anderen Seite.

»Ahm ... Test, Test. Ich bin Anna.« Er schiebt einen Regler hoch und reckt den Daumen.

Immer mehr Gäste treffen ein. Sie haben sich schick gemacht, schauen erwartungsfroh durchs Café. An der Weintheke stoßen sie miteinander an, einige setzen sich bereits. Helga winkt mir zu, anscheinend stolz, unseren Flyer gesponsert zu haben. Sie steht in einer Gruppe Auendorfer. Klasse, auf sie kann man sich verlassen. Die Auendorfer sind bodenständig, manchmal etwas derb. Aber sie sind nicht von gestern und eigentlich immer liebenswert.

Noch 35 Minuten. Jetzt fehlt nur noch Henry Herbst. Was mich wirklich beunruhigt, schließlich ist er der Hauptdarsteller.

Balduin spielt Schnick-Schnack-Schnuck mit Tim, der einen »Brunnen« zeigt und sich freut. Süß. Ich lächle ihnen zu, gehe hinüber, streichle Balduin über beide Wangen.

»Baah.« Tim dreht sich weg.

Herrje, ich muss schon wieder zur Toilette, nervös wie ich bin.

»Anna, kommst du bitte mal.« Julian sieht mich eindringlich an.

»Was ist los?«

»In die Küche, schnell.«

Die Schiebetür schließt sich hinter uns. Der hübsche Hubert steht vor dem Esstisch, ein Glas Wasser in der Hand.

»Hassu nich was Richiges su trinken?« Der Mann auf der Eckbank sieht ihn treuherzig an.

»Er hat vor der Tür gepöbelt, da habe ich ihn durch den Hintereingang reingeholt.« Hubert wirkt gereizt, so kenne ich ihn gar nicht.

»Guten Tag, ich bin Anna Herzig. Und Sie sind …?«

»Siiie sin Anna? Holla, die Walfee!« Seine Arme knicken auf der Tischplatte ein.

Mein erster Eindruck, er sei angetrunken, trifft nicht zu. Er ist sternhagelvoll.

Ich befürchte Schlimmstes.

»Gschstattn, 'enry 'erbst.«

Oh mein Gott. Großalarm.

In meinem Magen zieht sich alles zusammen. Das Herz schlägt mir bis zum Hals.

»Wie sind Sie denn hierhergekommen?«

»Das Taxiii wartet …«

Ich lege die Stirn in Falten, so tief wie Furchen. Nadine und Julian sehen mich beklommen an, äußerst ratlos obendrein.

Ich schüttle den Kopf. »Es hilft nichts, wir müssen ihn nach Hause schicken. Und die Leute auch.«

»Der Saal ist fast voll!«, sagt Julian aufgeregt.

»Wirklich? Das ist toll, das ist … Mist.«

»Das geht echt nicht.« Nadine betont jedes Wort. »Wenn

jetzt alle heimgehen, wird die ganze schöne Werbung zum Eigentor, aber komplett.«

»Aber in diesem Zustand ist er alles andere als Werbung.« Mir ist elend zumute, ich könnte losheulen. Was für ein Literatur-Lümmel, der vor uns auf der Eckbank herumflegelt.

»So können Sie nicht lesen«, stelle ich überflüssig fest.

»Kein Probleeem! Weissu, Charles Bukowski hat mim Kühlschrank auffe Bühne gelesen.«

»Bukowski, noch so ein Suffschreiber«, brummt Hubert.

Henry Herbst donnert mit einer Faust auf den Tisch. »Im Schlaraffenland musses doch su saufen geb'n, verdammich!«

Der hübsche Hubert knurrt ihn an: »Freundchen, ich falte dich gleich in den Kühlschrank.«

»Lass gut sein«, sage ich, immer noch fassungslos.

Die Küchentür wird aufgeschoben und rasch wieder geschlossen.

Balduin tritt verwundert näher. »Ich habe es rumpeln hören …«

»Willkommen im Backstagebereich«, sagt Nadine trocken.

Balduin mustert unser Unglück. »Okay … Hallo, Henry.«

»Hmm, kenn wa uns?«

»Balduin, aus der 10e.«

»Aaah. Hi, Schulschnösel.«

»Was habt ihr ihm denn gegeben?«

»Er ist schon so angekommen«, erwidert Julian.

»Schöner Schlamassel.«

Balduin klingt fast ironisch. Na, schönen Dank. Er hat uns das doch eingebrockt, er hat Henry Herbst für die Lesung empfohlen!

Unwirsch blicke ich in die Runde. Noch zehn Minuten.

Der große Zeiger auf der Küchenuhr wirkt wie ein erhobener Finger.

»Also, ich fasse zusammen: Unsere Gäste warten darauf, dass es losgeht, aber den hier können wir unmöglich auf sie loslassen.« Ich atme tief durch. »Wartet ... ja, vielleicht ... das könnte klappen ...«

Eigentlich war die Musik im Café nur zur leisen Untermalung gedacht. Wir haben sie lauter gestellt, falls es in der Küche noch mal »rumpelt«. Was Hubert jedoch verhindern will. Mein Magen krampft. Ich bin immer noch dabei, die Pleite mit Henry Herbst zu verarbeiten.

Vor einer Stunde war ich noch so motiviert. Und jetzt stehe ich vor dem Mikro so ... so anders, nur noch unsortiert. Nadine stellt die Musik aus. Ich räuspere mich. Das Lächeln legt sich nicht selbstverständlich aufs Gesicht, ich muss es bemühen.

»Guten Abend.«

Papa schlurft als Letzter zur Tür herein, er hat einen Hut auf. An einem Augustabend? Was hat er nun schon wieder vor?

Papa setzt sich hinten neben Flori. Jetzt sind wirklich alle da. Es ist so weit.

»Mein Name ist Anna Herzig, ich freue mich sehr, dass sie so zahlreich erschienen sind. Wir wollen in unserem Märchenwald neue Wege gehen, und darum veranstalten wir heute Abend: eine Lesung. Es ist unsere allererste.«

Die Angestellten von »Helgas Haarmonie« schauen sich unsicher um, ob Applaus schon angebracht ist, dann klatschen sie einfach. Auch alle anderen sehen mich gespannt und freundlich an. Knapp hundert Menschen, das ist ... wirklich irre.

Übers Mikro ist zu hören, wie ich meinen kleinen Spickzettel entfalte. »Ein Buch zu schreiben, was für eine beeindruckende Leistung. Manche sind ja schon beim Einkaufszettel überfordert.«

Gelächter.

Den Satz hat mir Julian mitgegeben, um die Leute locker zu machen. Hat gut funktioniert.

»Liebe Gäste, ich darf Jean Paul zitieren, den deutschen Schriftsteller: ›Bücher lesen ist wie schlafen und träumen – der Mensch ist in einer anderen Welt, wecke ihn nicht‹.«

Papas Hut neigt sich immer wieder nach vorn, er kämpft mit seinen zufallenden Augen. Muss er mich denn so wörtlich nehmen?

Ich blicke wieder auf meinen Zettel. »Literatur ist sanft, ist wohltuend.«

Und Henry Herbst ist kantig und betrunken, aargh. Ruhig, Anna, nicht ablenken lassen.

»Jede Lektüre hat ihren Zauber, ist eine Reise in eine ferne Welt. In eine solche Welt möchten wir heute Abend mit Ihnen eintauchen. Und wo wäre das passender als im ›Schlaraffenland‹?«

Zustimmendes Schmunzeln säuselt durchs Café.

»Darum sind wir sehr glücklich, einen Kölner Schriftsteller gewonnen zu haben, der kein Unbekannter mehr ist: Henry Herbst.« Applaus. »Er schreibt ›Fantasy für Frauen‹. Damit sind natürlich keine schmutzigen Fantasien gemeint.«

Eine Zuschauerin steht auf und geht.

»Der Autor liest aus seinem aktuellen Roman *Herzblutvergiftung*. Was ich vom Inhalt schon verraten darf: Hauptperson ist das Bauernmädchen Sigrid, die in einem magischen Zeitalter lebt. Sie mag Tiere sehr, nur bei Drachen ist sie sich nicht so sicher. Als der finstere Feudalherr die Pacht erhöht und die Menschen mit Frondiensten geißelt, wird Sigrid zur Auserwählten. Nur sie kann ihr Dorf retten.«

Im Café ist es stiller als in einer Klosterzelle. Helga seufzt leise.

»Gerade hat Sigrid sich zum Kampf gegen den Drachen entschieden, der die Sklavenarbeit überwacht, da verliebt sie sich in den Sohn des boshaften Feudalherrn.«

Ich glaube, das reicht als Einführung. Ich kann ihn ansagen. »Liebe Gäste, jetzt ...«

Oh. Balduin steht in der spaltbreit geöffneten Küchentür und deutet mir an, ich solle weiterreden. Was ist denn noch?

»... jetzt, also ... ja. Wie sie vielleicht wissen, ist der Kampf gegen übernatürliche Wesen und Ungeheuer allgegenwärtig in der Literatur. Da gehen die Wurzeln ja zurück bis ... ähm ... apropos Wurzeln: die Eiche. Die Eiche ist in der germanischen Kultur ein heiliger Baum. Thor und auch der griechische Zeus werden damit in Verbindung gebracht, weil sie die Götter für Blitz und Donner sind. Und tatsächlich schlägt der Blitz nicht gerade selten in Eichen ein. Gut, das könnte auch an ihrer Größe liegen.«

Einige Zuschauer murmeln verwundert, scheinen zu merken, dass ich abschweife. Stimmt ja auch. Aber Balduin steht immer noch sehr angespannt in der Küchentür. Warum lässt er mich so zappeln?

»So ist das mit der Eiche. Und im Wald, durch den Hänsel und Gretel geirrt sind, also darin hat es bestimmt auch viele Eichen. Und Moos und so.«

Ich ... plappere. Mehr habe ich nicht vorbereitet. So viele Augen, die mich anstarren.

Plötzlich steht Nadine auf. »Ich bin verlobt. Seit heute!«

Sie erhält kräftigen Beifall und einige »Aahs« und »Oohs« von den Auendorfern.

Danke, Nadine. Das war ihr jetzt wohl ein Bedürfnis, vor allem aber bewahrt sie mich davor, noch weiter ins Straucheln zu geraten.

»Ja genau, herzlichen Glückwunsch«, sage ich lächelnd ins Mikro. »Und die Eiche steht für Treue.«

Balduin hebt einen Daumen. Na endlich.

»Und das schlägt den Bogen zu Sigrid: Steht sie zu ihrer Liebe, oder tötet sie den Drachen?« Bumm, nicht schlecht für so spontan, finde ich. »Liebe Gäste, lassen sie sich jetzt verzaubern, und begrüßen sie mit mir die Hauptperson des heutigen Abends. Ich sag mal: Vorhang auf ...«, Balduin schiebt die Küchentür zur Seite, »... für unseren Autoren.«

Der Schriftsteller nähert sich der Bühne. Meine Idee ist eine Notlösung, aber hoffentlich eine Lösung.

Auf den Fotos im Internet sieht Henry Herbst nicht so verranzt aus wie heute im Original, sondern Julian wirklich ähnlich. Und Julian kennen die Auendorfer eher nicht, weil er zwischen seiner Kölner WG und dem Märchenwald mit dem Rennrad pendelt.

Das meinte ich, als ich gerade zu den Zuschauern sagte, sie sollen sich »verzaubern« lassen: Wir haben Julian verzaubert. Ihn in Henry Herbst verwandelt.

Der Applaus scheint ihm unangenehm, eher zurückhaltend tritt Julian aus der Küche. Er lächelt scheu und winkt »seinem» Publikum schüchtern zu. Gib alles, Julian, weiter so. Die Zuschauer mustern ihn aufmerksam. Wir haben ihm die Strubbelhaare noch glatt gegelt. Mehr »inkognito« war auf die Schnelle nicht drin.

»Das ist doch ...« Papas Erstaunen höre ich bis nach vorne.

»… ein großes Glück, dass Sie hier sind«, begrüße ich Julian fix und gebe ihm die Hand.

Er grinst schief, kratzt sich am Kopf. »Ich danke, ähm, Ihnen.«

Ich setze mich in die erste Reihe zu Tim und Balduin, der auch rasch Platz genommen hat.

Julian taxiert kurz unschlüssig den Ohrensessel und plumpst hinein, das Polster saugt unseren Lulatsch förmlich auf.

Er zieht den Mikrofonständer etwas zu sich heran und stellt ihn tiefer.

»Also, schönen guten Abend.«

Julian hat sich in der Küche erst geweigert und mich für gaga erklärt, dann allerdings zugestimmt. »Für den Märchenwald«, hat er gesagt. Natürlich, Julian schreibt keine Bücher, doch immerhin für unser wöchentliches Anzeigenblatt, den *Kölner Boten*. Also habe ich nicht geflunkert, er ist tatsächlich Autor.

»So, ich freue mich, heute Abend hier zu sein, hier in diesem märchenhaften Ambiente.«

»Stimmt genau«, ruft ein älterer Herr.

Auf Julians Schoß liegt das Buch. Aus den Seiten lugen kleine gelbe Zettel hervor, die markieren, welche Kapitel Henry Herbst gelesen hätte. Nie fand ich den Vorgang, ein Buch aufzuschlagen, so unglaublich wie in diesem Moment bei Julian.

Selbstverständlich ist er schüchtern, was denn sonst, er ist das alles nicht gewohnt. Mit einem Zeigefinger fährt er zittrig die Seite entlang. Er blickt noch einmal auf, lächelt gezwungen, sein Zaudern wirkt fast würdevoll. Die ganze Situation ist so dermaßen abstrus.

Aber es könnte funktionieren. Es muss!

»Beginnen möchte ich an dieser Stelle … Da habe ich mir einen roten Punkt gemacht, das ist wohl der Anfang.« Julian schaut zaghaft über unsere Köpfe, senkt dann rasch seinen Blick. »Frohen Mutes lugte Sigrid an jenem Morgen aus ihrer Lehmhütte, nicht ahnend, dass die Zwischenzeit angebrochen war, die die Düsternis bringen würde. Noch schien die Sonne auf den staubigen Dorfplatz. Sigrid spielte gutgelaunt an ihrem blonden Zopf herum. Der Frühdunst verzog sich, einige Ziegen trotteten zum Wassertrog.«

Als Julian kurz Luft holt, hört man es in der Küche rumoren. Ich sehe vor meinem geistigen Auge, wie der hübsche Hubert Henry Herbst zurückhält. Der plärrt dagegen an, will raus auf sein Podium. Aber Hubert hält ihn auf der Küchenbank fest, ein Handgemenge entsteht, einer plumpst zu Boden. Vermutlich der Schriftsteller. Jetzt hat er sich unter den Tisch gesoffen, quasi.

Eine Viertelstunde später liest Julian schon deutlich flüssiger, erzählt so locker, als habe er selbst den Roman geschrieben. Zuzutrauen wäre es ihm ja, den Ehrgeiz und die Kreativität hat er.

»Das Nahen der Schergen, noch wurde es vom Waldboden verschluckt, doch das Trommeln der Hufe war nicht mehr weit entfernt …«

Quietschend wird die Küchentür aufgeschoben, auf einmal steht da: Henry Herbst! Er wankt zwei Schritte nach vorn, der hübsche Hubert zieht ihn am linken Arm zurück, er reißt sich los. Auweia, unser Kasperletheater darf nicht auffliegen, ich greife Balduins Hand. Was können wir nur tun?

»Isch bin der Schriftsteller«, brabbelt Henry Herbst laut.

»Und ich bin der Kaiser von China«, ruft Hubert und legt ihm einen Arm um die Schultern.

Alle drehen sich irritiert zu ihnen um.

»Oh, die Schergen sind doch schon näher als gedacht ...«, schmunzelt Julian ins Mikrofon.

Die Blicke wandern zu ihm zurück.

Henry Herbst stiert Julian an und ballt, derangiert wie er ist, eine Faust. »Sigrid ... gehört mir!«

Alle Augen richten sich wieder zur Küche. Wie bei einem Tennisspiel.

»Schweig, Schurke«, sagt Hubert theatralisch.

»Ach so, das ist Absicht ...«, ein Auendorfer klatscht in die Hände, »... tolle Einlage.«

Balduin drückt meine Hand, grinst mich an. Wir applaudieren mit.

Henry Herbst scheint zufrieden, er verneigt sich, beugt sich dabei bedenklich weit vor und droht, das Gleichgewicht zu verlieren. Hubert fängt ihn ab und schiebt ihn zurück in die Küche.

»Und diese Einlage führt mich zum nächsten Abschnitt, in dem der Met in Strömen fließt. Oder gibt es Fragen zum ersten Teil?«

Teufelskerl, unser Julian, jetzt lässt er auch noch Fragen zu.

»Ja, ich.« Eine Zuschauerin, sie wirkt kulturbeflissen, hebt die Hand. »Hat Ihr Roman autobiographische Züge?«

»Öhm, ja, das vermute ich.«

»Sie vermuten es? Köstlich.«

Julian erwidert das Lächeln und deutet weiter nach hinten in den Raum. »Ihre Frage?«

»Soll ich weiter auf den Schriftsteller warten? Ich bin der Taxifahrer.«

»Sie sehen doch, er liest noch!«, entrüstet sich die Kulturbeflissene.

»Er?« Der Taxifahrer mustert Julian.

»Was denn, das Taxameter läuft?« Papa ist aufgestanden. »Wissen Sie, was das kostet?«

Der Taxifahrer nickt.

»Auf Wiedersehen. Abfahrt.« Papa begleitet ihn raus.

»Ich hoffe doch sehr, den Wagen hat hier keiner für mich bestellt?«, fragt Julian.

Gehöriges Gelächter. »Köstlich, ganz köstlich«, ruft die Kulturbeflissene.

»Danke für die Überleitung: Köstlich schmeckte den Schergen des Feudalherren auch der Met, den die Dorfbewohner ihnen nachschenken mussten ...«

Grandios, einfach grandios, wie sich Julian in die Rolle hineingesteigert hat. Wenn ich es nicht besser wüsste, hätte selbst ich ihn für den Autor gehalten. Julian hat richtig aufgedreht und so die Gäste in seinen Bann gezogen. Da machte es auch nichts, dass zwischendrin Schnarchlaute aus der Küche zu hören waren. Anscheinend ist Henry Herbst weggeratzt.

Jetzt wird Julian gefeiert, der Schlussapplaus ist überwältigend. Er erhebt sich aus dem Sesselthron, lacht ins Publikum, winkt, schäkert.

Ich trete zu ihm ans Mikrofon. »Was für eine außergewöhnliche Lesung. Ich danke dir ... Ihnen sehr.« Wir geben uns grinsend die Hand. »Ihnen, liebe Gäste, wünsche ich eine gute Heimfahrt, und besuchen Sie unseren Märchenwald bald wieder!«

»Bravo, Jung!«, ruft Papa von hinten. »Ich ziehe meinen Hut.«

Der Hut! Den wir rumgehen lassen wollten. Mist, ich habe ihn in meinem Zimmer vergessen. Wobei, sollten wir überhaupt eine Gage einsammeln, wäre das nicht eine Farce? Ich meine, weil doch »nur« Julian gelesen hat. Dennoch, der Abend war ein voller Erfolg, na, wohl besser gesagt: deswegen.

»Ich ziehe meinen Hut«, wiederholt Papa, »und nutze ihn dazu, Spenden für den Künstler einzusammeln. Meine Herrschaften, ich komme zu Ihnen.«

»Puh, alles gutgegangen«, sagt Nadine zu Balduin und mir. »Was für ein Tag.«

Ich nehme sie in den Arm. »Meine Nadine, verlobt, verlobt, verlobt.«

»Das ist großartig«, sagt Balduin, »ich gratuliere.«

»Danke. Ich muss los, wegen Tim. Tschö, ihr beiden.«

»Komm, Balduin, ab in die Küche …«

Wir schlängeln uns durch die vielen Besucher, die noch geblieben sind, Julian umlagern und Sterntalerwein trinken.

»Das ist wie mit dem Klingelbeutel in der Kirche«, erklärt Papa gerade einem Auendorfer und hält ihm den Hut unter die Nase, »Geld her für den guten Zweck.«

»Schön, dass du noch gekommen bist, Papa.«

Er nickt. »Ich hätte einen Sombrero mitbringen sollen, da geht mehr rein.«

»Papa, ich möchte dir Balduin von Brabant vorstellen, er ist mein … er ist … der Regisseur, der bald bei uns drehen wird.«

»Guten Abend, Herr Herzig. Freut mich, Sie kennenzulernen.«

»Balduin …« Papa überlegt. »Der Trockenschwimmer? Der Heiratsmuffel? Das Nachtgespenst?«

»Papa, was …?«

»Filme mit Louis de Funès«, schmunzelt Balduin. »Die haben meinen Eltern auch gefallen.«

Flori tritt hinzu. »Ich fand es gut«, sagt er, »viel los.«

»Danke für deine tolle Hilfe. Mein Bruderherz: Florian.«

»Hallo Balduin. Magst du meine Schwester?« Er umarmt Balduin.

»Ich … Hallo … ja, Florian, ich mag sie.«

Oh, schön zu hören.

»Wir müssen in der Küche nach dem Rechten sehen.« Ich ziehe an Balduins Ärmel.

»Mir gefällt der Abend ganz gut …«, murmelt Papa mir zu und blickt in den Hut, »… sogar immer besser.«

Neben dem Kerzenleuchter signiert Julian »seine« Romane.

»Psst, du unterschreibst aber nicht als Henry Herbst?«, flüstere ich ihm ins Ohr.

»Mein Gekrakel kann eh keiner entziffern«, grinst Julian. »Und weißt du, was wirklich verrückt ist? Ich soll im *Kölner Boten* einen Bericht über die Lesung schreiben …«

Vom Quietschen der Küchentür wacht Henry Herbst auf. Hubert sitzt neben ihm auf der Eckbank, stoisch und immer noch wachsam.

»Unser Hubert«, sage ich. »Noch ein Held des Abends.«

Der Schriftsteller greift sich an den Kopf. »Wo … wer …? Balduin, bist du das? Lange nicht gesehen. Was machst du denn hier?«

»Na, ich war bei deiner Lesung.«

»Ah. Und … wie war's?«

»Grandios, wie kein anderer.«

Henry Herbst nickt zufrieden. »Kann ich etwas Wasser haben?«

»Immer gerne.« Hubert reicht es ihm. »Und dann fahr ich dich nach Hause, Kumpel.«

»Wurden denn Bücher verkauft? Habe ich schon signiert?«

»Alles prima. Danke für Ihr Kommen.« Ich gebe ihm die Hand.

Er steht auf. »Habe ich wirklich geträumt, ich hätte mit Sigrids Drachen gekämpft …?«

»Ach was.« Hubert zieht eine Schnute.

Hinter dem Café erstreckt sich ein Feld, der Weizen ist noch nicht abgeerntet. Seine Halme werden vom Mondlicht matt erleuchtet. Ich atme aus, tief aus, und gleite an Balduins Brust. Er nimmt meine Wangen in die Hände und küsst mich liebevoll.

17. Kapitel

Ostsee 1948

Der stürmische Herbstwind zerrte an seiner langen Matrosenkluft. Friedrich zog den Mantelkragen enger. Der dunkle Schornstein der »DS Flensburg« schien direkt in die Gewitterwolken zu ragen, das graue Gepinsel donnerte unaufhörlich über sie hinweg.

Hastig zog Friedrich an seiner Zigarette.

Seit sie den Hafen von Visby verlassen hatten, ächzte ihr schwarzer Schwan durch die Ostsee, als würde er zwischen Gut und Böse schwanken. Wieder und wieder brausten gewaltige Wellenbuckel auf, die laut krachend aufs Deck klatschten. Der Dampfer taumelte, richtete sich auf, schüttelte das Wasser ab. Wie ein Tümmler tauchte das Schiff mit dem Bug ins Meer und wieder auf. Mit einer so heftigen Rückfahrt hatten sie alle nicht gerechnet.

Weiße Gischtschleier huschten über die Schiffsplanken wie Gespenster. Friedrich fühlte sich beklommen. Die Luft war so salzig und der Wind so scharf, dass er kaum atmen konnte.

Er kehrte zurück in den Mannschaftsraum. Würfel klackerten im Becher.

»Beim Klabautermann!«, polterte die Stimme eines Maats. Sein Gesicht verzog sich, bis der Schnauzbart schief hing. »Da soll doch das Meer unter meinen Stiefeln gefrieren!« Er hohnlachte über die hohe Augenzahl, die er geworfen hatte.

Die Seemänner wollten keine Angst zeigen, doch ein solch tollwütiges Meer war keinem geheuer. Umso mehr lärmten sie dagegen an. Obendrein kratzte der Rum in ihren Kehlen.

Friedrich hegte keinen Zweifel daran, nach Hause zurückzukehren, zu deutlich sah er seine Karin im Brautgewand vor sich. Erst den Fuß an Land, dann den Schritt vor den Altar, das hatte er sich fest geschworen. Zumal Karin seit seinem letzten Heimatbesuch in freudiger Erwartung war. Friedrich hatte große Pläne, wenn er erst mal zurück in seinem Rheinland war, und die wollte er sich von keiner noch so wilden See der Welt durchkreuzen lassen.

Er zwängte sich in die dustere Kajüte und stieß mit dem Fuß an die Holzschatulle. Der Seegang hatte sie aus seiner Koje geschleudert. Friedrich hob sie auf und verstaute sie in seiner Seemannskiste.

Ein sonderbarer Gotländer, dieser Alfred, der ihm die Holzschatulle überlassen hatte. Und der bei der Verabschiedung feierlich gemeint hatte, nun sei es an Friedrich, darauf achtzugeben. Was es mit der seltsamen Schatulle auf sich hatte, Alfreds Auslegung war fantastisch.

Doch fürs Erste haute sich Friedrich in seine Koje. Morgen hatte er Frühdienst. Weit nach Mitternacht schlief er ein. Der Wind heulte wie ein Wolf über die Klippen der Küste.

18. Kapitel

Die Plastikabdeckung ziehe ich noch stramm und klemme sie unter den Holzbeinen fest.

»So, passt.« Ich reibe meine Hände aneinander.

Der bordeauxrote Ohrensessel steht wieder an seinem Platz, fast scheint er ein wenig erschöpft nach der ganzen Aufregung gestern Abend.

Pfarrer Rudolph tätschelt die Lehne. »Freut mich, dass er zum Erfolg beigetragen hat.«

Julian grinst. »Sitzt sich gut darin.«

»Toll gelesen«, sagt Flori.

Wir treten aus der Nische des Gewölbekellers.

Schwarze Spinnweben hängen in Fetzen vor den groben Mauersteinen. Hier, einige Meter unter der Kirche, ist es kühl.

»Es geht jetzt Schlag auf Schlag weiter.« Julians Stimme hallt den Gang entlang. »Als Nächstes steht unsere Nachtführung an, ich bereite noch Spezialeffekte vor: bäm. Dann dreht Balduin bei uns für den WDR: bäm. Und schließlich rennen uns die Leute wieder die Bude ein: bäm!«

»Balduin?«, fragt Rudolph nach.

»Annas Freund«, sagt Flori.

»Nein ... vielleicht ... ja, ich weiß noch nicht. Balduin ist ein Regisseur aus Köln.«

»Jedenfalls ist der Märchenwald bald wieder on top.«

Julian ist nach seinem Erfolg gestern immer noch aufgeputscht, voller Elan ballt er eine Faust.

»Du hattest mich zuletzt nach Schneewittchens Sarg gefragt.« Rudolph schaut mich an. »Ist der noch ein Thema?«

»Ach«, ich winke ab, »da habe ich mich in eine Idee verrannt. Du kanntest ja meinen Opa ... Märchenopa. Wir haben seine Seemannskiste auf dem Dachboden entdeckt, voll mit Erinnerungen. Auf einen Zettel hat er geschrieben, dass die Zwerge auf etwas aufpassen. Formuliert hat er es ganz schön mysteriös, wie einen versteckten Hinweis ... nun, ich dachte, er meint Schneewittchens Sarg. Und nach dem haben wir hinterm Häuschen gegraben.«

»Wollte Papa nicht«, sagt Flori und umarmt mich.

»Aber ...«, Rudolph runzelt die Stirn, »... euer Schneewittchen liegt doch in einem Sarg.«

»Ja, aber es ist nicht der echte.«

»Der echte?« Eine Banane würde reinpassen, so weit steht Rudolphs Mund offen.

Julian betrachtet betont unbeteiligt die matte Glühbirne über uns. Flori hält mich immer noch im Arm.

»Tja, aber den gibt es eben nicht, es war leider eine Schnapsidee«, sage ich leise.

Julian atmet hörbar aus. »So, und damit hat sich die Sache.«

Unser Pfarrer sieht mich gutmütig an. »Nicht alles ist wahr, nur weil man fest dran glaubt.«

»Witzig, dass gerade du das sagst.« Julian lacht.

Es war das Erste, das ich an diesem Morgen überprüft hatte. Als noch alle schliefen, bin ich hoch auf den Speicher, auf Zehenspitzen zur Seemannstruhe geschlichen und habe mir das Kästchen mit den Fotografien gegriffen. Die von der Feier im Märchenwald habe ich mir ganz genau angesehen. Auf einem Bild hält Opa eine Rede, hinter ihm ist das Schneewittchen-Häuschen zu erkennen. Exakt an dem Platz, an dem es heute steht. Das heißt, wir haben nicht an der falschen Stelle gegraben. Hätte ja sein können.

Ich hebe die Hände. »Das Thema ist endgültig durch, ist halt doch nur ein Märchen.«

Flori starrt den Gang entlang, der sich nach links krümmt. »Was ist da hinten?«

»Das Allerheiligste«, grinst Rudolph und geht vor. »Kommt.«

Das Gewölbe umschließt uns immer enger und mündet in einer Treppe, die ins Dunkel führt. Ein schwarzer Schlund, mehr ist nicht zu erkennen. Weiterzugehen trauen sich selbst Geister nicht.

»Es werde Licht«, sagt Rudolph und betätigt einen klackernden Drehschalter.

»Eine Brandschutztür?«, wundert sich Julian.

»Gegen das Fegefeuer!« Rudolph bekreuzigt sich.

»Oh.« Flori schreckt einen Schritt zurück. »Können wir das auspusten?«

»Nur Spaß, Florian. Dahinter ist mein Archiv.«

Beim Öffnen kratzt die Tür über den Steinboden, muffiger Papiergeruch schlägt uns entgegen.

Weinflaschen. Eine Menge Weinflaschen sind in einer Maueröffnung gestapelt. Einige Etiketten sind verknittert und kaum mehr lesbar, andere habe ich schon im Supermarkt gesehen.

»Darunter sind ein paar Tropfen«, Rudolph schnalzt mit der Zunge, »da werde ich evangelisch.«

Und wenn Jahrgänge vor Christi Geburt dabei wären,

mir reicht es noch von gestern mit dem betrunkenen Henry Herbst. »Jaja, Rudolph, schicke Sammlung. Und die wenigsten sind verstaubt.«

»So weit lasse ich es ungerne kommen.«

Julian klopft gegen einen klapprigen Metallschrank. »Und was ist das?«

»Das andere Archiv«, erklärt Rudolph weniger angetan, »Findbücher zur Kirchengeschichte des Rheinlandes.« Er öffnet den Verschluss. »Darin ist aufgeführt, wo man Orte und Personen in anderen Archiven finden kann.«

»Ach, und wer steht drin?« Julian geht näher ran.

»Alle außer Luther, denke ich mal. Keine Ahnung, wer da zuletzt reingeschaut hat, die waren schon vor mir hier.«

»Du meinst, diese Bücher hat seit über 30 Jahren keiner mehr angefasst?« Der Journalist in Julian regt sich. »Darf ich?« Seine Finger strecken sich danach aus.

»Nur zu.«

Julian schlägt eines der speckig gelbbraunen Bücher auf. Staub rieselt ihm entgegen. »Mega. Handgeschrieben. Altdeutsche Schrift, kann ich lesen.« Behutsam blättert er um. »Irgendwie geiler als googeln.«

Julian legt das Buch vorsichtig auf den einfachen Tisch im Raum und zieht einen Holzschemel heran. »Heute Nachmittag habe ich frei. Ich würde gern noch bleiben. Vielleicht gibt das hier 'ne Story her für den *Kölner Boten.*«

Rudolph legt ihm den Kellerschlüssel auf den Tisch. »Aber Hände weg von meinen Flaschen.«

Auf der Rückfahrt haben Flori und ich an der Auendorfer Bank gehalten. Wir haben vereinbart, dass ich die Vollmacht für sein Konto übernehme, die vorher Mama hatte. Ein entsprechendes Formblatt habe ich in der Filiale unterschrieben vorgelegt.

Nicole hat uns bedient. Sie war früher zwei Klassen unter mir, man kennt sich, natürlich.

»Länger nicht gesehen«, hat sie gesagt, »warst du im Urlaub?«

Nein, nur 20 Jahre fort von Auendorf. Ich habe einfach den Kopf geschüttelt.

Nicole hat es überhaupt nicht registriert, glaube ich. Sie hat sich eine überschaubare Sicht der Dinge bewahrt.

Umso mehr hatte sie mit meiner Vollmacht zu kämpfen. »Die Daten sind nicht ganz richtig eingetragen, das muss ich neu machen.«

»Nicole, wir kennen uns, du kennst Flori …«

»Ja. Für die Buchhaltung muss ich das aber komplett neu eingeben. Und es fehlt noch die Unterschrift des Filialleiters. Der ist gerade in der Mittagspause.«

»Das heißt, wir müssen noch mal kommen?«

»Bis dahin hätten wir alles korrekt.«

In Warnemünde haben mich Kollegen häufiger als kleinkariert bezeichnet. Detailverliebt, wie ich erwiderte. Jetzt stelle ich erstaunt fest, dass mich Nicole genau damit nervt. Zumal in einem Anliegen für meinen Bruder, das reibungslos bearbeitet werden sollte.

Oder braucht es Nicole so übergenau, damit die Schubladen in ihrer Kopfkommode nicht zu wackeln beginnen?

Ging es mir im Meeresinstitut auch so?

Vor dem Märchenwald stelle ich das Auto ab. Flori zieht die Handbremse an. Mein Smartphone klingelt. Balduin!

»Flori, geh ruhig schon mal rein, ich komme gleich nach.«

Meine Schuhe knirschen auf dem Schotter des Parkplatzes, ich halte mir Balduin ganz dicht ans Ohr.

»Huhu Liebster, seeehr schön ... genau das war es. Der Vollmond ... jaaa ... als hätte er nur für uns geschienen. Und ich bin soo erleichtert, dass alles geklappt hat. Danke noch mal für deine tolle Hilfe. Deine ... was? Oh, danke.« »Meine Fee« hat er gesagt. Wie lieb das geschwindelt ist, als wenn ich eine elfenhafte Erscheinung wäre. »Ah, du hast nur eine kurze Drehpause?« Aber an mich gedacht ... »Ja, fein, dann sehen wir uns wieder. Tschüüß.«

Hach, es ist angenehm mit ihm. Halt, nein, zu formal, so nicolemäßig sollte ich nicht denken. Es ist diese kribbelige Ungewissheit, die mich berührt. Noch nicht die Bodenhaftung verloren, noch nicht wie auf Wolken, in einem Schwebezustand dazwischen.

Das klingt jetzt wohl auch komisch, hm, wie beschreibe ich es am besten? Gestern hat Balduin nicht bei mir übernachtet. Seine Küsse haben sehr geprickelt, aber mehr wollte ich nicht. Jedenfalls nicht wieder so schnell wie nach dem Tapas-Lokal.

Ich finde, dafür muss ich seine Macken besser kennen. Denn wenn ich neben einem perfekten Mann aufwache, fühle ich mich doch unwohl.

Ich winke Nadine im Kassenhäuschen zu. So cool wie Dornröschen bin ich nicht. Sich einfach wachküssen lassen. 100 Jahre nicht die Zähne geputzt und frisiert: egal. Sie schlägt die Augen auf und blickt ihn sogleich vergnügt an: Guten Morgen, Prinz.

Was ich damit sagen will: Der Mann muss *auch* Macken haben, dann bleibt Raum für meinen Charakter, dann kann ich mich freier entfalten. Jeder hat seine Marotten, natürlich, die müssen eben zusammenpassen. Drum ist mir ein Balduin lieber, der nicht nur Prinz, sondern zu einigen Prozenten auch Frosch ist.

»Schääätzchen!«

Oh nein, schon im Flur tönt sie mir entgegen. Schnell, ich denke mich ans Meer, werde zu einer Meerjungfrau, entkomme in den Fluten …

»Schätzchen.«

Schade. Fast hätte ich sie aus dem Weg geträumt. Tante Hilde, unsere Familienfurie.

»Hallo.«

»Soo schade, dass ich nicht zur Lesung kommen konnte. Wie ich hörte, ist ein ordentlicher Betrag zusammengekommen?«

»Fast 500 Euro. Die wir spenden.«

»Und das können wir uns leisten?«

»Nee«, brummt Papa von der Küchenbank.

Aber er hat zugestimmt, schweren Herzens. Gemeinsam mit Julian haben wir entschieden, das Geld aus dem Hut nicht zu behalten. Um uns nicht an einer »Mogelpackung« zu bereichern.

»Hier wird ja gewirtschaftet, ts ts.« Hilde wirft ihre schwarz gefärbten Haare zurück. »Da hält ja jedes Eichhörnchen seine Nüsse besser zusammen.«

»Wenn die Taschen leer sind, passt wenigstens wieder was rein«, entgegne ich schnippisch.

»Dachte ich's mir, der Ruin ist also nicht abzuwenden …«

»Doch. Daran arbeiten wir auf Hochtouren.«

»Und die Besucherzahlen …?«

»Mies«, sagt Papa leise, sein Blick läuft ins Leere.

»Wir haben ja auch gerade erst so richtig …«

»Wiiie guuut« – Hilde hält mir die beiden Worte wie ein Stoppschild vor die Nase – »dass ich gestern mit Hilli gesprochen habe.«

Mit Horst Hillishoven? Was hat sie mit dem Großgrundbesitzer zu tun, dem halb Auendorf gehört und der Papa schon ein Angebot unterbreitet hat, den Märchenwald abzukaufen?

Schweigen in der Küche. Wirkungstreffer.

Den Hilde genüsslich auszukosten weiß. »Ach, wisst ihr, er hat mich gestern ganz groß ausgeführt. Wir sind uns nähergekommen. Und noch näher.«

Oje, das hat uns gerade noch gefehlt.

»Hilli ist so Vintage, das reizt mich. Und sein Geld natürlich auch.«

Hildes und meine Macken passen definitiv nicht zusammen.

»Aber, Schätzchen, wie ich höre, hast du neuerdings auch wieder Spaß. Ich möchte nicht verächtlich klingen, aber wer ist denn ›der Glückliche‹?«

Doch, genau so klingt sie. Ich verschränke die Arme.

»Balduin«, sagt Flori, »ist nicht ihr Freund.«

»Vielleicht doch, Flori ... das ...« Ich stelle mich direkt vor sie, Auge in Auge, nur ihre beachtliche Oberweite ist zwischen uns. »Das geht dich rein gar nichts an!«

»Puh, so unentspannt, unsere Anna. Also ist er nicht gut im Bett?«

»Es reicht«, wettert Papa. Dabei fängt er an zu husten, läuft rot an, röchelt. »Hilde, du ... du bringst mich noch ins Grab.«

Hilde betrachtet ihre rotlackierten Fingernägel. »Hier macht sich jeder irgendwie nützlich.«

Flori schaut unruhig hin und her, dann greift er Hilde an den Unterarm. »Was hat Hilli denn gesagt?«

»Na endlich fragt es einer. Ausgerechnet unser Schlaumichel.«

»Hilde!« Ich könnte sie … es würde nicht wie ein Unfall aussehen, aber es wäre Notwehr.

»Florian, mein Bester, zunächst hat Hilli betont, wie attraktiv ich doch sei. Und dann hat er gesagt, er könnte sich auch vorstellen, den Märchenwald schon früher plattzumachen. Was ich echt nett von ihm finde. Denn hier läuft's ja eh nur noch drunter und drüber.«

»Wieso plattmachen, Tante?«

So genau hatte ich es Flori noch nicht erzählt. Um ihn nicht zu verunsichern.

»Hilde, das ist völliger Bockmist!«, sagt Papa. Er hustet immer noch angestrengt, ich klopfe ihm auf den Rücken. »Papa hat mit Hilli eine Frist vereinbart, und die ist erst zur Hälfte um. Wir haben noch zwei Monate Zeit. Bis Ende Oktober!«

»Okay«, sagt Flori.

»Ich muss …«, Papa stützt sich am Tisch ab und steht auf.

Ich helfe ihm. »Ja, ist besser, wenn du dich schonst. Ich komm gleich rauf und bring dir einen Ingwertee.«

»Zitrone.« Papa ist blass, er wirkt wirklich angeschlagen. Hoffentlich hat er sich bei der Lesung nicht zu sehr verausgabt. Aber er war da, hat sich eingesetzt! Danke, Papa.

Mensch, das zeigt doch, dass ich mit dem Märchenwald auch ihn wieder in Gang bringen kann. Als er aus der Küche schlurft, knacken seine Gelenke wie Holzscheite im Lagerfeuer.

»Da hast du es doch.« Hilde deutet ihm hinterher. »Jeden Tag die Frage: Apotheke oder Apokalypse?«

»Ach, und das bestätigt dich darin, über den Märchenwald entscheiden zu wollen? Du machst doch in deiner eigenen Familie nur Stippvisiten.«

»Ha, das sagt das Schätzchen, das 20 Jahre lang die Biege gemacht hat.«

»Jetzt bin ich hier!«

Hilde gießt sich Wasser ein und trinkt einen Schluck. »Sei doch vernünftig, Anna. Hartmut pfeift aus dem letzten Loch. Wir sollten ihn ganz entlasten. Es wäre also zu seinem Besten, ihn zu entmündigen.«

»Was heißt das?«, fragt mein Bruder.

»Das heißt gar nichts, Flori, eine Entmündigung gibt es nicht mehr! Wenn Eltern nicht mehr entscheidungsfähig sind, kann eine ›Betreuung‹ eingesetzt werden.«

»Wie bei mir?«, fragt Flori.

»Nein ... anders.« Wieder gehe ich zu Hilde auf Brustdistanz. »Papa braucht keinen Erziehungsberechtigten!«

»Aber nachts wieder Windeln!«

Ich schlackere mit den Armen.

Sie stößt mir einen Zeigefinger vor die Brust. »Hilli übernimmt, und wir lassen uns auszahlen. So einfach ist das, Schätzchen.«

Siegtreffer. Ich plumpse auf die Küchenbank, entgeistert, geplättet.

Tante Hilde ist kein grundgarstiger Mensch, aber ich fasse es nicht, wie ungeheuer selbstsüchtig sie sein kann. »So einfach«, es ist ganz und gar nicht »so einfach«. Sie muss doch nur Flori ansehen, um das auf Anhieb zu erkennen. Sie erspart sich den Blick.

Mein Vorbild ist Mama. Wie lebensfroh sie war, wie positiv. Und wenn Probleme auftraten, hat sie erst recht Einsatz gezeigt. Das hat sie mir mitgegeben, dafür bin ich so dankbar. Es ist ihr wunderbares Erbe an mich, ich will es weitertragen.

Und jetzt boxe ich hier mit Mamas Schatten, ihrer schwarzen Schwester.

Gibt's doch gar nicht. Verflixt.

Hilde ist abgerauscht. »Wir sprechen uns noch!«, hat sie bissig gerufen, bevor die Haustür zufiel.

Papas Tee in seiner Lieblingstasse ist fast durchgezogen. Ich habe meinem Bruder die Zeit gegeben, die er braucht. Er hat die Gewürzdosen hin und her gestellt. So als müsse er sich sortieren.

»Plattmachen.« Jetzt sieht er mich an. »Das hast du mir nicht erzählt.«

»Flori, du weißt, der Märchenwald ist in Schwierigkeiten.«

»Ja.«

»Horst Hillishoven will Papa alles abkaufen. Und ja, dann kann es sein, dass unsere Märchenfiguren verschwinden.«

Flori nickt vor sich hin. »Du musst es mir erzählen. Dann kann ich überlegen.«

»Ja, das stimmt. Entschuldige, dass ich dir nicht alles gesagt habe.«

Natürlich, ich habe es ihm nicht so genau erläutert, um ihn zu schützen. Allerdings sehe ich ein, dass er ein Recht darauf hat, informiert zu werden. Um sich selbst ein Bild machen zu können.

Hmm, dennoch kann und möchte ich ihm nicht meinen schlimmen Verdacht schildern: Hilde hat Hilli den früheren Kauf wahrscheinlich sogar eingeredet!

Wie soll ich das Flori erklären? Bruderherz, unsere Tante ist doof?

Flori drückt mich fest. »Ich muss zur Eisenbahn.«

Die Treppenstufen knarzen unter mir, als ich nach oben gehe. Bei Papa muss wirklich gelüftet werden, ich kippe ein Fenster.

»Oh, hat die Verwesung schon eingesetzt? Vor meinem Tod?«

»Papa, bitte.«

»Na, vom Scheintod zum Totenschein ist's noch 'ne Weile. Danke für den Tee.«

»Wie geht es dir?«

»Den Umständen entsprechend gar nicht gut.« Ächzend dreht er sich im Bett um. »Altersschwach zu sein, das nimmt dir jede Würde.«

»Ich verstehe, wenn du dich deswegen unwohl fühlst. Bestimmt kommst du ganz schnell wieder zu Kräften. Du musst es allerdings auch wollen.«

»Jaha. Du bist gesund, da hat man gut reden.« Papa schnauft. »Heute zwickt wieder alles. Sogar deine Tante.«

Ich lächle süßsauer.

»Vorzeitig verkaufen, klar wäre das am bequemsten. Sag mir, Prinzessin, passt das zu uns Herzigs?«

»So gut wie ein flauschiges Fell zum Krokodil.«

Papa grinst angestrengt. »Wir Herzigs machen unser Ding.« Wieder ächzt er. »Ich mag gammelig sein, ja, aber Hilde ist noch viel verdorbener.«

So mag ich seinen Sarkasmus.

Wieder sehe ich vom Buch auf, bin zu unruhig zum Lesen. *Herzblutvergiftung*. Der Roman von Henry Herbst harmoniert mit meiner Stimmung angesichts meiner Familie kurz vorm Armageddon. Und in meiner Vorstellung ist Hilde in der Rolle des feuerspeienden Drachen unübertroffen. Ich lege das Buch neben mir auf die Couch. Der Erfolg der Lesung besteht darin, dass wir sie durchgeführt haben. Wie auch immer … Aber war der Abend ein messbarer Gewinn?

Nein. Wir wissen nicht, ob beim nächsten Mal wieder so viele Gäste kommen. Und ob sich deswegen mehr Besucher im Park tummeln.

Wenn man seine Träume nicht pflücken kann, dann sind sie vielleicht noch nicht reif? Oder schon Fallobst? Womöglich hängen sie zu hoch?

Lilly raschelt sich in ihrem Terrarium durch große Salatblätter.

»Jaja, Lilly, grün ist die Hoffnung, und die stirbt zuletzt.« Also noch nach Papa. Haha, wie lustig. »Du, zu meiner Tante habe ich gesagt, es sei erst die Hälfte der Frist um. *Erst* um? *Schon* um!« Ich schleudere ein Kissen an die Wand.

Arielles Melodie. Meerjungfrau, wo bist du? Besser gefragt: mein Smartphone? Und warum liege ich so verquer auf der Couch? Es klingelt weiter. Ich grabsche danach, es flutscht auf den Teppich, ich strecke meine Arme aus, rutsche hinterher. »Ähm … ja?« Julian ist dran.

»Anna, sitzt du?!«

»Eigentlich liege ich eher, allerdings nicht sonderlich …«

»Dann halt dich fest: Schneewittchen gab's wirklich!«

»Und der böse Wolf hatte Dominosteine im Bauch, nicht Wackersteine.«

»Hä?«, macht Julian.

»Habe ich gerade geträumt.«

»Dann wirst du jetzt hellwach!«

19. Kapitel

»Langsam, Julian, langsam.« Jetzt sitze ich kerzengerade auf der Couch. »Hilde war heute hier, und das war schon schräg genug. Willst du mich jetzt völlig kirre machen?«

»Aber es ist die Wahrheit, Schneewittchens Name steht hier im Verzeichnis!« Ich höre seine Stimme durchs Handy, so klar, als würde er neben mir sitzen.

»Du solltest doch die Finger von Rudolphs Wein lassen.«

»Mensch, Anna, die alten Schinken in Rudolphs Keller sind Findbücher. Hat er uns doch gesagt, es sind Sachverzeichnisse zu Orten und Personen, die auf weitere Quellen verweisen.«

»Und wie um alles in der Welt kamst du darauf, Schneewittchen nachzuschlagen? Ich habe doch gesagt, das Thema ist durch.«

»Erst habe ich nur kreuz und quer geblättert. Allein diese vergilbten Seiten zu berühren … Du, auch wenn ich die Uni kaum von innen kenne, bin ich immer noch Geschichtsstudent.«

»Na klar.«

Julian schiebt sein Studium immer weiter auf, als habe er Bammel vor dem Abschluss. Was natürlich nicht gut für ihn ist, aber darüber spricht er nicht gerne.

»Also Anna, ich wollte doch schauen, ob was drinsteht, über das ich im *Kölner Boten* schreiben kann. Da habe ich spaßeshalber einfach mal nach D wie Dornröschen und R wie Rotkäppchen gesucht.«

»Und …?«

»Nee, nix gefunden, es sind wohl auch nicht ihre Originalnamen. Aber dann: S wie Sneewittchen!«

»Das plattdeutsche Wort für Schneeweißchen. Und die Gebrüder Grimm haben Schneewittchen draus gemacht. Damit man sie nicht mit der anderen Märchenfigur verwechselt.«

»Yep. Mensch Anna, ist das nicht mega? Hier steht: ›Sneewittchen‹, schwarz auf … äh … gelb.«

»Aha.«

»Und es kommt noch besser: Karl der Große hat damit zu tun!«

»Bitte was? Julian …«

»Pass auf, Karl der Große ist der Urgroßvater von Karl III., auch ›der Dicke‹ genannt. Der war im Mittelalter, so gegen Ende des 9. Jahrhunderts, König des Ostfrankenreichs.«

»Verstehe, und das steht in den gammeligen Büchern von Rudolph?«

»Nee, die Geschichte der deutschen Karolinger kannst du überall nachlesen. Ich hab gerade mein Wissen mit Wikipedia aufgefrischt.«

»Okay, aber warum erzählst du mir das jetzt?«

»Na, weil bei Sneewittchens Eintrag auf eben diesen Karl III., also ›den Dicken‹, verwiesen wird. Und auf eine Rebecca.«

»Rebecca?«

»Keine Ahnung. Fast 380 Millionen Treffer bei Google.«

»Hm … nix für ungut, Julian … aber das alles beweist doch nicht, dass es Schneewittchen tatsächlich gegeben hat.«

»Warum steht sie dann hier drin?«

Gute Frage. Ich will Julians Euphorie über die Entdeckung nicht bremsen, wirklich nicht, aber ich bin nun mal nicht nur Märchentante, sondern auch Wissenschaftlerin. Und als solche benötige ich Fakten, nachweisbare Belege. Ich meine, ich kann ja auch nicht sagen: Meerjungfrauen gibt es tatsächlich – nur weil ich das gerne so hätte.

»Echt spannend, Anna, was ich noch gegoogelt habe: Der dicke Karl wurde 881 sogar römischer Kaiser. Und Köln war eine seiner Residenzstädte.«

»Wenn das so ist … Julian, ab ins Kölner Stadtarchiv. Das heißt, oh nein, das ist doch vor einigen Jahren beim U-Bahn-Bau eingestürzt. Ein Teil des Archivguts wurde für immer verschüttet. Was, wenn ausgerechnet …«

»Nur die Ruhe, Anna.« Ich höre ihn schmunzeln. »Das sind ja Findbücher der *Kirchen*geschichte. Ich bin mir sicher, wir müssen ins Archiv des Kölner Erzbistums. Und unter dem fährt zum Glück keine U-Bahn.«

Drei Tage später öffne ich die Glastür zur *Gelateria Angelo*. Die Eisdiele an der Auendorfer Hauptstraße gibt es schon immer.

»Bella Anna, Signor Herzig, Floriano! Buon giorno!«, schallt uns Angelo entgegen. Er schüttelt alle Hände und deutet an, mir aus dem Mantel helfen zu wollen, was eine sehr höfliche und dennoch unnötige Geste ist. Weil ich im August natürlich keinen trage.

»Eine schöne Tag, den sie haben mitgebracht! Wie geht es ihnen, ah, was darf es heute sein?« Angelo hätte auch Friseur werden können. »Signor … wie immer?«

Papa nickt zufrieden. »Erdbeerbecher.« Er hat eigens ein Hemd angezogen, das erste seit Wochen.

Es mag nur ein kleiner Ausflug sein, aber er ist mir wichtig. Die Veränderungen im Märchenwald strengen uns alle an, drum habe ich entschieden: Wir drei brauchen mehr Glücksmomente.

Wozu ein Erdbeerbecher prima passt. Für mich ein Bananensplit, ohne Sahne. Und für Flori vier Kugeln Schoko mit bunten Streuseln, die hat er am allerliebsten.

Hauptsache, wir genießen das Eis miteinander.

»Lecker, Flori?«

»Hmm, köstlich.«

»Aber nicht besser als meine Frikadellen?«, fragt Papa. Die hat er uns schon gemacht, als wir noch Kleinkinder waren.

Floris Mund ist braun verschmiert, er zuckt mit den Achseln.

Ich hebe eine seiner Schokokugeln mit dem Löffel an. »Sieht deinen Frikadellen aber ähnlich.«

Papa schmunzelt.

Die hübsche neue Bedienung tritt an unseren Fensterplatz. »Maria isse Nichte aus Sizilien«, stellt Angelo sie vor. Maria lächelt. »Haben Sie noch einen Wunsch?«, fragt sie.

Papa nickt. »Liebe Kinder.«

»Danke, bei uns ist alles gut«, antworte ich. Wann konnte ich das zuletzt sagen?

»Sehr lecker«, ruft mein Bruder ihr nach.

Flori meint das Eis, das ist klar. Aber er hat auch Maria hinterhergeschaut. Süß.

»Duckt euch.« Papas Blick erstarrt. »Ich stelle mich tot …«

Was? Oh bitte, Papa, keinen Rückfall.

Er meint … Hilde? Jetzt sehe ich sie auch durch die Fensterscheibe. Arm in Arm mit Horst Hillishoven. Deckung unmöglich, sie winkt uns bereits zu.

»Was für ein schöner Zufall, meine Lieben!«

Was für eine haarsträubende Herzlichkeit.

Sie löst sich aus seinem Arm. »Darling, ich darf dir vorstellen ...«

»Wir haben uns schon kennengelernt.« Papa gibt Hilli die Hand. »Vor 50 Jahren.«

Der Mann, dem halb Auendorf gehört, ist etwas kleiner, als ich ihn in Erinnerung habe. Aber seine feinen Gesichtszüge hat Horst Hillishoven immer noch. Und seinen Anzug füllt er auch mit Mitte 70 tadellos aus.

»Freut mich, die Herrschaften«, grüßt er charmant. »Angelo?«

»Si, Signor Hillishoven ...?«

»Zwei Cappuccino, bitte.«

»Certo subito.«

Hilli rückt Hilde einen Stuhl zurecht und setzt sich dann selbst. »Euer Eis sieht wirklich sehr gut aus«, sagt er und lächelt uns an. »Hartmut, wann sieht man dich mal wieder in der Alten Post? Ohne dich ist es nicht mehr so lustig.«

»Ja, Hartmut«, flötet Hilde, »der Männergesangsverein zählt auf deine Stimme.«

»Zu tun«, druckst Papa herum.

»Verstehe«, sagt Hilli, »das hört nie auf.«

»Aber doch nicht im Märchenwald?« Hilde rümpft die Nase. »Ich habe es dir ja erzählt, Darling, dort verlottert alles. Besser, du übernimmst die Bruchbude, bevor sie komplett zusammenfällt.«

Poh! Sie will einfach nur ihren Anteil am Kaufpreis, und das sofort. Ich bin wirklich nicht gerne sprachlos. Aber der Kloß im Hals ist gerade viel zu groß.

»Blödsinn, hör nicht auf sie«, brummt Papa.

Hilde zeigt ihre wahre Natur: jetzt sogar öffentlich gegen ihre Familie.

»Die Eisenbahn fährt gut«, sagt Flori.

»Na, bei dem Lokführer«, Hilli klopft ihm auf die Schulter. »Hartmut, hoffentlich bist du beschwerdefrei. Was macht die Blase?«

»Läuft.«

Hilde fächelt sich affektiert Luft zu. Das hält sie wohl für elegant. »Und der Zustand des Märchenwaldes ist sogar noch bedenklicher. Das kann wahrlich nicht unser Interesse sein.«

»Wen meinst du denn mit ›unser‹? Wohl kaum die Familie.« Ich habe meine Stimme wieder. Und ja, mein zickiger Unterton ist Absicht.

»Ich muss doch sehr bitten! Kindchen …«

»Bitte.« Hilli streicht ihr galant über eine Wange. »Hartmut und ich haben eine Vereinbarung, per Handschlag unter uns alten Chorknaben. Ende Oktober wird verhandelt, richtig?«

Papa nickt. »Genau. Und im Märchenwald ist alles in bester Ordnung.«

Flori grinst zufrieden.

»Das freut mich zu hören, Hartmut.« Hilli nippt an seinem Cappuccino. »Dann brauchst du womöglich gar nicht zu verkaufen?«

Hilde stutzt. »Doch, und wie!« Sie plustert sich auf wie ein Wellensittich, dem man an den Futterkolben will.

»Es ist zweifellos attraktives Bauland.« Hilli wiegt die Tasse in seinen Händen. »Aber die wochenlangen Planungen und allein der ganze Papierkram … Meine Teuerste, in der Zeit könnten wir auch auf Kreuzfahrt gehen.«

»Auf Kreuzfahrt ... gemeinsam?« Hilde schluckt leise.

»Gerade jetzt, wo alles noch so frisch ist.« Er schaut ihr richtig verliebt in die Augen. »Ich frage mich gerade ernsthaft, ob ein Kauf überhaupt in unserem Interesse wäre?«

Hildes Blick schwankt. Zwischen echter Panik und vorgespieltem Turteln. Irre, wie sie das hinkriegt. Ein bisschen tut es mir leid für Hilli, ich mag ihn.

Ich räuspere mich. »Das finde ich sehr überlegenswert, Herr Hillishoven.« Mir wäre es viel lieber, die Frist vom Hals zu haben, dann könnte ich die Umgestaltung entspannter angehen.

Hildes Blick würgt mich.

Papa hat eine Weile vor sich hin gegrummelt. »Horst, das ist schon alles gut so, lass uns mal dabei bleiben, man weiß ja nie. Und in zwei Monaten setzen wir uns konkret zusammen.«

Hildes Blick erhellt sich. »Wenn ihr das doch so vereinbart habt, Darling. Du wirst verstehen, dass ich meinem lieben Schwager nicht in den Rücken fallen will.« Sie liebkost Hilli am Ohr, schnurrt hinein: »Wobei die Zeit mit dir einfach zauberhaft ist.«

Flori nimmt die beiden von hinten in den Arm und hält eine Wange an Hildes.

»Richtig, Florian, man muss sich doch einigen mit der lieben Familie«, sagt Hilde.

Wirklich irre, wie sie das macht. Schlangen sind weniger wendig. Und nicht so giftig.

Was findet Hilli nur an ihr? Für ihr Alter ist Hilde immer noch ein straffes Busenwunder, das wird es sein.

»Anna!« Flori zeigt auf seine Armbanduhr. »Die Bank.«

»Oh ja, wir müssen los.« Unsere bestätigte Konto-Vollmacht abholen, bevor Nicole am Freitagmittag überpünktlich zumacht. Fast hätte ich's verbaselt.

»Flori, einen Moment noch, ich möchte Herrn Hillishoven ...«

»Aber der große Zeiger ...«

»Ja, gleich.«

Flori steht auf. »Ich kann das alleine.«

»Bitte?«

»Du musst nicht mit.« Stolz schaut er in die Runde. »Ich gehe jetzt zur Bank.«

»Okay.« Ich will ihn ja nicht bevormunden, schon gar nicht vor den anderen. »Geh ruhig vor, ich bin gleich bei dir.« Es ist ja auch nur schräg über die Straße.

Gut, so hat er die Möglichkeit, sich zu beweisen.

»Tschö alle«, ruft er in die Eisdiele, »ich gehe jetzt zur Bank!«

Die hübsche Maria winkt. »Ciao.«

»Herr Hillishoven«, setze ich wieder an, »um Ihnen zu zeigen, dass wir uns gut ums Geschäft kümmern ...«

»Das ist mein Stichwort«, unterbricht Papa energisch. »Muss mal eben aufs Örtchen.«

Er hastet durchs Café. Wir schauen ihm hinterher.

»Gut, wenn er sich beeilt, bleibt wenigstens nichts auf der Strecke«, unkt Hilde.

»Also, Herr Hillishoven ...«

Mein Handy klingelt. »Entschuldigung. Es ist Flori, ich sollte rangehen.«

Er klingt aufgeregt. »Anna, die weiß nicht, was ich meine.«

»Sag ihr, du möchtest die Vollmacht abholen.«

»Hab ich doch. Sie guckt nur komisch.«

»Ich komme sofort ... ach, Flori, gib sie mir mal.« Ich

merke, wie er sein Handy überreicht. »Hör mal, Nicole, wir hatten doch klar …«

»Nee, hier ist nicht Nicole, die ist heute krank. Ich bin die Azubine.«

»Sprechen Sie denn nicht mit Ihren Kollegen? Die Vollmacht sollte heute abholbereit sein.«

»Was weiß denn ich, in welcher Ablage … na, Momentchen, ich frag mal den Boss.«

Mannomann. Ich starre mein Handy so böse an, als wäre es ebenfalls bei der Bank angestellt.

»Gibt es Probleme?«, fragt Hilli.

»Schon okay.«

Es ist gar nicht okay! Wenn so etwas nicht geregelt ist, geht das auf Floris Kosten. Denn er sitzt jetzt da und ist auf meine Hilfe angewiesen. Klar ärgert ihn das, er will es ja selbständig hinkriegen.

Ich seufze. »Es gibt Momente, da wird Flori daran erinnert, wie eingeschränkt er ist.«

Hilli nickt verständnisvoll, Hilde rührt in ihrem Cappuccino.

»Hey, sind Sie noch dran? Jetzt hab ich's, alles tipitopi, ne.«

»Danke, dann geben Sie mir noch mal meinen Bruder.«

»Hm, hm. Anna?«

»Gut gemacht, Flori.«

»Ja … meinst du?«

»Es hat sich geklärt, alles in Ordnung. Du kannst jetzt mit der Vollmacht zurückkommen.«

Ich höre, wie sein Handy auf den Tisch fällt, und kann mir vorstellen, wie er gerade die Azubine umarmt.

»Ach ja«, sage ich beim Auflegen zu Hilli und Hilde, »bei Erfolgserlebnissen strahlt er von einem Ohr zum anderen.«

Hilli und auch Hilde lächeln warmherzig.

»Nun aber, Herr Hillishoven, ich möchte Sie …«

»Da bin ich wieder, das Klopapier war alle, ich musste erst zu Angelo.«

Ich gehe die paar Schritte auf Papa zu und halte ihm einen Zeigefinger vor den Mund.

»… ich möchte Sie gerne zu unserer Nachtführung einladen! Um 21 Uhr im Märchenwald!«

Flori und ich wetzen über den Innenhof. »Sorry, Julian, da sind wir!«

Wir haben uns ziemlich verspätet. Wegen Hilli und Hilde waren wir länger als geplant in der Eisdiele, dann ist uns die Bäckersfrau über den Weg gelaufen, und Papa wollte »noch etwas erledigen«, worauf wir nicht warten sollten. Mir war erst nicht ganz wohl dabei, ihn allein zu lassen, aber er scheint heute in guter Verfassung.

»Ah, endlich«, ruft Julian vom Froschbrunnen herüber, »wir wollten gerade anfangen.«

Mit der Generalprobe, damit nun ja nichts schiefgeht. »Nachts, wenn der Märchenwald erwacht …«, unser Hinweis auf heute Abend hängt seit zwei Wochen übergroß am Kassenhäuschen, Julian hat eine schicke Einladung bei Facebook gepostet, wir sind in der Tageszeitung. Das lief alles etwas runder als bei der Lesung.

»Besser, wir gehen's noch mal durch. Vor allem, was wir die Tage an technischen Spielereien vorbereitet haben.« Julian schaut auf die Liste in seiner Kladde. »Nadine und Hubert sind schon am Start.«

»Ich auch«, sagt Flori.

»Die Besucher stören wir aber nicht?«, frage ich.

»Passt schon, wir können sie ja schlecht rausschmeißen.« Julian zieht etwas unter der Kladde hervor. »Und hier ist dein Skript.« Stolz reicht er mir einen zusammengehefteten Ausdruck.

»Danke, toll. Die Zombies sind gestrichen?«

»Jo, wie du's wolltest: Geisterbahn auf die nette Art.«

»Nicht dass ich mich selbst erschrecke.«

»Mir ist's jetzt zu lasch.«

Eine Hand streichelt mich im Nacken.

»Überraschung!«

»Balduin!« Was für ein angenehmer Grusel. »So früh schon? Ich …«

Er zieht mich an sich, unsere Lippen verschmelzen.

»Jetzt seid ihr Freunde?«, fragt Flori.

Wir grinsen, verlegen fast.

»Ein Dreh hat sich kurzfristig verschoben«, sagt Balduin, »da hab ich mich direkt ins Auto gesetzt.«

Ich drücke ihn noch einmal. Flori breitet schon wieder seine Arme aus.

»Nö, Flori, mein Job.« Wir lachen.

»Ok, dann lasst uns anfangen«, drängt Julian.

»Generalprobe.« Aufgeregt zwinkere ich Balduin zu.

»Sagt mal …« Balduin legt seinen Zeigefinger kerzengerade an die Nase. »Wie wäre es, wenn Anna nicht vorher schon weiß, was passieren wird?«

»Wie jetzt?« Julian bleibt wieder stehen.

»Na ja, sie würde spontaner reagieren. So mache ich es gerne bei Schauspielern, die wirken dann viel echter.«

»Aha.« Julian scheint nicht direkt überzeugt.

»Aber ich habe doch das Skript«, sage ich.

»Das brauchst du ja auch als Erzählerin. Aber es ist doch

schöner, wenn du gemeinsam mit den Besuchern überrascht wirst.«

Aha. Eigentlich überblicke ich gerne, was geschieht. Wenn ich nur an das Wirrwarr denke, das mein Kollege Hannes verursacht hat, weil ich als Meerjungfrau im Strandmüll liegen musste. Dieser quasselnde Menschenauflauf vor mir, uaah, da kriege ich heute noch Gänsehaut. Tagelang bin ich nicht unter Leute gegangen und lieber gelaufen, als die Straßenbahn zu nehmen. Sicherlich, ich bin auch gerne spontan, wenn es sich planen lässt.

Aber mein Balduin ist Regisseur. Er hat Erfahrung in solchen Dingen.

»Die einzelnen Stationen der Tour haben wir besprochen, Julian.« Ich wedle mit seinem Ausdruck. »Alles Weitere steht ja hier drin.«

»Hm, wenn du meinst.« Er entfernt sich mit Flori.

Ich strahle Balduin an. »Du Profi! Danke für den guten Tipp.«

»Der vielleicht auch etwas eigennützig ist. Meine Fee, so haben wir noch etwas Zeit für uns.«

»Hallööööchen!«

Für uns und Hilde …

»Sie sind bestimmt der junge Mann, an dem unsere Anna ihre gute Laune auslässt?«

»Das macht sie fabelhaft«, sagt Balduin lächelnd und gibt Hilde die Hand.

»Und nicht nur das. Unser Schätzchen ist auch noch soo pfiffig. Du hältst dich wohl für sehr schlau, Hilli heute einzuladen!« Jetzt säuselt sie nicht mehr. »Du meinst wohl, wenn er sieht, dass hier noch Leben drin ist, rückt er vom Kauf ab!«

»Nun«, sage ich leichthin, »dann könntet ihr doch eine Kreuzfahrt machen.« Ich drücke Balduins Hand. »Was gibt es Schöneres, als Zeit miteinander zu verbringen?«

»Als ob mir das was bringen würde!«, zischt Hilde mich an und wirft ihre langen schwarzen Haare zurück. »Soo schade, ich habe dafür gesorgt, dass er nicht kommen kann.« Sie macht auf dem hohen Absatz kehrt. »Du wirst dich noch wundern, wozu Tantchen fähig ist.«

20. Kapitel

Ich stehe am Fenster und halte ein Handtuch vor meinen Körper. »Da warten schon einige am Eingang.«

»Sehr gut«, sagt Balduin und umarmt mich von hinten. »Kein Auftritt ohne Publikum.«

Ich gickele. »Vorher sollten wir uns aber noch anziehen.«

Er lässt seine Hände sanft über meinen Bauch zu den Brüsten gleiten. »Zu schade.«

Ich drehe mich um und küsse ihn.

»Jetzt könnten alle deinen bezaubernden Po sehen«, sagt er grinsend.

»Dann hat die Show wohl begonnen, Süßer.« Ich wuschle ihm durch die Haare. Noch einmal umschlingen wir uns küssend.

Hinter ihm hängt das zerwühlte Bettlaken erschöpft vom Bett herunter. Papa ist noch nicht zurück, und Flori hat bei den letzten Vorbereitungen im Märchenwald geholfen. Die Chance haben wir genutzt. Meine Haut prickelt immer noch. Wir haben unsere Körper genossen, quer durch mein Kinderzimmer. Balduin hat mich so innig berührt, überall, mein Körper bebt nach.

Geduscht habe ich bereits, jetzt ziehe ich mir rasch meine Sachen über. Mein Liebster springt noch unter die Brause, er kommt nach.

Minuten später nehme ich beschwingt mein Skript vom

Küchentisch. Daneben liegt aufgeschlagen der *Kölner Bote*. Rechts prangt die Überschrift des Artikels, den Julian geschrieben hat: »Kölner Autor überzeugt bei Lesung im Märchenwald.« Damit hat er nicht mal gelogen, hihi.

Die Abenddämmerung hat eingesetzt, über unserem Waldstück glimmt ein feuriges Orange. Julian hat mir gesimst, dass alle Beteiligten startklar sind. Ich laufe jedoch erst über den Innenhof zur anderen Seite, um die Besucher abzuholen. Bestimmt sechzig Personen stehen am Kassenhäuschen, eher mehr. Super. Einige erkenne ich von der Lesung. Auendorfer sind wieder dabei, aber auch neue Gesichter. Wenn sie bei uns Spaß haben und es weitererzählen, ist der Märchenwald bald wieder proppenvoll. Und: Sie zahlen Eintritt. Papa, das musst du sehen.

Wo steckt er eigentlich? Hm, er scheint immer noch nicht zurück zu sein. Das beunruhigt mich etwas. Allerdings ist es schon Punkt 21 Uhr, Zeit für meine Begrüßung. Überaus beschwingt lächle ich in die Runde, ja nun, ich hatte gerade guten Sex.

»Liebe Märchenfreunde! Schön, dass Sie alle gekommen sind. Guten Abend! Wobei ... ob der Abend schön wird, das kann ich Ihnen noch nicht versprechen. Denn bei unserer Nachtführung wird es ziemlich schauerlich zugehen ...«

»Oh«, entfährt es einer zierlichen Seniorin.

»Auf die nette Art«, füge ich augenzwinkernd hinzu. »Aber wenn der Märchenwald erwacht, ist alles anders, dann wird selbst dem tapferen Schneiderlein angst und bange.«

Einige schmunzeln, Helga und ihr »Haarmonie«-Team klatschen schon wieder.

Auf einmal fährt ein Auto laut hupend über unseren Parkplatz. Wenn schon jemand zu spät kommt, soll er wenigstens nicht so einen Lärm machen. Alle Augen richten sich auf den schwarzen Mercedes mit erhöhtem Dach. Es ist ... ein Leichenwagen!

Der muss falsch abgebogen sein. Oder ... oh weia ... Papa? Ist er doch zu Hause, habe ich ihn nur nicht bemerkt ... nicht mehr bemerken können? Oh mein Gott, es ist der Leichenwagen, in dem auch schon Mama ...

Die Bremsen quietschen, die Reifen stoppen ruckartig. Direkt vor unserer Gruppe.

Langsam öffnet sich die Fahrertür. »Einer von Ihnen ...« – ein Schwarzgekleideter steigt aus – »... muss jetzt dran glauben.«

Papa?

Puh.

Hä?

»Gestatten, ich bin Gevatter Tod.« Er lupft seinen Hut. »Gibt es Freiwillige?«

»Herr Herzig?«, fragt Helga verwundert.

»Psst, nicht verraten.« Er hält einen Zeigefinger vor den Mund.

»Na, Sie haben uns ja einen gehörigen Schrecken eingejagt«, japst die zierliche Seniorin.

Er klopft aufs Autodach. »Probefahrt gefällig? Liegend natürlich.«

»Papa!« Ich eile auf ihn zu und senke die Stimme.

»Kind?«

»Was ... was um alles ...?«

»Den habe ich doch nur geliehen. Von Günter aus dem Männergesangsverein. Kostet uns keinen Penny.« Er strahlt. »Ich dachte mir, ein Leichenwagen auf dem Parkplatz macht es glaubwürdiger.«

»Mensch, Papa, du hast mich total geschockt«, flüstere ich.

»Ist das nicht Zweck der Veranstaltung?«

»Ja schon, nur …«

»Anna, du hast doch gesagt, ich soll meine Kräfte mobilisieren.«

Mit einer Hand fährt er gewichtig über die glänzende Motorhaube.

»Wen nehmen Sie denn jetzt mit?«, fragt ein Mittvierziger. »Etwa die böse Hexe aus ›Hänsel und Gretel‹?«

»Da reicht doch 'ne Urne«, lacht ein anderer.

Die Anspannung unter den Besuchern löst sich merklich. Nur ich bin immer noch verdattert.

»Tolle Einlage«, ruft eine Frau. »Das kenne ich schon von der Lesung.«

»Die Felgen sind derbe cool«, sagt ein Jugendlicher mit Sonnenbrille und betrachtet sie aus der Nähe. »Hey, klar, beim Dienstwagen des Teufels.«

»Na, ganz so ist es nicht.« Die Beifahrertür öffnet sich.

»Herr Pfarrer?« Die zierliche Seniorin scheint mir jetzt kurz vor einem Herzkasper.

»Rudolph?« Auch ich glotze ihn an.

Er winkt lächelnd in die Menge wie der Papst auf dem Petersplatz.

»Hallo Anna, ich habe deinen Vater in Auendorf getroffen. Da habe ich mich noch rasch unter den Flügelchen gewaschen« – er hebt kurz seine Arme an – »und bin eingestiegen.«

Ich verdrehe leicht die Augen, bin erleichtert, so ganz verdaut habe ich die Situation aber noch nicht. Das darf ich mir aber nicht anmerken lassen. »Liebe Besucher, das war also unser erster Streich, bitte folgen Sie mir.«

Inzwischen ist es fast dunkel, die Taschenlampen zucken wie Irrlichter über den dämmrigen Waldboden. Unsere Schatten verschmelzen mit der Nacht. Über uns scheinen die Zweige wie zu Spinnennetzen verflochten.

Ich sehe nur so weit, wie die Taschenlampe reicht. Ich muss in mich hineinlachen, denn auf einmal wird mir klar: Ich kann einen Weg auch bewältigen, ohne den vollen Überblick zu haben. Die grobe Richtung allerdings, die sollte ich wohl kennen. Wissen, wo ich hinwill. Um möglichst gute Entscheidungen für den Märchenwald treffen zu können. Und somit für meine Familie und mich.

Emsig wie ein Ameisentrupp läuft die Gruppe unter den Ästen durch, die ihre klauenartigen Arme nach uns ausstrecken.

»Hier stoppen wir«, rufe ich an einer Gabelung, »denn geradeaus weiter führt der Weg ins Nirgendwo.«

So laut brauche ich gar nicht zu sprechen. Angemessen beeindruckt lauschen die Teilnehmer ins düstere Gehölz hinein.

»Ein Märchenwald steht nie an einem beliebigen Ort. Ja, unserer hat einen besonderen Zauber.« Stockfinster ist es nun, ich taste die Bäume mit dem Strahl meiner Taschenlampe ab. »Alle Märchenfiguren haben ihren Ursprung in den Bäumen. Jede Wurzel ist eine Wiege.«

»Da drüben«, sagt eine ältere Dame zaghaft. »Stehen gleich vier Stämme beieinander?«

»Die Bremer Stadtmusikanten.« Bäm. Mir gefällt meine Rolle.

»Und nachts, wenn der Märchenwald erwacht, finden sie oftmals zu ihren Wurzeln zurück.« Ich leuchte mir von unten ins Gesicht. »Haben Sie gerade den Windhauch gespürt?«

Zustimmendes Gemurmel.

»Könnte es nicht der gestiefelte Kater gewesen sein, der zu den Seinen gehuscht ist?«

»Könnte sein …«, raunt jemand.

»Über das Erdreich bilden die Bäume, und damit unsere Märchenfiguren, eine energetische Einheit. Sie sind familiär verbunden, geradezu miteinander verwaldet. Unterirdisch! Was es nur noch schauerlicher macht.« Ich schmunzle und pausiere kurz, um die Aussage sacken zu lassen. »Schauen Sie auf meinen Lampenstrahl, er zeigt in die Eingeweide der Nacht.«

Noch so ein toller Satz aus dem Skript. Klasse, Julian.

»Dort steht eine Vogelkirsche, der Baum ist die Behausung von Waldgeistern. Wenn die Rinde im Mondlicht silbrig schimmert, scheinen die Geister um den Stamm zu tanzen. Moment, oh nein, sehen Sie nicht zu genau hin!«

Schritte scharren ertappt. Ein Besucher hat sich dem Baum genähert.

»Wenn's meine Tochter doch sagt«, bestätigt Papa.

»Es ist ein Tabu«, sage ich theatralisch. »Wer hinguckt, dem droht Unheilvolles.«

Die Früchte der Kirsche dagegen gelten als Quell der Liebe und Leidenschaft, wie ich mich erinnere. Ich sollte meinen Balduin damit füttern.

»Schauen Sie lieber hier herüber.« Ich gehe einige Schritte auf einen Baum zu und klopfe an die Rinde. »Wenn die Erle gefällt wird, läuft ihr Holz rötlich an. Das gilt als Zeichen dafür, dass die magischen Baumwesen bluten: Erlentöchter, Luftgeister und sogar Elfen.«

Plötzlich knistert es im Gebälk. Mehr noch, es knattert und rappelt. Immer näher, immer lauter. Unsere Gäste blicken um sich, sehen nur Nacht, rücken umso enger zusammen.

Zwei grelle Lichter schnellen wie Augen durch den zappendusteren Forst. Nur wenige Meter vor uns blitzt es auf, wie ein fauchender Drache fährt etwas rumpelnd an uns vorüber. »Tuut, tuut«, macht der Drache. Und entfernt sich rasch wieder.

»Hallo Anna«, höre ich Flori noch fröhlich rufen.

Die Märchenhäuschen sind innen erleuchtet, allerdings nur schummrig. Einige Figuren, die aus Latex, wirken täuschend echt, umso grimmiger König Drosselbarts Gesicht im fahlen Licht. Rote und grüne Punkte streifen auch ihn, die 80er-Jahre-Lichtorgel aus unserem Partykeller blinkt bunt von Rapunzels Turm herab. Unten am Mauersockel wird immer wieder ein Hinweisschild angeleuchtet: »Sponsert bei Helgas Haarmonie«.

Großartig, welche Mühe sich Julian und die anderen gegeben haben. Beeindruckt schaue ich umher und empfinde tiefe Dankbarkeit. Sie alle sind meine Familie.

Achtsam, fast zögerlich schlendern die Besucher um die Häuschen herum.

»Ein bisschen wie zwischen Weihnachtsbuden«, sagt ein Mittvierziger.

»Aber nicht so gemütlich, junger Mann«, erwidert die zierliche Seniorin.

Vor einer Stunde haben wir bei Hänsel & Gretel sogar Lebkuchen verteilt, die es schon bei Aldi zu kaufen gibt. So als Motto-Snack schmecken die selbst im Sommer.

Ein Lichtspot flammt auf, fährt durch die Efeuranken zu Dornröschens Fenster hoch.

»Huch, nicht dass sie wach wird.« Erschrocken halte ich mir eine Hand vor den Mund.

›Klingelingeling!‹ Aus dem Nichts schrillt ein Wecker heftig los.

»Schon passiert«, schmunzelt Rudolph und nickt mir anerkennend zu.

Unauffällig schaue ich wieder in mein Skript. »Wecker ... Rotkäppchen ... dann fünf Minuten bis Schneewittchen«, steht da als nächstes Stichwort. Alles läuft nach Plan.

»Wer seid ihr alle?« Nadine schaut aus Dornröschens Schlafgemach. Sie trägt eine blonde Perücke mit Zöpfen und reibt sich die Augen. »Und wer küsst mich jetzt?«

Rudolph winkt ihr lachend zu.

»Die Prinzessin lassen wir nun weiterschlafen.« Ich hebe die Stimme. »Ich führe Sie zu Rotkäppchen!«

Die Fenster stehen offen, neugierig versammeln sich unsere Gäste im Halbkreis davor. Wo sonst Rotkäppchen stumm auf das Bettchen starrt, steht nun Tim. Nadines 5-Jähriger ist verkleidet. Als Rotkäppchen.

»Nachts, wenn der Märchenwald erwacht«, wiederhole ich unser Motto, »begibt sich Rotkäppchen in große Gefahr.«

Tim schwingt den Picknickkorb herum, das Brot fällt heraus.

»Gefahr ...«, wiederhole ich.

Er hebt es auf.

»Tim ... jetzt«, raune ich ihm zu.

»Ja.« Er geht zwei Schritte vor. »Ei, Großmutter, was hast du für große Ohren?«

Er hat die zierliche Seniorin angesprochen. Ich zeige auf das Bettchen.

Tim dreht sich zur Seite. »Ei, Großmutter, was hast du für große Hände?«

»Dass ich dich besser packen kann«, brummt es aus dem

Himmelbett. Darin liegt der hübsche Hubert im Nachthemd der Großmutter. Er hat ihr weißes Häubchen auf und unter der Decke die Beine angezogen. Vor dem Gesicht trägt er eine flauschig graue Wolfsmaske, die wir im Karnevalsshop besorgt haben.

»Ei, Großmutter, deine Augen sind ja größer als der Mond.«

»Mund«, sagt Hubert.

»Wie?«, fragt Tim nach.

»Der Mund, Tim.«

Er wischt ihn sich ab.

»Nein … größer als der Mund«, erläutere ich ihm.

Tim nickt. »Ei Großmutter, was hast du für einen großen Mund?«

»Dass ich dich besser fressen …« Hubert beugt sich vor, auf einmal kracht das Himmelbettchen zusammen, er poltert zu Boden. »Mist, verdammter!« Gestänge und Gardinenstoff begraben ihn unter sich.

Tim kichert. Helga und ihr Friseurteam applaudieren lachend. Ein Jugendlicher hat alles mit seinem Smartphone gefilmt. Hoffentlich hat sich Hubert nicht wehgetan, ich laufe auf ihn zu.

Dabei spinxe ich verlegen ins Skript. Nein, das war so nicht vorgesehen, natürlich nicht.

»Das … äh … tja, eben sehr ungewöhnlich, was sich nachts im Märchenwald so ereignet …«, rufe ich, um die peinlichen Sekunden zu überbrücken.

Da krabbelt Hubert unter dem Bettenbruch hervor, die Maske schief vor dem Gesicht. Er grinst scheel. »Nichts passiert, das Rotkäppchen kann ich immer noch fressen.«

Puh, gutgegangen, also weiter. »Und damit kommen wir

zu unserem Höhepunkt.« Ich schwenke das Skript in der Luft. »Folgen Sie mir bitte zu Schneewittchen und den sieben Zwergen.«

Unser Hubert war wohl einfach zu schwer fürs Kinderbett. Hoffentlich passiert nicht noch eine Panne.

»Uuh!« Ein Pärchen, das etwas vorausgelaufen ist, hat einen Wasserschwall abbekommen. Pitschnass stehen sie auf dem Weg. Aber es regnet doch gar nicht. Es ist Frau Holle? Nur schemenhaft erkennbar, schüttet sie einen weiteren Eimer aus ihrem Fenster. Aber wieso ... wer ... eilig schaue ich ins Skript ... da steht's nicht.

»Leev Lück, ich bin die Frau Holle«, juchzt es aus dem Fenster.

Autsch ... Hilde! Der rheinische Singsang ist von ihr. Und die dritte Ladung Wasser.

»Ich schüttle auf die weißen Kissen ... na also sowas, die sind ja ganz feucht.«

Plaatsch. Hilde lacht hämisch.

Das ist doch nicht zu fassen! Zum Glück ist es immer noch sommerlich warm.

Ich lächle gekünstelt. »Liebe Gäste, diese Erfrischung ist gratis. Öhm, ich bin gleich zurück.«

Attacke! Ich hetze über den Platz, gut zehn Meter sind es zum Häuschen, rein in den Hintereingang, eine Sprossenleiter führt mich rauf. Der Raum oben ist zwergenhoch, es ist nur Technik drin und der Oberkörper der Frau-Holle-Puppe. Und jetzt eben: Tante Miststück!

Mein Kopf stößt durch die Luke, ihr dralles Hinterteil sehe ich zuerst. Nur auf allen vieren gelange ich zum Fenster.

Ich schnaube. »Wo ist dein Problem!?«

»Es krabbelt auf mich zu.«

»Ich ... ich ... mache hier ein Event mit Gästen, bemühe mich um Einnahmen. Und du ... du ... schikanierst nur! Verdammt, was soll der Schwachsinn?«

»Och Kindchen, ich bin doch nur hilfsbereit, eben ganz Frau Holle.«

»Du bist so hilfsbereit wie ein Hackebeil und genauso zerstörerisch!«

Mir schießen Tränen in die Augen. Vorhin habe ich noch so cool auf sie reagiert. Jetzt zittern meine Hände, und ich habe einen Kloß im Hals.

Weitere fünf Wassereimer stehen um sie herum. Hilde folgt meinem Blick.

»Ja, ich bin vorbereitet. Balduin sollte dich ablenken. Der Gute. So konnte ich mich hier in aller Ruhe einrichten.«

Bitte was? Balduin sollte mich ablenken? Das hat er auch hingekriegt. Nämlich nackt. Moment ... nur deshalb hat er mit mir geschlafen? Als Ablenkungsmanöver, von Hilde angestiftet?

Der Kloß in meinem Hals macht Klimmzüge.

Sprachlos greife ich zum nächsten Eimer und schütte ihr das Wasser ins Gesicht. Ein Teil des Schwalls klatscht hinter ihr aus dem Fenster.

»Jetzt reicht's aber«, ruft jemand von draußen.

Hilde holt Luft und fährt sich durch die Haare. »Na und?«

Sie grabscht sich einen Eimer und übergießt mich hohnlachend.

Bei dieser Wasserschlacht kann ich nichts mehr ausrichten. Ich schüttle mich und trete den Rückzug an, krabbele nach hinten. Wahrlich wie ein begossener Pudel.

Nicht nur, dass mein Jerseykleid am Körper klebt, auch die Skriptseiten sind patschnass.

»Tja, das wird wohl nichts mehr mit der Rettung des Märchenwaldes«, sagt Hilde lakonisch.

»Und Meerjungfrauen tragen Badelatschen«, presse ich zwischen den Lippen hervor und verschwinde durch die Luke.

Ich muss niesen. Kurzerhand nehme ich Huberts Blaumann vom Haken. Den hat er hier hängen, für seinen Rundgang, wenn er die Technik wartet. Ich ziehe ihn einfach über und steige auch in seine gelben Gummistiefel. Die bin ich wenigstens gewohnt. Meine tropfenden Sandaletten hänge ich an den Haken.

Das Pärchen mit ebenfalls feuchten Haaren sieht mich verblüfft an.

»Was gibt's zu gucken? Das ist mein neues Outfit für die letzte Station. So, wir gehen jetzt zu den Zwergen.«

Ich platsche durch die Pfützen von Frau Holles Vorgarten, mir doch egal, was die Leute denken. Echt jetzt, es können mich alle mal, ich will nur noch weg hier, mich ins Bett verkriechen. Aber ohne Balduin, diesen ... Beziehungsschauspieler.

»Da seid ihr ja endlich.« Julian kommt mir entgegengelaufen. »Wie siehst du denn aus? Was ist passiert?«

»Bin aufgehalten worden. Von der bösen Hexe.«

»Okay ... Wir sind jetzt bereit.«

»Mein Skript ...« Julian ist schon wieder weg. Ich lege den feuchten Fetzen auf einer Sitzbank ab. Dann eben ohne. Man muss mir ja auch nicht alles vorschreiben.

Nur noch am Rumpelstilzchen vorbei, dann sind wir da.

Ich schnaufe. »Zusammenrücken, wir kommen jetzt zum Schluss. So, hier also unser Highlight, Schneewittchen und ihre Kerle.«

Es ist das einzige Märchenhäuschen, in dem kein Licht brennt.

Ein Jugendlicher drückt seine Nase am Fenster platt. »Das ist ja krass. Krass langweilig.«

Knilch, ich bin schon genervt. »Die schlafen halt schon. Wird es für dich nicht auch langsam Zeit?«

»Na, hören Sie mal«, sagt ein Mann, anscheinend der Vater. Derselbe potthässliche Bürstenhaarschnitt.

Ab jetzt habe ich gar keine Ahnung mehr, was weiter geschieht. Hätte ich mal besser das Skript zu Ende gelesen. Was ich nicht konnte, weil Balduin »spontanen« Sex mit mir hatte. Um mich ab-zu-lenk-en.

Mit dem Ergebnis, dass ich jetzt nicht mehr weiterweiß. Vielen Dank, Balduin. »Tja, was soll ich ihnen noch groß erzählen, das Märchen ist ja bekannt.«

Jetzt ist mir alles gleichgültig.

Über dem Häuschen steigt plötzlich Nebel empor. Schauerlich.

Der Jugendliche läuft um das Häuschen herum. »Hier ist ja voll das Loch.«

Die anderen nähern sich von beiden Seiten. Einige leuchten mit ihren Taschenlampen in die offene Rückwand. Nur die Zwerge stehen noch da. Schneewittchens Sarg ist verlassen, ihre Figur fehlt. Aufgeregt tuscheln die Besucher durcheinander.

Ich bin die Erzählerin und kann keine Erklärung geben. Und Balduin ist so ein Blödmann. Resigniert setze ich mich an den Rand der Grube und winke ab. »Tja, was meinen Sie denn, was hier geschehen ist?«

Auf einmal reden alle drauflos.

»Haben die Zwerge das Loch gegraben?«

»Schneewittchen war's zu laut und schmutzig, bestimmt ist sie geflüchtet.«

»Aus ihrem Sarg? Wäre aber blöd für den Prinzen.«

»Prinzen kommen ja meistens erst am Schluss.«

»Wenn überhaupt.«

»Ich denke, es ist ein offenes Grab, und sie ist auferstanden. Ähm, nee, andere Geschichte.«

»Na, na, na, die Bibel ist doch kein Märchenbuch«, ermahnt Rudolph.

»Entschuldigung, Herr Pfarrer.«

In diesem Augenblick setzt monumentale Musik ein. Aus Lautsprechern, die ich hinter den Birken vermute. Die weißen Schwaden werden dichter. Julian dürfte sich mit der Nebelmaschine hinter dem aufgeschütteten Erdhügel versteckt haben.

»Was das nur wieder kostet«, seufzt Papa.

Da wird ein Scheinwerfer auf die Grube gerichtet, eine dunkle Decke wird weggezogen, darunter kommt eine Frau in einem weißen Kleid zum Vorschein. Sie sitzt im gläsernen Sarg, der plötzlich zu schweben scheint wie bei einem Zaubertrick. Balduin und Flori, beide in langärmeligen schwarzen Shirts, heben den Sarg an den Enden langsam empor. Würdevoll blickt Schneewittchen Nadine in die Runde.

»Spieglein, Spieglein, an der Wand ... ich bin die Schönste im Märchenland.« Sie beugt sich zu mir runter, hält sich dabei den Handrücken vor den Mund. »Psst, Anna, das ist mein Hochzeitskleid. Ein Spontankauf. Na, Trauzeugin, wie gefällt's dir?«

Ich zögere. »Ziemlich gut.«

»Huberts Blaumann steht dir auch irgendwie.«

»Ach, hör auf.« Wieder spüre ich einen Kloß im Hals. »Da ist ja auch Balduin, der Blödmann.«

»Was, wieso …?« Überrascht lässt er die Arme sinken, der Sarg gerät in Schieflage.

»Achtung.« Flori geht in die Hocke.

»Upsi«, macht Nadine, und hält sich mit beiden Händen am Rand fest. »Unbequem ist's und karg, ich sitze ja im Sarg.«

»Och, lenke ich dich etwa ab?«, pampe ich Balduin an. »Dabei machst *du* das doch so gerne …«

»Wovon redest du?«

»Frag doch Hilde!«

»Anna, bitte. Die Leute sind noch da«, zischt Nadine und hebt dann wieder den Kopf zum Publikum. »Meine Lippen leuchten apfelrot, nach einem Bissen schien ich mausetot!«

»Sag mal, was redest du da überhaupt?«, rufe ich.

»Hab ich ihr aufgeschrieben«, raunt Julian hinter dem Erdhügel hervor.

Ich stehe auf. »Was ist das nur für ein Trauerspiel!« Ich sollte sie alle entlassen.

Balduin auch. Als Personaleinsparung in der Beziehung.

Frustriert schleudere ich eine Hand voll Erde in die Grube. Echt, ich könnte alles hinwerfen.

»Anna …« Papa zieht energisch an meinem Ärmel.

»Nee, lass mich«, sage ich flennend, »und wenn du unbedingt zu den Toten willst, dann nimm den scheiß Leichenwagen mit.«

»Du bist traurig«, sagt Flori leise.

»Ja, ach! Kein Wunder, wenn hier alle nur noch nerven!« Die Bäckersfrau stiert mich mit großen Augen an. »Was glotzen Sie denn so?«

»Wenn das deine Mutter wüsste«, sagt sie und wendet sich ihrem Mann zu. »Mit Ilse hätte es das nicht gegeben.«

Ich hätte Mama auch lieber hier. »Kümmern Sie sich um Ihre Zimtschnecken.«

»Helmut, wir gehen«, sagt die Bäckersfrau.

Ihr Mann nickt. »Und für so einen Familienzoff haben wir auch noch Geld ausgegeben.«

»Gut, sind wir Sie schon mal los.« Ich lasse den Kopf hängen und blinzle eine Träne weg.

Papa hebt beschwichtigend die Arme. »Liebe Leute, die Nachtführung ist beendet.« Er deutet zum Ausgang. »Feierabend, bitte folgen Sie mir.«

»Schaurig, wenn das Gevatter Tod zu einem sagt«, schmunzelt die zierliche Seniorin.

Im fahlen Licht erkenne ich viele Gesichter, die vom jähen Ende enttäuscht scheinen. Einige stapfen davon, andere murren empört. »Ungeheuerlich, das werden wir weitererzählen.«

Julian hat die Musik ausgeschaltet. Flori und Balduin setzen den Glassarg ab, Nadine steigt behutsam heraus und gleitet mit dem weißen Tüll herab. Als wäre der Vorhang gefallen, die Aufführung beendet.

Alle Lichter gehen aus.

Da beginnt es zu regnen, immer stärker, schwere Tropfen platschen auf uns herab.

Nadine kreischt. »Oh Gott, mein Hochzeitskleid!« Sie hastet ins offene Schneewittchenhäuschen. Immerhin trage ich Huberts gelbe Gummistiefel.

Ich erinnere mich an meinen ersten warmen Sommerregen. Papa ist mit mir hinaus auf den Innenhof gelaufen und hat mit mir getanzt, ich geborgen auf seinem Arm. Das war das Größte für mich. Später, im Laufe meines Lebens, sollte ich noch oft genug im Regen stehen. Ohne Schirm. Und ohne Papa.

So wie jetzt.

»Geht es dir gut?« Balduin hält seine Jacke über mich.

»Ganz dämliche Frage.« Ich winde mich aus seinem Arm. »Du hast dich von Hilde benutzen lassen und mich getäuscht.«

Balduin sieht mich verwirrt an, das Wasser rinnt aus seinen Haaren. »Das traust du mir zu?«

»Hilde hat die Nachtführung sabotiert. Als Frau Holle. Sie hat aber nicht Kissen ausgeschüttelt, sondern Wassereimer ausgeschüttet. Und deswegen hast du mit mir geschlafen.«

Noch während ich spreche, fällt mir auf, dass sich das recht kurios anhört. Aber genauso war es ja wohl.

Balduin sieht mich noch entgeisterter an. Er schüttelt den Kopf, als sortiere er seine Gedanken, dann nimmt er meine rechte Hand. »Ich habe mit dir geschlafen, weil du mir wichtig bist, weil … weil ich dich begehre.«

»Ja … wie?«

»Wie ich es sage.«

Er begehrt mich. Schon? Ich meine: schön. Schön, dass er es sagt. Nur hätte er sich dann nicht so verräterisch verhalten sollen. »Und meine Tante?«

»Die begehre ich nicht.« Balduin sieht mir tief in die Augen. »Ich habe sie heute Nachmittag zum ersten und einzigen Mal gesehen. Und du warst dabei.«

Seine warmherzige Stimme … und Hilde ist falscher als jede Schlange. Ich möchte mich an ihn anlehnen, weiche wieder zurück. Hach, Mann, ich weiß wirklich nicht, wie sehr ich ihm vertrauen kann. Wenn ich ihn nur schon besser kennen würde.

Ich schniefe. »Nett von dir, dass du mich begehrst.«

»Tja, die Technik hätte ich ins Trockene gebracht«, ruft Julian. »Wir können nach vorne gehen.«

Auch Flori und Nadine kommen aus dem Schneewittchenhäuschen. »Ich fand die Reime ehrlich gesagt auch nicht soo toll«, sagt Nadine.

»Ach ja, und warum hast du mir das nicht vorher gesagt?«, erwidert Julian.

»Es war alles arg übertrieben, viel zu theatralisch«, sagt Balduin. »Wie bei einer Schulaufführung.«

Der Regen prasselt jetzt noch stärker, durch die Pfützen patschen wir zum Eingang. Julian tritt heftig in eine rein.

»Ey, pass doch auf, mein Hochzeitskleid.« Nadine hält es sich bis zur Hüfte hoch. »Schlimm genug, dass es nass wird. Aber Schlammspritzer, das geht echt gar nicht!«

»Idioten«, mault Julian. »Es war meine Show, und sie war gut.«

»Darum ist ja auch keiner mehr da«, sage ich spitz.

Eigentlich sollte ich mich bei Petrus bedanken. Der Niederschlag hat den Spuk zur rechten Zeit beendet.

Und wer hat's letztlich verbockt? Ich.

Ich kann nur schwer hoffen, dass Hilde den Schluss nicht mitbekommen hat.

Plötzlich steht sie bei uns. Aus der Schwärze herangeglitten. »Nur noch drunter und drüber geht's hier, ts ts, was für ein Debakel. Ich werd's sofort meinem Hilli berichten ... Danke noch mal, Balduin.« Ohne eine Antwort abzuwarten, verschwindet sie wieder in der Nacht.

»Was ... nein?!« Balduin tut unschuldig.

Klar, völlig klar. Was für ein Verräter.

Es ist alles vorbei, die Pleite unausweichlich. Ich zittere.

Im Innenhof sind nur noch einzelne Besucher, die anderen sind längst in ihre Autos geflüchtet. Raus aus dem Regen, nur noch weg vom Märchenwald.

»Anti-Wolfsspray! Anti-Wolfsspray, die letzten Dosen«, ruft Tim im Durchgang zum Kassenhäuschen. Hinter ihm steht der hübsche Hubert, die Wolfsmaske über die Schulter gelegt.

»Ich nehme eine«, sagt die zierliche Seniorin und gibt Tim 50 Cent.

»Mein Anti-Wolfsspray«, sagt Nadines 5-Jähriger geschäftstüchtig, »hilft auch gegen alle anderen Monster.«

»Außer gegen Hilde«, murmele ich.

»Wirklich, Anna«, beteuert Balduin, »ich habe nichts mit ihr ausgeheckt.«

Ich blicke ins Leere, mein Hals ist wie zugeschnürt. Weil es mich ärgert, dass ich mich neben ihm nicht mehr behaglich fühle, eher fehl am Platz. Ich möchte nur noch alleine sein. »Sicher doch, du bist mein Prinz auf dem Schimmel.«

»Oh.« Tim sieht mich treuherzig an. »Wenn der Prinz schimmelt, musst du ihn wegschmeißen.«

Ich brauche ihn noch. Der WDR-Dreh ist jetzt unsere letzte Chance.

21. Kapitel

Wir verlassen den Lesesaal. Julian knallt die Tür hinter sich zu. »Aber ich hab's doch gesehen«, schnaubt er, »im Findbuch steht eindeutig der Hinweis auf Schneewittchen!«

»Wir haben es wenigstens versucht«, sage ich.

Ratlos schauen wir aus dem Fenster der zweiten Etage über die Gereonstraße. Im Gebäude auf der anderen Seite stehen Bänker in weißen Hemden vor ihren Schreibtischen, sie telefonieren hektisch.

Sehr entspannt war es dagegen in den letzten zwei Stunden im Lesesaal des Erzbistum-Archivs. Neonröhren streuen dort ein sachliches Licht, eine Regalwand ist angefüllt mit Findbüchern und Pfarreiarchivalien, nur wenige Besucher waren an diesem Morgen in Schriften vertieft. Julian und ich haben so einige Bücher in die Hand genommen, achtsam darin geblättert. Doch auf gut Glück ist es uns nicht gelungen, in der rheinischen Kirchengeschichte auf Schneewittchen zu stoßen. Wir haben uns an einen Bildschirm gesetzt, über den die digitalisierten Daten des Archivs aufgerufen werden können. Ehrlich gesagt habe ich mich kurz verschämt umgesehen, ob uns niemand über die Schulter blickt. Dann erst habe ich ihren Namen eingegeben: Schneewittchen.

Die Datenbank zeigte keinen Treffer an. Hm, »Pumuckl« wäre als Suchwort wohl ebenso erfolgversprechend gewesen. Was mich, gerade als Forscherin, eigentlich überhaupt nicht verwundern sollte. Hier wird echte Historie aufbewahrt, kein Märchen-Mumpitz. So sehr Julian und ich auf irgendein Indiz gehofft hatten, der Archiv-Bildschirm zeigt nur die Wahrheit an.

»Echt verrückt«, sagt Julian auf dem Weg zur Treppe. »Wir wissen, es könnte Schneewittchen wirklich gegeben haben.« Er bleibt am oberen Absatz stehen. »Nur ... was fangen wir jetzt mit der Info an?«

»Sie suchen etwas?« Ein Mann kommt aus der Toilettentür nebenan.

Julian und ich sehen uns unschlüssig an, dann ihn.

»Mein Name ist Dr. Courage, ich arbeite hier.« Er lächelt. »Wenn Sie bestimmte Auskünfte aus unserem Archiv benötigen, ich helfe gern.«

Nein, das wäre jetzt wirklich zu peinlich. Einem Wissenschaftler von Schneewittchen, Rebecca und dem dicken Karl zu erzählen. Also von den Personen, auf die Julian in Rudolphs Kirchenkeller gestoßen ist.

»Wissen Sie, es ist so ...«, setzt Julian an.

»Julian, ähem, der Parkschein läuft ab.«

Er grinst nur schief. »Bei einer Recherche sind wir auf Karl III. gestoßen.«

»Den der Papst 881 zum Kaiser gekrönt hat«, sagt Dr. Courage.

Julian nickt. »Und der auch in Köln regierte.«

»Von ihm haben wir leider keine Urkunden oder Briefe gespeichert. Unser Archiv umfasst erst Einträge ab dem Jahr 942.«

Noch eine Enttäuschung.

»Danke, gut zu wissen. Julian ...« Ich gehe ein paar Stufen die Treppe hinunter.

»Tja, das war's dann mit Karl und Rebecca.« Er kommt mir hinterher.

»Rebecca … ah ja«, murmelt Dr. Courage.

Julian bleibt abrupt stehen. »Sie kennen Rebecca? Wer war sie?«

»Die uneheliche Tochter Karls, die er mit seiner Kölner Konkubine gezeugt hat.«

»Und als Historiker kennt man Rebecca?«, frage ich.

»Die deutschen und französischen Karolinger zählen zu meinen Fachgebieten«, sagt Dr. Courage fast rechtfertigend. »Die Ehe Karls III. mit seiner Frau Richardis blieb kinderlos. Als sie Rebecca zum ersten Mal zu Gesicht bekam, war diese bereits eine junge Frau.« Er hebt seine buschigen Augenbrauen etwas an. »Königin Richardis war natürlich gar nicht gut zu sprechen auf Rebecca.«

»Und was hat sie zu Karl gesagt?« Untreue in Königsfamilien finde ich einfach immer interessant.

»Der war gerade auf einem Feldzug, musste die Wikinger zurückschlagen.«

»Nä.« Julian steht der Mund offen. »Die Wikinger waren hier?«

»Die Normannen, wie sie eigentlich genannt werden.« Dr. Courage stützt sich mit beiden Händen auf dem Treppengeländer ab. »Im Winter 881/882 zogen sie mit ihren Drachenschiffen den Rhein hoch und wüteten von Xanten über Köln, Bonn und Koblenz bis nach Trier.«

Mir entfährt ein schnaufender Laut. So viele Informationen und noch mehr Unklarheiten.

»Die Wikinger in Köln!« Julian kann es immer noch nicht fassen. »Da bin ich Geschichtsstudent und hatte keinen Schimmer.«

»Vielleicht solltest du mal wieder an die Uni gehen …?«

»Ach, hör mir damit auf.« Er klappt den Beifahrerspiegel runter, betrachtet sich affektiert und schnalzt mit der Zunge. »Als Entdecker des wirklich wahren Schneewittchens stehen mir alle Türen offen.«

»Julian …«

»Was denn?«

Ich nehme die Auffahrt zur A59. »Wir sollten es ad acta legen.«

»Mein Studium?«

»Das Schneewittchen-Thema.«

»Fakt ist, sie steht in Rudolphs Kirchenbuch.«

»Was dennoch nichts beweist. Uns fehlen weitere Anhaltspunkte.«

Er klappt seinen Spiegel ruckartig wieder hoch und verschränkt die Arme. »Dann besorg ich sie.«

Ein Wohnmobil hält uns auf. Ich setze den Blinker und wechsle auf die linke Spur. »Es ist eben eine sehr abenteuerliche Annahme. Jeder Deutsche kennt Schneewittchen. Ich meine, warum ist vor uns keiner drauf gekommen?«

Julian stiert auf die Straße. »Weil vor uns keiner dran geglaubt hat?«

Es ist ein Märchen … Ich sollte es ihm ausreden, es ist meine Pflicht, immerhin bin ich 15 Jahre älter. Und vernünftiger, jedenfalls mal gewesen. Er würde sich nur verrennen und wäre dann natürlich enttäuscht. Andererseits zeigt er sich ziemlich hartnäckig für einen, der das Studium vor sich her schiebt. Tja, dieses Thema interessiert ihn offenbar tatsächlich.

Julian grinst mich entschlossen an. »Ich werde weiter recherchieren, wühlen und stochern. Diese Story wird mich zu einem bekannten Autor machen.«

»Bei deinem Anzeigenblatt?«

»Hey ...«

»Nix für ungut, Julian, mein Kopf ist nur gerade nicht frei für Flausen.«

Im Märchenwald schwirrt mir schon genug um die Ohren. Wir müssen jetzt endlich auf einen grünen Zweig kommen, Ast wäre besser. Und dann muss ich mir darüber klar werden, was ich für Balduin empfinde. In meinem Bauch kribbelt es stärker, als ich dachte, wenn ich ehrlich bin. Aber als er mir seine Gefühle gestanden hat, habe ich innerlich zurückgezuckt. Und in Bezug auf Hilde ist auch noch nicht das letzte Wort gesprochen.

In Porz fahre ich von der Autobahn, sehe auf die Uhr. »In zwei Stunden kommt Balduin mit seinem Team zum Dreh.«

»Ich bin gespannt.« Julian räkelt sich im Sitz. »Ob das was bringt?«

»Es ist unsere letzte Hoffnung.« Jetzt stiere ich auf die Straße.

Die Nachtführung war eine Katastrophe. Und danach haben wir uns gestritten wie die Kesselflicker, als wollten wir uns gegenseitig die Schuld in die Schuhe schieben. Sogar Flori hat sich von der Aufregung anstecken lassen.

Dabei war ich es, die mit ihrer dramatischen Szene alle verprellt hat. Natürlich nicht absichtlich, ich hatte einfach keinen klaren Kopf mehr. Was zu einem krachenden Misserfolg für den Märchenwald geführt hat und zu einer schallenden Ohrfeige für mich.

Die Besucherzahlen sind seitdem nicht gestiegen, wen wundert's.

Und jetzt läuft uns die Zeit davon.

Ich laufe rasch über den knirschenden Kies des Innenhofs.

»Juhu, fast pünktlich!«

Nadine nimmt den Käsekuchen aus der Vitrine. »Hey, Trauzeugin.« Sie stupst zwei Stücke auf Teller. »Bin gleich bei dir.«

Unser »Schlaraffenland« ist heller geworden, freundlicher, weg von der tannenzapfbraunen Gemütlichkeit. Wir haben im Café einige Wände apfelgrün gestrichen, was viel frischer wirkt. Und Fotografien aufgehängt, verträumte Waldmotive und Märchenfiguren.

»Und, Schneewittchen getroffen?«, grinst Nadine mich an.

»Nicht wirklich.« Ich winke ab.

»Mein Hochzeitskleid hängt schon bereit«, strahlt Nadine. »Picobello gereinigt.«

»Sehr gut, meine Liebe. Uwe und du, ihr seid es auch? Also, bereit?«

»Sowas von! Wir haben jetzt sogar den Termin beim Standesamt: Samstag, 29. September.«

»Also schon in sechs Wochen ...«

Nadine klatscht voller Vorfreude in die Hände.

Ich lächle mit ihr, wenigstens ein Lichtblick. »Hoffentlich kriegen wir noch rechtzeitig alles hin.«

»Ach, soo viele laden wir nicht ein.«

»Nadine.« Ich umarme sie. »Das wird der allerschönste Tag deines Lebens.« Die Aussage klingt schnulzig, aber ich meine es aufrichtig.

»Violett«, sagt Nadine, »violett würde farblich schön

zum hellen Grün passen. Damit dekorieren wir, was meinst du?«

»Du hast schon eine Location zum Feiern?«

»Na … hier.«

»Hier?«

Nadine deutet in den Raum. »Das Schlaraffenland ist perfekt. Ich wüsste nicht, wo ich lieber feiern würde.«

Ich nicke. Das ist ein gutes Argument. Der Braut alles recht zu machen, darauf kommt es an.

Allerdings muss ich auch direkt daran denken, dass es der letzte Samstag der Saison ist. Wir müssten ja zumachen, wenn das Café belegt ist und alle Mitarbeiter mitfeiern. Das sollte mir meine Nadine wert sein, natürlich ist sie das, nur … ach, jetzt ist es wohl auch egal.

»Violett also. Gute Idee, ja. Uwe ist einverstanden?«

»Da habe ich freie Hand. Ich soll alles nach meinen Vorstellungen gestalten. Süß von ihm, ne?«

Und ein bisschen einfach macht er sich's auch. »Super.« Ich ringe mir ein Schmunzeln ab. »Du liebst ihn.«

»Ja!« Sie tänzelt am Tresen entlang. »So ist das eben, wenn man heiratet.«

Na, das darf ich als Trauzeugin doch mal hinterfragen. »Schön, dass du dir da so sicher bist.«

»Alles bestens«, sagt Nadine leichthin, »Uwe unterstützt mich und kümmert sich toll um Tim. Er macht aber auch sein eigenes Ding.«

Und Balduin macht sein Ding mit Hilde. Hach, Mann, ich sollte ihm glauben, will ihm glauben.

Nadine tippt mir gegen die Stirn. »Kopf zu. Sonst machst du's dir nur unnötig schwer.« Ihre Finger trippeln auf der Theke entlang.

»Du hast gut reden.« Das Leben leicht nehmen, auch wenn es das nicht ist, Nadine kann's.

Mama konnte es auch. Wenn ich aufs Knie gefallen bin, was mir als Kind doch richtig schlimm vorkam, hat Mama auf die Wunde gepustet und Bärchenpflaster draufgeklebt. Danach hat sie mir lächelnd eine Orange geschält. Es war ihre gelöste Art, mir zu zeigen: Von einer blutigen Schramme geht doch die Welt nicht unter.

Dennoch, ich runzle die Stirn. »Wenn Balduin sich von Hilde hat ausnutzen lassen, warum auch immer, geht das mal gar nicht.«

Nadines Hand fühlt sich gut an auf meiner Schulter. »Das stimmt. Aber seit wann ist Liebe einfach? Versuch dich zu entspannen, alles Weitere wird schon.«

Seufzend wiege ich den Kopf hin und her. »Hach, das ist aber auch echt knifflig mit den Männern.«

Nadine grinst. »Ja … genau.«

Ich muss mich fertig machen für den Dreh. Noch stehe ich unentschlossen vor dem Kleiderschrank. Wegen meines Outfits. Und der Frage, wie ich mit Balduin umgehe.

Die Tür zu meinem Zimmer wird aufgerissen. »Kindchen, wo treffen wir uns gleich noch mal fürs Fernsehen?« Hildes Kostüm ist so grell, es blendet.

»Beim Schneewittchenhaus. Und dieses Mal lässt du Balduin in Ruhe, ziehst ihn nicht wieder in irgendwas rein!«

Meine Tante stutzt. »Das hast du mir geglaubt?« Kichernd zieht sie die Tür zu. »Dummerchen.«

Ich stöhne auf und schlage mir mit der flachen Hand vor den Kopf. Blöde Hilde. Dumme Anna. Dann atme ich tief aus, stelle mich erleichtert vor den Spiegel und lächle. »Ich bin bereit für eine Beziehung.« Energisch mache ich einen Schritt auf mich zu. »Aber ich darf meine Pflichten nicht vernachlässigen, sollte mich auch noch gut um Papa und Flori kümmern können.« Ich drehe meinen Kopf zur Seite. »Und dann sind da noch meine Prioritäten im Märchenwald. Ist das zu viel verlangt, Lilly? Wie bekomme ich das alles unter einen Hut?«

Sie raschelt in ihrem Terrarium.

Wobei, wenn diese Prioritäten wegfielen, wenn wir verkaufen würden, hätte ich wieder mehr Zeit für Balduin. Aber dann wäre ich wohl zurück in Warnemünde. Welche Auswirkung hätte das auf mein Leben? Hmpf.

Nadine hat recht, ich sollte mir keinen Kopf machen. Aber den kann ich ja nicht einfach so an- oder ausschalten. Vielleicht sollte ich mehr aus dem Bauch heraus analysieren? Haha, Anna, wie lustig. Herrje, ich habe gerade Angst, wieder schlechten Gefühlen ausgesetzt zu sein, wenn es schiefgeht. Ich will nicht noch eine Trennung verkraften müssen.

»Weißt du Lilly, zwei Tage. Nur zwei Tage habe ich ihn nicht gesehen, und es kommt mir vor wie eine kleine Ewigkeit. Ist doch eigentlich schön, dass ich es so empfinde.« Ich schlüpfe in ein helles Sommerkleid. Für die Fernsehzuschauer will ich hübsch sein. Und für »meinen Regisseur« sowieso.

Meine Schildkröte wendet sich mir zu, was ich als Zustimmung für mein Outfit werte.

»Außerdem …«, ich streiche ihr mit dem Zeigefinger übers Köpfchen. »Wenn ich zu viel drüber nachdenke, was ich wie angehen und haben will, raubt mir das nur den Antrieb. Und darum …« – ich richte mich auf und mache einen großen Schritt über den Wäscheberg – »… steige ich jetzt über mein Gedankengeröll hinweg. Tschaka, Lilly.«

Einige Minuten später klopfe ich an Floris Zimmertür.

Er öffnet. »Hallo.«

»Alles okay bei dir, Bruderherz?«

Er nickt.

»Ich hab dir ja erzählt, dass Balduin mit seinem Team kommt und im Märchenwald für den WDR dreht. Sie sind gleich da.«

»Oh, gut«, sagt Flori.

»Du, hoffentlich sehen später viele Fernsehzuschauer, wie schön wir es hier haben. Das wäre Werbung, die wir dringend benötigen«, sage ich.

Flori nimmt etwas von seinem Schrankregal. Er hält mir ein Schmuckkästchen hin.

»Für ... mich, Flori?«

»Nee, nee. Maria.«

»Maria?«

»In der Eisdiele.«

»Ach ... die hübsche neue Bedienung?«

Flori grinst verlegen.

»Darf ich mal reingucken?«

»Okay.«

Ich klappe die Schatulle auf. »Hübsch, sehr hübsch, die Kette. Oh, mit Herzchen-Anhänger.«

Mein Bruder strahlt.

Günstig war die nicht. »Hast du die alleine gekauft?«

»Mit Papa.«

»Och.« Ich schaue ihn gespielt beleidigt an. »Und warum nicht mit mir?«

»Du warst beschäftigt.«

Hm, das kann natürlich gut sein. »Maria gefällt dir also?«

Verschämt lächelnd sieht Flori auf den Teppich. Natürlich bin ich baff, will es allerdings nicht zeigen. Hey, klar, warum sollte er Maria nicht mögen. Ich habe es nur noch nicht erlebt, dass er sich so für eine Frau interessiert hat. Tja, ich war offensichtlich sehr lange weg.

»Morgen möchte ich sie Maria schenken. Kommst du mit?«

Morgen. Hm, hm. Da muss ich eigentlich …

»Ja, Flori.«

»Gut.« Er nimmt das Kästchen zurück.

»Morgen besuchen wir Maria in der Eisdiele, das freut mich.« Ich gehe zur Tür. »Und jetzt hoffe ich mal, dass Balduin schon da ist. Kommst du auch gleich?«

»Ja. Muss noch was üben für morgen.«

Die Treppe knarrt, als ich sie hinuntereile.

»Papa?«, rufe ich in Richtung Küche.

»Bin auf Toilette.«

»Und …«

»Groß.«

»Und bist du gleich dabei?«

»Jaja.«

»Das wäre schön, weil …«

»Anna, ich sitze auf'm Klo!«

»Sorry, Papa.« Ja, es ist besser, er geht vorher noch mal.

22. Kapitel

Hach, ich bin doch selbst total aufgeregt, ertrage seine Abwesenheit nur sehr ungeduldig. Balduin, mein Unschuldslamm. Hibbelig stehe ich vor dem Flurspiegel, noch ein kurzer prüfender Blick. »Ich gehe jetzt da raus und falle ihm um den Hals.«

Voller Herzblut, ohne Bammel und ohne nachzudenken. Alles wird gut.

»Hey, Achtung!« Fast wäre ich mit dem Kopf gegen eine Stange gestoßen, als ich durch die Haustür trete. »Arbeitswege freimachen.« Im Innenhof läuft ein Mann mit mehreren Stangen auf der Schulter an mir vorbei. Überall klappert Metall, technische Gerätschaften werden zum Märchenwald geschleppt, sie blitzen in der Sonne. Mitarbeiter rufen durcheinander.

Was hier los ist! Mit Dreharbeiten kenne ich mich nicht aus, allerdings dachte ich, eine Kamera mit Mikrofon reicht, um mich zu interviewen. Anscheinend nicht, gefühlt zieht eine ganze Ameisenstraße hier durch.

»Schneewittchen lebt!« Balduin läuft auf mich zu, wir küssen uns.

Ich umarme ihn innig, schließe die Augen, schnuppere den Duft seiner Haut.

»Leider nicht. Unser Ausflug ins Archiv war ein Reinfall, Schneewittchen bleibt eine Phantasie.«

Er holt einen knallroten Apfel aus seiner Tasche und beißt ein weißes Herz ins Fruchtfleisch. »Für mich ist sie Wirklichkeit.«

»Ooh, wie süß.« Ich küsse ihn wieder und nehme ihm den Apfel ab. »Meiner.«

Balduin atmet auf. »Ich möchte mich noch einmal für den Ärger mit Hilde entschuldigen. Das muss wirklich ein Missverständnis ...«

»Ach, weißte was«, unterbreche ich ihn fast zu vergnügt, »Schwamm drüber.«

»Wohin, Balduin?« Ein stämmiger Mitarbeiter mit tätowierten Armen und Piratenkopftuch deutet mit dem Kinn auf das Eisengestänge.

»Vors Schneewittchenhaus«, antwortet Balduin, »wir drehen erst eine Totale.«

»Sag mal, trägt er da ... Schienen?«

»Ja, für den Dolly, also den Kamerawagen, der darauf fährt. Dann wackeln die Bilder nicht, selbst wenn der Boden uneben ist.«

»Aha.« Ich streichele Balduins Brust, die sich unter seinem gutsitzenden Hemd abzeichnet. »Das ist aber schon alles ziemlich aufwändig?«

Er lächelt zufrieden. »Bei der Abschlussbesprechung im WDR wurde entschieden, dass wir hier szenischer drehen, weil der Märchenwald ein so grandioses Setting ist. Dann sieht es noch wertiger aus, wie ein Film.«

»Nach Film? Ich dachte, es wird eine Dokumentation über den Ursprung der Kölner Heinzelmännchen.«

»Ja, wir nennen sie allerdings intern ›den Film‹.«

Hollywood also, hihi. Das klingt gut, ja umso besser, wenn es dem Märchenwald hilft. Balduin weiß natürlich, was er tut. Ich streiche über seinen Rücken. Und er ist: der Boss.

»Dann wollen wir mal.« Er entzieht sich meinen Zärtlichkeiten und reibt sich die Hände. »Action! Komm, Anna.«

Es ist ein ziemliches Gewusel vor Schneewittchens Häuschen. Viele Menschen und noch mehr Technik. Balduin bespricht sich gerade mit dem Kameramann, er steht im Mittelpunkt. Im weißen Designerhemd ist er die Lichtgestalt unter seinen Kollegen. Ich ertappe mich dabei, wie ich ihn anhimmele. Wie lang stehe ich hier schon so? Doch, er soll ja wissen, wie toll ich ihn finde. Aber wie sein Groupie will ich nun auch wieder nicht wirken. Fast ein bisschen verlegen wende ich meinen Blick von ihm ab. Seine Leute schleppen und schwitzen ordentlich in der Hitze. Hubert verteilt Wasserflaschen.

»Wir sind gleich so weit.« Balduin wirft mir einen Kussmund zu. »Jetzt fehlen nur noch die Statisten ...«

»Aber da sind sie doch.« Papa, Flori, Julian, Nadine, Tim. Und Tante Hilde. Woher auch immer sie erfahren hat, dass »das Fernsehen kommt«, wie sie es nennt, von mir jedenfalls nicht. Da steht sie nun geltungssüchtig in einem Kleid, das in sämtlichen Farben des Regenbogens leuchtet. Ihr Sommerhut ist knallgelb und groß wie eine Satellitenschüssel.

»Ja, wunderbar, wie vereinbart.« Balduin hebt einen Daumen. »Allerdings fehlen noch die anderen Statisten von der Agentur.«

Er stellt sich seinen Regiestuhl zurecht. Hintendrauf steht »BvB«. Ist das nicht ein Fußballverein? Ach so, Balduin von Brabant, natürlich.

»Da sind wir!« Sie kommen angelaufen, zu siebt, was auf ihren kurzen Beinen unfreiwillig ulkig aussieht. »Sorry für die Verspätung, wir haben uns verfahren. Ist ja am Arsch der

Welt hier.« Alle drehen sich nach ihnen um. »Hey Leute, ich bin Morgrim! Und das sind Thori, Snorri ... und wie meine Männer eben so heißen.«

Kleinwüchsige.

»Hi, schön, dass ihr da seid. Ich bin Balduin, der Regisseur.« Er gibt Morgrim die Hand. »Kommt doch direkt mal rüber.«

»Balduin«, ich frage es leise, »Kleinwüchsige?«

»Ja, unsere Zwerge.« Er scheint meine Verwirrung nicht zu bemerken. »So, jetzt zur Drehbesprechung: Die Kamera startet drüben auf unseren Statisten, die so tun, als wären sie Besucher des Märchenwaldes. Dann schwenken wir aufs Schneewittchenhäuschen, vor dem Anna steht.« Er lächelt mich an. »Großaufnahme meiner Hauptdarstellerin.«

Hauptdarstellerin. Ich blinzele in die Sonne. Meint er jetzt nur hier vor der Kamera oder auch sonst? Hmm, ich mag den Gedanken, dass ich sein Herzstück bin.

Allerdings bin ich über die nicht ganz so großen Herren erstaunt.

»Ich stelle es mir so vor«, fährt Balduin fort, »dass Morgrim und seine Männer geschäftig durchs Bild laufen. Wie man es von den sieben Zwergen eben kennt. Ihr werdet sofort eingekleidet, dann geht's los.«

»Ich hoffe, die Maskenbildnerin ist sexy«, sagt Morgrim und grient in die Runde.

Balduin legt mir eine Hand auf die Schulter. »Deinen Einsatz bitte auf mein Zeichen.« Mein Briefing hat er mir schon vor Tagen gegeben.

»Okay, Balduin, aber ...«

»Drehfertig machen!«, ruft eine Rothaarige mit Headset über den Platz.

»Hast du noch eine Frage, mein Star?«

Ich lächle zitronig. »Das mit den Kleinwüchsigen hast du mir nicht erzählt. Also, nicht dass ich alles wissen muss, nur ... findest du, sie sind wirklich erforderlich?«

»Magst du sie nicht?«

»Doch, klar, ich meine, ich kenne sie ja nicht. Aber warum spielen sie die sieben Zwerge?«

»Wen denn sonst?«

Aah, das ist es ja gerade. »Ist das nicht erniedrigend?« Im wahrsten Sinne des Wortes.

»Anna, sie machen unsere Aufnahmen deutlich lebhafter. Ein Märchenwald mit echten Zwergen, prächtig!«

»Aber sie sind keine echten Zwerge, das täuscht doch die Fernsehzuschauer.«

»Na, das dürfte wohl jedem klar sein. Es geht darum, dich besser in Szene zu setzen, mein Star. Du sprichst über sie und ... besser geht's nicht ... da laufen sie durchs Bild.«

Mit Zipfelmütze und Spitzhacke oder Laterne, wie originell. So kommen sie jedenfalls Minuten später aus dem Zelt, in dem sie sich umgezogen haben. Bärte tragen sie jetzt auch.

Tante Hilde klatscht in die Hände. »Hach, ihr seid ja knuffig.«

»Und du bist nicht sexy.« Morgrim geht einfach an ihr vorbei.

»Sorry, ich muss Sie eben noch verkabeln.« Stutzig blicke ich die Frau an. »Bin vom Ton«, sagt sie kaugummikauend und befestigt ein winziges Mikrofon an meinem Kleidträger.

»Hallöchen, und ich bin der Make-up-Artist.« Etwas affektiert wedelt mir der schmächtige Schönling einen Puderpinsel ins Gesicht.

»Alles auf Anfang«, kommandiert die Rothaarige. »Ruhe bitte.«

Balduin hat sich auf seinen Regiestuhl gesetzt und blickt auf einen Mini-Bildschirm. »Ton ab.«

»Ton läuft«, ruft jemand zurück.

»Und bitte.«

»23/7, die Erste!« Eine junge Frau schlägt eine schwarze Filmklappe aufeinander und huscht zur Seite.

Die große Kamera ist auf Julian, Hilde, Papa, Flori, Nadine und Tim gerichtet, die sich auf dem Hauptweg verteilt haben.

»Moment ... aus!«, ruft Balduin. »Ähm, Herr Herzig, bitte nicht direkt in die Kamera schauen.«

»Ach so«, sagt Papa. »Ich dachte, damit die Leute mich erkennen.«

»Nein, Sie sind ein Besucher des Märchenwaldes, der scheinbar zufällig ...«

»Ich bin der Eigentümer«, erwidert Papa.

»Schon klar. Jetzt sollen Sie allerdings so tun, als würden Sie sich für die Märchenfiguren interessieren. Spielen Sie einfach, als ob.«

»Als ob?« Papa kratzt sich am Kopf. »Aber natürlich interessiere ich mich für die Märchenfiguren. Wie soll ich das denn ›spielen‹?«

Balduin steht auf. »Bieten Sie mir doch mal was an.«

»Hm, 'n Schnaps etwa? Jetzt?«

Balduin runzelt die Stirn. »Ich meine, Sie sollen mir zeigen, wie Sie sich als ganz normaler Besucher geben würden.«

Papa hebt eine Hand, als habe er verstanden.

Balduin setzt sich wieder. »Und bitte!«

Nadine läuft ein paar Schritte mit Tim an der Hand, Flori

sitzt auf einer Bank, Julian schaut im Hintergrund dem tapferen Schneiderlein bei der Arbeit zu.

»Oh bitte, nein … aus.« Balduin fährt hoch und geht energisch auf Tante Hilde zu. »Nicht winken, wirklich nicht. Das wirkt absolut unnatürlich im Motiv.«

»Ich dachte, ich bin das Motiv.«

Balduin stapft zurück. »So, noch mal. Und jetzt nicht in die Kamera sehen, nicht winken, und Oma wird auch nicht gegrüßt.«

Ich stehe weiter exakt auf der mit einem Kreuz markierten Stelle, an die mich Balduin vorher dirigiert hat, und warte auf meinen Einsatz. Dieses Mal klappt es. Hilde ist immer noch grellbunt, sonst gibt es keine Störfaktoren, die Kamera schwenkt von ihr und den anderen aufs Schneewittchenhäuschen zu.

»He, Männer, ho, Männer …« Morgrim und seine Kollegen biegen trällernd um die Ecke und laufen an mir vorüber. »… hu, Männer, ha, Männer …« Dabei wirken sie wie eine Lachnummer. Sehe nur ich das so? »… hi, Männer, hey!«

Balduin holt mit einem Arm aus und deutet mit dem Zeigefinger auf mich.

Die Kamera. Ausschließlich auf mir. »Ähm … ähm …« Eigentlich kenne ich meinen Text in- und auswendig. Die Bedeutung der Zwerge im Märchen, ich könnte sie im Schlaf aufsagen.

Es sind die kleinwüchsigen Männer, ihretwegen bekomme ich kein Wort heraus.

»Kamera läuft weiter«, brummt der Kameramann.

Balduin legt seinen Kopf etwas zur Seite. »Anna?«

»Ich … ich …«

»Alles klar bei dir?«, fragt er.

Ich räuspere mich. »So habe ich ein Problem damit.«

»Womit?«

»Wie du den Märchenwald darstellst.«

»Ahm, können wir das bitte kurz machen?«

»Das habt ihr ja schon!«

»Bitte?« Balduin steht wieder von seinem Regiestuhl auf.

»Na, hier, deine sogenannten Zwerge. Warum müssen sie so vorgeführt werden?«

»Wir sind Kleindarsteller«, erklärt Morgrim geradezu sachlich. Die anderen feixen.

Balduin hüstelt. »Anna, bitte ... später.«

»Es ist mir wichtig.«

»Ja. Und mir ist es wichtig, den Dreh fortzusetzen.«

»In Ordnung.« Ich presse kurz die Lippen zusammen und blicke direkt in die Kamera. »Guten Tag, liebe Fernsehzuschauer. Also: die Zwerge. Sie sind fleißig und hilfsbereit. Voller Nächstenliebe haben sie Schneewittchen vor der bösen Stiefmutter gerettet. Sie sind Helden!«

Balduin läuft ein paar Schritte auf mich zu. »Augenblick, das haben wir anders besprochen ...«

Aufmüpfig zu sein ist ja eigentlich gar nicht meine Art. Aber er kann doch mit mir nicht umgehen wie mit einer Mitarbeiterin. Ich sehe wieder in die Kamera. »Ja, was die Zwerge geleistet haben, das hat wahre Größe. Und damit sind sie ehrenwerte Vorfahren der Kölner Heinzelmännchen. So, schönen Abend.«

Balduin hebt die Arme und dreht sich zur Kamera. »Aus. Danke, aus!«

Er kommt direkt auf mich zu. »Kannst du mir bitte mal sagen, was das sollte?«

Ich weiche etwas zur Seite aus. »An einem Kasperletheater möchte ich mich nicht beteiligen.«

»Es geht doch nicht darum, sie zu diskriminieren. Sie helfen, die Szene anschaulicher zu machen. Den Plan habe ich dir doch erläutert.«

»Ich sehe es eben anders und glaube auch nicht, dass das die richtige Werbung für unseren Märchenwald ist. Und wenn, dann nimm doch Normalwüchsige und lass sie auf Knien rutschen.«

»Du brauchst mir nicht zu sagen, wie ich meinen Job machen muss«, braust Balduin auf. »Ich habe am Set das Sagen!«

»Natürlich. Nur: Wenn ich schon in die Kamera spreche, was mir nicht leichtfällt, möchte ich ein gutes Gefühl dabei haben.«

Der Kameramann tippt Balduin genervt auf die Schulter. »Wie geht's denn jetzt weiter? Annas Aussage packen wir wohl zu den Outtakes?«

»Hm, ja, das ist eine Drehpanne. Aber das rette ich im Schnitt.«

Drehpanne ... ich?

»Viel Spaß dabei dem feinen Herrn«, wünsche ich und wende mich zu meinen Leuten um. Flori läuft mir schon entgegen.

Im Café haben wir ein kleines Büfett hergerichtet: Frikadellen, Kartoffelsalat, Getränke, Süßigkeiten. »Das Catering«, wie die Film-Leute es nennen. Es sind erst wenige hier, weil Balduin noch Stimmungsbilder drehen lässt, also schöne Aufnahmen quer durch den Märchenwald. Balduin, der Blödian. Man kann doch mal unterschiedlicher Meinung sein und das auch sagen. Früher, bei meinen Exfreunden, habe ich viel zu oft den Mund gehalten.

»Du bist nicht übel.« Morgrim stellt sein Wasser neben mir ab. »Echt, du bist 'ne ganz Süße.«

Flori und ich rücken zusammen, machen ihm auf der Holzbank Platz.

»Das ist wohl ein Kompliment«, sage ich lächelnd. »Danke.«

Er zieht sich hoch, rutscht neben uns. »Was sage ich vor der Katzenklappe? Männer, Köpfe einziehen!«

Ich verziehe das Gesicht.

»Falsch«, sagt er. »Du solltest drüber lachen.«

Fragend sehe ich ihn an.

»Auch über Minderheiten muss man Witze machen, gerade über sie. Damit sie als normal wahrgenommen werden.« Stolz hebt er das Kinn. »Alles andere würde uns nur umso mehr ausgrenzen.«

Ich schaue ihn an. »Du meinst, du machst dich über dich selbst lustig, um ernstgenommen zu werden?«

»Ganz genau.«

»Wobei es etwas anderes ist, wenn du es tust, als wenn ein anderer, der vielleicht respektlos …« Ich fuchtele mit den Händen.

»Baby, so ist es nun mal: Wir sind als Knilche festgelegt. Da stecken wir in einer Schublade.« Er grinst schadenfroh. »Okay, da passen wir auch rein.«

»In einer Schublade, haha«, lacht Flori.

Ich gestikuliere. »Na, aber dein Schauspieler-Kollege stellt in der Serie *Game of Thrones* doch auch keinen Zwerg dar.«

»Dafür einen versoffenen und rumhurenden Kleinwüchsigen … ist das besser?« Er trinkt einen Schluck. »Wobei, tolle Rolle, hehe.«

Kurz überlege ich, ihm zu helfen, die Flasche zurück auf den Tisch zu stellen. Ich lasse es bleiben.

»Anna, wir treten auch im Zirkus auf. Damit verdienen wir eigenes Geld, dank eigener Leistung. Denn es ist ja wohl klar, wir können nicht jeden Job machen. Aber zum Glück gibt es Jobs, die können *nur* wir machen. Wie diesen hier.« Er reckt sich, so gut er kann. »Außerdem mag ich die Bühne …«

Ich nicke verstehend.

»… so krieg ich mehr Frauen ab.«

Schmunzelnd schiebe ich die Hand zurück, mit der er meinen Oberschenkel tätschelt.

»Er hier«, sagt Morgrim und blickt Flori an, »ist doch …« Er macht einen Hand-Scheibenwischer vor seinen Augen.

»Na hör mal, mein Bruder …«

»Schon klar, jaja, was ich sagen will: Er ist in derselben Situation. Vielleicht kann er's nicht so zum Ausdruck bringen, aber auch er wird es nicht mögen, auf Unterstützung angewiesen zu sein. Und auch er dürfte es hassen, Mitleid zu erregen.«

Das erinnert mich daran, wie Flori einmal bei einem Ausflug mit Behinderten nicht mitwollte. Wütend stand er vor unserer Mutter: »Ich gehöre nicht dazu!«

»Kumpel, wie heißt du?«, fragt Morgrim ihn unvermittelt.

»Florian.«

Morgrim stellt sich auf die Bank, steigt über mich hinweg und umarmt Flori. »Freut mich, dich kennenzulernen.«

»Habt ihr gut gemacht«, sagt mein Bruder zu ihm.

Morgrim klopft ihm auf die Schulter und ruft durch den Raum: »Was ist ein Zwerg, der Karos trägt?«

»Kleinkariert!«, schallt es von seinen Kollegen zurück.

Morgrim grinst bestätigt. »Abmarsch, Männer!«

Oh, Balduin steht in der Tür.

»Ist der eigentlich dein Freund?« Morgrim hüpft von der Bank. »Wenn nicht: Ich bin zur Stelle.«

»Danke«, lächle ich gezwungen, »gut zu wissen.«

Balduin verabschiedet seine Statisten und kommt dann geradewegs auf mich zu. »Es musste wirklich nicht sein, dass du so eine Szene machst.«

»Ich habe mich in dem Moment einfach nicht wohl gefühlt.«

»Und das sagst du mir vor meinem Team?«

Hinterher kann ich nicht mehr impulsiv sein, was mir in dem Moment aber ein Bedürfnis war. Ich stehe auf Balduins Seite, allerdings auch auf der des Märchenwalds. Und ich möchte nicht dazu gedrängt werden, mich für eine von beiden entscheiden zu müssen.

»Ich wollte dich nicht bloßstellen, natürlich nicht, aber man kann doch mal anderer Ansicht sein. In einer Beziehung«, füge ich leiser hinzu.

»Aber nicht bei der Arbeit!«

Ach. Er möchte sich nicht reinreden lassen. Aber mir hat er vor der Nachtführung gesagt, wie ich mich verhalten soll, wie ich am besten die Erzählerin gebe. »Du hast deine Erfahrungen, ja, und ich habe meine Überzeugungen.«

Er macht eine barsche, wegwerfende Handbewegung und rauscht zur Tür.

So kenne ich ihn gar nicht. Balduin klang arrogant, und seine Ansichten kamen mir falsch vor, aber vielleicht hat er mit seinem Vorwurf doch recht? Hätte ich seine Arbeit nicht in Frage stellen sollen?

»Oh schade, Balduin ist aber schnell weg.« Nadine schlendert auf mich zu. Sie kaut Gummibärchen. »Ich wollte euch gerade vorschlagen, mal einen Spieleabend zu viert zu machen.«

23. Kapitel

»Ich bin nicht behindert!« Flori stampft auf den Küchenboden. »Aus dem Alter bin ich raus!«

Er will nicht anders sein, nicht weniger können. Aber genauso ist es. Und noch schlimmer: Ich, seine zwei Jahre jüngere Schwester, habe ihn einmal mehr übertroffen. Zwangsläufig, denn Flori kann nur wenig lesen und schreiben. Und so starrt er auf meinen nagelneuen Führerschein, der neben dem Toaster liegt. Ich darf jetzt Auto fahren, er nicht.

Dabei habe ich mich häufig zurückgenommen, um ihm das Gefühl zu geben, gut in etwas zu sein. Auch, weil Mama mich darum gebeten hat. Aber deswegen keinen Führerschein machen? So eine Einschränkung führt dann doch zu weit.

Voller Freude röhre ich im klapprigen Käfer mit ihm über die Felder. Und gleichzeitig tut Flori mir leid, was ich natürlich nicht zeige. Darum spielen wir, er wäre mein Co-Pilot. Wenn ich parke, darf er immer die Handbremse anziehen.

Die Bilder verschwimmen, ich wache auf. Hm, warum habe ich davon geträumt? Ich erinnere mich genau, es war Ende der 90er Jahre. Damals kam mir eine Idee: Ich führte den »tollen Tag« ein. Bevor ich zum Studium wegzog, verbrachte ich ständig Zeit mit Flori, im Märchenwald oder bei Ausflügen in die Umgebung, zu Hause sowieso. Es war immer was los. Beim »tollen Tag« sollte es allerdings ausschließlich um ihn gehen. Es sollte ein besonderes Erlebnis sein, alle paar Monate.

Ich schiebe die Bettdecke zur Seite. Sonnenstrahlen schlängeln sich durch die Jalousie. Ich ziehe sie hoch und betrachte unseren Innenhof.

Jetzt verstehe ich den Traum. Natürlich. Es ist wieder so weit. Heute.

Aufregend wird der Tag für Flori ohnehin, weil wir am Nachmittag Maria in der Eisdiele besuchen. Und »toll« soll sein Tag auch werden. Mir kommt ein Geistesblitz, und ich greife zum Handy: »Anna Herzig. Guten Morgen, es ist etwas spontan, ich weiß, aber haben Sie gegen Mittag noch einen Termin frei …?«

Beim Frühstücken ist der TV-Dreh immer noch Gesprächsthema, nur mein Vater zeigt sich etwas einsilbig.

»Sorry, Papa, das ist gestern leider alles etwas chaotisch gelaufen.«

Er schüttelt den Kopf. »Das meine ich nicht.« Papa macht eine kurze Pause, legt sich eine Scheibe Käse aufs Schwarzbrot. Und schaut mich direkt an. »Ihr habt euch gestritten?«

Das hat er also mitbekommen.

»Hmm, ja, wir hatten unterschiedliche Ansichten.«

»Und jetzt?«

»Weiß ich nicht.«

Papa beißt von seinem Brot ab. »Balduin ist ein guter Kerl.«

Ich nicke betreten.

»Aber ist er auch gut genug für dich?«

Ich küsse ihn auf die Wange. »Danke, Papa. Das hoffe ich.«

Ich hoffe es sogar sehr.

Aber ich weiß es nicht. Balduin hat sich noch nicht gemeldet.

Ist es Liebe? Oder nur mein Wunsch danach, mein Bedürfnis? Immer wieder hinterfrage ich meine Gefühle.

Hier und jetzt sollte ich allerdings Zuversicht ausstrahlen. »Na, also ich finde, wir haben uns gestern echt gut geschlagen. Ha, wir sind im Fernsehen. Und das ist doch gute Werbung für den Märchenwald.«

»Genau«, sagt Flori.

Papa mümmelt sein Brot in sich hinein.

Es ist unsere allerletzte Chance, ich muss einfach daran glauben. Alles andere ist schiefgegangen, hat jedenfalls nicht zu sprudelnden Einnahmen geführt. Wir sind so kurz vorm Bankrott. Ich traue mich schon kaum noch, einen Kassensturz zu machen. Um nicht wieder enttäuscht zu werden.

»Die Marmelade bitte«, sagt Papa.

Flori reicht sie ihm rüber.

Wenn ich als Meeresbiologin mit aller Kraft und ganzem Herzen bei der Sache bin ... war, hat es eigentlich immer gefruchtet. Doch, meine Projekte hatten überwiegend positive Resultate.

In den letzten Wochen habe ich Pläne gemacht und Ideen umgesetzt, aber sie wollten nicht funktionieren. Weil ich Dinge anders gemacht habe, als ich es von mir gewohnt bin. Ich habe einfach stärker auf mein Bauchgefühl gehört. Darf ich das? Das muss ich mich doch fragen: Bin ich die Frau, die ich sein will?

»Geduscht bin ich schon«, sagt Flori.

Papa nickt. »Und zieh dein bestes Hemd an.«

Meine Liebe zum Märchenwald aus Kindheitstagen, kann ich mich auf sie noch berufen? Es war immer meine Welt ... in der ich mich jetzt offenbar nicht mehr zurechtfinde.

Darum muss ich überlegen, wie es danach weitergeht. Mit Papa. Mit Flori. Und auch mit mir selbst. Ich muss darauf achten, dass wir es ohne Leid durchstehen. Das klingt jetzt vielleicht wieder etwas verkopft, aber natürlich bewegt und beschäftigt mich das alles sehr.

»Flori, lass uns etwas früher starten, wenn du schon so weit bist«, sage ich.

»Hm ... okay.«

»Möchtest du mitkommen, Papa?«

»Die neue Ladung Ziegenfutter wird gleich angeliefert, ich kümmere mich drum.« Er zwinkert Flori zu. »Mach's gut, Sohn.«

Flori errötet leicht. »Alles klar, Papa.«

»Die Kette hast du dabei?« Ich schnalle mich an.

Flori stellt das Kästchen stolz aufs Armaturenbrett.

»Oho, du duftest.«

»Von Papa.«

Ja, es ist Papas »Eau de Rentner«. »Wir können dir aber auch vorher noch ein neues ...«

»Nein. Riecht gut. Damit hat er Mama erobert.«

Süß, er hat es mit Flori besprochen. »Ja dann ... ist es wohl das Beste. Wenn Papa Mama nicht erobert hätte, wären wir ja gar nicht auf der Welt.«

Flori nickt. Ich starte den Motor.

Auf die Landstraße biegen wir nach links ab, also nicht nach Auendorf.

»Flori, wir fahren erst nach Bonn. Dort wartet eine Überraschung.« Den nächsten Satz spreche ich gedehnt. »Denn heute ist ...?«

»Toller Tag?«, fragt Flori zögernd.

»Yep!« Ich drehe das Radio auf. »Highway to hell« wird gespielt, klasse, als hätten sie's gewusst.

Ich schlage vors Lenkrad und johle mit: »... *living easy, living free ... on the highway to hell ...*«

Flori grinst breit, wippt auf seinem Sitz vor und zurück.

Eine Viertelstunde später senkt sich die Zufahrtsschranke hinter uns, die Frau vor dem blauen Auto winkt uns zu. Flori sieht sich verwundert um.

Als seine Fahrlehrerin: So stelle ich ihm die Frau vor.

Eine Probestunde?! Überglücklich steigt er ein und lässt das Lenkrad durch die Hände gleiten. Was für ein Gefühl, selber zu fahren! Da sind die unauffällig assistierende Fahrlehrerin und das Automatikgetriebe zweitrangig. Langsam, weiträumig und unendlich stolz kurvt Flori durch sämtliche Kreisel auf dem Verkehrsübungsplatz, auf den Geraden gibt er sogar etwas Gas.

»Wie du«, juchzt er.

»Wie ich«, sage ich von der Rückbank.

Wir bleiben auf den kleinen Straßen, die wie auf einem Spielteppich weiß eingezeichnet sind, um Flori nicht dem Stress des echten Verkehrs auszusetzen. Damit es ihm nicht zu viel wird, sondern eine schöne Erinnerung bleibt.

»Zu mir?«, fragt Flori, die Fahrlehrerin nickt, und er dreht den Zündschlüssel nach links. »Mach du«, sagt er in den Rückspiegel.

»Na und ob«, grinse ich, beuge mich vor und ziehe die Handbremse an.

Flori läuft noch einmal um das Auto herum, strahlt es an, als sei es das einzige Auto auf der Welt. Ich steige aus, er schlingt seine Arme um mich. »Hab ich gut gemacht?«

»Sehr gut, mein Lieber.«

Immer wenn es ihm gelingt, eine neue Herausforderung zu meistern, ist er glücklich. Und tatsächlich hat er sich am Lenkrad recht geschickt angestellt. Die Fahrlehrerin beglückwünscht ihn und verabschiedet sich.

Mit nichtbehinderten Menschen etwas zu erleben, ist für Flori das Größte, weil er sich Sachen abgucken kann. Das bringt ihm mehr als vieles andere.

Als wir auf der Landstraße zurückfahren, liegt ein Auto verlassen im Graben.

»Du kannst besser einparken«, sagt Flori und schlägt sich auf die Schenkel. »Ich auch!«

Die pure Euphorie über seinen Erfolg lässt sein Herz höher schlagen.

Ich lache mit ihm und bin so gespannt, was gleich passiert. Die Bedienung der *Gelateria Angelo* hat es Flori angetan, mit der Kette will er Maria wohl auch seine Gefühle schenken.

Ich habe überlegt, ob ich meinem Bruderherz schonend beibringen soll, dass Maria nicht interessiert sein könnte. Was sehr wahrscheinlich ist. Aber Flori soll diese Erfahrung machen. Natürlich begleite ich ihn dabei. Um zu sehen, wie Maria reagiert, und um Flori zu schützen. Maria soll wissen: Ich bin bei meinem Bruder, er darf also nicht veräppelt oder verletzt werden.

Flori räuspert sich. »Jetzt?« Seine linke Hand umklammert das Schmuckkästchen.

»Wenn du bereit bist: ja.«

Er nickt und öffnet die gläserne Eingangstür. Maria bedient im hinteren Teil, Flori will geradewegs auf sie zusteuern.

»Ähm«, ich zupfe ihm am weißen Hemd, »wollen wir uns nicht erst setzen und etwas bestellen?«

Kurz darauf lächelt uns Maria an. »Ciao.«

»Tschau!«, grüßt Flori, leicht überdreht.

»Zwei Eiscafé bitte«, sage ich.

»Ich kann Auto fahren!«, purzelt es aus Flori heraus.

»Das ... ist gut«, lächelt Maria und wendet sich zur Theke um.

Flori schaut ihr hinterher. »Sie hat hübsche Haare.«

»Ja, und sie scheint wirklich nett zu sein.«

Zwei Tische weiter sitzt ein älterer Herr, bei ihm eine Rollstuhlfahrerin, ungefähr in Floris Alter. Die beiden feixen, sie haben Spaß. Die Frau scheint eine leichte Spastik zu haben, sie haut hin und wieder mit der Hand auf den Tisch.

»Prego.« Maria stellt die beiden Eiscafé-Gläser elegant vor uns ab.

Flori wirkt zappelig. Ich denke, es ist okay, wenn ich den Anstoß gebe.

»Ahm, liebe Maria, mein Bruder würde dir gerne etwas sagen.«

Sie lässt das Tablett sinken, schaut ihn offenherzig an.

»Ja.« Flori nestelt am Kästchen herum. »Ich möchte ... also.« Er holt tief Luft. »Du lachst gut. Das sieht schön aus.« Er hält die Kettenschatulle hoch. »Hier, bitte.«

»Oh«, sagt Maria, »das ist aber lieb von dir ...«

Ihre Antwort ist freundlich, dabei windet sie sich jedoch erkennbar. Nun, es kommt nicht völlig überraschend. Zum Glück hatte Flori heute schon ein Erfolgserlebnis.

»Jetzt reicht's mir aber!«, poltert es plötzlich von rechts. Eine junge Blondine im dunklen Kostüm ist von ihrem Platz hochgefahren. »Ich habe jetzt Mittagspause und will endlich meine Ruhe haben!« Sie pflaumt die Rollstuhlfahrerin an, deren Verhalten sie als Lärm empfindet.

Der ältere Herr, sicherlich der Vater der Behinderten, schaut die Blondine entgeistert an, er ist sprachlos. Die beiden haben es schon nicht leicht und müssen dann auch noch solche Mitmenschen ertragen. Was für eine ignorante Egoistin, was für eine dämliche Zicke.

»Hey, geht's noch?«, rufe ich ihr zu.

Durch die Lautstärke ist Angelo herbeigeeilt und hat die Situation sofort erfasst: »In meine Café Sie sind nicht mehr willkommen!«

Die Blondine legt unwirsch einen Geldschein auf den Tisch und verlässt die Eisdiele ohne ein weiteres Wort.

Maria steht noch immer mit der Kettenschatulle vor uns, als hätte man sie auf Standbild geschaltet.

»Moment ...« Flori steht auf und nimmt ihr die Schatulle aus der Hand.

Maria ist verdutzt, und ich bin es auch.

Er geht zum Tisch der Rollstuhlfahrerin.

Ich eile hinterher. »Warte, Flori, du hast doch eben Maria ...«

»Sie ist besser.«

Und schon steht er vor ihr. »Hallo, ich bin Flori.«

»Sandra«, sagt sie und mustert ihn.

»Und ich bin Anna Herzig, die Schwester.« Ich gebe Sandra und ihrem Vater die Hand. »Es freut uns, Sie beide kennenzulernen.«

»Mein Name ist Röttgen, ich danke Ihnen.« Er schüttelt leicht den Kopf. »Ich bin ja einiges gewohnt, aber die Frau hat mich völlig perplex gemacht.«

»Ja«, sagt Flori, »niemand ist perfekt.« Er hält Sandra seine Schatulle hin. »Hier, für dich.« Ihre Hände zittern etwas, er nimmt die Kette einfach selbst heraus und legt sie ihr um den Hals. »Sieht schön aus.«

»Ooh.« Sie lächelt ihn an. »Danke.«

Ihr Vater blinzelt gerührt.

Flori beugt sich zu ihr. »Riech mal, mein Parfüm. Sonst wäre ich gar nicht auf der Welt.«

Ich zwinkere Herrn Röttgen zu. »Er hat es von unserem Vater.«

»Scheint ein sympathischer Mann zu sein«, schmunzelt er.

Wir lachen uns befreit an und scheinen in diesem Augenblick genau zu wissen, was der andere denkt. Natürlich freuen wir uns mit den beiden. Und wir wundern uns einmal mehr über die Unbeholfenheit von uns sogenannten Normalen, die nicht in der Lage sind, mit einer solchen Situation richtig umzugehen.

»Eine Prise Verständnis und Einfühlungsvermögen würde es doch auch tun«, sagt Herr Röttgen.

Ich nicke zustimmend. »Und ein bisschen mehr Herz.«

»Ihre Eiscafés ...« Maria hat uns die Gläser hinterhergebracht, sie wirkt fast verlegen.

Mein Bruder, der Schwerenöter. Ich kichere in mich hinein und gebe Maria doppeltes Trinkgeld.

Die Jalousien schwirren herunter, ich lege mich ins Bett.

Bevor wir uns in der Eisdiele von Sandra und ihrem Vater verabschiedeten, habe ich mir ihre Nummer geben lassen. Sie wohnen zwei Orte weiter, in Ranzel.

»Toller Tag!«, hat Flori auf unserer Rückfahrt immer wieder gejubelt. Ja, es war wirklich ein toller Tag. Mit der vollen Aufmerksamkeit auf ihm. Genau so sollte es sein.

Ich wälze mich auf die andere Seite. Und wer ist für mich da?

Immer muss ich die Starke sein und mich kümmern. Was

ich ja gerne mache. Allerdings wäre es schön, sich selbst auch mal anlehnen zu dürfen.

Nadine heiratet bald, Flori hat sich in Sandra verguckt … und Balduin hat sich den ganzen Tag nicht gemeldet. Ganz, ganz toll.

Ich ziehe die Bettdecke hoch. Es dauert, bis mich meine Gedanken zur Ruhe kommen lassen und ich mich in den Schlaf schleichen kann.

24. Kapitel

Drei Tage. Und das Telefon steht still. Drei Tage. Und kein Wort von Balduin. Drei endlos lange Tage.

Zu blöd, dass wir uns streiten mussten. Aber deswegen kann er doch von sich hören lassen. Sich einfach gar nicht zu melden, das nervt.

Die Kugel des Froschkönigs glänzt in der Sonne, die nicht mehr ganz so warm ist. Der lange Sommer gleitet allmählich in den Herbst.

Jugendliche aus einer Schulklasse machen Selfies mit Hänsel & Gretel, Kinderaugen bestaunen das hämisch grinsende Rumpelstilzchen, strahlende Gesichter vor Dornröschens Schloss. Es ist immer wieder so schön zu sehen: Die Besucher, die da sind, freuen sich über unsere kleine heile Welt.

Ich winke dem hübschen Hubert zu, der Gerätschaften hinter Frau Holles Häuschen verstaut. Papa und Flori werkeln gemeinsam bei den Ziegen, sie legen frisches Heu und Rüben in die Futterkrippen. Wenigstens hier fühle ich mich gut aufgehoben.

»… natürlich, mein Sohn kriegt doch keinen Korb!« Papa klopft ihm grinsend auf die Schultern.

Oh ja, eine Abfuhr hat Flori tatsächlich verhindert. Indem ihm Sandra spontan einfach noch besser gefiel als Maria.

»Sandra«, ruft Flori und ballt eine Faust. »Heute rufe ich sie an.«

Wenigstens mein Bruder weiß, was sich gehört.

Ich schnuppere Dung, der vom Stall herüberweht, außerdem riecht es nach Salbei. Ah, Papas Gelenkcreme. Bin ich froh, dass er sich wieder bewegt, so gut er kann, und nicht mehr so trübselig ist.

Wenigstens ein Lichtblick.

Im Café ist kaum Betrieb, die beiden einzigen Gäste gehen gerade. Auch gut, so kann ich mit Nadine die Hochzeit weiterplanen. Uwe kommt gleich hinzu.

»Nur noch knapp vier Wochen!« Nadine tänzelt vor der Anrichte, die Vorfreude blitzt in ihren Augen. »Das ist ja gerade so fantastisch am Märchenwald: Da bin ich als Braut noch mehr Prinzessin.«

»Ja, Nadine, aber jetzt komm mal runter.«

»Was denn? Bist du etwa neidisch?«

»Hm? Du, ich hab gerade andere Dinge im …«

»*Du* hast Balduin doch ziehen lassen!«

»*Er* ist einfach abgerauscht.« Ich verschränke die Arme. »Ach, hab ich jetzt etwa 'n Fehler gemacht?«

»Einen so fetten Fang nicht an Land zu ziehen, das wäre allerdings ein Fehler!«

»Und wenn, es gibt noch andere Männer!«

»Also, Uwe ist jedenfalls nicht mehr auf dem Markt.«

»Pfft, er ist ja auch gar nicht mein Typ.«

»Ja klar! Die Frau Doktor ist jetzt was Besseres gewohnt. Super Trauzeugin, richtig super!«

Die Tür geht auf. »Sorry, war noch auf Maloche.« Uwe läuft lockeren Schrittes auf uns zu. »Na, Mädels, schon Gedanken gemacht, wie die Servietten gefaltet werden?«

»Halt die Klappe«, schnauzt Nadine ihn an.

Ich runzle die Stirn. »Du hast uns gerade noch gefehlt.«

»Ist ja gut, alles cool«, er läuft etwas weniger lässig rückwärts wieder raus. »Ich geh ja schon. Wenn ihr mich braucht, ich bin draußen.«

Kraftlos lasse ich mich auf eine Bank plumpsen. »Drei Tage sind seit dem Dreh vergangen. Seitdem hat sich Balduin nicht gemeldet.«

Nadine dreht eine Runde durch den Raum, dann setzt sie sich zu mir. »Und wenn du ihn anrufst?«

»Er soll gefälligst zeigen, dass er Charakter hat. Und: welchen. Ich finde, ich kann auch mal versuchen, Stärke zu zeigen, auch wenn ... hach, Mann ...« Meine Augen glänzen schon wieder.

Nadine ergreift meine Hand. »Du kannst nichts dafür. Wenn Frauen Nähe suchen, suchen Männer das Weite ... wie Magneten, die sich abstoßen. Es ist oft so knifflig.«

»Außer bei dir und Uwe, ein Glück.«

»Ach, natürlich ist's bei uns auch mal knifflig, weißt du doch. Aber wir haben unseren Weg gefunden. Und die Hochzeit bestärkt mich in meinem Gefühl: Wir laufen aufeinander zu, sind füreinander da.«

Ich schnäuze in eine Serviette.

»Allein die Vorstellung«, fährt Nadine schwärmerisch fort, »im Alter nebeneinander auf der Parkbank zu sitzen! Vielleicht mit Krückstock, egal. Hauptsache nebeneinander.«

Ich lächle. »Schön für Uwe.«

Sie schaut mich an. »Jetzt meinte ich dich.«

Klackend schließe ich den Aktenordner. »So, das waren die Rechnungen fürs Futter. Echt, Lilly, gegen die Geißlein kostest du nur einen Klacks.«

Ich habe mir die Belege vom Büro rübergeholt, sortiere

und hefte sie in meinem Zimmer ab, um meiner Schildkröte Gesellschaft leisten zu können.

»Dann die Quittungen fürs Baumaterial …« Ich seufze. »Nee, Lilly, darauf kann ich mich gerade nicht konzentrieren.«

Sie knabbert an Chicoreeblättern herum.

»Ich meine: wegen Uwe.«

Sie raschelt.

»Du sollst mir zuhören.«

Ich hocke mich hin und setze Lilly auf meinen Schoß. »Uwe ist keiner für mich … nicht mehr. Das weiß ich ganz genau. Weil … heute bewerte ich es einfach anders. Du warst damals noch nicht bei mir, aber weißt du, was sein Standardspruch war? Als Handwerker und auch sonst? ›Wenn du anfängst zu schwitzen, musst du aufhören.‹ Mal ehrlich, Lilly, was ist denn das für eine Einstellung?« Ich spitze die Lippen. »Sicher nicht meine.« Mit zwei Fingern streichle ich ihr Köpfchen. »Und darum bin ich auch nicht eifersüchtig auf Nadine. Sie fühlt sich bei ihm geborgen, er scheint verlässlich zu sein, ›ist da‹ wie Nadine immer sagt. Passt doch prima.«

Ich richte mich auf, stelle mich mit Lilly ans Fenster. Das alte Weinfass steht stoisch im Innenhof. »Tja, jetzt heiraten sie also. Weißt du, so eine Hochzeit schnürt einen Doppelknoten. Und der hält dann … hoffentlich.«

Jetzt, endlich, erkenne ich, warum es mich so beschäftigt. Nadine und Uwe spiegeln mir das Leben vor, das ich auch hätte haben können.

Hier in Auendorf muss ich mir alles wieder aufbauen. Ich allein. In Warnemünde habe ich mich auf meine vermeintliche Karriere konzentriert, alles andere aus den Augen verloren.

Was habe ich jetzt davon? Einen Doktortitel, ein paar Veröffentlichungen, nichts, was hier jemanden interessiert.

»Das ist so irre, Lilly: Wäre ich bei Uwe geblieben, hätte ich jetzt wohl ein solides Umfeld für den ganzen Kladderadatsch, eben einen Mann an meiner Seite, wahrscheinlich Kinder.« Ich küsse sie auf den Panzer. »Dich hätten sie bestimmt gern.«

Allerdings habe ich mich weiterentwickelt. Uwe schraubt immer noch vor seiner Garageneinfahrt an seinem Auto herum. Weil er es mag. Das ist ja eine Typfrage.

Ich bin eben lieber aufs Meer hinausgefahren.

Die Melodie von Arielle ertönt, wie passend.

»Wer stört?«, frage ich Lilly und greife zum Handy.

»Julian hier, komm bitte sofort zum Kassenhäuschen!«

»Alles klar.« Noch beim Auflegen bugsiere ich Lilly zurück in ihr Terrarium. »Sorry, scheint ein Notfall zu sein.«

Unverschämte Besucher? Ist Julian was zugestoßen? Oder Flori?

Und schon bin ich im Innenhof, haste zum Kassenhäuschen. »Was ist los?«

»Ich kann hier doch nicht weg.« Julian sitzt ungerührt da.

»Bitte?«

»Na, ich bin gerade aus Köln gekommen und habe direkt Hubert abgelöst.«

»Und das« – ich schnappe nach Luft – »musst du mir so dringend persönlich mitteilen?«

»Nö.« Er beugt sich vor, seine Augenbrauen zucken. »Ich war in der blutigen Welt der Wikinger, nächtelang ...«

»Und hast dabei das eine oder andere Bierchen zu viel ...?«

»Im historischen Archiv der Uni? Wohl kaum.« Mit der flachen Hand haut er auf den Ticketblock. »Die Normannen haben Sklaven genommen, Menschen verschleppt. Auch hier aus der Gegend!«

»Nicht schön, das war schon eine wilde Zeit. Aber warum ...?«

»Mensch, Anna, ich habe *den* Anhaltspunkt! Ich hab dir doch gesagt, ich recherchiere mich zu Schneewittchen durch.«

»Aha.« Ich lehne mich auf das Brettchen vor dem Fenster des Häuschens.

»Das habe ich in den *Annales Fuldenses* gelesen: Durch die Kämpfe der Franken untereinander war das Reich so geschwächt, dass dänische Wikinger im Winter 881/882 ungehindert den Rhein hochfahren konnten. Und weil sie auf keine wirkliche Gegenwehr stießen, sind sie unter ihrem König Sigfrid bis Köln, ja sogar noch einige Städte weiter vorgedrungen.«

Gespannt verfolge ich seine Ausführungen. »Du, und jetzt mal raus aus dem Häuschen, so kommst du mir vor wie ein Tagesschau-Sprecher.«

Julian schnellt um die Ecke. »Die nordischen Barbaren brandschatzten die Städte, plünderten ihre Schätze. Am Rheinufer vor Köln verließen sie ihre Langschiffe und überrannten die mächtigen Stadtmauern. Die waren immerhin noch aus der Römerzeit.«

Er fährt mit einem Schuh über die Kieselsteine, als wolle er das Ganze nachspielen.

»Den historischen Berichten zufolge blieben bei uns nur der Alte Dom und zwei Kirchen stehen, alles andere ging in Flammen auf.«

»Schlimm, klar. Und wo ist jetzt der Bezug zu Schneewittchen?«

»Warte. Ganz so einfach ist es nicht, weil einige Schilderungen in den Fuldaer Annalen recht vage bleiben.« Julian reibt sich an der Stirn. »Drum habe ich Dr. Courage angerufen, du weißt schon, den netten Mitarbeiter aus dem Archiv des Erzbistums.«

Ich nicke.

»Er hat mir bestätigt, dass die Überlieferungen fürs 9. Jahrhundert ziemlich dünn sind. Klar, es gab ja noch keine Bücher oder Zeitungen. Sondern nur einige wenige Urkunden, vor allem seitens der Kirche ausgestellt. Das bedeutet ...« – Julian schraubt einen Zeigefinger in die Luft – »... man muss auf andere Quellen zurückgreifen, also darauf, was die Leute mündlich von den Ereignissen überliefert haben.«

»Du meinst, wie es die Gebrüder Grimm taten, die die Geschichten der Alten über zig Ecken gesammelt und dann als ihre Hausmärchen veröffentlicht haben.«

»Ganz genau.« Er grinst. »Platt gesagt, waren die Gebrüder Grimm damals die *Bild*-Zeitung.«

»Okay, okay«, ich halte die Hände vor mich, »dennoch, als Naturwissenschaftlerin muss ich das skeptisch betrachten. Denn diejenigen, die die Ereignisse weitererzählt haben, ließen ihre eigene Meinung einfließen, haben alles etwas ausgeschmückt ...«

»Kann gut sein.« Auf einmal flüstert Julian eindringlich. »Aber im Kern enthalten sie eine Wahrheit.«

»Schon«, ich rudere mit den Armen wie ein Schwan bei der Landung, »nur ...«

»Hier kommt Schneewittchen ins Spiel.« Julian ballt siegessicher eine Faust. »Wie gesagt, unstrittig ist: Die Normannen haben auch Menschen geraubt und als Sklaven über die Ostsee mit in ihre Heimat genommen, etwa auf ihre Insel Gotland.«

»Moment, Julian ...« Ich brauche ein paar Sekunden.

»Willst du mir jetzt erzählen, die Wikinger hätten Schneewittchen geraubt?« Ich breche in Gelächter aus.

»Haha, lustig.« Er verzieht sein Gesicht, fühlt sich nicht ernstgenommen. »Was ich damit sagen will: Es passt genau in diese Zeit. Schneewittchen könnte die Wikinger miterlebt haben.«

Ein Pärchen nähert sich. Julian geht ins Häuschen und tauscht zwei Eintrittskarten gegen acht Euro.

»Julian, das ist …«

Er verstaut die Münzen in der Kasse. »… ein Volltreffer, der Hammer.«

»Unfug ist das, tut mir leid.«

Julian lächelt. Nicht besserwisserisch, aber doch so, als wäre mein Misstrauen völlig unangebracht.

»Na und ob das Sinn ergibt.« Er schaut mir direkt in die Augen. »Weil's auf der Hand liegt und Karl III., ›der Dicke‹, nun mal historische Tatsache ist. Wie wir von Dr. Courage wissen, hat der Karolinger mit einer Kölner Konkubine ein Mädchen gezeugt: Rebecca. Was Königin Richardis, also Karls Frau und Rebeccas Stiefmutter, überhaupt nicht passte. Und: Als die Wikinger 881/882 Köln überfielen, war Rebecca eine junge Frau.«

Julian schaut sich genüsslich um, so als habe jemand »Bingo!« gerufen.

»Mund zu, Chefin«, grinst er. »Rebecca ist: Schneewittchen.«

Andere fahren in Urlaub, machen eine Weltreise … mein Sabbatical im Märchenwald dagegen ist wirklich nicht dafür geeignet, um abzuschalten. Und jetzt hat mich auch noch Julian völlig verwirrt.

Mir solche Überlegungen aufzutischen. Als könnte es Schneewittchen tatsächlich gegeben haben. Ich lasse mich gerne in Märchenphantasien entführen, würde aber doch deshalb nicht deren Realität behaupten.

Was umso verrückter ist: Mir gefällt seine Argumentation. Auf die man sich einlassen muss, klar, die allerdings auch schlüssig klingt.

Nach der Runde mit Staubwedel und Lappen, die ich nahezu täglich mache, packe ich die Putzsachen weg. Zufrieden schließe ich die Hintertür. Auch in Aschenputtels Hütte glänzt es wieder.

Papa und Flori sind noch immer bei den Geißlein im Einsatz. Natürlich macht es Arbeit, unseren Besuchern das tierische »Live-Programm« zu bieten. Allerdings muss ich darauf achten, dass die beiden sich nicht zu viel zumuten. Obwohl ich nicht wüsste, wer es sonst machen sollte. Tja, Familienbetrieb eben.

»Hallo, meine Männer, ist gut für heute, hm? Ich mach gleich lecker Abendessen.«

Papa steht im Stall. Er hebt den Reisigbesen. »Hilde isst mit.« Na super.

»Gleich fertig.« Floris Shirt ist nassgeschwitzt. »Anna, geht's dir gut?«

Er fragt aus Höflichkeit, sieht aber auch, dass ich durch den Wind bin. Flori überrascht mich immer wieder damit, was er alles wahrnimmt.

»Danke, lieb, dass du fragst. Ich bin etwas durcheinander. Julian hat mir gerade erklärt, dass Schneewittchen wirklich gelebt haben könnte.«

»Aha«, sagt Flori.

»Hm, weiß nicht. Was wir brauchen, ist ein Beweis. Na,

wahrscheinlich hängt der die ganze Zeit vor unserer Nase, und wir sehen ihn nicht.«

Mein Handy klingelt.

»Hallo? Ach, Balduin ...« Ich nehme das Telefon kurz vom Ohr und lege die Hand darauf. »Bis gleich, Flori.« Hastig entferne ich mich ein paar Meter. »Öhm ... schön, dass du anrufst.«

Endlich.

»Hmm, ich konnte mich nicht eher melden«, sagt er. »Ich musste das alles erst mal verdauen. Du hast bei mir einen Triggerpunkt erwischt.«

»Einen Triggerpunkt?« Kenne ich nur aus der Medizin, als körperlichen Schmerz.

»Als du mich vor meinem Team zurechtgewiesen hast.«

»Aber ich wollte doch nur sagen, dass ich das mit den kleinwüchsigen Herren nicht gut fand.«

»Ich weiß, du hast es nicht gewollt und kannst es ja auch nicht wissen, so gut kennen wir uns schließlich noch nicht.« Er stockt. »Ich trage da eine Altlast mit mir rum. Meine Exfreundin hat mich immer belehrt, wenn andere dabei waren, sie hat mich dumm dastehen lassen. Das hat mich wahnsinnig gemacht. Und ich merke eben, dass ich immer noch sehr empfindlich reagiere, wenn's diesen Triggerpunkt trifft.«

»Aha.« Kurzes Schweigen in der Leitung. »Aber ich muss doch meine Meinung sagen können.«

»Natürlich, Anna, das sollst du auch. Ich habe in der Situation nicht gut reagiert. Entschuldige bitte. Und einfach abzurauschen, das gehört sich auch nicht.«

»Dann ... kommst du jetzt wieder ›angerauscht‹?« Ich lache künstlich.

»So schnell geht das leider nicht. Ich muss erst sicher sein können, dir damit nicht zur Last zu fallen.«

»Soso.« Jetzt bin ich noch konfuser. Balduin ... mein Balduin ... ist sehr rücksichtsvoll. Oder etwa ein Spinner?

Bitte nicht.

»Du, ich melde mich gerne bald wieder. Und, ach ja, eine Sache noch, wegen meiner Doku. Der WDR hat die Ausstrahlung um ein paar Monate verschoben.«

»Wir werden nicht so bald im Fernsehen gezeigt?«

»Sorry, Anna. Ich wünsche dir nur das Beste. Mach's gut.«

»Öhm, ja dann ...« Sterne tanzen vor meinen Augen. »Tschüss, Balduin.«

Puh, er hat angerufen. Aber was soll ich damit anfangen?

Er will sich wieder melden. In zwei Tagen? In zwei Monaten? Überhaupt noch mal?

Ich streune im Märchenwald umher, rastlos wie die Kugel in einem Flipperautomaten. Pling. Ich laufe von Häuschen zu Häuschen. Pling. Ein Gefühl, als würde ich mir überall den Kopf stoßen. Aua.

Wie es mit Balduin weitergeht, ist ungewiss. Mein ganzer Einsatz für den Märchenwald: absolut fragwürdig.

Und Papa und Flori haben Hunger. Das Abendessen sollte längst auf dem Tisch stehen. Dabei mache ich es ihnen doch gerne. Mist. Wieder ein Grund für Hilde, mich zu piesacken.

Auf dem Rückweg, am Froschkönig vorbei, formieren sich meine Gedanken: Bis zum Ende der Saison werden wir nicht im Fernsehen gezeigt. Die erhoffte Werbung fällt also aus. Unsere letzte Chance ist verspielt, der Märchenwald endgültig am Abgrund.

Ich könnte heulen. Ich heule.

Und lache gleichzeitig. Erscheint ein Regenbogen auf meinem Gesicht? Was so irre ist: Auf einmal habe ich nichts mehr dagegen, mich schon knapp vier Wochen vor der vereinbarten Frist geschlagen zu geben. Horst Hillishoven will den Märchenwald kaufen. Jetzt kommt es mir sogar gelegen, wenn er vorzeitig tut, worauf Hilde drängt. Jetzt empfinde ich das sogar als Glücksfall. Eine Last fällt von mir ab, ich fühle mich tatsächlich erleichtert. Wir könnten den Wechsel schneller unter Dach und Fach bringen und die letzten Wochen im Märchenwald genießen. Und für meine Familie finde ich auch noch eine Lösung.

Gleich sehe ich meine Tante. Dann kann ich sie direkt bitten, meinen Wunsch an den Mann, mit dem sie eine Affäre hat, weiterzuleiten. Natürlich muss ich bei ihr zu Kreuze kriechen, was sie äußerst wohlwollend und selbstgefällig zur Kenntnis nehmen wird.

Aber das ist es mir wert, muss es mir wert sein.

Sorry, Papa und Flori, aber ich möchte meine Niederlage nicht länger hinauszögern.

Tut mir leid, Mama.

»Da bist du ja endlich!«, ruft Hilde mir schon im Flur entgegen.

»Entschuldigt bitte«, verlegen betrete ich die Küche. »Ich wollte längst hier sein.«

Was denn, der Tisch ist gedeckt? Papa und Flori essen schon.

»Setz dich, Liebelein«, sagt Hilde. »Möchtest du auch Salat mit Hähnchenbrust?«

»Das … äh … ja.«

Hilde hat das Abendessen gemacht? Der Tag bleibt völlig verwirrend.

Ich setze mich auf die Bank.

Allerdings sollte ich es sagen, direkt. »Hört mal …«

»Nun iss doch erst mal.« Hilde füllt meinen Teller.

»Danke.«

Wenn Krallen streicheln, ist Vorsicht geboten … was ist hier los?

»Hab Sandra angerufen«, verkündet Flori fröhlich. »Samstag zeig ich ihr den Märchenwald.«

»Oh, toll.« Ich knuffe ihn. »Ähm, Leute, ich möchte etwas loswerden …«

»So ein hübscher Kerl, unser Flori«, flötet Hilde mir dazwischen. »Und der Nächste von uns, der vergeben sein könnte.«

Der Nächste? Papa ist es nicht, ich bin es eher nicht mehr, das heißt …

Sie hält mir ihren Ringfinger hin. »Ja, es ist ein Diamant, zwei Karat.«

»Wozu … darf ich dir gratulieren?«

»Zu Hilli, dem bezauberndsten Menschen der Welt.«

Mein Blick ist überaus skeptisch.

»Reizvoller kann eine Liebe nicht sein.« Hilde sieht verklärt aus dem Fenster.

Papa grinst wissend. »Total jeck.«

»Und es war sein Vorschlag, dass wir morgen vier herrlich lange Wochen auf Kreuzfahrt gehen. Nur wir beide.« Ihr Busen wippt unter der Bluse. »Südamerika, wir kommen!«

Hilde klingt schmachtend, sie scheint sich allen Ernstes in ihn verliebt zu haben.

»Ui, Tante, da bin ich jetzt aber platt.« Platter als eine Flunder. »Moment, vier Wochen …?«

»Bis zum Ende der Frist, wie wir's in der Eisdiele besprochen haben.« Sie umarmt mich von der Seite. »Und, ach, bestenfalls braucht mein Hilli den Märchenwald gar nicht mehr zu kaufen. Bis Ende Oktober ist doch noch Zeit, hier alles auf Vordermann zu bringen.«

»Ja«, sagen Papa und Flori gleichzeitig.

»Meine Lieben«, sagt sie voller Inbrunst, »die Familie muss doch zusammenhalten!«

Uff.

25. Kapitel

Unsere alten Familienkoffer haben wir schon länger nicht benutzt, zu lange eigentlich. Ich zerre sie aus dem Holzschuppen hinter dem Haus. Ja, die dürften gerade so ins Auto passen.

Es ist ein diesiger Morgen, ich halte inne und betrachte die Kastanie. Ihre Blätter beginnen sich zu verfärben, die ersten roten und blonden Herbststrähnchen sind erkennbar.

Auch nach einigen Tagen kann ich es immer noch nicht glauben: Hilde hat sich verliebt.

Oder macht sie uns nur etwas vor? Ist es ein besonders perfider Trick von ihr? Das gemeinste Gift, das sie jemals versprüht hat? Es sind lärmende Gedanken, mir dröhnt der Kopf.

Nein, sie scheint für Hilli tatsächlich tiefe und ehrliche Gefühle zu haben.

So kannte ich meine Tante bisher noch nicht.

Aber es nützt nichts. Ich habe mir Zeit genommen, noch einmal intensiv überlegt: Was würde sich in den letzten Wochen im Märchenwald noch ändern? Wir haben doch so vieles versucht. Wie könnte ich jetzt noch das Ruder rumreißen?

Es bleibt dabei, leider: Ich habe Schiffbruch erlitten. Auf dem Festland.

Hilde ist mit Hilli auf Kreuzfahrt, und auch wir haben uns

Urlaub verdient. Flori verreist gerne, weil er Neues erleben kann. Und Papa hat das Meer immer gemocht.

In Warnemünde kenne ich mich aus. Da ist es jetzt überschaubar, die unzähligen Sommertouristen sind fort. Eine Woche lang die letzte Wärme genießen, Zeit miteinander verbringen, Ruhe haben, einfach mal die Seele baumeln lassen. Meine Idee gefällt mir richtig gut. Familienurlaub wie früher.

Na ja, und dann gibt es noch diesen anderen Grund.

Als ich die letzten Sachen in meinen Koffer packe, kommt Flori ins Zimmer.

»Hier.« Er hält mir einen Wandspiegel hin.

»Was …?« Ich betrachte ihn. »Das ist der Spiegel aus Schneewittchens Häuschen.«

Flori nickt. »Der Beweis.«

»Der Beweis?«

»Hast du gesagt, der hängt die ganze Zeit vor unserer Nase.«

»Ach so.« Ich nehme den Spiegel in die Hände. »Der Beweis, dass es Schneewittchen wirklich gegeben hat …« Lächelnd streiche ich mit einem Zeigefinger über die glatte Oberfläche. »Das hast du gut überlegt, Flori, aber der hier ist nicht soo alt.«

»Sieht alt aus.«

»Schon, ja, manchmal werden die extra so nachgemacht.« Ich zwinkere ihm zu. »Soll ja zu Schneewittchens Märchen passen.«

»Hmm.« Flori nimmt ihn zurück.

»Und bring gleich deinen und Papas Koffer zum Auto runter, ja?«

Kurz darauf, im Innenhof, werden wir von den anderen verabschiedet.

»Wir wuppen das hier schon, viel Spaß!«, ruft Nadine uns hinterher, Julian und Hubert winken. Sie hoffen noch, werten unsere Lage optimistischer als ich.

Leider werde ich sie enttäuschen müssen.

»Muschelperle«, ein schöner Name für eine Pension. Hier bin ich oft vorbeigeradelt. Wir entladen das Auto, Papa und Flori beziehen ein Zimmer.

Zwei Stunden später schlendern wir am Alten Strom entlang. An der Flaniermeile links von uns stehen Postkartenständer vor den Geschäften, rechts am Ufer schlummern Fischkutter. Papa läuft wacker mit, sein Spazierstock hilft.

»Na, der Wohnwagen versperrt aber den Weg.« Ich weiche aus.

»Nein, das ist doch ein Wohnmobil«, sagt Flori. »Damit kann man selber fahren. Einen Wohnwagen hängste ans Auto.«

»Ach so. Danke.«

»Das wusstest du nicht, hihi.« Er freut sich, mir auch mal etwas erklären zu können.

Zur Mole hin riecht es immer intensiver nach dem offenen Meer, nach Salz und Tang, am Leuchtturm biegen wir links auf die Seepromenade ab.

»Schaut, das ist der Teepott-Pavillon«, erläutere ich. »Der ist bei den Touristen sehr beliebt.«

»Teepott?« Papa schaut zum flügelförmig geschwungenen Dach hoch. »Sieht mir eher aus wie der Flossenschlag eines Stachelrochens.«

»Sollen wir rein?«, frage ich. »Die haben leckere Snacks.«

»Nee.« Papa läuft einige Schritte vor. »Da, an der Bude gibt's frischen Backfisch!«

Flori nickt. »Und dann ans Meer.«

Erst hat es nur leicht genieselt, dann richtig losgeplästert. Wir sind in einen Strandkorb geflüchtet, in dem wir gerade so nebeneinandersitzen können. Die Horizontlinie über der Ostsee ist nur schemenhaft erkennbar. Von unten schwappt das Wasser, von oben hängen die Regenwolken. Wasser von allen Seiten.

Vor gut vier Monaten lag ich hier ganz in der Nähe als alberne Arielle im Sand, umgeben vom Müll und neugierigen Urlaubern. Was sich doch seitdem alles geändert hat.

Flori erzählt bestimmt schon zum fünften Mal, dass er mit Sandra »bummeln gewesen« ist. In ihrem Rollstuhl hat er sie durch den Ort geschoben. Nicht ein Betreuer von Sandra, nicht ihr Vater. Flori.

Wieder strahle ich ihn an. »Und wenn ihr euch mal umdreht …« – durch einen Schlitz im Strandkorb ist die Uferpromenade zu sehen – »… schräg dahinten, das weiße Gebäude, da habe ich gearbeitet.«

»Die müssen jetzt eben ohne dich klarkommen«, sagt Papa.

Ich sehe zurück zum Meer. »Hmm.«

»Hast du ›Uno‹ dabei?«, fragt Flori.

»Ja. Jetzt?«

»Wir haben doch Zeit.«

Ich ziehe das Spiel aus meiner Tasche und verteile die Karten auf unseren Beinen. Auch in der zweiten Runde hat Flori sein Blatt am schnellsten auf dem Stapel abgelegt. Doch die Karten beginnen sich in der Nässe zu wellen.

»Uah.« Ein Rinnsal tropft Papa in den Nacken. »Es wird windiger.«

Ich packe das Spiel ein. »Und mir ist kalt.«

Flori sieht skeptisch nach oben. »Hört nicht auf.«

»Wie wär's mit einem Wettrennen?«, grinse ich.

»Unfair«, sagt Papa und läuft los.

Bestimmt sehen wir sehr ulkig aus, wie wir über den Strand hasten.

Ein lahmer Rentner mit Stock, ein stämmiger Mann mit etwas ungelenken Bewegungen und eine Frau mittleren Alters, die eher entenmäßig läuft. Gestatten, Familie Herzig unterwegs.

Auf dem Parkplatz vor unserer Pension ist der Boden aufgeweicht.

Und schon hopse ich mit beiden Beinen hinein, der Schlamm spritzt nach allen Seiten.

»Natürlich ist das kindisch.« Ich gluckse. »Aber es sind Pfützen!«

Flori patscht mir hinterher. »Jau!« Wir matschen herum wie die Weltmeister.

Papa kann nicht mehr hüpfen, er piekst mit seinem Spazierstock in die Wasserlachen. »Ich steche in See!«, ruft er vergnügt.

Als wir uns vor der Tür ausschütteln, schaut uns die Wirtin, die uns beobachtet hat, völlig verdattert an.

»'tschuldigung«, sagt Papa und schiebt sich an ihr vorbei. Er hat sich die Füße kaum abgetreten.

Flori zieht eine Grimasse und wirkt kein bisschen schuldbewusst.

Wenigstens ich ziehe die Schuhe aus.

»Alles klatschnass ...,« sagt die Wirtin entgeistert.

Auf der Holztreppe nach oben klingelt mein Handy. »Hey Hannes, wie schön, deine Stimme zu hören. Ja, wegen morgen, da ist alles klar ...«

Im Halbschlaf höre ich, wie meine Tür knarzt. Zwei Schatten huschen herein. Eine Flamme leuchtet auf.

»Hoch soll sie leben, hoch soll sie leben, dreiii Mal hoch!« Papa und Flori stehen vor meinem Bett und, nun ja, singen.

Mein Geburtstag. So früh am Morgen. 41 Jahre, so weit ist es schon gekommen.

»Happy Birthday!« Flori umarmt mich, wobei er mich regelrecht aus den Federn zieht.

»Herzlichen Glückwunsch zum Geburtstag, Prinzessin«, sagt Papa und hält mir einen Schokokuchen hin. Eine brennende Kerze steckt darin, sie hat die Form einer »1«.

Die »4« davor haben sie weggelassen, sehr charmant.

»Vielen lieben Dank, was für eine schöne Überraschung.« Gerade will ich aus dem Bett steigen, da legt mir Flori ein größeres Geschenk, in pinkes Papier eingewickelt und mit Schleife, auf die Decke.

»Mein Geschenk.«

Er scheint aufgeregt, ich sollte es sofort auspacken. »So viel Papier … oh … was …«

Ah, ich verstehe. Kürzlich beim Kochen habe ich erwähnt, dass ich neue Ofenhandschuhe benötige. Flori saß mit in der Küche. Und nun … hat er mir Feuerwehrhandschuhe gekauft, in einem Spezialgeschäft für Berufsbedarf. Sie sind aluminiumbeschichtet, haben Finger und reichen bis zu den Schultern. »Hitzeschutz bis 1000 Grad«, steht auf der Verpackung. Die waren bestimmt teuer.

»Das … hast du extrem gut gemeint, Flori.«

Er strahlt übers ganze Gesicht.

Papa schmunzelt. »Mein Geschenk liegt unten.«

»Ja dann stehe ich doch erst mal auf …«

So richtig wohl fühle ich mich nicht dabei.

Just als wir fertig gefrühstückt hatten, rief Flori aus: »Toller Tag.«

»Jaa ... den machen wir uns«, erwiderte ich, »aber erst muss ich noch mal weg.«

Minuten später war ich aus der Haustür. Wohin, das habe ich den beiden nicht gesagt. Ich will sie nicht mit etwas verunsichern, was noch überhaupt nicht spruchreif ist. Eigentlich will ich nur mal eben »Hallo« sagen und mich informieren. Von der Seepromenade wende ich mich nach rechts.

Hannes, mein lieber Kollege aus der Pressestelle, hatte mich im Märchenwald häufiger angerufen. Wir haben nett geplaudert. Vergangene Woche war er ungewohnt aufgeregt, sprach von einem »neuen Projekt«, nannte es »großartig«. Nun, ich war durch die Situation im Märchenwald desillusioniert und ließ mich zu einem Termin überreden: bei Professor Herrmann, meinem Fachbereichsleiter. Heute. Gleich.

Das heißt ja noch lange nicht, dass ich wieder zurück ins Institut will und als Meeresbiologin arbeiten.

Hannes sieht gut aus wie immer, er umarmt mich in der Eingangshalle. »Anna, was habe ich dich vermisst.« Hinter seinem Rücken holt er ein hübsch verpacktes Geschenk hervor. »Herzlichen Glückwunsch, meine Liebe.«

»Oh, du hast dran gedacht. Danke.«

»Darauf sollten wir gleich noch anstoßen, wenigstens mit einem Kaffee, aber der Herrmann wartet oben ...«

Die Gänge sind mir auf Anhieb wieder vertraut, die Bürotür des Chefs sowieso.

»Frau Herzig!« Etwas überschwänglich gibt mir Professor Herrmann die Hand. »Schön, dass Sie's einrichten konnten, ab morgen bin ich im Urlaub.« Er stützt sich auf seinem Schreibtisch ab, mustert mich. »Und, wie läuft Ihr Sabbatical? Faulenzen kann auch anstrengend sein, was?« Er lacht plärrend.

Als er kurz zu Hannes sieht, der seitlich von uns sitzt, grinst der schief.

»Zur Sache«, ruft er sich selbst zur Ordnung. »Ihren Seesternen« – er zeigt auf mich – »geht es sehr schlecht. Das rätselhafte Virus greift weiter um sich, verringert die Population im Pazifik dramatisch. Unsere einzige Hoffnung bleibt, dass zunehmend Jungtiere überleben.«

Er schaut auf seinen Schreibtisch, meine Personalakte liegt vor ihm. »Oh, wie ich sehe, haben Sie heute Geburtstag. Ich gratuliere.«

»Danke.«

»Die Jüngste sind Sie ja nicht mehr.«

Ich stehe auf. »Professor Herrmann, Sie mögen Ihre sexistischen Sprüche witzig finden, ich brauche die nicht.«

»O-ho, da ist aber jemand selbstsicher geworden.« Er tritt ans Fenster. »Genau das brauche ich!«

Ich setzte mich wieder hin. Hannes schaut mich erleichtert an.

»Es wird gerade eine internationale Forschungsgruppe zusammengestellt, um die Seuche aufzuhalten.« Professor Herrmann blickt hinaus auf die Ostsee. »Da dürfen wir natürlich nicht fehlen.« Er setzt sich vor mich auf die Schreibtischplatte. »Sie sind mein Mann, vor Ort in Kalifornien.«

Poh, das nenne ich mal ein vielversprechendes Projekt. Den Kommentar zu »mein Mann« verkneife ich mir.

»Und ihn hier«, Professor Herrmann deutet mit dem Daumen auf Hannes, sieht ihn aber nicht an, »schicke ich für unsere PR mit. Sie waren ja schon als Meerjungfrauen ein gutes

Team.« Er lacht selbstgefällig. »Und in ihrer Freizeit können Sie vor Kalifornien surfen gehen. Was will man mehr?«

Das habe ich in Warnemünde auch nie gemacht.

»Also, was sagen Sie dazu, Ihr Sabbatical vorzeitig zu beenden?«

Ich kneife kurz die Augen zusammen. »Das ... das weiß ich noch nicht.«

»Und eh ich's vergesse: Danach ist Ihnen der Posten als Ressortleiterin quasi sicher.«

Ich dachte, ich schaue nur mal locker im Institut vorbei – und auf einmal hängt mir so ein Angebot vor der Nase. Jetzt habe ich ein richtig schlechtes Gewissen, ich hätte Papa und Flori vorher einweihen sollen.

»Meine Seesterne«, hat Professor Hermann betont. Das ist Rhetorik, natürlich, die kann er. Dennoch: Meine Tierchen leiden. Und wenn es uns gelänge, das mysteriöse Virus zu stoppen, meine Karriere als Wissenschaftlerin würde zum Selbstläufer.

Ja, es ist eine absolut reizvolle Aufgabe.

»Mensch, Anna, wir beide, so lange unterwegs«, hat Hannes hinterher beim Kaffeetrinken in der Kantine gesagt. Und dann hat er mir seine Zuneigung gestanden.

Ich muss sagen, das hat mich überrascht. Bislang hatte ich ihn nur als Kollegen betrachtet, den ich sehr schätze, als einen besten Freund im Institut.

Mit Balduin dagegen wäre es ein anderer Lebensstil, eine erwachsene Beziehung. Nun gut, wir haben beide unser Päckchen zu tragen, beide einen Dickschädel. Aber jetzt könnte ich ihm die Stirn bieten. Was mir bei früheren Männern nicht gelungen ist. Balduin wäre ein Entwicklungsschritt.

Und Hannes? Würde ich es mit ihm nicht wie eine Notlösung empfinden?

Ach, was soll's, ich habe doch meine Familie!

Wobei, hach, zuallererst sollte ich Papa und Flori beichten, wo ich gewesen bin. Ich habe sie getäuscht, nicht absichtlich natürlich, im Ergebnis allerdings schon. Oje, habe ich etwa ein Hilde-Gen?

Abends im Hafen-Restaurant war es wirklich nett. Wir haben bei Kerzenlicht auf meinen Geburtstag angestoßen, und auf Mama, die ihn ja überhaupt erst ermöglicht hat. Papa hat gesagt, dass er uns liebt. Ich habe Flori die Speisekarte vorgelesen, er wollte den Seelachs.

Zwar habe ich mich innerlich gewunden, den beiden dann aber doch nicht vom Besuch im Institut erzählt. Wir sind hier schließlich im Urlaub.

Auch am nächsten Tag bleibt das Wetter durchwachsen, erst am Nachmittag soll es aufklaren. Papa hat sich im Frühstücksraum der Pension ein Puzzle vorgenommen. Wenn es fertig ist, wird ein stolzer Dreimaster durch tosende Wellen segeln.

»Schönes Schiff«, sage ich mit Blick auf die Packung.

»Viele Teile«, antwortet Papa konzentriert.

»Ich schaue mal, was Flori oben macht.«

»Hmm.«

Der Treppenaufgang ist mit vielen kleinen Schiffsmodellen dekoriert. Die Wirtin scheint einen Sammler in der Familie zu haben. Oder einen Seemann.

»Hey Flori, was … oh.«

Mein Bruder sitzt auf dem Bett und sieht in den Spiegel. Den Wandspiegel aus Schneewittchens Häuschen.

»Du hast ihn mitgenommen …?«

»Noch mal genau angucken.«

»Aber …«

»Hast du doch gesagt.« Er hat seine Stimme gehoben, fast etwas ungehalten, als wolle er erzwingen, dass der Spiegel eine Bedeutung bekommt. »Der Beweis.«

Puh. Er nimmt es ernst. Wie erkläre ich ihm, dass das Humbug ist?

Ich setze mich neben ihn. Das trübe Glas ist gut 40 Zentimeter hoch und hat dunkelbraune Flecken. Der schlichte Holzrahmen wirkt spröde.

»Sieh mal, Flori, im Märchen spricht der Spiegel ja mit der bösen Stiefmutter …«

»Weiß ich doch.«

»… ja, und sie ist die Königin. Was meinst du, müsste der Spiegel einer Königin nicht viel schöner verziert sein? Der hier ist ja jetzt nicht soo schmuck.«

Flori schaut noch mal drauf, dann sieht er mich an. »Der war … im Badezimmer von der Königin?«

Die Aussage scheint sogar logisch. Es ist kein wirklich großer Wandspiegel, keiner, in dem man seine langen Ballkleider begutachten kann.

»Könnte sein«, sage ich. Ich weiß es doch selbst nicht besser.

Floris mürrischer Gesichtsausdruck löst sich, er umarmt mich. »Super. Danke, Anna, dass du dich immer um alles kümmerst.«

Ich stecke in seiner liebevollen Umklammerung fest. Welche Wahl habe ich jetzt noch? Ich muss für Flori aktiv werden, muss für Klarheit sorgen.

Nur, wie? Wie um alles in der Welt soll ich wissen, woher der Spiegel ist, welches Alter er hat …?

Moment! Ich stutze. Dann lächle ich. Über meinen Geistesblitz. Natürlich …

»Flori, wir gehen ins Institut!«

»Wo du gearbeitet hast?«

»Ganz genau.«

»Jetzt, direkt?« Flori muss meinen plötzlichen Vorschlag erst noch sortiert bekommen.

»Ja. Und den Spiegel nehmen wir mit …«

Im Erdgeschoss riecht es nach Kohlrouladen.

»Papa«, rufe ich über den Flur, »Flori und ich sind mal raus. Willst du mit?«

»Nee, ich hab bestimmt noch 300 Teile. Bis später!«

Vor dem Haus tröpfelt es in die Pfützen. Ich spanne einen Schirm auf. »Los geht's, Flori.«

Den Spiegel haben wir fest in mehrere Decken eingewickelt.

Da fährt ein dunkles Auto auf den Parkplatz. Kölner Kennzeichen. Das kenne ich doch …

Er steigt aus, einen großen Blumenstrauß in der Hand. Er lächelt, etwas zurückhaltend, beugt sich noch einmal ins Auto, hält jetzt ein azurblaues Päckchen in der anderen Hand.

Balduin.

Krass.

»Herzlichen Glückwunsch zum Geburtstag, liebe Anna.«

Flori grinst und schüttelt leicht den Kopf. Der war gestern, da hat er recht.

»Äh … Danke.« Danach bin ich sprachlos.

Da steht Balduin, mit einem Geschenk. Zu spät, aber er ist mir hinterhergereist, immerhin. Unser letztes Gespräch, und es war ja nur ein Telefonat, ist zehn Tage her.

Jeder Tag wie eine Kerbe in meinem Herzen.

Und da soll ich ihn jetzt mit offenen Armen empfangen?

»Ja«, bitten Balduins Augen.

Nein. So fix kriege ich das gerade nicht hin.

Nicht bei einem Mann, der so lange für sich auseinanderklamüsern muss, was denn nun mit seinem »Triggerpunkt« los ist. Mit einem Lackschuh steht er im Matsch, sein Sakko glänzt schon von der Nässe. Es ist ein ganz und gar schiefer Auftritt.

So wirkt er nicht wie ein Prinz auf dem Schimmel.

»Entschuldige, Anna, dass ich länger nichts von mir habe hören lassen. Bitte, meine Fee, lass mich wieder in dein Leben.«

Jetzt wird's schmalzig, zum falschen Zeitpunkt.

»Das hier ist mein Leben.« Ich ziehe Flori am Ärmel, wir eilen an Balduin vorbei. »Auf zu Hannes …«

»Zu Hannes?«, ruft Balduin uns hinterher.

Ich lasse ihn im Regen stehen.

Es geht mir darum, Flori einen Gefallen zu tun.

»Jetzt verfolgst du mich aber«, schmunzelt Hannes. »Sehr angenehm.« Er führt uns in den neuen Labortrakt. »Die Tür da vorne rechts.«

»Danke Hannes, wir reden dann später noch.«

Flori hat eine Idee, bei der er sich etwas gedacht hat. Nun soll er erfahren, ob er recht hatte oder nicht. Ich gebe zu, dieser Gefallen wird erst möglich, weil ich Neila fragen kann. Neila, meine irische Kollegin, mit der ich auf meiner Haustreppe schon flaschenweise Riesling geleert habe.

»No … Anna!« Sie zieht ihre Sicherheitsmaske vom Kopf und umarmt mich herzlich.

»Und das ist Florian, mein Bruder.«

»Hi Florian, nice to meet you.«

»Ja«, sagt Flori und gibt ihr die Hand. »Anna und ich sind wie Hänsel & Gretel.«

»Neila, wir haben etwas mitgebracht, weil Flori eine Idee hatte ...«

»Lass dich ansehen«, sagt sie. »Gut schaust du aus, besser als zuletzt. Was machen die Männer?«

»Ach, die ... stehen im Weg.«

»I know what you mean.« Sie winkt grinsend ab. »Aber was macht ihr hier?«

»Wir haben einen Spiegel dabei ...«

Flori packt ihn eifrig aus. »Aus Schneewittchens Märchen!«

Ich trete von einem Bein aufs andere. »Nun ja, das würden wir jedenfalls gerne herausfinden. Und da fiel mir ein, dass du doch mit der Radiocarbonmethode arbeitest, also das Alter von Holz bestimmen kannst.«

Sie begreift.

»Holz verändert sich ständig. Mit der C14-Datierung können wir feststellen, wie alt es ist«, sagt Neila zu Flori. Er grinst etwas verlegen. »In der Mittagspause habe ich Zeit. Ich sage euch morgen Bescheid, okay?«

»Du bist ein Schatz.« Wieder umarme ich sie. »Danke für dein Verständnis. Na, 60 Jahre wird der Rahmen wohl auf dem Buckel haben«, flüstere ich ihr dabei ins Ohr.

Auf dem Rückweg steckt Flori eine Ansichtskarte, die wir für Sandra geschrieben haben, in den Postkasten an der Seepromenade. »Dein Flori« hat er selbst druntergekritzelt.

»Warum ist Balduin nicht mit uns gegangen?«, fragt er mich.

»Es hat mir gerade nicht gepasst.«

Flori überlegt. »Willst du noch, dass er dein Freund ist?«

»Das … ist nicht so einfach.«

Als wir zur Pension kommen, blicke ich über den Parkplatz. Sein Auto steht nicht mehr da.

Wir haben die Hosenbeine hochgekrempelt, tasten uns barfuß ins Meer.

»Na, schon was kalt.« Papa tritt zurück auf den Sand.

Strahlender Sonnenschein umgibt uns an der Ostsee, es sind noch einmal knapp 20 Grad, nach Salz und Sonnenmilch riecht es. Flori spaziert umher und sammelt Muscheln. Ich hebe eine leere Plastikflasche auf.

Arielles Melodie ertönt.

»Hi, Neila.«

»Wow, halt dich fest«, ruft sie mir ins Ohr. »Dein Holz ist aus dem 9. Jahrhundert. Fact!«

Aus dem 9. Jahrhundert … 881 kamen die Wikinger, und Rebecca lebte, das heißt ja … Oh mein Gott, das würde genau passen, demnach *könnte* es der Spiegel der bösen Königin sein.

»Wahnsinn, Neila, das hätte ich wirklich nicht gedacht. Obwohl … sag mal, wann der Spiegel gefertigt wurde, ist damit doch noch nicht bewiesen? Ich meine, auch Objekte neueren Datums können aus älteren Hölzern hergestellt werden.«

»Yep, völlig correct.« Sie lächelt hörbar. »Und darum habe ich auch das Glas gecheckt.«

Das Glas … natürlich. Ich bin gespannt wie eine Wäscheleine.

»Wir haben hier doch ein Rasterelektronenmikroskop,

Anna. Damit habe ich die Glasoberfläche analysiert, also die Verwitterung, die gebildeten Kristalle und die Verunreinigungsspuren. So kann ich den Zeitpunkt der Herstellung des Glases ziemlich genau bestimmen.«

»Neila, nun sag schon …«

»Glasspiegel gibt es ja schon seit dem Jahr 300. Und dieser hier ist zwar nicht ganz so alt, aber …« Anscheinend hält sie ihn gerade in den Händen.

»Neila!«

»… vom Anfang des 9. Jahrhunderts.«

Ich erstarre, bin kurz gelähmt vor Erstaunen.

»Yeah, Baby, Strike!«, tönt Neila. »Das Teil ist sowas von antik!«

»Danke dir, ich melde mich wieder.«

»Du hast ja auf einmal rote Flecken im Gesicht«, sagt Papa. »Geht es dir nicht gut?«

»Ganz im Gegenteil.« Ich spüre, wie mich schlagartig eine ungeheure Energie durchströmt. Seit Wochen der ganze Schlamassel, der mich bange gemacht und gelähmt hat … und auf einmal fühle ich mich wieder höchst lebendig.

»Flori, du bist der Knaller!« Ich falle ihm um den Hals. »Papa, es geht los!« Ich tanze im Kreis. »Ich muss Julian anrufen!« Ich schlage ein Rad im Sand. »Märchenwald, wir kommen!«

Flori zuckt belustigt mit den Schultern.

»Und da heißt es, ich sei eigenartig«, sagt Papa.

26. Kapitel

Sieben Zwerge gaben stets Obacht,
auf das arme Opfer der Niedertracht.
Zum Zauber erhoben, sein doppelter Boden,
er sieht das Sein – im Widerschein.

Nicht Schneewittchens Sarg war gemeint, sondern der Spiegel im Märchen.

Märchenopas rätselhaften Reim, den wir auf dem Dachboden in der Seemannskiste gefunden haben, jetzt ist er eindeutig. Wir haben seinen vergilbten Zettel entschlüsselt.

Nur … wo hat er den Spiegel herbekommen?

»Er hat es nie erzählt, ich weiß es nicht«, hat Papa gesagt. »Vielleicht vom Flohmarkt?«

Vergangene Nacht erinnerte ich mich, wie Opa und ich einmal die roten Zipfel der Zwerge frisch angemalt haben. »Meine liebe Anna«, hat er gesagt und einen Arm um meine Schultern gelegt, »der Spiegel bei Schneewittchen konnte früher sprechen.« Nun, ich war neun, also alt genug, um zu verstehen, dass er die Mär meint. Trotzdem war ich natürlich neugierig und wollte wissen, warum der Spiegel jetzt nicht mehr sprechen kann. Da hat er erst brummig gelacht, wie er es gerne tat. »Der Zauber muss seine Kräfte entfalten wollen«, sagte Opa und sah mich dabei ganz eigentümlich an. Dann ist er aufgestanden und hat über den

Spiegelrahmen gestreichelt. »Hier gehört er hin, mein alter Schwede.«

Es war typisch Märchenopa, sich so wunderlich auszudrücken.

Die ganze Zeit schon frage ich mich, ob er wusste, was er da besaß. Denn wenn es sich um den Spiegel in Schneewittchens Erzählung handelt, ist es ja nicht einfach nur ein Spiegel, sondern: ein ganz besonderes Relikt.

Ich wische mir den Schweiß von der Stirn, den Schweiß von drei Wochen harter Arbeit. Was haben wir gesägt und gehämmert und geschraubt. In einer Tour raus aus dem Baumarkt, rein in den Märchenwald. Weitere Einfälle gehabt, Skizzen verbessert, Wände umgestaltet, neu aufgestellt. Der hübsche Hubert und Uwe, sie verstehen ihr Handwerk und haben uns andere angeleitet. Boden verlegen und abdichten und streichen und einrichten und … ganz ehrlich, jetzt sind wir alle ziemlich platt.

Platt, ja, aber auch unendlich glücklich, es hingekriegt zu haben.

»Geschafft!«, hat Hubert vorhin immer wieder stolz ausgerufen. »Geschafft!« Wie eine Betriebssirene, die den Feierabend verkündet. »Geschafft!«

Gerade rechtzeitig sind wir fertig geworden. Noch in unseren dreckverschmierten Klamotten sitzen wir rund um den Tisch in unserer Picknickhütte.

»Nennt mich Staubwedel«, feixt Julian und schüttelt seinen Wuschelkopf.

»Ey, nicht in die Würstchen.« Nadine rückt sie zur Seite, stellt Sektgläser und Bierflaschen dazu. »Betrachtet es als unseren Polterabend. Für den war ja sonst keine Zeit mehr.«

»Polterabend mit Papptellern?«, fragt Uwe und grinst seine Braut an.

»Ach komm, als wenn hier noch einer in der Lage wäre, es richtig krachen zu lassen.«

»Geschafft.« Hubert sagt es schon viel leiser und legt die Stirn auf die Tischplatte.

Ich hatte ihnen meinen Plan erläutert, kaum dass wir aus Warnemünde zurück waren. Die Sache mit dem Spiegel führte zum Stimmungsaufschwung im Märchenwald, alle waren motiviert. Wir haben direkt losgelegt, jeder hat mit angepackt. Und jetzt, ja, sitzen wir herum wie um einen Pokertisch.

Wir haben alles gegeben, die letzten Reserven ins Spiel gebracht, in jeder Hinsicht. All in.

Top oder Flop, eine andere Möglichkeit gibt es nicht, wenn man alles auf ein Blatt setzt.

Sogar Hilli und Hilde, obwohl mitten auf ihrer Südamerika-Kreuzfahrt, haben geholfen. Sobald sie im Hafen von Salvador da Bahia anlegten, sind sie zur nächsten Bank geeilt und haben Geld überwiesen, einen ordentlichen Betrag. »Zinsloser Kredit, viel Erfolg!« hat Hilli als Verwendungszweck geschrieben.

In den letzten drei Wochen waren die Baustellen mit Planen verhängt, um den Besuchern die Spannung nicht zu verderben. Aber übermorgen ist es so weit.

Alles oder nichts.

»Und du bist dir wirklich sicher, dass die Leute das glauben?«, fragt Uwe mich.

»Ja«, sagt Flori.

»Wir können es getrost behaupten.« Ich lächle, will zuversichtlich wirken. »Wir haben das Zertifikat der Altersbestimmung, der Spiegel ist zweifelsfrei aus dem 9. Jahrhundert, er könnte also aus Schneewittchens Märchen sein.«

Die Emotionen übermannen mich, meine Augen beginnen feucht zu glänzen, vor Freude, wenn ich mir meine Liebsten ansehe, die sich so verausgabt haben. Alle haben sie geächzt, keiner hat gejammert. Füreinander, für mich. Für den Märchenwald.

Doch was, wenn alle Anstrengungen nicht reichen?

Mein Magen zieht sich zusammen. Angst beschleicht mich. Schneewittchens Spiegel ist ein Werbecoup – und doch ein rettender Strohhalm, der sich als zerbrechlich erweisen könnte. Was, wenn er sich nicht als die große Attraktion erweist, wie wir es alle erwarten?

Was, wenn der Märchenwald ins Bodenlose stürzt? Und wir alle mitfallen? Haben wir uns dann immer noch? Was würde aus Papa und Flori?

Mir läuft es heiß und kalt den Rücken runter.

Ich kann es nicht verdrängen, muss immerzu dran denken. Auch an Balduin, der seit einiger Zeit eine Städtereportage in Marseille dreht. Wir haben einige Male telefoniert. Aber wie viel Leidenschaft kann man dabei verspüren? Eigentlich erstaunlich, dass ich ihn überhaupt noch anrufe.

Hubert stimmt ein ruhiges kölsches Lied an. »Minsche wie mir …« Er kennt sie alle, hat sie so oft mit Mama gesungen. Wir haken uns ein und schunkeln. Buchfinken zwitschern aus dem Wald, ein Käuzchen ruft.

Der Spiegel von Schneewittchen … unmerklich schüttle ich den Kopf. Wie oft habe ich in den letzten Tagen tief in ihn hineingesehen und mich danach besser gefühlt. Ich möchte ihm keine Kräfte zusprechen, die er vielleicht gar nicht hat, die man sich nur wünscht, um eigene Probleme zu lösen.

Aber ob er nun einen Zauber hat oder nicht ... mein Instinkt sagt mir, er macht etwas mit uns. Jedenfalls hat er zu einem außerordentlichen Kraftakt im Märchenwald geführt.

Vor uns duftet ein Blumengebinde auf dem Marmortisch. Die Sonne legt durchs geöffnete Fenster ein goldblondes Lichtband ins Trauzimmer. Zum Glück haben wir einen so frühen Termin bekommen. Man kennt sich eben in Auendorf. Standesbeamtin Beate, sie hat schon zur Schulzeit gerne verkuppelt, hält eine rührende Ansprache.

Warm und feucht ist ihre Hand, ich drücke sie ermutigend.

Meine Nadine heiratet. Meinen Ex-Uwe.

Irgendwie ist es aberwitzig, ich muss in mich hineinlachen. Denn am Ende war es Uwe selbst, der mir klargemacht hat, dass ich mit ihm nie hätte glücklich werden können. Vorgestern an der Picknickhütte hat er mich zur Seite genommen: »Du musstest erst deine Träume verfolgen. Ich glaube, dass du deinen neuen Traum mit dem Märchenwald nur so zielstrebig angehen konntest, weil du auch deine anderen Träume gelebt hast.« Dann hat er gelächelt. »Und ehrlich, dein Hintern ist immer noch toll.«

Ich habe die Arme um ihn gelegt und auf die Wangen geküsst. Offenbar musste ich erst davonziehen, um zu erkennen, wie viel mir meine Wurzeln in der Familie und im Märchenwald bedeuten.

»... und ich erkläre euch hiermit kraft Gesetzes für rechtmäßig verbundene Eheleute«, sagt Beate fröhlich.

»Herzlichen Glückwunsch, Süße!« Gleich nach Uwe falle ich ihr um den Hals.

Vor unserem kleinen Rathaus steigen herzförmige rote Luftballons in den heiteren Himmel. Proseccogläser klirren beim Anstoßen. Nadine stöckelt tränenreich von einem zum anderen.

Tim stolziert in seinem blauen Kinderanzug durch die Menge. »Mama und Uwe sind frisch gemahlen!«

»Frisch vermählt«, sage ich zu Tim. »Sie sind frisch vermählt.«

Ein paar Kumpel von Uwe, die eine Band haben, spielen Hochzeitslieder.

Verstohlen blicke ich auf die Uhr. »Noch eine Stunde.«

»Yep.« Julian tritt von einem Bein aufs andere.

Es ist nun mal Nadines schönster Tag im Leben *und* der Tag der Entscheidung für den Märchenwald. Gleich um 10 Uhr wird geöffnet …

Wir wussten, dass der Hochzeitstermin der letzte Samstag der Saison ist. Uns war allerdings nicht klar, wie wichtig der noch sein würde.

»Ach, junger Mann, Sie sind doch der Schriftsteller von der Lesung.« Es ist keine echte Frage, sondern eher eine Feststellung, die die Schneiderin da trifft.

Julian grinst.

Mich grüßt sie mit einem Nicken, spricht aber weiter mit »der Prominenz«. »Dann wissen Sie schon, dass im Märchenwald alles neu gemacht wurde?«

Julian zögert. »Nicht alles …«

»Ich hab davon gelesen, diese Woche im Anzeigenblatt.«

»Den Artikel habe ich geschrieben.«

»Ach … das waren auch Sie?« Anerkennend schaut die Schneiderin ihn an. »Natürlich, wer sonst hätte diese Geschichte aufgedeckt.«

»Diese Geschichte« ist das Ergebnis von Julians intensiven Nachforschungen. Er hat in einem längeren Bericht im

Kölner Boten zusammenfasst, dass es Quellen gibt, die die historische Rebecca als das Schneewittchen ansehen, deren Lebensgeschichte später den Gebrüdern Grimm weitererzählt wurde. Ich finde, den Teil mit den Wikingern, wie sie über das Rheinland hergefallen sind, hat Julian etwas zu sehr ausgeschmückt. Sie haben Menschen nach Skandinavien verschleppt, das stimmt. Aber dass womöglich auch Kleinwüchsige darunter gewesen sein könnten, also *die* Zwerge, da ist wohl die Phantasie mit ihm durchgegangen.

»Und das mit dem Spiegel aus Schneewittchens Märchen ist ja eine ganz aufregende Sache«, plaudert die Schneiderin weiter. »Aus dem 9. Jahrhundert, doll. Den kommen wir mit der Frauengemeinschaft mal gucken.«

Ja, es ist Julians große journalistische Stunde. Sogar eine Kölner Tageszeitung hat sich angekündigt, um über die Neuigkeit zu berichten. Wobei natürlich noch wichtiger wäre, dass Besucher angelockt werden, ganz viele Besucher. Vom heutigen Zulauf können wir einschätzen, wie der Andrang in der nächsten Saison ist.

Werde ich unruhig? Doch nicht auf der Hochzeit meiner besten Freundin.

»Wirklich fein, junger Mann. Nur am Schluss, wo es um die Modernisierung geht, da steht: ›Meerchenland.‹ Na, da haben Sie sich wohl verschrieben.«

Julian schmunzelt. »Nicht wirklich.«

Nadine klatscht in die Hände. »So, meine Lieben! Es ist wahnsinnig schön, dass ihr alle da seid. Wie angekündigt geht's jetzt phantastisch weiter. Hopphopp in den Märchenwald!«

Einige rauchen, andere laufen mit Geschenken über den Innenhof. Die Hochzeitsgäste sammeln sich noch vor unserem Café, in dem das Brautpaar gleich in Apfelgrün und Violett gefeiert wird.

»Seid ihr auch so aufgeregt?«, fragt Nadine, die vor dem Kassenhäuschen steht und angestrengt über den Parkplatz schaut.

»Meine Hände schwitzen«, sagt Uwe.

Flori zieht eine Grimasse. Papa zupft sich am Hemdkragen.

»Jetzt«, sagt Nadine, »jetzt retten wir den Märchenwald.« Sie zumindest klingt zuversichtlich. »*Dann* ist es wirklich der schönste Tag meines Lebens.«

Julian schaut auf die Uhr.

Ich sitze im Kassenhäuschen, bemühe mich, nicht an den Fingernägeln zu kauen, und hoffe inständig darauf, dass sich eine Warteschlange bildet, die sich bis zur Hauptstraße zurückstaut und einmal ganz um Auendorf reicht.

Kein Mensch zu sehen.

Der Parkplatz ist gähnend leer.

Julian lehnt sich vor mir aufs Brettchen. »Noch vier Minuten.«

Ich rutsche hin und her.

Sämtliche Fasern meines Herzens sind zum Zerreißen gespannt.

»Sagt mal, sollen wir uns nicht einfach betrinken?«

»Nein«, sagt Papa bestimmt, »wir Herzigs sterben im Stehen.«

Nadine lächelt. »Bleibt locker.«

Ich bin es nicht, natürlich nicht.

»Hier bin ich doch im richtigen Märchenwald?«, fragt ein rothaariger Mann, der hinter Julian auftaucht.

»Hereinspaziert, freie Platzwahl«, sage ich lakonisch.

Er schaut ins Kassenhäuschen, nickt mir zu und spricht in sein Smartphone: »Sie sind es, ihr könnt kommen.«

»Sie möchten den Spiegel sehen?« Julian scheint sich als persönlicher Führer anbieten zu wollen.

»Spiegel? Ja nee, hier …« Der Rothaarige hält uns sein Smartphone hin und öffnet *Youtube*. »… wegen der lebenden Märchenfiguren.« Er spielt ein Video ab.

»Die Nachtführung?!« Wir trauen unseren Augen nicht: Ich gestikuliere im dämmrigen Wald. Hubert, wie er bei Rotkäppchen im Bett einbricht. Hilde, die Wasser aus Frau Holles Fenster schüttet.

»Großartig, diese ganz eigene Stimmung hat uns im Karnevalsverein total begeistert«, sagt der Mann.

»Über 300.000 Klicks in vier Wochen! Nee, ne?« Julians Stimme überschlägt sich.

»Das nennt man wohl einen viralen Hit.« Der Mann grinst. »Jedenfalls sind wir dem Aufruf gerne gefolgt.«

»Welchem Aufruf …?«, fragt Nadine.

»Steht hier, in den Kommentaren.« Der Mann zeigt es ihr auf dem Smartphone. »Einer hatte die Idee, dass heute alle als Märchenfiguren verkleidet kommen sollen.«

Ich starre Julian an. »Dann war unsere Nachtführung gar kein Reinfall?«

»Da planen wir die ganze Zeit mit dem Spiegel und jetzt das …« Ungläubig schüttelt er den Kopf.

Auf einmal ertönt ein lautes Motorengeräusch auf dem Parkplatz.

Zögerlich linse ich durchs Fensterchen. »Ein ganzer Bus?«

»Der *erste* Bus …«, sagt der Mann vom Karnevalsverein.

Eine Staubwolke bildet sich an der Zufahrt des Parkplatzes. Weitere Busse und Autos steuern auf uns zu.

Papa läuft ein paar Schritte vor. Er steht jetzt ganz vorne und drückt den Rücken durch. Ich sehe Tränen in seinen Augen, verlasse das Kassenhäuschen und stelle mich neben ihn. Diesen Glücksmoment möchte ich mit ihm genießen.

»Wie Mustangs in der Prärie, die auf einen zugaloppieren«, keucht Papa. »Anna, hörst du die Western-Melodie? Diese erlösende Musik, wenn dem Sheriff im allerletzten Augenblick die Rettung naht? So kommt es mir gerade vor.«

Wir fallen uns in die Arme.

»Wartet.« Flori drückt uns beide zusammen.

Nadine juchzt und küsst Uwe. Julian reißt die Arme hoch.

Aus dem ersten Bus tänzelt eine junge Frau, ihre Arme stecken in kristallenen Schmetterlingsflügeln, die sie anmutig schwingen lässt. Zwischen ihren elfischen Ohren strahlt sie übers hübsche Gesicht. Ihr folgt eine Frau mit türkisblauen Haaren, auf ihrem Sternenhimmelkleidchen scheinen winzige Juwelen zu funkeln. Dahinter folgt ein mit Ketten und Kreuzen behangener Klabautermann. Immer mehr wundersame Wesen laufen auf uns zu.

Papa grinst mich verwegen an. »Zurück mit dir, du musst kassieren!«

Uwe hat wirklich eine schöne Rede gehalten. Rührend hat er sich dafür bedankt, ab nun fest zu Nadine und Tim gehören zu dürfen. Wir Freunde haben ihnen ein Ständchen gesungen, später gab es ein leichtes Mittagessen im Café. Anschließend hat Nadine eine Pause ausgerufen, auch damit alle die Möglichkeit haben, den Trubel im Märchenwald mitzuerleben. Später treffen wir uns alle wieder, um das Gruppenfoto der Hochzeit zu machen.

»Bis gleich, mein Ehemann.« Sie hat Uwe angestrahlt, mich an der Hand genommen und raus in den Innenhof gezogen.

Nun tummeln wir uns im kunterbunten Durcheinander. Seifenblasen schweben schimmernd durch die Luft. Flötentöne werden lauter, ein Rattenfänger zieht an mir vorüber, an einer Schnur aufgereihte Stoffmäuse kullern hinter ihm her.

Zwei blumenverzierte Hexen überholen uns auf dem Hauptweg. Sie eilen zum Schneewittchen-Häuschen, vor dem ein großer Pulk Besucher steht. Wir haben den Spiegel einfach an seinen alten Platz gehängt. So wie von Märchenopa vorgesehen.

Nadine rafft ihr Hochzeitskleid etwas höher, schaut begeistert um sich und lacht mich an.

»Was haben wir getan?«

»Scheinbar das Richtige.«

»Mama, guck mal, Schneewittchen.« Das Mädchen zupft an Nadines cremeweißem Saum.

Ihre Mutter schmunzelt. »Och, kann man hier heiraten?« Sie scheint angefixt. »Im Märchenwald, wie romantisch.«

»Ich wittere eine Geschäftsidee …«, flüstert Nadine mir ins Ohr.

Von hinten drängen Menschen heran. »Hier ist sie«, sagt Julian hinter mir.

In einer Kameralinse spiegelt sich die Sonne und blendet mich. Balduin …?

»Hallo, ich bin Maik von RTL West.«

Es war nur eine flüchtige Hoffnung.

Der TV-Reporter gibt mir die Hand, in der anderen hält er ein gelbes Mikro.

»Er stand auf einmal vor mir.« Julian zuckt mit den Schultern.

»Toll, Ihre Modernisierung«, sagt der Reporter engagiert. »Darf ich Ihnen dazu ein paar Fragen stellen, wäre das spontan möglich?«

Ich? Spontan? Vor der Kamera?

»Na klar. Lassen Sie uns doch rübergehen in den neuen Bereich, zur ›Magie der Meere‹.«

»Die wir untereinander aber nur ›Meerchenland‹ nennen«, grinst Julian.

Vor der Tür zum neuen Pavillion bleibt der Reporter stehen. »Ja, hier passen Sie top ins Bild.«

»Wissen Sie«, setze ich an, »hier dreht sich alles um Meerjungfrauen und ...«

»Warten Sie bitte, den O-Ton sollten wir schon aufnehmen. Bereit?«, fragt er seinen Kameramann. Der nickt. »Ich mache erst einen kurzen Aufsager, am Schluss schwenken wir auf sie.« Er meint Nadine. »Und dann folgt das Interview.«

Nadine trippelt direkt neben mich und fährt sich übers Kleid.

»Es ist ein sehr lebendiger Märchenwald, der uns heute in Auendorf überrascht«, spricht er dynamisch in sein Mikro. »Unzählige Besucher haben sich originell als Märchenfiguren kostümiert.« Die Kamera richtet sich auf Nadine. »Wie diese Lady, die als Aschenputtel sogar ein Hochzeitskleid trägt, allerdings noch beide Schuhe anhat.« Nadine hält ihren Ringfinger hoch. »Ja«, redet der Reporter weiter, »hier sind die Menschen die Attraktion, ihre Begegnungen. Die Gebrüder Grimm würden sich wohlfühlen.«

Uih, das sind nette Worte. Jetzt dreht er sich mir zu.

»Bei mir steht Anna Herzig ... oder sollte ich Sie Arielle nennen?«

»Mir gefallen beide Namen.«

Er lacht leicht übertrieben. »Sie sind die Chefin, haben den Umbau durchgeführt, den wir hinter uns sehen. Was genau erwartet die Besucher in der neuen Themenwelt?«

Ich hole Luft. »Arielle ist eine besonders neugierige und abenteuerlustige Meerjungfrau. Im Pavillion tauchen wir mit ihr ab, zeigen die Schönheiten der Ozeane.«

Der Reporter nickt. »Dahinter sehe ich Sindbad, den Seefahrer …«

»… mit ihm wollen wir zeigen, wie waghalsig früher mit Segelschiffen immer neue Ecken der Erde entdeckt wurden. Unterhaltsam ist es auch im Labyrinth der Eismeer-Elfen. Und an unserer Unterwasserfahrt ins versunkene Atlantis arbeiten wir noch, es wird eine Computersimulation. Das alles ist nur unseren tollen Mitarbeitern zu verdanken …«

»Wow«, der Reporter zieht das Mikro zu sich. »Liebe Zuschauer, und absoluter Höhepunkt ist ein Spiegel aus dem Mittelalter, der Grund zur Spekulation gibt, Schneewittchen könnte es tatsächlich gegeben haben.«

»Ist im Kasten.« Der Kameramann hebt einen Daumen.

»Das war klasse, vielen Dank«, sagt der Reporter. »Und Sie haben das also recherchiert?«

»Ja«, antwortet Julian bescheiden.

»Wissen Sie, für gute Leute haben wir in unserer Redaktion immer Platz. Wären Sie an einem Praktikum interessiert?«

Julian strahlt. »Klar, gerne!«

Der Reporter gibt ihm seine Visitenkarte und verabschiedet sich.

»Glückwunsch, das hast du verdient.« Ich freue mich mit Julian.

Eine menschliche Schiffssirene ertönt.

»Juhuu, wir sind's!« Tante Hilde ist wie immer deutlich hörbar. »Gestern erst zurückgekommen!«

Direkt vor ihr steht Hilli, vor ihm ein Mädchen. Sie tragen einen Schiffsrumpf aus angemalter Pappe um ihre Körper.

»Hallo zusammen, wir sind der Fliegende Holländer«, sagt Hilli. »Darf ich vorstellen: meine Enkelin Marina.«

Verlegen zieht sie eine Schnute. »Ich bin der Vormast.«

»War das eben das Fernsehen?«, fragt Hilde.

»Ja«, schmunzle ich. »Herrjemine, du hast es verpasst.«

»Na und?« Es scheint ihr wirklich egal zu sein.

»Kommt doch mit zur Eisenbahn«, sage ich, »dort wird gleich das Hochzeitsfoto gemacht.«

»Mittendrin, in dieser Kulisse, soo supi.« Nadine herzt mich. »Es ist so ein wunderschöner Tag.«

Die verkleideten Märchenwald-Besucher haben nicht nur uns überrascht, sondern auch die übrigen Hochzeitsgäste. Sie wussten nichts von den Kostümierungen. Aber fürs Gruppenfoto haben sie sich Accessoires von den Umstehenden geliehen. Eine Cousine trägt nun einen Einhornschwimmreifen vor ihrem Kleid. Hubert hat sich zum dunklen Anzug schlicht eine Matrosenmütze aufgesetzt.

Papas Schultern sind mit einem Netz und Plastikfischen behängt. Sein weißes Hemd hat er mit einem Kissen ausgestopft. »Lasst Neptun durch.«

Alle stellen sich vor und auf die kleinen Waggons, der Fotograf dirigiert.

»Wartet!«, ruft Flori und schiebt Sandra heran, die eine Seeräuberflagge am Rollstuhl gehisst hat.

Ein Rollstuhl. Auf der Kindereisenbahn. *Das* Problem hatten wir doch schon einmal.

Flori stemmt sie über eine Rampe … mittendrauf!

»Was denn, Flori …?« Mit großen Augen betrachte ich den neuen Waggon.

»Mit Papa gebaut«, sagt er. Die Rollstuhlräder blockiert er auf der Metallplatte mit Bremsklötzen, und schon hat er sie mit Spanngurten festgezurrt. »Meine Eisenbahn ist jetzt behindertenfreundlich.«

»Sekunde«, sagt Papa und prüft die Metallratsche. »Perfekt.« Mit knackenden Knien steht er wieder auf.

Sandra lupft lächelnd ihre Totenkopf-Augenklappe. »Kann losgehen.«

»Ihr seid ja … der Wahnsinn.« Ich habe gar nicht mitbekommen, wie sie das gebaut haben.

»Seine Idee.« Papa grinst Flori breit an. »Ich war nur der Handlanger. Flori kann doch mittlerweile viel mehr als ich.«

Papas Wertschätzung für ihn freut mich so sehr. Zwar ärgert es meinen Bruder immer noch, vieles nicht zu können oder zu begreifen. Aber mein Eindruck ist, er findet sich immer mehr damit ab und fühlt sich jetzt auf andere Weise bestätigt und glücklich, gerade auch dank seiner Freundin Sandra.

»So, Achtung …!«, ruft der Fotograf.

Hinter ihm macht ein Shrek Faxen, fummelt an den Trompetenöhrchen herum. Drei männliche Engel mit roten Teufelsschwänzen stellen sich hinzu und klimpern ziemlich schräg auf ihren Harfen.

Nie gab es ein Hochzeitsgruppenfoto mit lachenderen Gesichtern.

Ich habe mir eine kleine Auszeit genommen, bevor ich zu den anderen ins Café zurückgehe. Laufe ich durch den Märchenwald? Nein, eigentlich schwebe ich hindurch, so schwerelos, wie ich mich fühle. Es ist schon eine Weile her, dass ich meine

Umgebung so staunend betrachtet habe, wie durch Kinderaugen. So wirkt die Welt viel lustiger und friedlicher.

Im Sandkasten auf dem Spielplatz tanzt ein großer pinker Pandabär. Das ist nicht gerade ein typisches Bild. Aber genau darum geht es doch, heute hier und auch sonst: nicht nur die Realität sehen. Sondern auch Träume ausleben, Überschwang verspüren. Der Phantasie Raum geben, sich einen Rückzugsort schaffen, an dem man noch fest dran glauben kann, dass das Gute gewinnt. Der Mut, sich zu öffnen, führt zu einem reicheren Leben. So ist es doch.

Ich liege im Gras. Mein Blick versinkt im weißblauen Himmel, wandert mit den Schäfchenwolken woandershin ...

»Hi Anna. Ich bin's, die Micha.«

Die Micha. Oben ohne, natürlich. Im Sand neben ihr fing alles an, am Strand der Ostsee. Quergelegt haben wir uns, für saubere Ozeane. Ich als Meerjungfrau verkleidet.

»Du, hier ist alles so zaubrisch, ne.«

»Darum habe ich wild gerungen, Micha. Jetzt bin ich wachgerüttelt.«

»Du bist anders, ne, so selbstgewisser.«

»Ich bin keine Flüsterfrau.« Nicht mehr. »Ich bin ... die Frau meines Lebens.«

»Hm, jo, finde ich voll geil, ne.«

Ich schnippe mit den Fingern. Sie entfleucht mit den Wölkchen.

»Hier bist du. Auf Höhe der Grashalme bist du gar nicht so leicht zu finden.«

Hm, wer meckert denn da?

»Den ganzen Märchenwald habe ich nach dir abgeritten.« Er lächelt. »Heute fallen wir gar nicht groß auf.«

Ich hebe meinen Kopf aus der Wiese. Ein weißes Pony? Mit Reiter ...

Balduin.

Balduin?

Ja, er ist es. Ich muss ein paarmal blinzeln, die Wirklichkeit ist wieder angeknipst. Hastig rappele ich mich hoch, streiche mein Kleid glatt.

Da sitzt Balduin reichlich krumm auf einem Pony. Ich kenne es. Hugo. Ein struppiger alter Klepper, der bei unserem netten Nachbarsbauern sein Gnadenbrot fristet.

»Balduin ... du?«

Er streicht Hugo über die weißgraue Mähne. »Er ist kurzbeinig, aber bitte, kein Zwergenpferd! Er hat genau die richtige Größe, ist wie gemacht für ...«

»Balduin, schon gut.« Ich muss schmunzeln.

Was für eine süße Art, sich für unseren Zoff über die Kleinwüchsigen zu entschuldigen.

Es ist zum Lachen, wie unbeholfen Balduin auf dem Pony wirkt. Man sieht ihm an, wie schwer es ihm fällt. In der Hand hält er eine Sonnenblume. Er hebt sie hoch.

»Anna, du hast mich in deinen Bann gezogen. Bitte hör nicht auf, mich zu verzaubern. Ich liebe dich.«

Verhalten gehe ich zwei Schritte auf ihn zu.

Es ist eine wirklich schräge Vorstellung, wie Balduin auf dem haarigen Pferderücken herumrutscht, seine Beine baumeln knapp über dem Boden. Jetzt noch Schminke ins Gesicht, und er könnte als Zirkusclown durchgehen.

Dennoch ist es ein ganz und gar stilechter Auftritt. Weil er ihn sich traut. Und weil es mir imponiert, wie überzeugt er dabei wirkt, bis tief in seine Grübchen hinein.

Ich bin gerührt.

Meine Wangen glühen, als ich nach der Sonnenblume greife. »Danke, Balduin.«

Balduin steigt ab, ergreift meine andere Hand. Er lächelt.

Mein Herz pocht.

»Ohne mich sieht das Pony einfach besser aus.« Er streichelt Hugo. »Na, es möchte sich ja nicht lächerlich machen.«

»Den Prinzen auf dem Schimmel gibt's doch nur im Märchen …«, sage ich lächelnd.

Er ist zurück. Jetzt fühle ich mich noch leichtfüßiger. Mir kribbelt's am ganzen Körper, und meine Augen werden feucht. Flink küsse ich ihn auf den Mund.

Wir schmecken das Salz meiner Tränen.

Pony Hugo schnaubt herzhaft durch seine Nüstern.

Als wir händchenhaltend das Café betreten, ist die Hochzeitsparty in vollem Gange. Der freie Raum in der Mitte ist ausgefüllt. Flori schwingt Sandra über die Tanzfläche. Nicht im Rollstuhl. Er trägt sie.

»Anna! Balduin?« Nadine läuft barfuß auf uns zu. »Ach schade, gerade habe ich den Brautstrauß geworfen.«

»Und?«, frage ich neugierig.

»Hilde!«

Papa steht am Rand, wippt mit einem Fuß. »Wann wird endlich Helene Fischer gespielt?« Er dreht sich um, sieht Balduin direkt ins Gesicht. »Soso, Sie sind also wieder da.« Papa möchte kritisch klingen, aber er freut sich sichtlich.

»Ja.« Balduin schüttelt ihm die Hand. »Und ich bleibe. Wenn ich darf.«

Ich drücke seine Hand. Es macht mich glücklich, wenn mich jemand umgibt, der von innen strahlt, und ich spüre, der Grund dafür bin ich.

Pfarrer Rudolph schaukelt heran. »Trinken wir auf uns. Einen besseren Grund gibt es nicht!« Er verteilt mit Sterntalerwein gefüllte Gläser von seinem Tablett. »Ich möchte ein Prosit auf Ilse ausbringen.«

Mama. Ich schlucke. Unsere Runde verharrt andächtig.

»So unausweichlich ihr Tod auch war, und so misslich natürlich trotzdem, sie hat die neue Entwicklung im Märchenwald angestoßen.« Er sieht mich an. »Ilses Leben ist zu Ende, nicht aber ihre Geschichte.« Rudolph streckt seinen Arm zur Decke hoch. »Liebe Ilse, der erste Schluck ist für dich, wir danken dir. Sehr zum Wohle, meine Lieben!«

Die Gläser klirren.

»Schade, dass Mama es nicht mehr mitkriegt«, sagt Papa leise zu mir. »Prinzessin, ich bin sehr stolz auf dich.« Er beugt sich zu mir und gibt mir einen Kuss auf die Wange. Das hat er vor 20 Jahren zuletzt getan.

Ich schniefe und lächle ihn an. »Danke, Papa.«

»Entschuldigen Sie bitte …«, sagt eine verhaltene Frauenstimme vom Eingang her.

»Heute geschlossene Gesellschaft«, brummt Papa in Richtung Tür.

»Hört sich nach einer fröhlichen Feier an.« Es ist eine zierliche Seniorin, nein, *die* zierliche Seniorin. »Ich möchte nicht stören, nur fragen, ob ich eine Flasche Wasser erhalten kann.«

»Wir haben uns doch schon mal gesehen?«, fragt Papa.

Sie lächelt. »Ich war bei der Lesung und auch bei der Nachtführung.«

Papa rückt seinen Schlipsknoten zurecht. »Kommen Sie bitte. Ich heiße Hartmut.« Galant bietet er ihr einen Arm an. »Mögen Sie Puzzles …?«

Der DJ reicht mir das Mikrofon. Ich stehe fast an derselben Stelle wie bei der Lesung. Der Geräuschpegel im Café flaut ab. »Ja, noch mal ein herzliches Hallo an alle!« Die Gäste juchzen. »Ich freue mich riesig für Nadine und Uwe, ihr seid das tollste Brautpaar überhaupt! Ihr ... ihr seid Helden!« Gejohle. »Es ist ein unglaublicher Tag. Einer, der mir gezeigt hat, welche Gemeinsamkeiten es zwischen eurer Heirat und dem Märchenwald gibt. Das Bewährte scheint das Besondere zu sein. Und, ob nun die Hochzeit oder der Märchenwald, beides ist: ein Sonnenaufgang für die Seele.« Applaus. »Mein Gefühl ist, wir erleben heute ein modernes Märchen. Und an Märchen muss man einfach glauben. Wie an die Ehe.«

»Sehr richtig«, ruft eine Tante von Nadine, »ich hab schon die dritte!«

Ich lache mit, lasse das Mikro sinken, mache eine kurze Pause.

»Wichtig ist doch, wo man sich zu Hause fühlt, wo man hingehört.« Ich gerate ins Stocken.

»Und was ist mit dir?«, ruft mir einer zu.

Mein Blick schweift durch den Raum. »Ich hatte das Angebot, mein Sabbatical vorzeitig zu beenden und für ein Forschungsprojekt nach Kalifornien zu gehen.« Ein Raunen geht durchs Café. »Das habe ich abgelehnt.«

Jubel brandet auf.

Die Entscheidung ist mir definitiv schwergefallen. Professor Herrmann hat gemotzt, was mir denn einfiele und so weiter. Jetzt schickt er meine irische Kollegin Neila mit Hannes zu den kranken Seesternen.

»Wobei ...« – ich hebe eine Hand – »... ich mich trotzdem verändere.«

Mit einem Mal herrscht gespannte Stille. »Ooh«, macht Nadine. Papa nickt wissend.

»Mein Meeresinstitut arbeitet mit der Uni Bonn zusammen. Wegen der Aale, deren Bestand im Rhein dramatisch abnimmt. Ich werde ein Aktionsprogramm leiten, hier vor Ort. Das bedeutet, ich arbeite quasi von zu Hause aus.«

»Die Frau ist immer nur am Retten«, ruft Nadine und klatscht in die Hände.

»Aber es geht nicht um mich. Jetzt wird wieder getanzt, lasst uns die ganze Nacht mit Nadine und Uwe feiern!« Ich gebe das Mikro zurück an den DJ, er spielt Ed Sheeran.

Balduin nimmt mich in den Arm. »Das ist ja wunderbar.«

»Du bleibst!«, jubelt Flori mir zu.

»Habe ich dir doch versprochen, Bruderherz.«

»Und der Märchenwald hat dieses Jahr natürlich länger geöffnet«, sagt Papa. »Jetzt, wo die Leute uns die Bude einrennen.«

Ich zwinkere ihm zu. »Solange du aktiv bleibst, überrascht dich das Leben.«

Florian rollt Sandra aus dem Café. Die beiden brauchen eine Pause vom Feiertrubel. Die Musik summt ihnen noch hinterher und verklingt nach einer Weile ganz. Mit der einsetzenden Dämmerung hat sich der Märchenwald geleert. Sie atmen die Abendluft. Es schmeckt nach Herbst.

Und natürlich, Florian möchte ihn Sandra unbedingt zeigen: den Spiegel. Den Spiegel, den Florian zu seiner Bestimmung geführt hat. Welcher Art sie nun auch immer sei. Für Florian ist es keine Frage, dass es sich um den sprechenden Spiegel aus Schneewittchens Märchen handelt.

Vor dem Häuschen starren sie durch die Fensterfront. Er

hängt an der hinteren Wand über dem Zwergentisch. Selbst im Zwielicht scheint sein altes Glas ganz eigen zu glänzen. Sandra bricht das Schweigen.

»Es war deine Idee.«

»Ich habe mir was gedacht und es Anna gesagt.«

Sandra lehnt sich noch näher an die Scheibe. »Spieglein, Spieglein an der Wand …« Sie kichert.

Etwas pocht. Noch einmal. Das dumpfe Geräusch ist unbestimmt, aber sie hören es deutlich.

Florian schaut am Boden herum. »Hm?« Er zuckt mit den Achseln.

»Ich glaube, es kommt aus dem Häuschen«, sagt Sandra.

»Vielleicht eine Maus. Ich guck mal.« Florian läuft ums Häuschen herum und geht hinein.

»Du bist aber ein großer Zwerg«, lacht Sandra durch die Scheibe. Er versteht sie kaum.

Zu Schneewittchens Zeit war es das Schicksal des Spiegels, der bösen Stiefmutter dienlich zu sein. Nun endlich, durch Florians festen Glauben an ihn, hat der Spiegel die Gelegenheit erhalten, auf die richtige Seite zu wechseln. Dieses Mal konnte er Gutes bewirken.

Wieder pocht es.

Florian fährt herum. Kommt es etwa von der Wand? Auf einmal ist ihm, als würde der Spiegel zu ihm sprechen, ganz leise.

»Danke, Florian.«

Herzlichen Dank

meiner allerbesten Ehefrau und Erstleserin Anja Peters

meinen Erstlesern Andrea Hegener, Arndt Klingenburg, Annette Baer und Christoph Blätgen für ihren kreativen und unermüdlichen Einsatz

Annette Remiorz und Norbert Remiorz für die Einblicke in ihr Leben

diversen Meeresbiologen in Norddeutschland für ihre Auskunftsfreude und Expertise

Anna-Lisa Hollerbach, Berit Böhm und Kristof Kurz vom Verlag für ihre engagierte Unterstützung

meiner smarten Buchagentin Petra Hermanns

meiner lieben Familie

Ursula, Carola, Marina, Aileen, Uli, Esther, Matilda, Fritz, Uta, Chris, Bärbel, Daniel, Philipp, Ellen, Hanna, Jonas, Sarina

allen meinen tollen Freunden vom »Kokolores«